골든아워 1

—

· 2024 개정 ·

골든아워 1 (2024년 개정판)

초판 1쇄 발행 2018년 10월 2일
개정 1쇄 발행 2024년 10월 3일
개정 4쇄 발행 2025년 4월 7일

지은이 이국종
펴낸이 유정연

이사 김귀분
기획편집 신성식 조현주 유리슬아 서옥수 황서연 정유진 **디자인** 안수진 기경란
마케팅 반지영 박중혁 하유정 **제작** 임정호 **경영지원** 박소영

펴낸곳 흐름출판(주) **출판등록** 제313-2003-199호(2003년 5월 28일)
주소 서울시 마포구 월드컵북로5길 48-9(서교동)
전화 (02)325-4944 **팩스** (02)325-4945 **이메일** book@hbooks.co.kr
홈페이지 http://www.hbooks.co.kr **블로그** blog.naver.com/nextwave7
출력·인쇄·제본 (주)상지사 **용지** 월드페이퍼(주) **후가공** (주)이지앤비(특허 제10-1081185호)

ISBN 978-89-6596-652-4 04810
ISBN 978-89-6596-651-7 (세트)

이
국
종

생과 사의 경계,
중증외상센터의 기록
2002~2013

골든아워 1

2024 개정

Golden
Hour

흐름출판

중증외상센터에서 삶을 마치거나 이어나간 모든 환자들에게,

그리고 중증외상센터의 설립과 운영을 위해 도와주신

모든 분들의 노고와 헌신에 깊이 감사드립니다.

이국종 배상

서문

2012년 11월, 아주대학교병원은 정부의 중증외상센터 사업에서 탈락했고, 그 사업에 마지막 희망을 걸었던 나와 팀원들은 절망했다. 몇 달 지나 새해 봄이 되어서도 만신창이인 상황은 같았다. 나와 팀원들은 모두 헤져가고 있었다. 이 판에서 철수할 생각만 가득할 때였다. 그런 때에 동아일보사 박혜경이 나를 찾아왔다. 그는 외상외과 의사로서 내가 겪어온 일을 책으로 옮겨보면 어떻겠느냐고 제안했다. 그 같은 제안이 처음이 아니었다. 주변을 통해 출간 제안을 여러 차례 받았으나 일언지하에 거절해왔다. 살아 있어도 산 것 같지 않은 일상에 그런 것을 생각할 여유 따위는 없었다. 나는 박혜경의 제안을 냉소적으로 밀쳐냈다. 그러나 그는 아랑곳 않고 내게 이렇게 반문했다.

─ 교수님께서 함께 일하는 사람들을 그토록 소중히 여기신다면, 그 헌신이 잊히지 않도록 뭐라도 하셔야 하는 게 아닌가요? 지금 아무리 소중해도 몇 년만 시간이 흐르면 모두 잊힙니다. 그러나 활자로 남겨둔 기록은 절대로 사라지지 않아요.

그 말에 나는 얼어붙었다. '활자화'의 중요성은 의학계뿐만 아나라 모든 학문 영역에서 강조되는 부분이다. 교수들의 여러 가지 책무 중 중요하게 평가되는 부분도 연구 업적의 활자화, 즉 논문이나 저서로 기록을 남기는 일에 있다. 박혜경의 말이 옳다고 여겼다. 나는 그 이후 생각나는 대로 메모를 끄적이기 시작했다. 그 기록은 시간적 연속선상에 있지 않았다. 나는 바쁜 일상과 개인적 고난에 치여 쓰기를 멈추다 이어가기를 반복했다. 그러기를 3년쯤 지났을 때, 나와 팀원들을 둘러싼 상황은 많이 달라져 있었다. 그러나 매 순간 끝을 생각할 만큼 모두가 지쳐 있다는 현실만큼은 조금도 바뀌지 않았다.

내가 전공한 '외상외과'라는 세부전공은 중증외상 의료 '시스템'을 염두에 두고, 중증외상센터 설립과 운영을 고민해야 하는 과였다. 한국은 중증외상 의료 시스템이 제대로 갖춰지지 않았고, 외상 환자가 수술이라도 받다가 사망하면 그나마 다행인 것이 현실이었다. 너무 많은 사람이 '빠른 시간 내'에 '적절한 치료'를 받지 못해서 길에서 죽어나가고, 이런 죽음의 기록은 '예방 가능한 사망률'이라는 허망한 숫자로만 표기될 뿐이다. 외상외과 환자들은 대부분 가난한 노동자들이고, 정책의 스포트라이트는 없는 자들을 비추지 않는다. 그러므로 그 불빛은 외상외과에 닿지 않았다. 외상외과의 중요성에 공감하는 많은 사람들의 노력으로 미미하게나마 예산과 정책들이 만들어졌으나, 과거 수많은 국책사업들이 그러했듯 대부분 허망하게 날아갔다.

만약 내가 외상외과가 아닌 일반적인 임상과를 전공했다면 아마도 세상의 무서움과 한국 사회 실상을 제대로 목도하지 못했을 것이다. 나는 중증외상센터 설립 과정에서 실제 한국 사회가 운영되어가는 메커니즘을 체득했다. 그 과정은 매일 고통 속에서 몸부림칠 만큼 지옥 같았다. 시스템은 부재했고, 근거 없는 소문은 끝없이 떠돌았으며, 부조리와 불합리가 난무하는 가운데 돈 냄새를 좇는 그림자들만이 선명했다. 그 속에서 우리 팀원들은 힘겹게 버텨왔다. 나는 어떻게든 정부 차원의 지원을 끌어들여 우리가 가까스로 만들어온 선진국형 시스템을 정착시키고 싶었다. 실낱같은 희망을 더듬어가며 길을 찾아왔다. 실현 불가능해 보이는 일을 현실화하기 위해 나와 팀원 모두가 쉼 없이 분투해왔다. 그러나 내가 여기에 당도하여 확인한 것은, 중증외상센터 사업은 현재 한국 사회가 지닌 투명성의 정도로는 불가능하다는 것뿐이다. 지금껏 선진국형 중증외상 의료 시스템을 도입하겠다는 헛된 무지개를 좇아왔으나, 우리를 둘러싼 현실은 벼랑 끝으로 치닫고 있다. 나는 우리가 여태껏 해온 일들이 '똥물 속으로 빠져들어 가면서도, 까치발로 서서 손으로는 끝까지 하늘을 가리킨 것'과 같다고 생각한다. 그러나 모든 것은 곧 잠겨버릴 것이고, 누가 무엇을 가리켰는지는 알 수 없게 될 것이다.

그럼에도 우리 팀이 만든 의무기록은 남는다. 우리가 더 이상 이 일을 해나가지 못해도, 최근 3년 동안 시행했던 중증외상 환자들에 대한 선진국 수준의 치료는 의무기록으로 화석같이 명징하게 남을 것이다. 이 기록은 열악한 한국 의료계 현실에 굴하지 않고, 순전히 우리 팀원들과 현장의 소방대원들의 피와 땀을 짜내 만들어온 것이다. 2002년 내가 처음 외상외과에 교직 발령을 받았을 때, 나 또한 한 한국계 미국인 외상외과 의사가 한국의 한 대형 병원에서 근무하며 남긴 기록을 통해 '외상외과'라는 분야를 파고들었다. 지금으로부터 많은 세월이 지난 뒤, 또 다른 정신 나간 의사가 이 분야의 중요성을 인식하고 이 시스템을 다시 만들어보고자 마음먹는다면, 우리의 기록은 분명 큰 도움이 될 것이다. 이 책은 그 기록의 일환이다.

책에 기록된 내용은 내가 기억하는 범위 내에서 모두 사실이다. 기록의 대부분은 2002년에서 2018년 상반기까지의 각종 진료기록과 수술기록 등에서 가려 뽑았고, 내 기억 속의 남겨진 파편들을 그러모았다. 또한 이 기록은 삶과 죽음을 가르는 사선의 최전선에서 고군분투하는 환자와 내 동료들의 치열한 서사다. 외상으로 고통 받다 끝내 세상을 등진 환자들의 안타까운 상황과, 환자의 죽음을 막기 위해 자신의 모든 것을 내어놓고 싸우다 쓰러져가는 사람들의 이야기다. 무엇보다 냉혹한 한국 사회 현실에서 업(業)의 본질을 지키며 살아가고자, 각자가 선 자리를 어떻게든 개선해보려 발버둥 치다 깨져나가는 바보 같은 사람들의 처음이자 마지막 흔적이다.

주변 일부에서는 우리의 이야기를 활자화시켜 세상에 내놓는 것에 우려를 표했다. 그러나 나는 내게 남은 시간이 길지 않다는 것을 잘 알고 있다. 내 몸은 무너져가고 있고, 우리 팀이 피땀으로 구축하고 유지해온 경기남부권역외상센터도 얼마나 더 버틸지 알 수 없다. 작금의 상황을 보건대, 가까운 미래에 대한민국에서, 국가 공공의료망의 굳건한 한 축으로서 선진국 수준의 중증외상 의료시스템을 구축할 수 있겠다는 희망은 보이지 않는다. 주변의 걱정을 모르지 않으나 칼을 들었으므로 끝까지 가보고자 했다.

실제 중증외상 환자들이 겪는 처참한 고통과, 죽어가는 환자들을 구하기 위해 집중하는 의사, 간호사, 응급구조사, 의료기사 등의 의료인들 및 소방대원들의 분투를 정확히 표현하고 싶었다. 그러나 나는 훌륭한 말솜씨나 글재주와는 대척점에 선 전형적인 '이과 남자'다. 어떤 현란한 문장과 수사를 동원한다고 해도 생사의 경계를 헤매는 이들의 사투를 정확히 표현할 수 없었다. 그리하여 내가 읽은 불과 얼마 안 되는 책들 중, 늘 곁에 두고 살아온 소설가 김훈 선생의 《칼의 노래》를 등뼈 삼아 글을 정리해보려 애썼다.

김훈 선생은 자신의 책을 두고 '세상의 모멸과 치욕을 살아 있는 몸으로 감당해내면서 이 알 수 없는 무의미와 끝까지 싸우는 한 사내의 운명에 관하여 말하고 싶었다. 희망을 말하지 않고, 희망을 세우지 않고, 가짜 희망에 기대지 않고, 희망 없는 세계를 희망 없이 돌파하는 그 사내의 슬픔과 고난 속에서 경험되지 않은 새로운 희망의 싹이 돋아나기를 나는 바랐다'라고 했다. 내게《칼의 노래》는 나의 이야기였고, 팀원들의 이야기였다. 그리고 힘든 사회생활을 하는 사람들의 이야기이기도 했다.

특히 김훈 선생이 그려낸 이순신은 내가 26년 전 해군에서 군복무를 할 때 만난 이순신의 모습과 정확히 같았다. 보직으로 부여받은 일을 수행하기 위해 최선의 최선을 다하다, 죽음으로써 힘겨운 세상에서 해방되고자 한 이순신에게서 나는 오늘을 살아가는 직장인의 모습을 보았다. 또한 세상의 모멸과 치욕을 오롯이 감내하면서도 알 수 없는 무의미와 끝까지 싸우는 그에게서 조직 내 중간관리자의 고통도 보았다. 김훈 선생이 그려낸 세상 속에 나와 내 동료들이 있었다. 나도《칼의 노래》처럼 우리와, 우리가 겪어온 일들을 명확하게 기록하고 묵직하게 그려내고 싶었으나 능력 밖이었다.

책을 준비하는 동안 김훈 선생을 직접 뵌 적이 있다. 선생의 문장을 좇으려 미련하게 애쓰는 내게, 김훈 선생은 '의사의 글쓰기는 전문 작가의 글쓰기와는 다를 수밖에 없다'라고 짧게 조언해주었다. 그의 진심어린 조언에도 그를 좇는 마음을 놓지 못했으나, 이제는 그 말을 조금은 이해한다. 그럼에도 선생의 문장은 내 머릿속에 너무 깊게 박혀 있어 지우기가 쉽지 않다. 무의식중에도 그의 문장들이 고스란히 눈앞에서 되살아날 때, 나는 신기함과 부끄러움을 동시에 느낀다. 이 거친 문장들 중 어느 한 자락에서라도 김훈 선생의 결이 흐릿하게나마 느껴진다면, 그런 까닭임을 미리 밝힌다.

서툰 글솜씨로 책이라는 기록을 남기게 돼 부끄럽다. 주변에서 도와준 많은 분들이 있었기에 가능한 작업이었다. 먼저, 의도하지 않았겠으나 내게 글 쓰는 일의 전범이 되어준 김훈 선생께 감사하다. 시작과 끝을 함께하지 못했으나 시발점이 되어준 박혜경을 기억한다. 마지막으로 시기조차 알 수 없는 메모들을 그러모아 하나의 이야기로 만들고, 흩어진 글들을 다듬어준 흐름출판 관계자들께도 감사한 마음을 전한다.

출간을 앞두고 가장 큰 걱정은, 이 책이 중증외상으로 사망한 환자의 보호자들에게 마음 아픈 기억들을 상기시키는 것은 아닐까 하는 것이다. 만에 하나 그러하다면 미리 이곳에서 정중한 사과의 말씀을 드리고 싶다. 우리와 만났으나 결국 세상을 떠난 모든 중증외상 환자들의 명복을 빈다.

2018년 9월

차
례

서문 • 7

2013년 스승의 날 • 17 | 외과 의사 • 30 | 회귀 • 36

남루한 시작 • 44 | 원흉 • 54 | 깊고 붉은 심연 • 63 | 갱의실 • 69

삶의 태도 • 72 | 환골탈태 • 78 | 암흑 전야 • 90 | 탈출 • 98

벨파스트함 • 104 | 마지막 수술 • 108 | 위로 • 113 | 전환 • 119

나비효과 • 127 | 윤한덕 • 135 | 선원들 • 140

정책의 우선순위 • 147 | 업(業)의 의미 • 153 | 남과 여 • 160

막장 • 173 | 정글의 논리 • 185 | 헝클어져가는 날들 • 189

부서진 배 • 196 | 아덴만 여명 작전 • 201 | 위태로운 깃발 • 245

생의 의지 • 252 | 빛과 그림자 • 259

변화 • 266 | 석해균 프로젝트 • 271 | 불안한 시작 • 275

긍정적인 변화 • 280 | 중단 • 285 | 고요한 몸 • 293

스스로를 보호할 권리 • 299 | 성탄절 • 308 | 살림 • 313

뱃사람 • 319 | 야간 비행 • 324 | 지원과 계통 • 331

가장자리 • 336 | 탈락 • 341 | 소초장(小哨長) • 348

목마른 사람 • 357

부록 | 인물지 • 363

일러두기 ─────────────────────────────────────

이 글이 삶과 죽음에 대한 치열한 기억으로서 읽히길 바란다. 의료진을 포함한 모든 등장인물은 실명이며 환자는 프라이버시를 고려해서 가명으로 처리했다. 각종 공문 및 계획서의 문장을 그대로 따랐으며 환자 치료의 사실은 대체로 진료 기록에 따랐으나 기억에 의존한 부분도 있다.

1. 저자 고유의 문장을 살리기 위해 표기와 맞춤법 등은 저자의 원칙을 따랐다.

2. 이 책에 등장하는 각 기관명과 소속 직급 및 직책 명 등은 시기별로 명칭이 바뀌는 이유로, 평소 저자가 지칭하는 표기를 따랐다.

3. 각주는 모두 저자 주이나, 독자의 이해를 돕기 위한 전문 의학용어 설명은 의학대사전, 간호학대사전, 서울대학교병원 의학정보 등을, 소방 관련 용어 및 군사용어 등은 무기백과대사전을 기초해 보완했다.

4. 도서명은 《 》, 신문과 논문 및 잡지, 영화 등은 〈 〉로 묶어 표현했다.

5. 인용문의 띄어쓰기가 본서의 띄어쓰기 원칙과 다를 경우, 인용문의 원칙을 따랐다.

※ 각 권 뒷면지 등장인물과 1권 인물지는 저자의 요청으로 추가되는 인물이 있어 쇄마다 차이가 있을 수 있습니다.

2013년 스승의 날

봄이 싫었다. 추위가 누그러지면 노동 현장에는 활기가 돌고 활기는 사고를 불러, 떨어지고 부딪혀 찢어지고 으깨진 몸들이 병원으로 실려 왔다. 봄기운에 밖으로 이끌려 나온 사람들이 늘었고, 늘어난 사람만큼 사고도 잦아 붉은 피가 길바닥에 스몄다. 병원 밖이 형형색색 꽃으로 물들 때, 나는 무영등* 아래 진득한 핏물 속에서 허우적거렸다. 마취과 기계들이 뿜어내는 기계음이 귓가에서 계속 울려댔다. 비릿한 피 냄새가 폐 속에 깊이 박혀 지워지지 않았다.

---

* 광원(光源)을 집중시켜서 목적하는 부위에 그림자가 생기지 않도록 빛을 비추는 전등 장치. 주로 수술실에서 쓴다.

매년 봄마다 중국발 황사가 시작되면 매캐한 바람이 숨을 더 틀어막았다. 봄은 내게 피와 죽음의 바람이 부는 계절이었다.

외상외과 의료진 회의에서 팀원들은 모두 말이 없었다. 5월의 봄볕은 콘크리트 외벽으로 둘러싸인 사무실 안에 좀처럼 닿지 않았다. 공기는 무겁게 가라앉았다. 결론 없는 회의가 끝난 뒤 팀원들은 말없이 돌아갔다. 나는 그대로 몸을 일으켜 중환자실로 향했다. 회진 후 한 보직교수와 미팅이 있었다. 머릿속이 복잡했으나 눈앞의 환자들에 집중하려 애썼다. 중환자실 간호사들에게 확인 사항들을 묻고 이른 후, 수술방이 있는 복도를 지나 보직교수의 사무실로 걸음을 옮겼다. 걷는 내내 시선을 발끝에 두고 아무것도 생각하지 않으려고 애썼다.

보직교수와의 회의에서는 외상외과 운영에 대한 현안들과 중증외상센터 2차 공모사업에 대한 정부의 움직임에 대한 이야기들이 오갔다. 지난 2012년 가을, 아주대학교병원은 정부가 추진해온 중증외상센터 선정 국책사업에서 탈락했고, 병원은 2차 공모를 염두에 두고 있었다. 내용 없는 말들이 허공을 맴돌았다. 나는 주로 듣기만 했다. 이어갈 말들이 더는 남아 있지 않았을 때 나는 일어나 그의 방문을 닫고 나왔다.

복도는 고요했다. 한쪽 창으로 햇빛이 사선을 그리며 내리꽂혔다. 그 환한 빛이 나는 낯설고 부담스러웠다. 점심시간이었으나 식욕은 없었다. 외상외과 사무실로 돌아가는 대신 긴 복도를 지나 내 연구실로 향했다. 좁고 미로 같은 길을 지나 똑같이 생긴 방문들 중 하나를 열었다. 햇빛이 잘 들지 않는 연구실은 복도 불빛에 잠시 실체를 드러내다 이내 검어졌다. 불을 켜지 않은 채 의자에 몸을 밀어 넣고 눈을 감았다.

점심시간이 끝나갈 때가 되어서야 자리에서 일어났다. 외래 진료실로 가기 전, 외과학교실 사무실에 들러 정수기에서 냉수를 받아 들이켰다. 차가운 물이 얼음송곳처럼 목에서부터 식도를 지나 내리박히듯 흘렀다. 사무실을 나설 때 외과학교실 행정원 이진영이 카네이션 한 송이를 내밀었다. 전공의들이 준비했다고 했다. 쑥스러운 마음에 받아서 그대로 가운 주머니에 넣었다.

외래 진료는 내가 병원에서 하는 일 중 그나마 가장 부담이 적다. 이때 만나는 환자들은 생사를 오가는 긴 싸움을 끝내고 '살아난' 사람들이다. 환자가 부서지고 으깨진 몸으로 실려 왔을 때나, 검붉은 피를 쏟아내는 수술방에서 그리고 죽음과 지난한 전투를 벌이는 중환자실에서 그들을 만나는 것과는 다르다. 미국에서 연수받을 때 데이비드 호이트(David Hoyt) 교수는 외래 진료는 추수하는 것과 같다고 했다. 맞는 말이다. 외래 진료는 죽다 살아난 사람들을 만나는 일이고, 내 지긋한 일상에서 실제로 보람을 느낄 수 있는 거의 유일한 시간이었다.

진료실에 도착했을 때 의과대학 학생 한 명이 나를 기다리고 있었다. 사복 차림인 것으로 보아 임상실습을 시작하지 않은 저학년이었다. 학생은 나를 보고 머뭇거리다 입을 열었다.

— 저, 교수님.

— 왜, 무슨 일이야?

— 오늘이 스승의 날입니다. 제가 교수님 담당이어서요.

학생이 손에 든 카네이션 한 송이를 내밀었다. 아주대학교 의과대학은 매년 선발 정원이 40여 명 남짓인 작은 학교다. 족히 300명은 될 의과대학 교수들에게 일일이 시간 맞춰 꽃을 전달하기가 쉬운 일은 아니었을 것이다.

— 그래, 내가 교수지……. 고맙다.

나는 꽃을 받아들고 진심으로 학생에게 고맙다고 했다. 꾸벅 목례를 하고 돌아서 가는 학생 뒤통수에 덧붙였다.

— 공부 열심히 해라.

열심히 공부해라. 의과대학 학생들이 교수들에게 가장 많이 듣는 말이다. 공부를 열심히, 성실해 해야 하는 이유는 의사로서 기본 지식을 함양하기 위해서만은 아니다. 의사는 남의 몸을 가르는 면허를 부여받는 사람이다. 의과대학의 방대한 학업량과 공부에 대한 태도는 의사를 만들어가는 기초 자질 형성과도 연관된다. 엄청난 양의 공부를 열심히, 성실하게 하지 않으면 환자를 진료할 수 없다.

외래 진료가 시작되고 환자 몇이 다녀간 뒤, 한 부인이 홀로 진료실에 들어섰다. 2년 전 백령도에서 실어와 살려낸 환자의 보호자였다.

백령도는 북방한계선(Northern Limit Line, NLL) 주위의 다섯 개 섬 지역 중 하나다. 그 지역에도 사고는 있었다. 섬과 바다에서 근무 중이거나 훈련 중인 군인 또는 거주하며 생계를 이어가는 민간인이 으스러지고 짓이겨졌을 때, 그들을 하늘로 실어 뭍으로 데려올 수 있는 것은 군과 해경의 헬리콥터뿐이었다. 그러나 배치되는 병력 규모가 늘고 사고로 다치는 민간인도 점점 늘어나자 그 헬리콥터들만으로는 힘에 부쳤다. 2011년 6월 해병대를 필두로 서북

도서방위사령부가 창설된 뒤, 김관진 국방부장관과 이기환 소방방재청장은 이 지역에 소방방재청(현 소방청) 헬리콥터를 투입하기로 양해각서를 체결했다(2012년 1월). 나는 중앙구조단(현 중앙119구조본부)의 김준규 단장이 지휘하는 항공 팀과 그 지역을 돌며 헬리콥터 이착륙장과 비상착륙 거점을 확보해나갔다. 바로 그때 그 환자를 데리고 왔다.

그는 인천에 살았고 인천과 백령도를 오가며 어선에서 일했다. 수중 작업 도중 굵은 동아줄은 그의 몸통을 강하게 휘감았고, 그 주위 밧줄들이 어선 스크루에 엉켜 말려들어갔다. 두껍고 단단한 줄은 순식간에 그의 몸을 감고 돌아 뼈와 내장을 부수었다. 현장에서 전해 온 환자의 상태는 위중했다. 혈압이 잡히지 않고 의식이 없었다. 나는 전문의 정경원, 전담간호사 김지영과 함께 출동 준비를 했다. 심혈관계 약품과 O형 적혈구 성분 수혈액 10파인트, AB형 FFP(Fresh Frozen Plasma, 신선동결혈장액)* 까지 5파인트를 짊어지고, 중앙구조단 항공팀 석희성 기장이 몰고 온 EC-225** 에 올라탔다.

---

* 플라스틱의 이중백 등에 채혈한 혈액을 6시간 이내에 고속원침한 후 상청의 혈장을 분리백에 옮겨 영하 40도의 냉동고에 넣어서 동결시킨 것으로 1년간 사용할 수 있다.

수술 준비를 해줄 사람이 있어야 했다. 임상강사 권준식을 병원에 남겼다. 권준식은 수시로 현장 상황을 체크하며 수술을 준비하고 마취과 의료진을 준비시킬 것이다. EC-225가 육중한 몸을 하늘에 띄웠다. 로터 소리가 고막을 때렸다. 권준식이 헬기장에 남아, 기체가 내리꽂는 강한 하향풍을 버티고 서 있었다. EC-225가 고도를 높여가자 권준식의 윤곽은 점차 점이 되어 사라졌다.

EC-225는 영흥도와 무의도 사이 항로를 타고 서해로 날아 들어갔다. 사방이 검었다. 거리와 높이를 알 수 없었다.

이 세상이 아닌 곳으로 가고 싶다.

텅 빈 암흑 속에서 생각했다. 어둠이 나를 데려갔으면 싶었다. 죽고자 하는 힘으로 세상을 돌파할 수는 없을까도 생각해보았으나 나는 머리를 저었다. 자신이 없었다.

EC-225는 북한 영공에 접근해가자 200피트 이하로 고도를 낮췄다. 백령도를 비롯한 서북 5개 도서는 한국군의 전략적 요충

***

** 유로콥터(Eurocopter)에서 생산한 헬리콥터 기종으로, 현재 우리나라에 두 대뿐인 다목적 고난도 기동이 가능한 대형 헬리콥터다. 2011년 당시에는 한 대뿐이었다. 최대 28명까지 탑승 가능하고 응급의료 장비와 구조 장비가 탑재되어 있으며 야간 비행 장비까지 구비되어 있다.

지였고, NLL 바로 넘어 옹진반도에는 북한의 레이더와 지대공 화력이 가득했다. 우리는 NLL 접경인 우도와 소연평도 아래를 지나는 항공로를 따라서 소청도를 우회해야 했고, 저녁이 다 되어서야 대청도 상공에 도달했다. 헬리콥터의 비행궤적은 심하게 구부러져 돌아갔다. 연료가 바닥을 드러내기 시작했다.

백령도 헬기장에 닿은 때는 밤 8시가 넘어서였다. 헬리콥터 하향풍이 일으킨 먼지를 뒤집어쓴 항공관제 장교가 우리를 맞았다. 해군 대위였다. 표정이 좋지 않았다. 그를 따라 앰뷸런스에 닿았을 때 환자는 이미 숨이 끊어져가고 있었다. 죽어가는 환자에게 기관삽관을 하고 중심정맥관을 잡은 다음, 가지고 간 수액과 혈액을 몸에 쏟아부었다. 그사이에 해병들이 유조차를 산 정상의 헬기장까지 끌고 올라와 EC-225에 급유해주었다. 환자에게는 일분일초가 시급했다. 10여 분 뒤 환자를 헬리콥터에 옮겼다. EC-225는 굉음과 함께 몸을 떨며 허공으로 떠올랐다. 약품과 혈액을 계속 투여하며 환자의 몸에 흉관삽관을 했다. 병원을 향해 어둠 속으로 빠르게 진입해 들어가는 헬리콥터 안에서 우리는 시시각각 달아나는 환자의 숨을 붙잡으려 애썼다.

직선거리로 200여 킬로미터면 충분한 거리를, 북한의 레이더망과 NLL을 피해 280여 킬로미터 이상 해수면을 스치듯 낮게 날아 회피기동*을 하며 돌아나와야 했다. 캐빈 안에서 나는 칼로 환자의 몸을 열어젖혔다. 응급처치를 하는 동안 솟구친 피가 EC-225 바닥을 적셨다. 석희성은 기술과 집중력을 발휘해 파도가 튀어 오르는 높이까지 고도를 낮추면서도 속도를 늦추지 않았다. 그 덕에 자동차와 배로 5시간이 넘어야 닿는 섬에서 1시간 만에 병원으로 돌아왔다. 환자를 헬리콥터에서 빼내 곧바로 수술방으로 옮겼다. 환자가 빠져나간 캐빈 바닥에는 혈액샘플 용기들과 혈액팩들이 피 묻은 일회용 소모품들과 뒤섞여 굴러다녔다.

수술방에서 우리는 환자의 몸을 가르고 들어갔다. 복강 내 장기는 성한 곳이 없고 신장까지 완전히 두 동강 나 있었다. 환자의 몸에서 흘러나온 피가 수술대에서 바닥으로 쏟아져 내렸다. 터져 나간 장기를 일부는 적출하고 다수는 봉합하며 수습했다. 여러 번의 재수술이 불가피했으나 환자를 살리고자 하는 보호자의 의지가 컸다. 환자는 모든 수술과 처치를 버텨내고 기적같이 회복해 백

---

* 적의 위협 세력으로부터 아군 세력을 보호하면서 작전 임무를 수행할 수 있도록 비행 속력을 증속 또는 감속하면서 항로를 급격히 변경하는 기동.

령도로 돌아갔다. 그 뒤로 나는 외래 진료 때나 그를 만났다.

중증외상 환자의 외래 진료는 암 환자들과 달리 오래 지속되지 않는다. 정기 진료는 통상 2, 3년 내로 끝나고, 환자에게는 그보다 훨씬 전에 사회에 복귀하라고 권한다. 몇 달 전 확인한 환자의 장기 기능 검사 결과가 좋아서 외래 방문 일정을 줄여가던 중이었는데, 그 부인이 찾아온 것이다. 부인은 손에 들고 있던 꽃바구니를 내밀었다. 이제 막 피기 시작한 카네이션은 붉은 꽃부리가 도드라졌다.

— 이게 뭔가요?

내가 물었다.

— 오늘 스승의 날이어서요.

— 감사합니다. 그저 학교 안의 행사인데 보호자분께서 뭐하러 신경을 쓰세요.

— 네……. 애들 아빠가 교수님께는 꼭 인사드려야 한다고 할 것 같아서요.

부인의 웃음이 희미했다. 나는 겸연쩍게 환자의 안부를 물었다.

— 그런데 왜 환자분은 같이 안 오셨어요? 환자분은 이제 일상생활 잘하시죠?

그 순간 부인의 눈에서 눈물이 쏟아졌다. 소리 없는 울음이었다.

― 애들 아빠는 돌아가셨어요…….

울음 속에 묻어난 대답은 예상 밖이었다. 나는 한참 말을 잇지 못했다. 한심하기 짝이 없는 한마디가 입 밖으로 흘러나왔다.

― 왜요?

그 찰나의 순간에도 환자에게 치명적일 수 있는 온갖 합병증을 떠올렸다. 장폐색이었나? 급성신부전이었나? 왜 병원으로 다시 오지 않았지? 119에 신고를 못했나? 내가 떠올릴 수 있는 선에서 일어날 법한 모든 경우의 수들이 스쳤다. 부인은 눈물을 계속 쏟아내고 더러는 삼켜가며 입을 열었다.

― 두 달 전에 갯바위에서 미역을 딴다고 나갔는데, 갑자기 큰 파도가 몰려와서 쓸려가 버렸어요. 너무 건강해져서 지난겨울부터 다시 일을 시작했는데요.

짧은 탄식이 입에서 새어 나왔다. 노동자 계층의 중증외상 환자가 회복하여 업무에 복귀했다가 다시 다쳐 실려 오는 경우는 많았다. 그렇다고 해도 이번에는 너무 빨랐고 너무 치명적이었다. 그는 이제 다시는 식구들 곁으로 돌아오지 못한다. 내가 말을 잃은 사이, 부인은 소리 없는 분수처럼 눈물을 쏟아냈다.

— 애들 아빠가 살아 있을 때 항상 교수님 이야기를 했어요. 감사하다고. 이 얘기를 꼭 전하고 싶었습니다.

손수건으로 눈물을 훔치며 흐느끼는 목소리가 깊이 떨렸다. 부인이 자리에서 일어나 말없이 크게 허리 굽힐 때 나는 같이 일어나 허리를 굽혀 인사를 받았다. 그는 고개를 숙인 채 뒷걸음질로 진료실을 빠져나갔다. 나는 다음 환자에게 양해를 구하고 잠시 홀로 진료실에 서 있었다.

그 환자는 강건했고 외모도 준수했다. 평생 바다 위에서 어업에 종사했으며 자녀들을 잘 키워 출가시켰다. 모두 인천과 서울에 정착했다고 했다. 부인과 금실도 좋은 것 같았다. 훌륭한 가장이었다. 이 환자를 살리려고 많은 이들이 애썼다. 석희성이 중앙구조단에 단 한 대뿐인 EC-225를 몰고 비행해왔고, 김준규는 새벽 2시를 넘겨 우리가 수술을 마칠 때까지 퇴근하지 않고 전화를 걸어와 환자의 안위를 물었다. 이길상 대원이 이끄는 소방대원들과 우리팀 모두가 사력을 다해 살려낸 환자였다. 그런 환자를 서해의 파도가 한순간에 쓸어가 버린 것이다.

남은 외래 환자들을 어떻게 보았는지 잘 기억나지 않았다. 진료를 마치고 사무실로 돌아올 때 손에 든 꽃바구니가 무겁게 느껴졌다. 사무실 테이블 위에 그것을 올려놓고 한참 바라보았다. 외과 학교실과 학생에게 받은 카네이션도 주머니에서 꺼내 함께 올렸다. 눈앞에 놓인 꽃들은 피처럼 붉었다. 어딘가에서 누군가는 지금도 붉은 피를 쏟아내며 죽어가고 있을지 모른다. 저녁식사 시간을 한참 넘어서도 배는 고프지 않았다. 당직을 서는 날이라 밤조차 편치 못했다. 늦은 밤에도 환자들은 여전히 치료하기 어렵고 수월치 않은 상태로 몰려왔고, 밤새 환자들이 흘린 붉은 핏물이 수술방 바닥을 적셨다.

외과 의사

한국전쟁이 끝난 후 거리에는 눈알이 터져 안대를 하고 팔다리가 끊어져 불구가 된 참전 군인들이 넘쳐났다고 했다. 정부는 그들을 돌보지 않았고, 정치인들은 정치공학에 바빴으며, 국민들은 그들을 '상이군인'이라 부르며 경멸했다. 참전 군인들이 전장에 뛰어들거나 끌려들어가 피를 쏟고 몸이 으스러지도록 나라를 지키는 동안, 국내 후방이나 외국에서 개인적인 역량을 열심히 축적한 사람들은 붉은 파도가 지나간 후 정권을 잡고 나라를 운영하며 호가호위(狐假虎威)했다.

나는 어릴 적에 '상이군인'이라고 말하기 꺼려하던 아버지와 어느 명절에 동사무소에서 상이군인에게 주는 밀가루 한 포대를 이고 돌아오던 어머니를 기억한다. 석양을 뒤로하고 어머니와 걷던 거칠고 긴 비포장도로가 머릿속에 선명하게 남아 있다. 그날 어머니의 머리 위에서 밀가루 포대가 미끄러져 길바닥으로 떨어졌다. 제 무게를 못 이겨 배가 터져 갈라진 종이 포대에서 흰 가루가 쏟아져 나왔다. 어머니가 쪼그리고 앉아 흙이 묻지 않은 밀가루의 윗부분을 손으로 퍼서 다시 봉투에 담는 동안 어린 나는 자꾸 눈물이 났다.

의료보험 지역 가입자 정책이 시행되기 한참 전인 1980년대에 아버지는 직장생활을 예상보다 일찍 끝냈다.* 그와 동시에 가족들이 기대던 의료보험이 사라졌다. 남은 것은 상이군인에게 지급되는 노란색 의료보호 카드뿐이었다. 지정된 일부 병원과 의원만이 노란 카드를 받아줬고, 환영받지 못하는 환자와 그 가족들은 곳곳을 전전해야 했다.

고등학교 시절 그중 한 의원 주사실에서 간호사에게 물었다.

— 여기는 왜 이 카드를 가져온 저같은 환자들을 다른 환자들과 똑같이 대해주시나요?

---

* 1963년 의료보험법이 처음 제정되어 의료보험조합을 설립할 수 있게 됐고, 1977년 500인 이상 근로자가 있는 사업장에 대한 직장의료보험이 실시됐다. 이후 1989년 7월 1일 다른 보호 대상자를 뺀 전 국민을 대상으로 의료보험이 실시됐으며 1998년에 지역의료보험조합과 공교의료보험관리공단을 통합해 국민의료보험관리공단을 설립, 직장의료보험조합들은 140개로 통합되었다. 이후 2000년 국민의료보험과 직장의료보험을 통합하면서 보험제도를 국민건강보험으로 개칭하고, 국민건강보험공단을 설립했다.

주사를 놓던 간호사가 또렷한 목소리로 답했다.

— 당연한 거 아니야? 네가 왜 그런 걸 신경 쓰니?

그 병원의 의사와 간호사들이 모두 그와 같았다. 그 의원의 외과 의사 김학산 선생은 종종 내게 용돈을 쥐어주곤 했다. 나는 그곳 의료진이 고마웠다. 그러면서 나는 의사가 다른 개인의 인생에 미칠 수 있는 무게를 생각했다.

의사가 되겠다고 생각했을 때, 고등학교 동창 정용식이 신설 의과대학인 아주대학교 의과대학에 지원했다. 나는 그와 함께하기로 했다. 그는 어린 시절부터 친구였고, 공부를 잘했으며 마음도 깊었다. 그런 그와 함께 계속 공부하고 싶었다. 전공 선택의 이유도 같았다. 외과 수술은 육체적 부담이 크고, 전공 선택 시 그런 임상과는 의대 졸업생들이 선호하지 않았다. 정용식은 의과대학을 수석 졸업하고도 그런 외과를 선택했고, 나도 그 길에 합류했다.

사실 내과와 외과, 안과 밖의 가름은 무의미하다. 의학이라는 학문 자체가 내과라고 해도 무방하다. 수술적인 치료법의 표준 술식은 19세기 중반부터 도입되기 시작했다. 현재 행해지는 대표적인 수술법 중 많은 부분이 그 시기에 도입된 외과적 수술에 뿌리를 둔다. 당시에는 제대로 된 마취과 의사의 도움을 받을 수 없었다. 제대로 된 약물 치료조차 가능하지 않았다. 오늘날 수술 치료 결과가 비약적으로 개선된 데는 외과 의사들의 술기 향상뿐 아니라 마취과학과 수술 후 약물 치료 요법 발달에 기인한다. 외과 의사도 수술 전에는 정확한 내과적 진단을 해야 하고 수술이 끝난 후에는 내과적 집중치료에 정통해야만 한다. 그래야만 중증외상 환자들을 감당해낼 수 있다.

내과와 외과를 구분 짓는 이유가 무엇이든, 외과를 업으로 삼는 우리의 일상은 갈라지고 짓이겨진 살과 부서진 뼈와 장기들, 끊어진 신경과 어긋난 조직, 솟구치는 핏물 속에 있었다. 병원 밖으로 나갈 수 있는 날이 많지 않았다. 삶은 평범함과 거리가 멀었다. 그래도 나는 수술이 좋았고 수술방에 감도는 서늘한 감촉을 사랑했다.

수술 중 마취과 의사들이 조작하는 각종 마취기와 환자 상태를 확인할 수 있는 모니터에서 흘러나오는 경고음, 켄트(Kent Retractor)의 도르래를 감아올릴 때 줄을 타고 환부로부터 전해지는 팽팽한 긴장감, 가벼우면서도 강한 리처드슨(Richardson Retractor)의 단단함이 좋았다. 보비(Bovie)[*]가 조직을 태우며 들어가는 질감은 새 만년필 펜촉이 갱지를 긁어내려갈 때와 비슷했다. 특히 메이요 시저(Mayo Scissor)의 묵직한 감촉을 좋아했다. 수술 간호사가 손목 스냅을 이용해 메이요 시저를 전달해줄 때, 경쾌하게 울리는 '탁' 소리와 오른손 손바닥에 닿는 시저의 금속성 질감

＊ '켄트'와 '리처드슨'은 수술 시 절개창을 확대하는 수술 도구이며, '보비'는 직접적인 전류를 넣어 조직과 혈관을 절단하거나 소작하는 전기소작기이다.

은 팔을 타고 척추에 전달되어 온몸으로 퍼져나갔다.

고급 스테인리스강으로 만들어진, 이 무거우면서도 차가운 수술 기구와 첨단 과학이 응축된 장비들이 사람의 혼을 이승에 잡아놓는다. 외과 의사는 칼날을 교체해서 사용하는 얇고 섬세한 수술용 칼을 시작으로, 전기소작기와 견인장비 등으로 환자의 몸을 열어젖히고 환부를 향해 다가간다. 주요 혈관이나 장기를 만날 때, 때로는 우회하고 때로는 쪼개가며 환부로 파고든다.

이렇게 환자의 파열 부위 깊숙이 들어갈 때, 외과 의사들은 환자의 전신 상태까지는 집중하지 못한다. 마취과 의사들만이 그 공백을 틀어막는다. 수술대 위의 환자는 무의식중에도 마취과 의사들의 손끝에서 이승에 남게 되고 외과 의사는 그 상태에서만 환자의 환부에 접근할 수 있다. 나는 늘 내 좌측에서 말없이 궂은일을 도맡는 마취과 의사들이 고마웠다. 거칠고 험한 수술적 술기들이 이루어지는 죽음의 전장에서 그들이 죽음의 기운을 막아주지 못한다면, 차갑게 변해 미끌거리는 피의 감촉만이 내 손끝에 전해질 것이다.

이제 나는 외과 의사의 삶이 얼마나 무거운 것인지 뼛속 깊이 느낀다. 그 무게는 환자를 살리고 회복시켰을 때 느끼는 만족감을 가볍게 뛰어넘는다. 터진 장기를 꿰매어 다시 붙여놓아도 내가 생사에 깊이 관여하는 것은 거기까지다. 수술 후에 파열 부위가 아물어가는 것은 수술적 영역을 벗어난 이야기이고, 나는 환자의 몸이 스스로 작동해 치유되는 과정을 기다려야만 한다. 그 지난한 기다림 속에서 내가 할 수 있는 일은 각종 인공생명유지장치들을 총동원해 환자에게 쏟아붓는 것뿐이고, 그것은 치료를 '돕는' 일에 지나지 않는다. 내 힘으로만 환자를 살려낸다거나 살려냈다고 할 수 있는가 하는 물음에 나는 답할 수 없었다. 외과 의사로 살아가는 시간이 쌓여갈수록 외과 의사로서 나의 한계를 명백히 느꼈다.

회귀

의과대학 시절, 인간의 생사에 관여하기 위해 배워야 할 것들은 넘쳐났다. 동기들은 방대한 학업량에 떨어져나갔다. 유기화학, 핵물리학을 망라하는 기초과학 과목과 해부학, 생화학, 생리학으로 대표되는 의학 입문 과목들에 배정된 학점은 높았다. 그런 과목들로 짜인 학기들을 지날 때마다 20퍼센트가 유급당했다. 거기에서 살아남은 학생들은 또다시 기초의학 종합평가라는 시험을 통과해야 했다. 그 산을 넘으면 약리학, 병리학 등 8점짜리 임상기초 과목들이 발목을 잡았다. 내·외과 계열의 임상의학 과목까지 간신히 이수하고 본과 2학년을 마칠 때쯤 강의실에는 입학생 가운데 절반만이 남았다. 살아남고자 이를 악물었고, 남은 이들 중 하나가 되었을 때 나는 행운이라 여겼다.

본과 3학년이 되면 실습을 나가야 했다. 신생이었던 아주대학교 의과대학은 연세대학교 세브란스병원에 실습 과정을 일임했다. 나는 그곳으로 가지 못했다. 위태롭던 집안이 풍비박산하면서 살인적인 의과대학 커리큘럼을 더는 소화할 수 없었다. 아무런 지원 없이 의대 공부를 계속해나가는 것은 힘에 부쳤다. 차선이 되어야 할 군대가 우선이 되었고, 졸업하지 않았으므로 일반병이어야 했다. 그날로부터 나의 자리는 해군의 갑판수병이었다.

내가 함상훈련을 받던 경기함은 낡은 구축함이었다. 1980년대까지도 한국 해군에는 잠수함이 단 한 척도 없었다. 전력은 북한에 열세였으며, 작전 해역에 북한 잠수함과 각종 신형 고속 함정들이 출몰하곤 했다. 미국 정부는 이를 경계해 1970년대 초반 기어링급 구축함(Gearing-class destroyer)* 일곱 척을 한국 해군에 무상으로 내줬다. 미국 해군이 제2차 세계대전 때부터 쓰다가 퇴역시킨 구축함들로, 함정의 피로도는 극심했다.

함수에 있는 5인치 포를 발사할 때마다 함 내의 모든 이음새가 틀어졌다. 녹 가루가 떨어지며 이격(離隔)했고 형광등이 깨져나갔다. 비만 오면 브릿지부터 상갑판에 이르기까지 사방에서 비가 새

---

* 제2차 세계대전 당시 알렌 M. 섬너급 구축함(Allen M. Sumner-class destroyer)의 방공 능력과 항해 거리를 더 늘려야 한다는 미국 해군의 요구로 개발된 구축함으로, 모두 101척이 건조되었다.

들어왔다. 함정에는 제2차 세계대전 당시부터 대를 이어 산다는 '미국산 쥐'들이 돌아다녀 전선망을 갉아먹었다. 합선과 누전으로 인한 자잘한 고장이 끊이지 않았다. 함정의 프로펠러를 돌리는 옛날식 증기터빈은 '제너럴 일렉트릭(GE, General Electric Company)'에서 만든 것으로, 민간 어선에서조차 쓰지 않는 것이었다. 그럼에도 이 낡은 함들만이 해상에서 헬리콥터를 함상에 앉힐 수 있었다. 이들마저 없으면 한국 해군은 항공 전력을 끌고 바다로 나갈 재간이 없었다. 해군은 이 낡은 구축함에 한국의 광역자치단체의 이름을 따 경기함, 강원함, 충북함, 전북함 등으로 함명을 붙여 각 함대의 기함(旗艦)을 맡기고 제2차 세계대전 때 쓰던 수동식 함포로 마르고 닳도록 훈련했다.

수병들을 태우고 바다 한가운데로 나가는 모든 함정들은 경기함 못지않게 낡고 빛이 바랜 '늙은 고래'였다. 함은 바다 위의 '집'이자 '무기'이고 '방공호'여서, 함의 목숨과 함 내의 목숨들은 같은 자리에 놓였다. 우리는 늙은 고래들을 세심하게 살펴야만 했다. 장교와 수병이 너나없이 고치고 닦고 조이고 기름 쳐가며 함의 유지를 위해 갖은 애를 썼다. 모두의 손에 시너 냄새가 흥건했고 근무복에는 페인트 얼룩이 가시지 않았다. 대한민국의 웬만한 큰 조직은 관료주의와 권위주의로부터 자유롭지 못하고, 의료계도 크게 다르지 않았다. 지금까지 그런 세상이 전부였던 내게 해군의 모습은 생경했다.

한 선임은 "해군은 제한된 상황에서도 낡은 장비와 부족한 보급을 탓하지 않는다"라고 했고, "우리는 주어진 상황에서 어떻게든 함을 띄워야 한다"라고도 했으며, 그것이 "이순신 제독 때부터 내려오는 해군의 전통"이라고 했다. 물러설 자리가 없는 곳에서는 모든 것이 명료해진다. 검푸른 바다 위는 사지(死地)이자 전장(戰場)이고 생존의 터였다. 그 위에서 해군들은 미루지도 물러서지도 않았다. 속을 헤아릴 수 없는 물길 위에 선 사람들에게 섣부른 잔꾀는 없었다. 단순하고도 순결한 세상, 나는 그것이 좋았다. 갑판수병으로서 최선을 다하며 처음으로 편안함을 느꼈다. 다만 지난 4년간의 학업을 심해에 처박아야 할지도 모른다는 사실을 마주할 때면, 앞날에 대한 불안과 현실에 대한 원망이 포말(泡沫)처럼 생겨나고 부서졌다. 그런 내게 주위 선임사관들은 어떻게든 졸업하라고 격려했다.

한 상사가 전출 가는 날, 나는 우연히 배웅을 맡아 그를 따라나섰다. 늦여름 새벽이었다. 그는 베트남전쟁이 한창일 때 임관해서 평생 해군 부사관으로 살아온 사람으로, 함정 기관계통의 현장 전문가로 명망이 높았다. 오랜 함상(艦上) 근무를 끝내고 육상 기지로 온 그는 고속정의 잔잔한 진동에도 무릎을 많이 아파했다. 다시 바다 위로 돌아가지 않을 것 같았던 그가, 육상 기지로 온 지 3개월 만에 또다시 함상 근무에 자원했다. PCC(초계함)*를 타러 나간다는 말을 전해 들었을 때, 나는 그 이유가 궁금했으나 묻지 못했다.

부대 밖의 사람들은 표정이 없었다. 굳게 입을 다물고 우리를 스쳐 지나갔다. 전철역에 도착했을 때 역사 안에서는 더 많은 무표정들이 다급하고 분주하게 움직였다. 앞서 걷던 그가 나를 돌아보고 무심히 말했다.

— 국수나 한 그릇 먹고 헤어지자.

그와 나는 작고 허름한 국숫집에 들어가 마주 앉았다. 잔치국수 두 그릇을 주문했다. 플라스틱 컵 속의 누런 보리차는 미지근했다. 나는 그에게 물었다.

— 무릎이 안 좋다고 하셨는데, 함상 근무 괜찮으시겠습니까?

그는 대답 없이 컵에 담긴 물을 한 번에 들이켰다.

— 너 의대 다니다 왔다고 했지?

— 네.

— 복학하면 몇 년 더 다녀야 하지?

— 2년 더 다니면 됩니다.

— 학교는 꼭 잘 마쳐라.

그가 말을 이으려던 참에 국수가 나왔다. 김이 오르는 말간 멸치 국물을 한 모금 떠 마셨다. 따뜻한 것이 목을 넘을 때 바다 냄새가 났다. 눈앞의 그는 바다로 가면 몸이 아플 것을 알면서도 다시

---

* 적의 기습 공격에 대비해 연안 해상을 경계하는 임무를 수행하는 군함.

바다로 돌아가는 중이었다. 나는 그 회귀를 이해하고 싶었다. 젓가락을 들어 휘젓자 엉겨 있던 소면 가락이 힘없이 풀어졌다. 면에는 국물 맛이 덜 배어 밀가루 냄새가 희미하게 남아 있었다. 제각각으로 겉돌았으나 시큼한 김치 한 조각이 바다와 뭍의 내음을 지웠다. 국수 그릇은 금세 비었다.

밖으로 나와 말없이 역전 계단을 오를 때, 한두 계단 앞서가던 그가 입을 열었다.

─ 나는 의사들이 하는 공부가 어떤 건지 잘은 모르지만 말이야, 거기에도 원칙이라는 게 있지 않아? 이를테면 의사들이 환자를 치료할 때 꼭 지켜야 하는 것들. 내가 이번에 육상 근무로 나오게 된 이유는 현장의 문제와 개선점을 사령부에 잘 인식시키기 위해서였어. 고속정 운영과 기관계통의 개선점을 찾는 것, 그게 목적이었거든.

사령부에서 그를 육상으로 전입시킨 것도 그런 이유였다. 그가 최일선에서 겪은 것을 토대로 문제점을 파악하고 개선하고자 했다. 그는 북한 고속정의 기관 강화에 주목하며 한국 고속정의 느린 속도와 빈약한 화력을 염려했다. 그 사실을 대형 함의 함장들과 전대장, 함대 사령관에게까지 전달하려고 애썼다. 그러나 그가 지적한 문제들은 쉽게 개선되지 않았다. 나는 이해할 수 있었다. 해군의 계급 체계는 상당히 업무 지향적이어서, 계급의 상하관계만으로 업무의 경중이 나뉘지 않는다. 장교와 사관의 계급 체계는 나이나 직급보다 업무 분장 영역을 근간으로 한다는 인식이 있다. 기술적으로 전문가라 불리는 부사관들의 의견은 대부분 함장을 거쳐 함대 사령부에서 적극적으로 검토되지만, 어려운 건 어려운 일이다. 그가 제기한 문제는 함대 사령관도 알고, 해군 참모총장도 알고, 국방부장관이나 대통령도 알고 있을 것이었다. 그러나 그 같은 문제를 해결하려면 정치적 결단이 필요하다. 예산은 정해져 있고 얽힌 이해관계는 복잡했으며 해군에서 개선이 시급한 사항은 이뿐만이 아니다. 자원 배분에 순번을 정해야 한다. 수백 수천 가지 중에서 우선순위를 정하는 데 정치적 고려는 필수 불가결하다. 그도 이러한 사실을 알았으나 자신이 발견한 문제점을 좌시하지 않고 개선해보고자 나름 애써왔다. 그가 일련의 이야기들을 마칠 때쯤 우리는 역사를 지나 플랫폼을 향하고 있었다.

— 그래도 나는 뱃사람이다. 하는 데까지 해보다가 안 되면 다시 배 타면 되지. 절이 싫으면 중이 떠나는 거야.

그는 그렇게 말하고 웃었다. 그리고 플랫폼으로 내려가는 계단참에 멈춰 서서 나를 보았다.

— 이제 그만 가봐라. 그리고 의대 공부는 꼭 마쳐라. 난 말이지, 뱃놈이라 그런지 육지에서 복잡한 정치는 못하겠다. 너는 제대하면 하던 일을 꼭 마무리해라.

그는 내게 의사가 되라고 신신당부했다. 나를 보지 않은 채 손을 내저으며 계단을 내려갔다. 따라오지 말라는 의미였다. 나는 그 자리에서 움직이지 않았다. 그가 오른 전동차가 천천히 플랫폼을 빠져나가는 모습을 한자리에 서서 끝까지 지켜보았다.

'원칙을 지켜야 한다, 하는 데까지 최선을 다해서 옳은 것을 주장하며 굽히지 않는다, 안 될 경우를 걱정할 것 없다, 정 안 되면 다시 배를 타러 나가면 그뿐이다. 나쁜 보직을 감수할 자세만 되어 있으면 굳이 타협할 필요가 없다. 원칙에서 벗어나게 될 상황에 밀려 해임되면 그만하는 것이 낫다.' 그것은 단순한 논리였다. 바다 위에서 만난 병사들이 그와 같았고 대개의 뱃사람들이 그러했다. 그의 말들이 짙은 쪽빛으로 머릿속을 깊이 물들였다.

집안 사정은 나아지지 않았고 나는 달리 새로운 길을 찾지 못했다. 어떻게든 해보라던 선임들의 말이 뇌리에 남았다. 뚜렷한 방책은 없었으나 다시 의과대학으로 돌아왔다. 정용식과 그 가족들의 도움에 기대어 대학 공부를 마쳤다. 바다 위에서 배운 단순한 논리가 인생의 방향타가 됐다.

남루한 시작

1990년대 초 한국 경제는 호황이었고 황금기는 끝나지 않을 듯 보였다. 돈이 돌고 돌아 모두가 꿈을 꾸었다. 은행은 쉽게 돈을 빌려주었으며 막대한 자금이 '투자'라는 이름으로 쓰였다. 모든 것이 빚이었으나 기업은 그것을 빚으로 여기지 않았다. 나라가 온통 빚 천지가 되고 국고는 텅텅 비었는데도 모두가 눈을 감았다. 발밑은 보란 듯 무너지고 있었으나 나라는 해결할 능력이 없어 국제기구에서 달러를 빌려 그 틈을 메웠다. 후폭풍에 온 나라가 쑥대밭이 되었다.

의료계도 흔들렸다. 아주대학교병원의 모기업(母企業)인 대우

그룹마저 해체됐다.[*] 병원은 후방 지원 없이 부지불식간에 전쟁터로 내몰린 것과 다름없었다. 살아남기 위한 수(手) 싸움이 안팎으로 벌어졌다. 그 사이에서 누군가는 잘려나가고 누군가는 버텨냈으며 능력 있는 많은 이들이 떠나갔다. 나는 그 시절에 외과 전공의를 마치고 연구강사가 되었다.

그 시절 나는 '간 조직 재생' 연구에 집중했고, 이 연구 테마를 바탕으로 학위 논문과 연구강사 과정을 마쳐가고 있었다. 그러나 간담췌 외과를 비롯해 모교 병원 외과의 어느 분과에도 취직자리는 없었다. 지도교수였던 외과 과장이 나를 불러 병원 내에 신설되는 분과인 '외상외과'를 권했다. 외상외과가 무엇인지도 모르고 일단 과장의 권유에 따랐다. 큰 수술은 성취감이 컸고 학생들을 가르치면서 공부도 계속할 수 있다는 것은 좋은 일이었다. 나는 그저 살아남기 위해 외상외과를 선택했다. 한·일 월드컵에서 '대한민국'이 4강에 올라 온 나라가 축제 분위기일 때였고, 서해상 NLL에서 '대한민국' 해군 대위 윤영하 정장이 지휘하던 PKM357(참수리 고속정)이 북한의 조준 사격을 받아 사투 끝에 여섯 명이 전사하고 침몰했던, 2002년이었다. 그해 육지는 붉은 악마들의 함성으로 가

---

[*] 그 시절 구조조정의 칼잡이였던 이헌재 전 경제부총리는 그 시기를 이렇게 회고했다. "1997년 말의 위기는 무서운 풍경이었다. 걷잡을 수 없이 시장이 무너졌다. (…) 나라는 풍랑 속 조각배 같았다." 소위 'IMF' 한 단어로 기억하는 시절의 일이었다.(이헌재, 《위기를 쏘다》, 중앙북스, 2012.)

득 찼고 바다는 수병들의 피로 붉게 물들었으며, 전임강사 임용을 받은 나는 병원 밖으로 나가지 못한 채 밤이면 밤마다 붉은 피에 젖었다.

외상외과는 원시시대부터 시작된 외과의 가장 초기 모습으로서 외과 전체의 뿌리이기도 했으나, 국내 의학계에서는 별다른 진전 없이 지지부진했다. 외상외과를 이야기할 때마다 나는 길게 설명해야 했다. 이미 잘 세분화되어 있던 외과의 여러 세부전공들과는 달랐다. 이 분과는 한국 의료계 내에서 존재 자체가 없었다. 사람들은 응급의학과와 외상외과의 차이를 구분하지 못했고 구분하려 하지 않았다. 실전에 투입되어 수많은 중증외상 환자를 치료해온 주한미군의 군의관들만이 외상외과 의사가 무엇을 하는 사람인지 묻지 않았다.

'외상(外傷)'이 몸에 가해진 물리적 충격에 의해 손상된 모든 것을 의미할 때, '중증(重症)외상'은 생명이 위독할 수 있는 외상으로 반드시 '수술적 치료' 및 집중치료가 필요한 상태를 뜻한다. 어딘가에 부딪히고 깔리거나 떨어져서 혹은 무엇인가에 관통당해 사지와 뼈들이 으스러지고 장기가 터져나가는 경우들이다. 이때 환자는 오래 버티지 못한다. 헬리콥터를 이용해서라도 이송은 신속해야 하고, 이송 중 적절한 처치가 이루어져야 하며, 최종 치료를 담당할 수 있는 의료기관에 도달해야 한다. 도착과 동시에 빠른 진단, 수술, 집중치료가 이어져야 하므로 수술방과 중환자실이 받쳐

줘야 한다. 마취과부터 혈액은행, 의료진에 이르기까지 여러 분야의 의료 자원도 신속히 투입되어야만 한다. 그것이 중증외상 환자들에 대한 '치료 원칙'이다.

한국에서 이것을 가장 잘 아는 사람들은 현장의 의사가 아닌 의과대학 학생들이다. 외상외과에 대한 교육이 제대로 이루어졌기 때문이 아니라 원칙적이고 쉬운 교과서적인 문제이기 때문이다. 그러나 의사 자격시험을 볼 때 90퍼센트 이상의 정답률을 보이는 기본적인 외상환자 치료 원칙은 현장에서부터 뒤틀렸다. 나는 한국의료 현실에 경악했다. 졸업 후 병원에서 임상 근무가 시작되면, 이 원칙은 곧 뇌리에서 사라진다. 사고현장에서 병원에 이르는 과정에서만 해도 수많은 사람이 죽어나갔다. 간신히 살아 병원에 도착해도 수술할 의사는 없고 마취과 의사와 수술방을 확보하기 어려우며, 중환자실 자리는 언제나 부족했다.

나의 일은 수많은 블록들 사이에서 맞는 조합 하나를 찾아내는 것과 같았다. 이것이 가능하면 저것이 불가(不可)했고, 저쪽에서 합(合)하면 이쪽에서 불합(不合)했다. 대형 병원 응급실에 실려 온 중증외상 환자들은 죽어 나가거나 다른 병원으로 전원되었다. 환자들은 응급실과 응급실 사이를 떠돌다 길바닥에서 예정에 없던 죽음으로 들어섰다. 시비(是非)를 떠나서 다들 그래왔고 그럴 수밖에 없었다. 한국에서 의사들은 다른 선택지를 떠올릴 여지가 없었다.

중증외상 환자들을 치료하는 것이 나의 업(業)인데도 환자들은 자꾸 내 눈앞에서 죽어나갔다. 살려야 했으나 살릴 방법을 찾지 못했다. 필요한 것은 '시스템'이었다. 그러나 누구도 그것이 무엇인지 알지 못했고, 알려고 하지 않아서 더 알 수 없었다. 서울아산병원 임경수 교수가 한국계 미국인인 외상외과 의사가 1990년대에 3년 동안 만들어놓았다던 진료기록을 내밀었다. 나는 화석을 보는 것 같았다. 그 의사는 한국에 외상외과를 정착시킬 수 없다고 판단하고 떠났다고 했다. 나조차 한국의 현실이 지겹도록 비루하다고 느끼기까지 오래 걸리지 않았다. 나는 방도를 찾아야 했다.

선진국의 중증외상 의료 시스템을 봐야만 했다. UC 샌디에이고 외상센터(University of California, San Diego Trauma Center)에서 단기 연수를 받기로 했다. 40여 년의 역사를 거치며 정돈된 미국의 중증외상 의료 시스템은 한국과 차원이 달랐다. 환자 치료의 규모와 범위에 따라 각 임무에 맞게 레벨이 정해진 외상센터들이 1~4단계까지 분류되어 있었고, 그 센터들은 유기적으로 작동하며 환자를 살렸다. 카리스마와 강한 리더십을 가진 데이비드 호이트 교수가 이끄는 외상외과팀은 그 지역에서 발생하는 중증외상 환자들을 지키는 전사와도 같았다. 부교수인 라울 코임브라(Raul Coimbra)와 조교수인 브루스 포텐자(Bruce Potenza), 임상강사인 제이 더셋(Jay Doucet)이 엄청난 양의 진료 업무와 연구 부담을 소화해내고 있었다.

출근 첫날 지급받은 페이저(pager)가 날카롭게 울었다.

'OR Resus pt in 15min by Air'

센터의 오퍼레이터가 의료진에게 보낸 메시지였다. 환자는 심폐소생술이 필요한 상황이며 헬리콥터로 15분 내에 센터에 도착, 응급실을 거치지 않고 곧장 수술방으로 올라가 수술적 치료가 시작될 것을 뜻했다. 나는 '중증외상 환자 전용 수술방'에 진입했다. 외과 수석 전공의 데니가, 환자는 공사장에서 추락했고 개흉술을 통해 심장마사지를 해야 할 정도로 상태가 심각하다고 설명했다. 곧 헬리콥터가 도착했다는 소식이 들렸다. 환자의 심장은 이미 멈춰 있다고 했다. 긴박한 상황에 모두가 일사분란하게 움직였다.

다다다다…….

이동용 침대가 복도를 가로지르는 소리가 수술방까지 울렸다. 헬리콥터 착륙장에 올라갔던 외과 전공의 우탐이 환자 위에 올라가 심폐소생술을 하는 상태 그대로 침대가 밀려들어 왔다. 포텐자 교수가 우탐과 의식 없는 환자 위로 소독약 베타딘(Betadine) 두 병을 통째로 뒤집어 쏟아부었다. 한국에서는 소독약 비용까지도 쥐어짜듯이 아껴 운영해야 하므로, 소독약을 솜에 묻혀 환부를 닦는 게 고작이었다. 베타딘 두 통을 한꺼번에 쏟아붓는 일을 나는 이때 처음 보았다.

우탐이 환자에게서 내려오자 포텐자 교수는 곧장 칼을 들고 환자의 가슴을 수평으로 열었다. 폐와 심장이 드러났다.

— 립 스프레더(Rib Spreader)!

스테인리스강으로 만들어진 스프레더가 환자의 늑골을 벌렸다. 포텐자 교수는 익숙하게 환자의 심장 부위까지 절개해 들어갔다. 옆에 있던 데니가 심장을 양손으로 직접 잡아 마사지했다. 이 모든 일이 3분이 채 되지 않는 시간 안에 이루어졌다. 혈액과 수액을 환자에게 쏟아부었다. 환자의 심장이 곧 떨려왔다.

— 디피브릴레이터(Defibrillator)!

포텐자 교수가 외쳤을 때 한국에서 심장 수술할 때나 쓰는 심장제세동기가 이미 환자 곁에 준비되어 있었다. 포텐자 교수가 직접 제세동을 시도했고 환자의 심장이 곧 다시 뛰기 시작했다. 그는 마취과 의료진 쪽으로 눈을 돌렸다. 눈이 마주친 그들은 길게 말을 섞지 않았다.

— 시작하죠(Let's Do it)!

환자의 몸이 곧장 개복(開腹)됐다. 열린 복벽 사이로 파열된 간에서부터 피가 뿜어져 올라와 사방으로 튀었으나 누구도 물러서지 않았다. 수술창과 수술 범위는 몹시 컸다. 수술방에 긴장감이 돌았으나 당황하는 사람은 없었다. 일사천리로 진행되는 수술은 충격적이었다. 첫날부터 모든 것이 압도적이었다. 환자가 헬리콥터로 빠르게 이송됐고 수술 준비와 진행은 완벽했으며 지원은 아낌없었다. 모든 것이 원칙에서 벗어나지 않았다. 교과서에서나 볼 수 있던 '중증외상 환자 수술적 치료의 정석'이 눈앞에서 이루어지던 순간 나는 전율했다.

환자를 헬리콥터로 이송하는 것이나 의료진이 헬리콥터에 탑승하는 것은 한국에서라면 상상조차 할 수 없었다. 방금 전 수술한 환자도 한국이었다면 앰뷸런스로 이송되었을 것이고, 병원 도착 전에 이미 사망했을 것이다. 나는 수술을 마친 포텐자 교수에게 위험을 무릅쓰고 헬리콥터로 현장에 출동하는 의사들에 대해 물었다. 그의 답은 선명했다.

— 네가 환자에게 가까이 접근할수록 환자를 살릴 기회가 많아질 거야(The closer you get to the patient, the more likely you'll save the patient).

어떤 환자라도 조건은 같고 환자는 언제나 상황에 우선한다. 원칙은 흔들리지 않았다. 의료진은 원칙대로 환자에게 가능한 한 최선을 다해 더 빨리, 더 가까이 가려고 애썼다. 헬리콥터로 20분 남짓이면 현장에서 센터까지 환자를 이송해왔다. 때로는 의료진이 장비를 메고 헬리콥터에 올랐고, 그 안에서 긴급한 시술이 이루어졌다. 영화배우를 연상하게 할 만큼 미남인 제임스 던퍼드(James Dunford) 교수가 말했다.

— 매 순간 환자와 연결되어 있어야 해(We should be connected to patients every single moment).

인간의 몸에 도는 피는 체중의 5퍼센트에 불과하고 그중 절반 이상을 쏟아내면 죽는다. 2리터의 피는 몸에서 순식간에 빠져나간다. 대량의 피를 쏟아내는 중증외상 환자는 앰뷸런스 안에서 오래 견디지 못한다. 앰블런스에는 대부분 인턴이나 아래 연차의 수련의들이 올라탄다. 숙련된 의사들이 탑승한다고 해도 상황은 나아지지 않는다. 달릴 때 진동이 심한 앰블런스 안에서 의사는 환자 치료는커녕 자신의 몸조차 가눌 수 없다. 외상센터에서 전문 의료진이 헬리콥터에 오르는 것은 그 때문이다. 한국의 환자 이송 시간은 평균 4시간이 넘었고, 제2차 세계대전 당시 미군의 전투 지역과 다르지 않다.* 21세기 대한민국의 현실은 1940년대에 머물러 있었다.

2003년 UC 샌디에이고 외상센터는 극도로 바빴다. 2001년 9·11 사태 이후 민간인 중증외상 환자뿐만 아니라 해군과 해병대 장병이 센터 안에 가득했다. 미국 해군은 '이라크 자유 작전(Operation Iraq Freedom)'을 준비하고 있었고, 강도 높은 훈련에 부상자가 속출했다. 미 해군 예비역 대령인 포텐자 교수를 비롯한 외상센터 의료진은 부상병 치료에 매달렸다. 나는 민간과 군의 의료 체계가 혼합되어 움직이는 것 또한 자연스럽게 배웠다. 한국에서는 본 적 없는 광경이었다.

---

* 미국 독립전쟁 때 현장에서 다친 병사를 야전병원까지 데려오는 데 걸린 시간은 72시간, 제1차 세계대전 때는 8시간이 걸렸다고 한다. 제2차 세계대전 때는 현장에서 후방 외상센터까지 4시간이 걸렸고, 한국전쟁에 이르러서는 1시간 30분, 베트남전쟁 때는 30분으로 단축시켰다. 중증외상 환자 항공 이송을 위한 더스트오프(DUSTOFF) 팀이 창설된 덕분이었다. 그들은 UH-1 헬리콥터를 이용해 사지로 뛰어들었다. 선진국에서는 이것이 그대로 외상 시스템에 들어와 지켜지고 있으며 의료진이 직접 사고 현장으로 헬리콥터를 타고 출동하기도 한다.

모든 순간이 경이로워 자는 시간조차 아까웠다. 호이트 교수는 내게 병원 내 당직실을 내어주었다. 나는 센터에서 이루어지는 모든 것들을 깊이 새겼다. 이성과 원칙, 교과서적인 알고리즘을 따라 움직이는 시스템, 그 시스템을 받쳐줄 수 있는 규모의 센터, 민간과 군이 하나가 되는 의료 체계……. 그 안에서는 환자들이 살아 나갔다. '이 시스템을 한국에 도입해야겠다.' 나는 그렇게 생각했다.

— 여기가 미국인 줄 알아?

한국에 돌아온 후 주위 반응은 막막했다. 한국에는 한국만의 '질서'가 존재했다. 기껏 찾은 답은 쓸 수 없었고 현실적인 난관을 피할 수 없었다. 외상외과를 하면 할수록 선진국과 한국의 간극을 절감했다. 한국에서 선진국 수준의 중증외상 의료 시스템을 제대로 만들려면 선진국 모델을 근간으로 삼아 그대로 가져와야 했다. 인력 구성에서부터 외상센터 건물의 동선 배치에 이르기까지 그대로 따라가야 한다. 여기에 '한국적' 모델을 추구하며 사족이 끼어드는 순간 이 배는 산으로 갈 것이다. 타협할 수 없는 조건이었다. 나는 현실에서 극심하게 부딪치면서도 좀처럼 그 생각을 바꿀 수 없었다.

원흉

2004년, 나는 숨 쉬듯 수술하고 또 수술을 했다. 몸이 피에 너무 많이 젖으면 샤워실에 처박혀 피가 다 씻겨나갈 때까지 멍하니 웅크리고 앉아 있었다. 환자들은 밀물 때 들이닥치는 파도와 같았다. 밤은 환자들의 비명으로 울렸다. 그들은 부서진 뼈와 짓이겨진 살들 사이에서 죽어나갔고, 나는 좀처럼 핏물에서 헤어나오지 못했다. 미국에서 기껏 배워 와봤자 나아진 것은 없었다. 내가 아무리 설명해도 대부분 건성으로 들었고, 나는 말하는 중에 잘려나갔다. 의료계의 관행에서 한 치도 벗어나지 않았다. 나는 미국에서 완벽히 갖춰진 '시스템'을 봤다. 충분한 의료진과 의료 장비, 병상이 있었고 환자를 싣고 오는 헬리콥터가 끊임없이 날았다. 그것을 기반으로 사(死)에 가까운 이들이 생(生)으로 건져 올려졌다. 그 누구도 혼자 싸우지 않았다. 그러나 한국에는 애초에 '중증외상 의료 시스템'이라는 게 없었으므로, 나는 아무런 기반 없이 홀로 사지로 내몰렸다.

미국에서 돌아온 지 얼마 지나지 않았을 때 미 육군 제8군 의무사령관인 브라이언 앨굿(Brian Allgood) 대령이 부관을 대동하고 왔다.* 미 육군 제8군은 보병 2사단을 주력 부대로 했고, 주둔지인 한국에서 끊임없이 거친 훈련을 했다. 세상에 공짜란 없다. 실제 전투가 벌어지면 평소 훈련에서 흘린 땀과 피가 전투 결과를 가른다. 기동 중 뒤집힌 험비(HUMVEE)**에 짓이겨진 미군 장병들은 곧장 미국으로 송환될 수 없다. 한국에서 응급수술로 일단 목숨을 유지하면서 본국의 에어 앰뷸런스가 오산의 미 공군기지로 들어올 때까지 시간을 벌어야 한다.

미 육군 대령이자 외과 의사인 앨굿 대령은 내게 헬기장이 필요하다고 했다. 부상병이 발생하면 미군 의료진이 블랙호크(Black Hawk)***로 환자를 곧장 데려오겠다고 했다. 한국의 헬리콥터도 와

---

* 아주대학교병원은 주한미군과 진료협약을 맺고 훈련 중 부상을 당한 군인 등에 대해 의료지원을 하고 있다.

** 고기동성 다목적 차량(High Mobility Multipurpose Wheeled Vehicle). 미국이 개발한 고성능 4륜 구동 장갑 수송차량이다.

*** 미국 시코르스키사에서 개발한 UH-60 블랙호크는 쌍발 터빈 엔진, 단발 로터의 다목적 전술항공작전 수행용 헬리콥터이다.

본 적 없는 병원에 주한 미군을 위해 큰 예산을 들여 헬기장을 만들 수는 없었다. 최대 착륙 하중이 11톤이 넘는 블랙호크를 받아낼 수 있는 헬기장을 만들려면 20억 원에 육박하는 돈이 필요했다. 병원은 외상센터의 본질을 알지 못했고, 환자 항공 이송의 중요성도 깊이 생각하지 않았으므로 블랙호크가 내려앉을 별도의 헬기장 조성을 수락할 리 없었다. 나는 의과대학과 병원 건물 사이 길바닥에 흰색으로 'H'자를 그렸다. 헬기장 아닌 헬기장에 블랙호크들이 환자를 싣고 왔다. 나는 부끄러웠다. 미군 파일럿은 불평하지 않았으나 그곳에 한국 헬리콥터는 단 한 대도 착륙하지 않았다.

홀로 지내는 시간이 늘어갔다. 한반도 내에서 중증외상 의료 시스템을 국제 표준에 맞게 운영하는 이들은 주한 미군 의료진이 유일했으므로 그들과 같이 일했다. 외국의 유명 외상외과 석학들을 초청해 컨퍼런스도 열었다. 보고 배운 것들을 유지해보고자 애썼다. 몸부림에 가까운 일이었으나 남들이 보기에는 지금까지의 관행과 관습들을 모조리 무시하고 제멋대로 날뛰는 것처럼 보였을 것이다.

내게 오는 중증외상 환자들은 버스나 택시를 운전하거나 오토바이로 배달을 했고, 공장이나 건설 현장에서 위험한 일을 했다. 일하던 중에 굴착기에 끼거나 지게차에 깔렸으며 공사 중인 건물에서 추락했다. 5,000RPM(revolution per minute) 이상으로 회전하는 기계에서 볼트와 너트가 총알처럼 튕겨 나와 환자들의 몸을 꿰

뚫었다. 더 위험한 고강도 노동은 같은 노동자들 중에서도 계약직이나 하청 노동자들이 담당했다. 위험은 부상을 부르고 부상은 생명을 앗아가지만 위험도와 돈벌이는 비례하지 않았다. 늘 만성 적자에 허덕이는 내 꼴이나 환자의 사정이 다르지 않았다.

　사지가 으깨지고 장기가 부서져 의식을 잃고 병원으로 실려 온 환자들은 외상외과적 수술과 집중치료를 받아야 산다. 수술은 한 번에 끝나지 않는다. 중증외상 환자를 대상으로 고난이도의 수술을 해도 의료수가는 일반 정규 수술보다 낮았다. 필요한 생명유지 장치와 약품의 수는 너무 많다. 치료에 막대한 비용이 들어가는데 자동차 보험, 산업재해 보험, 각종 사업체 주도의 공제조합들과 국민건강보험공단에서는 일반 환자 기준에 맞춰 진료비를 지급했다. 투입된 비용에 비해 턱없이 모자란 진료비만 병원에 지급되므로, 병원에는 심각한 손실이 발생했다. 초대형 병원은 중증외상 환자를 수용할 이유가 없었다. 반면 정규 환자 부족에 시달리는 준종합 병원들은 이런 부담을 안고서라도 교통사고나 추락사고 등으로 발생한 중증외상 환자들을 유치하려 애쓰고 있었다. 이런 현실에서 '중증외상 환자 이송 체계'가 존재하기란 아예 불가능했다.

　사고의 크기만큼 중증외상 환자들의 손상 부위는 넓고 깊다. 다른 과와의 협진은 필수다. 그러나 그쪽에도 환자는 넘쳤다. 늘 급박하게 내게 오는 환자들은 산다고 해도 장애가 남고 후유증의 위험이 도사렸다. 승리가 담보되지 않는 싸움이다. 이긴다고 해도 공은 불분명하고 패배의 책임은 무겁다. 모르는 체 할 수 없으나 반가울 수도 없는 존재가 내게 오는 환자들이었다. 목숨과 돈, 관계의 문제들이 뒤얽혔다. 고개를 숙이고 사정하는 것은 내 몫이었고 차가운 답변을 접할 때마다 나는 비참해졌다.

중증외상 환자들을 진료하면 할수록 적자가 심해진다는 각종 지표들이 내게 날아들었다. 왜 공식적으로 내 일을 중단시키지 않는지 나는 이해할 수 없었다. 어쩌면 병원은 이런 과 하나쯤 상징적으로 내세우고 싶었을 수도 있다. 그러니 적당히 자리나 지키며 관행대로 하면 그만이었을 것이다. 그러나 내게 맡겨진 보직은 외상외과 의사였다. 그것이 내 밥벌이였으며, 중증외상 환자를 죽지 않게 하는 것이 내 업의 본질이었다. 하지만 그것은 개인의 능력만으로 가능한 일이 아니었다. 나는 죽지 않아도 될 환자들을 살릴 수 있는 법을 알면서도 제대로 된 시스템을 정착시킬 수 없는 나 스스로가 부끄러웠다.

병원 보험심사팀에서 3,000만 원이 삭감되었음을 전해왔다. 한 환자에게 혈액투석을 한 금액이었다. 이의신청을 할 예정이었으나 무의미해 보였다. 보험심사팀장은 최근 들어 자동차 보험으로 진료비를 처리하는 교통사고 환자들의 삭감률이 부쩍 높아졌다고, 수심에 차 말했다. 보험심사팀의 업무는 통상적인 환자 치료비의 보험청구분을 처리하는 일만이 아니라, 끊임없는 이의신청과 그에 수반되는 각종 서류 작업을 포함했다. 그곳에서도 업무 부담이 가중되어 비명이 터져 나왔다. 나는 그들의 고충을 잘 알고 있었으나 불합리한 상황을 참고 넘길 수는 없었다. 그들이 내게 보내는 경고는 잦았고 그것은 나를 옥죄어왔다.

보건복지부는 의료 행위나 약제에 대해 급여기준을 정해뒀다. 건강보험심사평가원(이하 심평원)은 병원이 그 기준을 준수하는지 확인하고 돈을 지급했다. 병원 내의 보험심사팀은 수술이 진행될 때 사용한 기기의 수(數)와 용도, 적합성 여부를 살폈다. 그들은 삭감률을 줄여야 했으므로 삭감이 될 만한 진료비에 대해 미리 경고했다. 그러나 나는 사경을 헤매는 환자들에게 필수적인 치료를 줄일 수는 없었다. 그것들은 줄여야 할 항목이 아니라 환자를 살려낼 수 있는 마지막 지푸라기였다. 그렇기에 그들의 기준은 외상외과에 적합하지 않았다. 날아드는 경고를 받아가며 어쩔 수 없이 모르는 척 치료를 강행하면 몇 개월 뒤 심평원으로부터 차가운 진료비 삭감 통지서가 어김없이 날아들었다.

전화기 너머 들리는 보험심사팀장의 목소리에는 날이 서 있었다. 나는 거듭 미안하다고 고개를 숙였다. 언젠가부터 실무를 담당하고 있는 간호사들도 내 눈을 피했다. 이와 같은 일이 반복됐다. 나중에는 심평원의 삭감 청구서가 거대한 칼날이 되어 나를 향했다. 처음부터 나를 정조준하여 날아온 것은 아니었다. 그러나 병원으로 날아온 큰 금액의 진료비 삭감 청구서는 병원 내 여러 행정 부서와 보직교수들의 최종 결재를 거쳐, 내게는 폭탄이 되어 떨어졌다.

'받아야 하는 돈'을 '받지 못하게 되는 것'의 원인이 모두 내게 있었다. 나는 틈틈이 심평원에 사정하는 글을 써 보냈다. 환자를 살리기 위해서 약품과 장치들을 기준에 비해 초과 사용할 수밖에 없는 불가피함을 적었고, 교과서의 내용을 통째로 복사해 첨부했다. 그럼에도 삭감된 진료비 회수율은 절반에 미치지 못했다. 사유서는 제대로 읽히지 않았다. 누군가가 읽었다 해도 정상참작은 요원했다. 심평원 내 심사위원 중 외상외과를 전공한 사람은 단 한 명도 없었다. 내가 세계적으로 쓰이는 외상외과 교과서의 표준 진료 지침대로 치료했다는 내용의 자료를 수백 번 제출해도 받아들여지지 않았다. 환자마다 쌓여가는 삭감 규모가 수천만 원에서 수억 원에 이르렀다. 결국 교수별 진료 실적에 기반을 둔 ABC 원가분석이 더해져, 나는 연간 8억 원이 넘는 적자의 원흉이 됐다. 매출 총액 대비 1~2퍼센트의 수익 규모만으로 유지되는 사립대학 병원에서 나는 일을 하면 할수록 손해를 불러오는 조직원이었다.

사립대학 병원은 국가의 지원을 받지 않았고, 지원이 없으므로 그곳에 병원에 소속된 의사는 사기업의 직장인과 같다. 회의석상이나 보직교수들과의 면담에서 어떤 취급을 받을지는 의사 개별의 수익 규모에 기반한다. 그것과 무관하게 잘 지내는 방법은 원내 정치력에 있다. 나는 그 모든 것에 아둔했다. 학교에서 주는 월급으로 생계를 유지하는 내가 학교에 일부러 불이익을 안길 생각은 없었다. 외상외과 의사로서 교과서적으로 치료하면 환자가 살 가능성이 높아지므로 원칙대로 하려 했을 뿐이다. 그러나 중증외상 환자 치료 원칙은 환자의 생환에는 도움이 되어도 병원의 이익은 되지 못했다. 일할수록 폭증하는 적자 규모는 내가 평생 구경도 못할 액수였다. 그 같은 손실이 나와는 무관한 타인의 불행을 치료하다 발생한다는 사실은 허무하고 허망했다. 나는 일해서 돈을 벌었고 일을 해서 돈을 잃었다. 생계를 위해 어쩔 수 없이 '외상외과'라는 말도 안 되는 부서를 지키고 선 스스로가 무력했다.

내 뒷말을 해대는 교수, 간호사, 의료기사, 행정직 직원들의 이름이 들려왔으나 대응하지 않았다. 병원과 의과대학 내에서 조용히 수면 아래로 잠기려고 했고 사람들과 만나지 않으려 애썼다. 그러나 외상외과 특성상 다른 임상과들과의 협진은 불가피하여 나는 계속 사방에 사정해야 했다. 비참함은 배가되었다. 비루한 인생에서 도저히 빠져나갈 구멍이 보이지 않았다. 이 현실에 이가 갈렸다.

살 방도를 찾고자 했다. 전임강사 계약 기간이 몇 개월 남지 않았을 때였다. 마지막 몇 달 동안 갑상선 수술 분야에 정진한다면 아주대학교병원을 떠난다 하더라도 다른 직장을 구할 수 있을 것이라고 생각했다. 병원의 보직교수들 중 한 사람을 찾아갔다.

— 무슨 일이냐?

— 계속 이런 상태로 외상외과를 유지할 수는 없을 것 같습니다.

— 그래서?

— 허락해주시면 계약 기간 만료까지 갑상선 내분비외과와 유방외과 쪽에서 수술을 배우고 나가고자 합니다.

그는 답이 없었다. 보지 않았으나 냉정한 시선이 느껴졌다. 1분도 채 되지 않는 시간이 한없이 길었다. 그의 차가운 음성이 귓가를 파고들었다.

— 너는 그렇게 하자고 선발된 사람이 아니다. 나가봐. 다시는 이런 일로 찾아오지 말고.

그의 목소리에 여지는 없었다. 살고자 찾은 유일한 길이 단칼에 잘려나갔다. 더는 말하지 못하고 그대로 물러나왔다. 다른 대안이 있다면 도망쳤겠지만 그러지 못했다. 밥벌이의 무게가 내 발목을 잡았다. 몸을 돌려 연구실로 향했다. 어둡고 좁은 방으로 가는 길은 멀었다.

깊고 붉은 심연

늦은 밤 건설 현장에서 인부 한 명이 추락했다. 흙투성이가 된 남자는 의식을 잃은 채로 병원에 실려 왔다. 먼지를 가득 뒤집어쓴 그의 동료들은 숨을 헐떡이며 땀을 훔쳤다. 남자는 혈압이 잡히지 않았다. 시간을 지체할 수 없어 곧장 수술방으로 올렸다. 가족이나 다른 보호자가 곁에 없어, 수술 동의서에는 동료가 사인했다. 내게 실려 오는 중증외상 환자들은 생과 사의 경계에 있었다. 보호자를 기다리고, 만나서 수술에 대해 설명하고 협의할 수 있는 상황은 절반에 미치지 못했다. 수술 동의서에 사인은 받아야 하므로 보호자가 없으면 동행한 소방대원이나 경찰관에게 부탁했다. '인도주의적 측면에서 볼 때 환자의 생명이 극도로 위중하여 보호자의 동의

없이 일단 응급수술을 진행합니다'라고 하면, 대부분의 소방대원이나 경찰관은 동의서에 사인을 해줬다. 일부는 서명에 부담을 느꼈고, 머뭇거리는 듯하면 나는 강요하지 않았다. 어차피 법적 책임은 주치의가 지고 간다.

수술대 위에 누운 환자의 상체를 드랩(drap)*할 때 복벽에 선명한 수술 흔적이 보였다. 나는 환자가 전에 받은 수술이 무엇이었을지 생각했다. CT라도 촬영했으면 뭐라도 짐작하고 수술 계획을 세웠을 것이다. 그러나 이 환자처럼 혈역학적으로 불안정성을 보이는 환자들은 CT나 MRI 검사 중 죽을 수 있다. 수술방으로 바로 올려야 한다. 그것이 교과서적인 원칙이다. 의과대학에서 시험문제로 출제하면 정답률이 높은 기본 원칙이지만 실제로는 지독하게도 지켜지지 않는다. 정확한 상태를 모르는 채로 환자 몸에 칼을 대는 것은 의사로서 두려운 일이다. 환자가 견뎌만 준다면 검사 결과는 수술에 도움이 되겠으나 너무 위험했다.

원칙을 지키려고 애썼으나 나조차도 힘겨웠다. 이런 환자의 몸을 칼로 열어젖히고 들어갈 때면 심연 속으로 진입하는 것만 같았다. 내가 열고 들어갈, 그 깊고 피로 가득 찬 검은 구덩이 안에 무엇이 기다리고 있을지 짐작조차 할 수 없었다. 칼로 살을 찢고 들어가는 대부분의 순간, 벌어진 몸은 검붉은 피를 격렬하게 토해냈

* 수술 부위를 제외한 환자의 모든 부위를 소독된 천(drap)으로 덮는 과정.

고 나는 피 칠갑이 됐다.

　남자의 몸 안에는 이전에 받았던 큰 수술의 여파로 심한 유착이 남아 있었다. 복강 내 수많은 조직과 장기들은 다 엉겨 붙어 한 덩어리와도 같아 보였다. 복강 제일 얕은 곳에서 간 파열로 인한 피가 쪼개진 간 조직 사이로 울컥거리며 뿜어져 올랐다. 환자의 피는 따뜻했다. 그것 하나가 그의 숨이 아직은 이승에 머물고 있음을 짐작케 했다. 피에 젖어드는 내 손은 환자의 환부에서 미끈거렸다. 끊임없이 솟구쳐 흐르는 찐득한 붉은 피와 복강 내 장 유착 때문에 시야가 잘 확보되지 않았다. 서둘러 간을 봉합한 나는 유착박리에 들어갔다. 지루한 박리 수술이 끝나고 마침내 후복강까지 시야가 닿았을 때 나는 아연실색했다. 남자의 비장과 좌측 신장이 이미 없었다. 복벽의 흉터는 적출 수술의 흔적이었다.

　나는 옆에 선 임상실습생(본과 4학년)들을 독려하며 수술에 집중했다. 수술에는 스태프가 여럿 필요하고 그중에는 전공의가 있어야 한다. 의사라면 모두가 아는 상식인데도 외상외과에는 외과 전공의가 배치되지 않았다. 나는 실습 나온 의과대학 학생들을 궁여지책으로 수술방에 세웠다. 제3조수를 맡고 있던 학생이 주춤거리며 뒤로 물러서기 시작했다. 내가 쏘아붙였다.

　— 네가 흔들리면 이 환자는 죽는다.

　— 네, 알겠습니다.

　— 힘드냐?

— 아닙니다.

나는 학생의 말이 끝나기가 무섭게 말을 받았다.

— 그럼 자세 흔들리지 마라. 더욱 다가서고 허리를 틀어 수술대에 붙여.

— 네.

임상실습 과정 중에 선배 의사들이 힘드냐고 물을 때 그렇다고 대답하는 졸업반 학생은 없다. 그들은 그냥 대학생들이 아니다. 대부분 의과대학에 들어와 살인적인 학업량을 버텨내고 산전수전 다 겪고 살아남아 최고 학년까지 진급해 올라온 졸업반 학생들이다. 몇 달 뒤 의사 자격면허 시험을 통과하면 곧장 의사로서 실무에 투입되어 제 몫을 해내야 한다. 그런 학생치고 쉽게 물러서는 사람은 없다. 나는 약한 의사는 없다는 생각으로 학생들을 몰아붙였다.

같이 일할 전공의들 없이 임상실습생들과 수술 현장에 서야 하는 내 상황은 끊임없이 불안했다. 개별 환자의 치료 결과가 좋다고 하더라도 이런 식의 업무 형태로는 '지속가능성'이 없었다. 나는 그만둘 시점을 고민했다. 때를 잘 잡는 것이 중요한 현안이었다. 하던 일을 더는 할 수 없게 되는 것은 내 환자들도 마찬가지였다. 그들 대부분이 몸 쓰는 일을 했고 몸을 쓰다 깊이 다쳐 죽다 살아났으나, 이전만큼 몸을 쓰지 못할 가능성이 높았다. 비장과 신장 한쪽이 없는 이 남자도 상황은 같았다. 그는 목숨은 건졌으나 더는 공사장 인부로 밥벌이하기는 어려울 것이다. 궁금해졌다. 남자와 나 둘 중 누가 먼저 제 터를 떠나 다른 곳에 몸을 들일 것인지.

나는 수술을 마치고 남자를 중환자실로 올렸다. 한쪽만 남아 있던 우측 신장은 적출하지 않았으나 하나뿐인 신장으로 저혈류성 쇼크에까지 빠진 남자는 한동안 인공호흡기와 인공신장기에 의존해야 했다. 나는 의식 없이 누워 있는 그를 멍하니 쳐다보았다. 일을 그만두기에 가장 적합한 때를 살피는 나에게 제 목숨을 맡긴 남자를 보며 미안해졌다. 가냘픈 노동자의 목숨이 비루한 내 인생에 힘겹게 기대고 있었다.

그의 목숨을 붙들고 있는 인공호흡기와 인공신장기를 보며, 그것들이 요구하는 '돈'을 생각했다. 이것들은 선진국에서만 생산되는 '몹시 비싼' 첨단 의료기기이고, 제대로 국산화조차 되지 못해 일분일초마다 돈을 먹는 기계였다. 그러나 이것들이 없으면 환자는 수술을 받아도 살지 못한다. 환자에게 정확한 용량을 투여하기 위해 사용하는 정맥주사 펌프도 사정은 같았다. 눈앞의 남자나 내 환자들은 대부분 가난했고, 가난한데도 가장 비싼 외제 장비를 동원한 첨단 치료가 필요했다. 가난한 그들이 치료 비용을 감당하지 못해 병원비를 지불하지 못하면, 그것은 가난한 내 부서로 적자가 되어 떨어져 내려왔다. 모순으로 가득 찬 이 상황에서 결국 녹아나는 것은 이 일을 하는 나와, 그런 나에게 이런 치료를 받아야만 하는 환자이다. 나는 남자에게 떨어질 치료 비용과 내가 받을 삭감

통지서를 생각하지 않으려고 애썼다.

그날 저녁 교직원 식당이 문을 닫아 외래객 식당으로 갔다. 밥맛을 느낄 수 없었으나 그냥 먹었다. 지나가던 아이가 나를 보고 물었다.

— 밥 먹어요? 혼자?

아이의 눈은 맑았다. 나는 그냥 짧게 고개만 끄덕했다. 다시 숟가락을 들려 할 때 원목(院牧)인 손덕식 목사가 다가와 프린트한 기도문을 주며 말하고 갔다.

— 제가 기도 많이 합니다.

나는 말없이 종이를 받아 식판 옆에 엎어두고 보지 않았다.

갱의실

한밤의 갱의실은 한적했다. 크지 않은 방 한쪽에 늘어선 로커들이 문을 닫은 채로 늘어서 있었다. 대부분의 수술 일정은 낮부터 초저녁 사이에 마무리되므로 심야의 갱의실에는 응급수술을 하는 의사들만이 드나든다. 나는 수술에 들어가기 전 잠시 벽에 기대어 섰다. 창밖의 어둠이 넓지 않은 방에 고요히 내려앉았다. 그 한적함이 좋았다. 수술방 쪽에서 땀투성이가 된 이식혈관외과 오창권 교수가 들어왔다. 수술을 막 끝낸 모양이었다.

나는 전공의 시절에 오창권에게 이식외과 수술과 중환자 치료의 정석을 배웠다. 남의 장기를 받아 내 것으로 삼는 것은 매우 어렵고 복잡한 문제이므로, 이식수술을 받는 환자들에게 수술이란 앞으로 지속될 약물 치료의 시작점일 뿐이다. 각종 생체 활력 징후들과 항생제를 세밀하게 조절해나가야 하고, 면역 억제제를 축으로 투여되는 다양한 약물 치료가 병행되어야 한다. 그 모든 것들이 상호작용하여 타인의 장기가 환자 몸에 동화되도록 하는 섬세한 과정을 밟아나간다. 그러므로 이식외과를 전공하는 의사들은 수술적으로 빈틈이 없고 세밀한 영역에서 각종 정밀한 진단 방법들을 동원해 환자를 치료해나간다.

이식외과는 어렵고 까다롭기로 정평 난 분야였다. 하루에도 수십 가지의 검사 결과가 쏟아졌다. 그 안에서 약물의 용량을 조절하고 수술로 심어놓은 장기의 기능을 끊임없이 평가하는 일은 철저히 과학의 영역이다. 그것은 내게 객관적이어서 나는 편안했다. 모든 것이 교과서적인 진단과 치료 기준에 맞게 이루어지면 최선의 결과를 얻을 수 있었다. 비이성적으로 흔들리는 자의적인 부분이 상대적으로 매우 적어서 나는 오히려 안도했다.

오창권은 미국 의사 자격시험을 포함해 어떤 시험에서도 떨어져본 적이 없었다. 미국 연수 기간 중에 헬리콥터와 경비행기까지 타고 출동하면서 장기이식수술을 해냈다. 그가 미국 현지에서 기록한 비행시간과 이식수술의 경험은 통상적인 한국의 외과 의사로서는 결코 쉽지 않은 것이다. 이 모든 것은 그의 학자로서의 기본자세에 근본을 두고 있다. 그런 오창권이 내 처지를 딱하게 여기기 시작한 것은 내가 사직 압력을 받기 시작한 2004년부터였다.

오창권은 나를 보더니 웃으며 물었다.

— 요즘 어찌 지내?

나는 달리 할 말이 없었다.

— 어떻게 해야 할지 모르겠습니다. 어찌하는 것이 좋겠습니까?

오창권이 웃으며 내 말을 받았다.

— 그냥 해. 나도 버지니아(Virginia)에 있을 때 비하면 할 말이 많은데…… 그냥 하는 거야. 아무 생각 없이.

나는 말없이 그를 따라 웃었다. 허무 위에서 연명하는 이들의 깊은 무기력이 그와 나 사이에 흘렀다. 그가 나가고 텅 빈 갱의실에서 나는 '아무 생각 없이'라는 말을 되뇌었다. '아무 생각 없이' '얼마나' 버텨야 하는가. '언제까지' 버틸 수 있을 것인가……. 나는 스스로 직장을 물러난다는 무의미함을 감당할 자신이 없었다. 조직에서 나를 내치지 않는 한, 스스로를 깎아먹고 갉아먹으며 버티게 될 것이다. 어쨌거나 가장 좋은 것은 '타의에 의해 잘려나가는 것뿐'이라고, 수술방에 들어서며 나는 생각했다.

삶의 태도

젊은 남자가 트럭에 심하게 받혀 몸이 바닥에 갈렸다. 오토바이로 배달을 하던 중에 난 사고라고 했다. 남자의 골반과 하지는 부서져 나갔다. 터져 나온 내장은 갈가리 찢겨 너덜거리는 피부 조각들 사이로 흩어져 나왔다. 피가 끊임없이 쏟아졌다. '개방성 골반골 및 대퇴골 골절'이었다. 이런 상태라면 출혈은 끝없고 환자는 몇 분도 채 버티지 못한다. 이미 의식이 없는 환자에게 기관삽관을 하고 중심정맥관만 확보해 2번 수술방으로 올렸다. 마취과 이숙영 교수가 환자를 보고 안타까워했다. 그는 빠른 손놀림으로 환자를 전신마취시키며 물었다.

— 살겠어요? 젊은 친구가 너무 아깝다…….

나는 이숙영이 환자의 바이탈을 붙잡고 있는 사이에 9번 수술방으로 가서 정형외과 조재호 교수를 찾았다. 수술을 마무리하는 중인 그의 등 뒤로 다가가 말했다.

— 안녕하세요. 저 이국종입니다.

조재호는 환자의 환부에서 시선을 떼지 않고 답했다.

— 급한 환자가 있나요?

우리가 서로 급하게 찾는 경우 그 이유는 대부분 하나였으므로, 조재호는 나의 갑작스러운 방문에 당황하지 않았다.

— 개방성 골반골 골절(Open Pelvic Bone Fracture), 복합개책 골절(Open Book Type Fracture)인 것 같고 대퇴골 쪽도 너무 안 좋아요.

조재호는 여전히 나를 보지 않았다.

— 조금만 버티고 계세요. 제가 곧 넘어갈게요.

나는 곧바로 몸을 돌렸다. 조재호가 온다면 희망이 있다. 2번 수술방으로 돌아왔다. 이숙영이 간신히 버티며 마취 장비 세팅을 마무리하고 있었다. 환자의 혈압이 너무 낮았다. 시시각각 환자는 죽음에 가까워지고 있었다.

— 베타딘.

나는 환자의 온몸에 베타딘을 뿌리면서 곧장 수술에 들어갔다. 하지로 내려가는 총장골 동맥·정맥부터 좌측 하지 쪽 혈관, 근육과 골격 구조가 대부분 소실됐다. 대장이 심하게 터져나가 분변이

73

흘러내려, 갈라진 상처 부위를 오염시키고 있었다. 피는 빠른 속도로 뿜어져 나왔다. 환자의 열린 복부는 이미 시뻘건 피 구덩이였다. 우리는 고인 핏물 속에서 허우적대며 출혈을 막아내려 애썼으나, 혈관을 다 결찰(ligation, 잡아매는 것)하면 내부 장기와 하지가 통째로 썩어들어 갈 터였다. 세심한 주의가 필요했다. 이숙영이 필사적으로 RIS(Rapid Infusion System, 급속가온혈액주입기)*를 돌리면서 환자의 가느다란 생명 끈을 붙잡고 있을 때, 수술방 문이 열리며 조재호가 들어 왔다. 그는 곧바로 수술대에 다가와 붙었고, 자리를 잡자마자 그대로 수술에 몰입했다. 방금 수술을 끝내고 왔는데도 다시 온 힘을 쏟아부었다. 나는 이숙영, 조재호와 함께 있는 것만으로도 안심이 됐다. 환자의 상태는 가망 없어 보였으나 조재호는 포기하지 않았다. 터져나간 장에서 쏟아지는 분변이 그가 수술 중인 구역을 오염시키지 않도록 하는 것이 내가 해야 할 일이었다.

하트만 수술(Hartmann's Operation) 외에는 방도가 없었으므로, 터져버린 환자의 S자 결장을 그대로 이용해 인공항문을 만들어 좌하복벽으로 뽑아냈다. 이라크 전선에 참전했던 미군 군의관들은 이 수술에 대해 말하곤 했다. 전장에서 짧은 방탄복을 착용할 때 적군의 총알이 골반에서 하복부까지 뚫고 들어오는 경우가 자주 발생했고, 그로 인해 하부결장(대장)이 파열되면 어쩔 수 없

* 수술 중 대량 출혈이 예상되는 환자에게 급속으로 혈액을 주입하는 장비.

이 이 수술을 시행해야만 한다. 이 수술은 환자를 살려낼 수는 있지만, 뱃가죽으로 변이 흘러나오는 현실은 환자에게 충격적일 수밖에 없다. 나는 어쩔 수 없이 하트만 수술을 하고 난 후 의식을 되찾은 환자에게 이 상황을 설명하는 일이 늘 힘겨웠다. 가능하면 이 수술만큼은 피하고 싶었다. 수술대 위에 누운 환자는 너무 젊었다. 그러나 다른 방법이 없었다. 이 수술을 받는다 해도 살아날 수 있을지조차 알 수 없을 만큼 상태가 심각했다.

내가 위쪽에서 환자의 내장을 붙들고 헤매는 동안 조재호는 떨어져 나간 혈관과 신경, 근육들과 쪼개져 나간 뼛조각들을 필사적으로 이어 붙였다. 환자의 목숨을 움켜잡고 있는 이숙영과 땀범벅으로 수술 중인 조재호를 보며, 나는 경외감마저 느꼈다.

조재호는 1차 수술에서 으스러진 다리를 수습해놓았다. 2차 수술은 1차 수술이 끝나고 72시간이 지나기 전에 시작됐다. 내가 괴사 조직과 추가 오염원을 제거하고 복벽을 봉합했고, 조재호는 환자의 다리를 지키기 위해 계속 버텼다. 그러나 수술 경과가 좋지 못했다. 인조혈관으로 재건한 원위(遠位)부 혈관으로 피가 돌지 않아 다리가 썩어들어가기 시작했다. 그로 인한 전신합병증으로 장기 기능들이 마비되기 시작했다. 더는 감당하기 어려웠다. 대형 혈관마다 박힌 중심정맥관을 통해 약을 아무리 쏟아부어도 효과가 없었다. 환자의 피 농도보다 환자 몸으로 들어가고 있는 약물의 농도가 더 진할 터였다. 2차 수술 후 10여 일이 지났을 때 환자의 왼쪽 다리를 결국은 잘라내야만 했다. 조재호는 수술방 앞에서 탄식하듯 말했다.

— 아……, 저는요, 정형외과 의사로서 말이죠. 정말, 정말 이 수술이 가장 하기 싫어요.

조재호의 미간이 살짝 찌푸려졌다. 내가 조재호를 또다시 곤혹스럽게 만든 것만 같았다. 늘 그에게 미안했고 고마웠다. 조재호의 눈빛은 침통했으나 수술방으로 진입하는 동시에 다시 예리하게 빛났다. 그는 환자의 좌측 다리를 잘라내면서도 복합개책 골절로 완전히 쪼개져 갈라진 골반골의 안정성을 확보했고, 우측 다리를 온전히 보존했다. 수술은 극적으로 마무리됐다. 전신합병증은 진행을 멈췄다. 환자는 살아났다.

그는 예비역 해병이자 취업 준비생이었다. 아르바이트로 오토바이 배달을 하던 중에 사고를 당했다고 했다. 한쪽 다리를 잃었고 인공항문까지 달았다. 20대 청년이 받아들이기에는 지독한 현실이었다. 그러나 그는 오래 괴로워하지 않았다. 좌절하는 대신 살아 있음으로 가질 수 있는 나머지 가능성에 집중했다. 그 긍정이 놀라웠다. 그런 삶의 태도는 아무나 가질 수 있는 것이 아니다. 그를 보며 나는 부끄러웠다.

2년 후 그 환자는 인공항문복원 수술을 받았다. 환자 몸에서 대변 주머니가 사라졌다. 환자는 더 쾌활해졌고 보조기를 착용하고 잘 움직였다. 그는 외래로 왔을 때 곧 취직을 할 거라고 내게 말했다. 그때 그 환자는 환하게 웃었다. 나는 이숙영과 조재호에게 진심으로 감사했다. 얼마 뒤 그 환자는 국내 굴지의 대기업에 입사했다는 소식을 알려왔다.

환골탈태

의사와 환자의 관계도 통상적인 인간관계와 다르지 않다. 외래 진료와 정규 수술을 근간으로 하는 대부분의 의료 분야에서 환자와 의사의 관계 형성은 중요하다. 관계가 초기에 제대로 형성되어야만 치료를 진행해나갈 수 있다. 환자는 첫 담당의가 마음에 들지 않으면 담당의를 바꾸는 편이 낫다. 의사도 자신에 대한 신뢰가 없는 환자의 몸에는 칼을 대기 어렵다.

그러나 이것은 외상외과 의사에게는 불가능한 선택지다. 외래 진료를 받으러 온 다른 임상과 환자들은 의사를 선택하고 담당의를 바꿀 수도 있지만, 의식을 잃고 실려 오는 중증외상 환자들은 당직표에 이름이 오른 의사를 만날 뿐이다. 외상외과 의사는 환자의 예후가 나쁠 것으로 예상되거나 환자의 배경이 좋지 않다고 해도, 환자를 내버려둘 수도, 다른 곳으로 보낼 수도 없다. 외상센터에 실려 오는 환자들의 삶은 대부분 남루하므로, 외상외과 의사는 환자의 사회적 위치나 배경에 치료 방침이 흔들리는 것을 경계해야 한다.

응급의학과 민영기 교수의 전화를 받은 것은 새벽녘이었다.

— 형, 혹시 지금 병원이시면 응급실 어큐트 존(acute zone)* 으로 빨리 좀 와주실래요? 젊은 남자가 칼을 맞았는데 쇼크 상태예요.

해가 본격적으로 길어지기 시작하던 초여름 밤, 두 폭력조직이 충돌했다. 수원시에서 세가 큰 무리들이었고 그들은 둔기와 회칼을 휘두르며 서로를 내리치고 찔러댔다. 응급실 보호자 대기 구역에는 검은 양복을 입은 건장한 사내들이 우글거렸다. 검은 사내들 사이를 지나칠 때 피와 땀에 전 냄새가 덮쳐왔다.

종종 밤거리의 주먹들이 응급실로 실려 왔다. 칼과 몽둥이, 벽돌, 깨진 유리병 같은 것들이 건장한 사내들의 살을 베고 뼈를 부수고 장기를 뭉그러뜨렸다. 그들은 너덜거리는 몸뚱어리를 안고 죽기 직전인 상태로 내게 오곤 했다. 나는 그들이 가진 적의의 근원을 알 수 없었고, 폭력과 살인의 명분도 이해하지 못했다.

---

* 응급실의 급성 환자 구역.

어큐트 존에 의식 없는 젊은 남자가 누워 있었다. 회칼이 양복 상의를 찢고 남자의 등을 베고 들어갔다. 찢겨나간 와이셔츠가 피에 물들어 군데군데가 더 희게 보였다. 민영기는 남자가 쏟아내는 피에 젖은 채로 기관삽관을 마치고 중심정맥관을 넣는 중이었다. 남자의 혈압이 측정되지 않았다. CT촬영은 엄두도 내지 못하고 이동식 촬영기로 수술에 필요한 일반 흉부 엑스레이만 찍은 뒤 마취과에 부탁했다. 남자는 죽음의 경계를 넘어가기 직전이었다. 남자를 데려온 검은 사내들이 수술방 사무실 입구에서 떠드는 소리가 수술방 쪽 복도까지 흘러 들어왔다.

마취과 김종엽 교수가, 첫 번째로 수술방을 사용할 예정이었던 집도의에게 양해를 구하고 2번 수술방을 얻어냈다. 김종엽은 빨리 시작하자고 재촉하면서 RIS를 이용해 남자에게 피를 쏟아 넣었고, 강심제와 혈압상승제를 한계 용량 이상으로 퍼부어 이승과 저승의 길을 갈라냈다. 모니터를 응시하던 김종엽의 핏발 선 눈과 마주쳤을 때 나는 물었다.

— 환자가 견디겠습니까?

김종엽이 빠르게 대답했다.

— 어떻게든 버텨볼 테니까 빨리 피 좀 잡아주세요. 피를 주는 족족 다 빠져나가요. 밑 빠진 독에 물 쏟아붓는 것 같아.

김종엽이 얼굴을 가린 마스크 안으로 이를 악물고 있는 것이 느껴졌다.

남자가 받은 칼은 치명적이었다. 남자의 등에 화려하게 수놓인 커다란 호랑이를 가르며 등을 뚫고 들어온 칼은, 하대정맥을 포함한 후복막강부터 복강 내 주요 대혈관들을 잘라놓았고, 콩팥과 간까지 휘저어놓았다. 남자는 이미 너무 많은 피를 흘리고도 김종엽이 부어 넣는 남의 피를 또다시 쏟아내고 있었다. 울컥거리며 튀어 올라오는 피가 실드마스크(shield mask)와 수술모를 붉게 적셨다. 한꺼번에 출혈을 잡을 수 없어 일부 혈관을 클램프(Clamp)로 잡아 놓거나 임상실습생들에게 손으로 눌러 출혈을 막도록 했다. 중증 외상 환자 수술에서 1차 목표는 출혈을 신속하게 막는 것이다. 쏟아지는 피를 막아내지 못하면 환자는 죽는다. 나는 시간의 흐름을 인지하지 못한 채 김종엽의 목소리만을 의지해나갔다.

출혈이 잡히기 시작했다. 클램프와 학생들의 손을 빌려 막아둔 출혈 부위들을 정리할 기회가 생겼다. 하대정맥 같은 대구경 혈관은 봉합하고 지혈 물질을 이용해 재건해냈다. 결찰해도 견딜 만한 작은 구경의 혈관이나 곁혈관(collateral vessel)이 있는 혈관들은 하나씩 잡아나갔다. 헤집어진 내장기관을 봉합하고 일부만 절제해 떼냈다. 쏟아 넣던 혈액량을 줄여가고 있다며 김종엽이 기뻐했다. 정오가 되기 전에 남자는 수술방을 빠져나갈 수 있을 듯했다.

아직 살아 있다.

예리한 칼날에 상처 입은 장기들이 잔뜩 부어올라 복강을 열어 둔 채로 중환자실에 올려야 했으나, 남자는 살아 있었다. 나는 이

상황을 버텨낸 그가 놀라웠다. 2차 수술과 집중치료까지 고비는 남았으나 가장 큰 사선을 넘었다. 그러나 중환자실에 빈자리가 없었다. 중환자실 병상은 많지 않았고, 그곳에 누운 환자들이 회복하거나 죽어야만 자리가 비었다. 병상이 비는 속도가 환자가 몰려오는 속도를 따라가지 못해서 중환자실은 만성적인 병상 부족에 시달렸다. 남자를 보낼 곳이 없어 고민하고 있을 때 민영기가 수술방으로 전화를 해왔다.

— 일단 중환자실 자리가 날 때까지만이라도 응급실 어큐트 존에서 환자를 좀 보시죠. 침상 준비해두었습니다.

날카로워졌던 신경이 이완되며 피곤이 몰렸다. 수술대 위의 남자가 카트에 옮겨져 수술방 밖으로 실려 나가는 모습을 지켜보았다. 시야에서 그가 사라지고 난 뒤, 수술방 구석에 놓인 의자에 주저앉았다. 핏물에 젖은 바짓단이 다리에 감겼다. 슬리퍼 안쪽까지 밀려들어 온 핏물이 발끝에서 진득거렸다. 나는 말없이 숨을 들이마셨다. 비릿한 피 냄새가 콧속으로 파고들었다.

민영기가 고마웠다. 응급실에서 환자가 입원장을 발부받고 수술실로 올라가면 환자가 누워 있던 응급실 병상은 다른 신환을 받기 위해 비워야 했다. 민영기는 중환자실 병상이 늘 부족하다는 사실을 잘 알았고, 내가 수술할 때면 중환자실에 자리가 있는지 알아보며 걱정했다. 중환자실에 빈자리가 없으면 응급실 급성 환자 구역의 빈 병상을 내주었다. 응급실을 크게 열어놓은 수많은 대학병원들은 정작 환자가 수술 뒤 들어갈 중환자실이나 입원실이 없어 고생하면서도 중환자실 병상을 충분히 확보하지 않았다. 중환자실 병상 없이 응급실만 크게 만들어놓는 것은, 고속도로 정체를 해결한답시고 톨게이트만 크게 만들어놓은 것과 같다. 병원이 이 본질적인 문제를 알면서도 해결하지 못하는 것인지, 하지 않는 것인지 나는 알 수 없었다. 다급하고 절박한 것은 내 사정이었을 뿐이다. 나는 수술이 끝난 환자를 어쩔 수 없이 다시 응급실로 내려보내야 할 때마다 응급의학과 의료진에게 감사했다.

응급실 침상을 '대기 병상'으로 사용하는, 이런 짓거리는 해서는 안 되는 일이었다. 나는 응급실 운영을 습관적으로 방해하는 '정신 나간 외과 의사'가 되어 있었다. 중증외상 환자는 중환자실 자리가 없다고 전원시키면 많은 경우 전원 중에 길바닥에서 죽어 나간다. 그렇다고 전원시키지 않고 수술을 하면 중환자실과 응급실 운영에 문제를 일으켰다. 나는 어느 쪽도 싫었으나 환자를 죽일 수는 없어서 수술을 하고 욕을 먹었다.

이 심각한 문제에 대해 병원 윗선에 여러 번 의견을 올렸다. 병원으로부터 답은 오지 않았다. 보직교수들의 속내가 무엇인지 나는 짐작조차 되지 않았다. 병원 내의 수많은 위원회와, 적정진료* 인증

---

* 병원 전체 구성원들이 계획적이고 체계적인 방법으로 병원의 내외부 사업과 인적 운영 등을 기획하고 측정·평가하여 의료서비스의 질적 개선 방안을 모색하는 지속적인 시도.

을 위해서라면 외국 유명 기관에게 검증받는 것을 주저하지 않는 원내 진료 평가 부서들조차 눈앞에서 벌어지는 참극에는 침묵했다. 나는 미국에서 찾아온 JCI(Joint Commission International, 국제의료기관평가위원회인증)* 평가단들이 과연 한국의 병원들에서 벌어지는 이 참극을 알고 JCI 인증을 주는 것인지 궁금했으나 묻지 않았다. 마치 미국 명문 대학에 입학하는 많은 한국 학생들이 대학 입학 사정 당시 보여준 뛰어난 시험 성적에 비해 실제 학업 능력은 떨어진다는 보고와도 비슷했다. 전반적으로 한국 사회는 시험과 평가에는 뛰어나지만 실제 내공은 약하다. 나는 민영기에게 기대며 하루하루를 버텼다. 생각하지 않으려 애썼다. 생각을 거듭할수록 사직서 외에는 다른 해법을 찾지 못했다.

남자는 1차 수술 후 극적으로 좋아지기 시작했다. 체온이 회복됐고 산혈증이 교정됐다. 초기에 보이던 DIC(Disseminated Intravascular Coagulation, 파종성혈관내응고)** 상태도 회복되기 시작했으며 신장 기능도 나아졌다. 소변이 나오고 폐부종도 견딜 만한 상태가 되었다. 사흘 후 다시 남자의 몸을 열었을 때 출혈은 멈춰 있었다. 봉합해 붙여놓은 혈관 안으로 혈류가 회복됐다. 정상적으로 흘러가는

---

* JCI는 전 세계를 대상으로 엄격한 국제 표준의료서비스 심사를 거친 의료기관에 발급되는 인증이다.
** 전신의 모든 혈관 내에 파종성으로 혈액 응고 덩어리가 만들어져 혈소판이나 응고 인자가 소비되고 그 결과 출혈 경향, 다발성 장기기능부전을 일으키는 심각한 병태.

피의 박동을 느끼면서 나는 젊은 생명의 강한 힘을 확인했다. 죽어가는 환자를 포기할 수 없는 이유가 여기에 있다. 그러나 나는 내 손끝에서 사람의 생사가 갈린다는 사실을 느낄 때마다 그 무게감에 짓눌렸다.

2차 수술은 괴사가 진행된 조직을 절제해내는 정도에서 마쳤다. 열어두었던 복벽을 닫고 칼이 베고 들어간 상처 한쪽에 긴 배액관을 꽂았다. 다행히 중환자실에 빈자리가 나서 남자를 그곳으로 옮겼다. 수술은 끝났으나 치료는 다시 시작이었다. 현실은 영화와 다르다. 영화 속 주인공이 칼에 베이고 총에 맞아 피를 쏟아내면서도 수술받은 다음 날이면 의식을 차리는 일은 현실에 없다. 중증외상 환자들에게 수술은 치료의 시작일 뿐, 환자는 수술만으론 살아 돌아오지 못한다. 중환자실에서 수많은 인공생명유지장치들과 약물들을 총동원해 집중치료를 받아야만 하고, 이 지난한 과정을 버텨내지 못하면 환자는 죽는다.

남자는 중환자실에서 인공호흡기에 의지했고, 수십 가지 약물로 버텼다. 간혹 들리는 의료진의 말소리와 움직임이 아니면 중환자실에 생동(生動)하는 것은 없다. 기계음만이 환자의 상태를 알렸다. 그곳에 누운 환자들은 미동 없는 침묵 속에서 각자 사투를 벌이고 있다. 인공생명유지장치들을 총동원해 보조하는 것이 의료진의 일이다. 오로지 의식의 회복과 소멸만이 그 지난한 기다림을 종료시킨다. 남자는 다행히 전자에 속해 일반병실로 올려졌다. 남자가 스스로 숨을 쉬고 말을 할 수 있게 되자 수사관들이 찾아와 조사를 시작했다. 사건 담당검사가 직접 환자와 담당의사를 만나고 싶다는 뜻을 수사관을 통해 전해왔다.

그 검사와 약속한 날 병동에서 업무를 보고 있을 때, 구둣발 소리가 등 뒤로 다가섰다. 하이힐을 신은 여성이 내게 인사했다. 수원 검찰청에서 온 사건 담당검사라고 했다. 간단한 인사 뒤에 그는 칼의 진행 방향과, 환자가 몸에 받았을 칼의 종류가 하나인지 여럿인지를 물었다. 여러 명이 서로 다른 칼로 찌른 것인지, 하나의 칼이 횟수를 더해 찌르고 들어간 것인지를 조사하는 것 같았다. 나는 법의학자가 아니므로 추론에 의한 설명은 할 수 없었다. 나는 수술소견에 준한 칼의 주행 방향과 칼이 베고 들어간 칼자국 크기만을 말해줄 수 있었다. 검사는 병실에 누운 남자를 만나기 위해 몸을 돌렸다. 그가 걸을 때, 구두 굽 소리가 병원 복도를 청명하게 울렸다. 오후 나절의 병원은 드나드는 사람들이 많아 사람의 발소리가 그리 도드라지지 않는다. 그럼에도 그 굽 소리는 부산한 움직임들이 발산하는 소음을 가르며 선명하게 귓속으로 파고들었다.

폭력 조직원 환자와 관련한 이야기들이 뒤편에서 돌았다. 보호자에 대한 말들도 들려왔다. 환자의 연인이고 미인이라고 했다. 남자가 술집에서 칼을 맞을 때 여자가 함께 있었고, 병실에서도 환자 곁을 떠나지 않는다고도 했다.

환자가 중환자실에서 일반병실로 옮겨지면 환자와 보호자들이 힘들어하는 시기가 시작된다. 수면제와 진통제 용량이 줄어서 환자가 느끼는 통증은 더 크고 낮과 밤은 쉽게 뒤바뀌며, 환각에 시달리기도 한다. 중환자실에 말없이 누운 환자를 면회 시간에만 보던 보호자가 이제는 기한 없이 환자의 고통을 같이 겪어야만 한다. 신음과 울음은 계속되고, 환자와 함께 잠을 자지 못하는 보호자들은 날이 갈수록 예민하고 날카로워진다.

나는 남자 곁에 선 긴 생머리의 화장기 없는 여자를 보았다. 듣던 대로 미인이었고, 굳건해 보였다. 남자만큼이나 거칠고 녹록지 않았을 여자의 삶을 생각했다. 수사관들의 조사는 이어졌으나, 환자는 구속되지 않았고 얼마 뒤 여자와 함께 퇴원했다.

한 달이 지나 외래 진료에서 두 사람을 다시 만났을 때 남자는 검거 대상에서 벗어났다고 했다. 남자의 건강은 빠른 속도로 회복되고 있었다. 나는 간단한 이학적 검사(physical examination)*를 한 후, 피검사, CT촬영 결과를 설명해주었다.

남자는 순하게 웃었다. 덥수룩하게 자란 머리칼에 인상이 더 부드러워 보였다. 얼마 전까지 이 지역을 장악하던 폭력 조직의 일원이었다는 것이 연상되지 않았다. 남자는 대량의 피를 쏟아내며

---

* 시진, 촉진, 타진, 청진 등으로 환자의 이상 유무를 조사하는 검사법. 의사가 눈으로 환자 상태를 관찰하거나 손가락으로 신체 상태를 파악하고 신체 표면을 두들겨 내부 장기 상태나 흉강, 복강 속 가스나 액체 유무를 알아내며, 청진기로 순환기나 호흡기에 일어나는 각종 음향으로 장기의 이상 여부를 탐지하는 방법.

지옥문을 넘었다가 돌아왔다. 부서진 몸에 제 피보다 모르는 사람의 피를 더 많이 받아 명줄을 유지했다.

수술 시 혈액은 필수적인데 피의 주요 세포 성분은 아직까지 인간이 범접할 수 없는 신의 영역으로 남아 있다. 인공 혈액에 대한 수많은 연구는 답보 상태로, 의학의 정체구간이다. 결국 중증외상 환자는 수술 시 남의 피를 받아 넣어야만 한다. 물론 타인의 피는 짧으면 수일, 길어야 한 달이면 자신의 골수에서 만들어진 제 피로 갈음되지만, 거의 죽다 살아난 중증외상 환자들이 사고 전과 달리 좋은 방향으로 인성 변화를 보일 때마다 나는 궁금했다. 선한 의지와 함께 기증된 선한 이들의 좋은 피가 수혈받은 사람에게 정서적인 영향을 미치는 것인지.

나는 검사 결과를 설명한 끝에 사회생활로의 복귀를 이야기했다.

— 이제 몸이 허락하는 한 가벼운 일은 하셔도 됩니다. 그런데 전보다는 아직 많이 힘들 테니 무리는 하지 마세요.

나는 약간 망설이다 조심스럽게 물었다.

— 이제는 어떤 일을 하실 생각이세요?

남자가 여자와 잡은 손에 힘을 주었다. 둘은 마주 보며 엷게 웃었다.

— 전에 하던 일들이 좀 그런지라…….

남자는 거기까지 말하고는 고개를 숙였다. 잠시 그렇게 있다가 다시 얼굴을 들고 나를 보았다. 어떤 결의가 느껴졌다.

— 고향에 내려가려고요. 이 친구하고 함께요. 농사라도 작게 시작해보려고 합니다. 이젠 다르게 살아볼 생각입니다.

도시의 밤거리가 익숙하던 두 사람이 흙을 만지는 고된 노동을 감당할 수 있을지 염려되었으나, 나는 그런 우려를 입 밖으로 꺼내지 않았다.

— 그래요, 처음엔 좀 힘들 수 있지만 시간이 갈수록 좋아질 겁니다.

— 감사합니다.

두 사람은 외래 진료실을 떠날 때까지 잡은 손을 놓지 않았다.

모든 환자가 수술 이후 큰 변화를 겪는 것은 아니다. 치명적이지 않은 상처로 수술을 받고 비교적 쉽게 회복되는 환자들 가운데 불사조라도 된 듯 의기양양해하는 이들도 많이 보아왔다. 그러나 정말 사선을 넘어온 환자들은 분명 어떤 변화를 보인다. 극심한 신체 변화가 마음에 영향을 주기도 하겠지만 그것만이 변화의 이유인지는 알 수 없다. 중환자실에 머무는 동안 집중치료 시 사용되는 고농도의 안정제와 진통제의 영향을 받을 수도 있고, 주변 사람들의 영향일 수도 있다. 그러나 이유가 무엇이든 '사선을 넘나든 사람은 변할 수 있다'라는 점은 분명했다. 그런 의미에서라도 환자가 어떤 사람이든 적절한 수술적 치료를 제공하는 것이 나의 일이었다. 도시를 떠난 두 사람의 소식은 그 뒤로 전해 듣지 못했다.

암흑 전야

2002년 전임강사 임용을 받은 이래 대한외과학회 때마다 소규모
라고 해도 연구 결과를 발표하려고 노력했다. 학회는 외과 내의 각
세부 분과로 갈라졌고, 외상 분야는 '총론' 부분에 해당했으나 대
부분의 무관심 속에서 헐겁게 운영되고 있었다. 타 분과 학회가 수
백 명 이상을 수용하는 강연장에서 진행될 때 외상 세션에 할당된
공간은 불과 수십 명이 들어갈 정도의 크기였다. 세션 시간이 공지
돼도 발표장에 들어오는 사람들은 열 명 남짓에 불과했고 발표자
가 아닌 이들은 드물었다. 대여섯 개의 발표가 끝날 때마다 발표
를 끝낸 이들이 자리를 떠나서, 세션 종료시점이 되면 좌장을 맡은
두 명의 타 대학 외과 교수들과 나만 자리에 남았다. 타 대학 전공

의로 보이는 이가 유일하게 다른 한 자리를 지키고 있었으나 그는 의자에 기대 목을 꺾어가며 졸았다. 이런 빈곤한 상황 속에서도 경희대학교병원 대장항문외과 이길연 교수는 외상외과 분야를 대한외과학회 내의 한 분과로 뿌리내리게 하려고 노력했고, 국가적 차원의 중증외상 의료 시스템 설립과 관련한 정책에 참여해달라고 제안해왔다. 나는 이길연이 고마웠다.

세브란스병원에서 함께 수련받았던 동기와 후배들이 교직 발령을 받아 아주대학교병원에 하나둘 모습을 드러냈다. 나는 다시 만난 그들에게 도움을 받곤 했다.

췌장이 파열되어 절제 수술을 받는 환자들은 필연적으로 인슐린(Insulin) 분비에 타격을 받으므로, 그로 인해 촉발될 수 있는 당뇨병에 대한 고도의 주의가 필요하다. 나는 내분비내과 김대중에게 내가 췌장을 수술한 환자들의 어려운 처지를 설명했고, 그는 흔쾌히 내 환자들을 돌봐주었다. 간을 전공한 정재연에게는 중증외상 환자에게서 나타나는 간기능부전에 대해 부탁했다. 이비인후과 전문의로서 비(鼻)과학을 세부전공한 김현준에게는 안면골 손상 중 코 손상을, 안과의 국경훈에게는 안구 손상을 살펴달라고 부탁했다. 결국 환자를 잘 치료할 수 있는가의 여부는 개별 의사들이 평소에 얼마나 꾸준히 수련하는가에 달려 있다.

분주한 수술방 안에서 자주 겪는 일이지만, 크지도 않은 키에 무영등에 부딪히다 보면 짜증이 났다. 수술 준비 중 좌측 옆머리를 세게 부딪혔는데 귓바퀴가 걸려들었다. 연골이 찢어졌는지, 수술을 마치고 몇 시간이 지나자 크게 혈종이 잡히기 시작하며 아팠다. 하루가 지나자 붓기는 더 심해져 좌측 귀의 형태가 일그러졌다. 이비인후과 정연훈 교수를 찾아갔다. 정연훈은 이비인후과 중에서도 이(耳)과학을 세부전공으로 하고 있었지만 원래는 치과 의사였다. 나는 그가 왜 명문 치과대학을 졸업하고도 사서 고생을 하는지 이해하지 못했다. 그런 그가 내 귀를 치료해주면서 말했다.

— 제가 치과 의사 생활을 하면서 배웠던 치아 본뜨는 기술을 이과학을 하면서 쓰게 될 줄은 몰랐는데요. 이게 참 효과가 좋아요. 혈종이 너무 악화되면 연골을 녹여버려서 귀의 형태가 영구 변형돼 찌그러지거든요.

그는 두런두런 말을 이어가며 내 귀에서 혈종을 뽑아내고, 치과에서 본뜨는 재료를 이용해 내 귀의 연골 모형을 잡아 압박 드레싱을 해줬다.

— 그나저나 좀 쉬시지 그래요? 계속 뛰어다니고 있으니 사방에 부딪히지…….

그가 말하는 '부딪히다'가 물리적인 힘으로 사물을 들이받는 것을 뜻하는 것인지 사람들과의 의견 충돌을 의미하는 것인지 알 수 없었다. '사방에'라는 말이 충돌 반경과 심신이 받는 충격을 가늠케 했다. 나는 부딪힘과 무리 없이는 유지되지 않는 터 위에 서 있었다.

정연훈이 드레싱을 마치자 왼쪽 귀 부분에 주먹만 한 혹이 붙었다. 내 모습이 우스워 보였으나 당분간 병원 밖에 나갈 일이 없으므로 개의치 않았다. 정연훈과는 평소에도 식사 한번 같이하지 못했다. 가끔 공식적인 회의석상에서 마주칠 뿐 각자의 자리에서 바빴다. 나는 학생들에 대한 그의 헌신과 연구 분야에 대한 공헌에 감사했다. 이비인후과의 계속적인 진료 지원은 중증외상센터 운영에 매우 중요한 부분이었다. 후일 외상센터가 생기고 난 뒤 새로운 외상외과 의사들이 합류할 때면, 나는 정연훈과 함께 근무하는 김철호 교수에게 두경부 수술의 기본 술기를 연마시키곤 했다.

병원 내에 성형외과 정재호 교수의 사직 소문이 파다했다. 나는 그 소식을 뒤늦게 들었다. 그가 떠난다는 사실은 명확했으나 이유는 알려지지 않았다. 의과대학 시절부터 봐온 정재호는 명석한 데다 근면하고 성실한, 엘리트 의사의 표준 같은 사람이었다. 대부분의 대학병원 의사들이 의료 선진국에서 장기 연수를 받지만 현지에서 실제 환자 진료에 참여하는 경우는 거의 없다. 미국에서는 미국 의사 면허를 가져야만 실제 진료가 가능한데, 그 나라의 의사 면허를 취득하는 것은 몹시 까다롭다. 미국으로 연수를 가는 대부분의 의사들은 임상 진료보다 연구 과정에 집중하고, 임상을 하더라도 견학 수준을 넘지 못한다. 그러나 정재호는 미국 연수를 떠나 성형외과적인 '악안면 수술(maxillofacial surgery)'에 직접 참여해 배우고 싶어 했다. 그는 화장실 갈 시간도 없다는 전임강사와 조교수 기간에 시간을 쪼개 공부하더니 미국 의사 면허를 취득해 미국 UCLA 대학병원(UCLA Medical Center) 성형외과로 연수를 떠났다.

정재호는 그곳에서 강도 높은 수술에 고도로 특화된 과정을 수련받았다. 그렇게 전공의 1년차 시절보다도 더 혹독한 시간을 버텨내고 돌아와 내 험한 환자들을 기꺼이 수술해주었다. 내가 생사를 오가는 다발성 중증외상 환자들을 이승에 붙들어놓고 자정 넘어 기진한 채로 수술방에서 빠져나오면, 정재호는 갱의실에서 나를 기다리다 뒤이어 수술방으로 진입했다. 나는 그런 정재호에게 늘 미안하고 고마웠다.

그가 떠나려는 이유를 알고 싶었다. 정재호에게 저녁 식사를 청했다. 굳이 병원 밖으로 나가 고기를 굽고 맥주를 마셨다. 내가 어렵게 말을 꺼냈다.

— 그만두신다는 이야기를 들었습니다. 연수 다녀오신 지도 얼마 되지 않았는데 그 소문이 사실인가요?

그는 대답 대신 반문했다.

— 국종아, 너는 의과대학 교수의 역할이 뭐라고 생각하냐?

나는 주저 없이 원론적인 답변을 했다.

— 교육, 연구, 진료입니다.

— 그렇지?

정재호는 준비한 듯 말을 풀었다. 이미 여러 사람들에게 설명한 듯 그의 말은 잘 정리되어 막힘이 없었다.

— 첫째로 교육에 대해서는 말이야. 1990년대 중반에 성형외과가 의사 국가고시 과목에서 독립 과목으로서는 제외됐어. 외과계 통합 과목 시험으로 출제되기 시작한 후로는 아무래도 의대생들에 대한 교육 집중도가 학부 차원에서는 많이 약해진 것 같아. 성형외과가 소위 인기 임상과목이라곤 하지만 의과대학에서 교수로서의 역할이 좀 그래. 둘째로 연구에 있어서도, 너도 잘 알겠지만 내가 '운드 힐링 프로세스(wound healing process, 상처치유기전)'나 성형외과적 보형물에 대한 연구 등을 많이 진행했었는데, 여전히 큰 성과들이 많이 나오지 않고 있어. 우리 학교 여건도 한 원인이겠지만 무엇보다도 내가 한계에 부딪힌 것 같아. 세 번째로 진료 부분에 대해서는…….

정재호는 이 부분에서 약간 말을 쉬었다.

— 지금 성형외과는 말이야, 대학병원보다 오히려 개원가(開院街)에서 더 앞서가는 부분이 많은 거 너도 잘 알고 있지? 밖에서 얼마나 치열하게 열심히들 하는지 아니? 그걸 보면 오히려 내가 대학에서 안주하면서 뒤처지고 있다고 느낄 때가 많아.

정재호는 이미 뛰어난 외과 의사였다. 그의 수술 실력은 모든 외과계 교수들이 감탄하는 수준이었다. 그럼에도 익은 벼가 고개를 숙인다는 말처럼 정재호는 겸손했다. 또한 자신의 부족함을 두려움 없이 드러내 보였다. 그는 마지막으로 의과대학 교수로서의 책무를 들어 한 가지 이유를 덧붙였다.

— 그리고 이 모든 게 다 신통치 않더라도 기본적으로, 여기는 대학이기 이전에 한 조직이잖아? 나도 이제는 중견인데, 정작 내가 중견 책임자로서 이 조직을 잘 이끌어서 좋은 방향으로 만들어간다는 자존감이라도 있으면 버틸 텐데 말이야. 혼자 힘으로는 어림도 없어. 그러니 말이다. 의과대학 교수라는 게 교육도 별로고 연구도 신통치 않으면서 진료역량도 충분히 발휘 못하고 있는데 조직을 잘 이끌어갈 동력조차 없다면, 이 조직에 내가 더 있을 필요가 있을까?

정재호가 반문했으나 그 물음에 나는 답하지 못했다. 내 입에서 자조 섞인 말만 흘러나왔다.

— 그렇게 따지면 저부터 나가야죠. 저야말로 다 신통치 않은데다 그저 월급받기 위해서 다닐 뿐인데요. 생계형 교수죠…….

맥주를 들이켰다. 속이 타들어가는 것 같았다. 나는 정재호를 말리지 못할 것임을 알았다. 또 좋은 사람이 떠나가고 있었다.

외과 왕희정 교수가 학교를 떠난다는 풍문이 돌 때, 많은 사람들이 걱정했던 것이 떠올랐다. 왕희정은 국내 간 이식 분야의 개척자 중 한 사람으로, 존경받는 학자이자 스승이었다. 그의 이탈은 두려운 일이었다. 왕희정만큼의 거인(巨人)은 아니라 해도 평소 업무에 최선을 다하고 동료들의 난관에 큰 도움을 주던 사람이 떠날 때마다 허전했다. 더 좋은 기관으로 영전(榮轉)하거나 나은 자리를 찾아 떠나는 개인에게는 좋은 일이겠지만 남아야 하는 나는 좋은 동료들이 떠나는 것이 슬펐고, 좋은 인재들을 잡지 못하는 병원이 답답했다.

정용식과 외과 동기인 윤태일만큼은 오래 함께하기를 바랐다. 두 사람은 병원 안에서 내 위치와 상황을 누구보다 잘 알았고, 나는 두 사람에게 기대어 황무지 같은 병원 생활을 버텼다. 정용식과 윤태일은 내가 병원을 그만두지 않고 버텨주기를 바랐다.

둘은 별다른 용건 없이도 자주 내 연구실을 찾았다. 같이 밥을 먹고 야구 이야기를 했다. 골치 아픈 현안이나 원내 이야기들은 최대한 피하려 애썼다. 대화는 언제나 가볍고 웃기는 것들과, 야구에 관한 것들로 채워졌다. 국내 프로야구가 시즌이 끝나면 우리는 또 다른 가벼운 화제를 입에 올렸다. 나는 상갓집에서 문상객들이 시끄럽게 웃고 떠들고 화투를 치며 밤을 새우던 풍경이 연상되곤 했다.

그러나 그 즈음 병원에는 알 수 없는 일이 많았다. 2005년에 윤태일은 병원을 떠났다. 그는 외래 교수 자격을 받았으나 그때 나는 내가 수긍할 수 없는 사직의 방식이 존재함을 분명히 알았다. 하루에도 두세 번씩 이쪽저쪽으로 불려가 듣지 않아도 될 말들을 들었다. 늘 내 일의 종결을 생각했으나 비공식적으로 압박당해 나가기는 싫었다. 나는 숨죽여 엎드렸다.

탈출

2006년, 주변 동기나 후배들은 해외 연수를 지원했다. 해외 연수는 연수 기간의 3배수만큼의 병원 복무를 의무화했다. 남들에게는 강제적인 복무 규정이겠으나 내게는 의미가 달랐다. 일찍이 가져 보지 못한 직업적 안정성이었다. 선진 시스템을 배우고 심도 있게 전공 공부를 할 수 있다는 것은 나중 문제였다. 나 역시 자격 요건은 갖췄으나 한 보직교수는 비웃으며 내게 말했다.

— 이국종 선생이 해외 연수 갈 일은 없을 거야. 임상 진료 하는 교수가 장기 해외 연수를 나가려면 그 공백을 누군가 메워야 하는 거 알지? 근데 누가 외상외과를 더 뽑겠어?

그 웃음 섞인 말 한마디가 나를 조용히 물러서게 했다. 외상외과 전문의는 나 하나였다. 충원은 없을 것이며 병원은 공백을 두지 않을 것이므로 나를 보내지 않을 것이다……. 그것이 내가 인지한 사실이었다.

2년 전 보건복지부는 '전문 응급의료센터 건립안'에 대한 보고서를 발주했다. 그때 나는 정부의 관심에 일말의 희망을 가졌다. 12월의 끝자락에 최종 보고서 50부를 들고 정부과천청사를 찾아갔다. 지독하게 추운 날이었다. 보고서를 실은 핸드카트를 맨손으로 끌고 가느라 손이 얼었다. 과천청사는 너무 컸고, 나는 보건복지부를 찾아 건물과 건물 사이를 헤맸다. 중앙정부의 웅장한 건물들이 크고 넓어 더 추운가 싶고, 날이 차고 바람마저 세차게 불어 건물과 길이 더 크고 넓은가 싶었다. 낡아빠진 핸드카트 바퀴의 덜덜거리며 끌리는 소리가 청사 복도에 울렸다. 업무 종료 시간을 코앞에 두고 간신히 찾아들어가 만난 담당 사무관은, 2주 전에 새로 왔다고 했다. 그는 이 사업에 대해 아는 바가 없었다. 손으로 사무실 구석을 가리키며 보고서를 그곳에 놓고 가라고 했다. 나는 말없이 그가 지정한 구석 자리에 보고서 50부를 옮겼다. 내가 보고서를 다 옮길 때까지 그 사무관은 돌아보지 않았다. 무관심 속에 사무실을 빠져나오며 생각했다.

여기도 사지로구나.

시스템에 대해 아무런 생각조차 없는 곳에서 시스템을 논한다는 건 무의미했다. 내가 선 판은 바뀌지 않을 것이었다. 나는 '병원'이라는 실체가 무엇인지 좀처럼 알 수 없었다. 나를 내보내야 한다는 연판장(連判狀)이 병원 안에서 공공연히 돌았다. 내가 사직하기를 바라는 것이 병원의 뜻인지 아니면 몇몇 보직교수들과 그 배후에 있는, 나와 내 일을 싫어하는 사람들의 뜻인지 알 수 없었다. 어디까지가 병원이고 어느 위치의 보직자들까지가 '병원 측'이라고 할 수 있는 것인지조차 헤아려지지 않았다. 이 조직은 나를 깨끗이 자르지도 않았고 온전히 거두지도 않았다. 병원 안에서 들려오는 말들은 개별적인 단어와 문장이었고, 그 각각의 방향에 일일이 대응할 수 없었다. 모든 말들의 방향의 합이 최종적으로 내가 느끼는 조직의 방향성이었다. 돌아다니는 연판장 몇 개를 들고 췌담도외과 김욱환 교수를 찾아갔을 때, 그는 내게 말했다.

― 그건 네가 극복해야 하는 문제야.

김욱환은 그렇게 말하고 한숨을 쉬었다. 둘 다 할 수 있는 것이 없다는 사실을 알고 있었다. 나는 그의 사무실을 빠져나와 지하의 내 연구실에 틀어박혔다. 오수가 벽을 타고 흐르는 이 연구실조차 내일이 보장되지 않았다.

노조 사무실 벽에 머리띠를 동여 맨 사내 위로 '절규하는 노동자들에게 삶의 희망을 주십시오'라고 쓰인 인쇄물이 붙었다. 나는 그것을 얻어다 내 연구실 문 위 유리창에 붙여두었다. 이상하게도 편안했다. 문구가 마음에 들었고 디자인 배열도 좋았으며 유리창 가림막으로 쓰기에 좋았다. 나도 현장 노동자와 다름없었다. 노동자로서 노동하다 다쳐 실려 온 다른 노동자들의 몸뚱이를 칼로 가르고 실로 꿰매 붙이는 노동의 대가로 먹고살았다. 생계유지를 위해 일상을 버티고 있다는 것은 어느 노동자나 다르지 않은 현실일 것이다. 나는 밀려오는 환자들을 수술하고 지하 창고방에 머물며 겨우 버텼고, 비루한 현실을 다른 교수들과 비교하지 않으려 애썼다. 차라리 고용계약이 빨리 종료되기만을 기다렸다. 그래도 견디다 못해 사표를 내던지려고 하면 정용식을 필두로 곁에 있는 사람들이 막아섰다. 환자들이 아니면 모르는 사람들과는 만나지 않았다. 나는 고립되어 있었다. 고개를 숙이고 발끝만 보았다. 물러설 곳 없이 하루를 버텨나갈 때였으므로 앞으로 나아가는 것은 꿈조차 꾸지 못했다.

그런 와중에 임인경 교수가 나를 찾아 불렀다. 스무 살 때부터 나를 가르친 스승으로 지금은 학장이 되어 있었다. 나는 그에게 생화학을 배웠고 의학자로서 연구하는 기본을 배웠으며 대학원에서도 석·박사 과정을 지도받았다. 임인경은 내가 학부 시절 어렵게 학교생활을 하는 사실을 알고 안쓰러워하며 주머니에 용돈을 찔러주곤 했었다. 오랜만에 그와 마주 앉았다.

— 너 요즘 뭐하고 지내니?

짧은 물음에 근심과 질책이 담겼다. 그는 내가 전임강사로 발령받았을 때 자신의 일처럼 기뻐했으나 근 몇 년 사이 불안정해진 내 상황을 답답해했다. 한두 해 전에도 나를 불러 다그쳤었다. 나는 그때의 일침을 기억하고 있었다.

— 내가 교회 장로야. 그런 나도 어쩔 수 없이 꼴도 보기 싫은 놈들하고 술까지 마셔줄 때도 있어. 일주일에 서너 번이 싫은 저녁 자리라고. 넌 발령받은 지 1년이 지나도록 도대체 뭘 한 거니?

나는 그 쓴소리를 듣고도 조직이 작동하는 방식을 체득하지 못했다. 내 밥벌이를 지키려고 이미 충분히 비굴했고 정치에는 무지몽매했다. 조직이 궁극적으로 원하는 바가 외상외과 의사라는 내 존재 가치의 근간을 뒤엎는 것이므로 그에 수긍하여 물러서지 못했다. 나는 고개 숙인 채 눈앞의 찻잔만 바라보며 답했다.

— 잘 지냅니다. 신경 써주셔서 감사합니다.

내 목소리는 작아졌다. 임인경은 작게 한숨을 쉬었다.

— 이 교수도 연수 대상자인 걸로 알고 있어.

— …….

— 다른 문제는 내가 해결해줄 수 없어. 그건 네가 과 내에서 풀어가야 할 문제야. 하지만 해외 연수 자격은 충분하니 신청이나 한번 해봐. 대신 필요한 것들은 네가 알아서 처리해야 해. 2주 안에 가능하다면 해봐.

학내외 일로 눈코 뜰 새 없이 바쁜 사람이 내 처지가 안쓰러워 마음을 쓰고 있었다. 그 마음이 고마웠다.

2007학년도 해외 연수 교원 선발 마감은 2주 뒤였다. 2주 안에 모든 일이 처리되기란 불가능에 가까웠다. 지원 서류를 접수하려면 연수 기관으로부터 초청장을 받아야 하므로 나는 모든 정보를 동원해 서둘렀다. 연락 가능한 곳이라면 무조건 연락을 취했다. 답신을 기다리는 동안 피가 말랐다. 다행히 마감 기한에 임박해 로열 런던병원 외상센터(The Royal London Hospital Trauma Center)의 마이클 월시(Michael Walsh)로부터 초청장을 받았다. 벼랑 끝에서 간신히 잡은 기회였다. 내가 런던으로 떠나면 외상외과에는 공백이 생기겠지만 그것은 병원이 감당할 몫이었다. 그때 나는 떠난 뒤를 헤아릴 만한 여유가 없었으므로 더는 생각하지 않았다.

2007년 봄, 런던의 연구실은 지하 2층의 창고방과는 비교할 수 없을 만큼 좋았다. 연구실 안에 세면대가 잘 갖춰진 화장실이 딸려 있었다. 나는 천천히 손을 씻고 고개를 들어 거울을 보았다. 2006년 시즌에 최하위를 기록한 LG트윈스를 생각했다. 해가 바뀌고 그들은 지난해보다 나아 보였다. 나에게도 새 시즌이 가능할 것인가. 가능하다면 잘해보고 싶었다. 나는 거울 속에서 지나간 얼굴을 애써 지웠다.

벨파스트함

템스강의 강폭은 넓지 않았다. 황톳빛이 도는 초록이 유유히 흘렀다. 런던 브리지 뒤로 낮게 깔린 구름이 강물에 이끌려갔다. 육중한 런던탑을 지날 때 강 한복판에는 해양 박물관으로 사용되는 낡은 함선이 정박해 있었다. 제2차 세계대전과 한국전쟁에도 참전했던 벨파스트함(HMS Belfast)이었다. 대양(大洋)에서 전투하다 퇴역하여 민물에 묶인 때가 1970년대 초라고 하니, 전투함으로서의 시간은 이미 40여 년 전 종결됐다. 거기에 함의 의지는 없었을 것이다. 강 건너 수변을 따라 가로수는 붉어지기 시작했고 그 아래로 늘어선 카페들은 평화로워 보였다. 런던에 온 지 몇 달이 지났는데도 이곳의 풍경은 이질적이었다.

트래펄가 광장에는 호레이쇼 넬슨(Horatio Nelson) 제독의 동상이 높이 서 있었다. 나는 그 주위에 기대어 서서 동상을 한참 바라보았다. 넬슨은 트라팔가르 해전에서 HMS 빅토리호를 끌고 난전 속으로 뛰어들었다. 전투는 함 주위에서 가장 치열하게 전개됐다. 넬슨은 스페인과 프랑스 함대를 무찔렀으나 정작 자신은 적진에서 날아온 총탄에 맞아 전사했다. 누군가는 그 해전이 이순신의 노량해전과 닮았다고도 말했다. 나는 트라팔가르에서 죽은 넬슨과 노량 해협에서 죽은 이순신을 생각했다. 한 사람은 왕실로부터 전폭적인 지원을 받았고 다른 한 사람은 자신을 잡아다 고문해대던 왕 밑에서 죽어갔다. 전투의 양상은 닮아 있을지 몰라도 안쪽의 사정은 달랐다.

넬슨 동상 앞으로 붉고 작은 헬리콥터가 내려앉았다. 런던의 에어 앰뷸런스 HEMS(Helicopter Emergency Medical Service)였다. 나는 런던에 있는 동안 그 헬리콥터와 일했다. HEMS는 의료진과 환자를 싣고 런던 어디에서든 이착륙했고, 악명 높은 기상 속에서도 하루에 네댓 번씩 환자를 싣고 거점 병원으로 날아왔다. 마치 넬슨이 눈앞에 앉은 붉은 헬리콥터를 지켜보고 있는 듯했다.

인구 1,000만의 오래된 도시에 거점 외상센터만 네 곳이었다. 환자 정보는 빠르게 전달됐으며 환자들은 상태에 따라 매뉴얼대로 구분됐다. 로열런던병원 외상센터 의사들은 의료 장비가 장착된 헬리콥터에 주저 없이 올라탔고, 환자가 있는 곳이면 15분 안에 런던 외곽을 포함해 어디든 가닿았다. 헬리콥터가 도착하면 현장에서부터 1차 진료가 이루어졌다. 병원에는 외상 환자들을 위한 수술방과 중환자실이 충분했고, 각 임상과 전문의들의 협조는 당연하게 이루어졌다. 내가 4년 전 미국에서 보았던 중증외상 환자 치료 원칙들은 런던에서도 완벽히 운용되고 있었다.

서울은 런던에 비해 도로가 넓고 큰 광장을 가졌으며 관공서와 학교도 많다. 헬리콥터가 이착륙하기에 런던보다 조건은 더 나아 보였다. 그러므로 런던에서 HEMS가 날고 앉는 광경을 볼 때마다 서울 도심에는 착륙할 데가 없어 헬리콥터 운용이 적절하지 않다는 말이 나는 더 이해되지 않았다. 한국에서의 일을 떠올리면 수긍할 수 없는 것이 태반이었다. 그 답 없는 황무지로 다시 끌려들어 가는 것만 같아서 머리에서 솟아나는 의문들을 지워내려 애썼다.

다른 것에 신경 쓰지 않고 주어진 일만 집중해서 했다. 환자를 보러 응급실에 내려갈 때마다, 중환자실에 갈 때마다, 병동 회진을 돌 때마다 사람들은 외상외과 의료진을 진심으로 반겼다. 할 일을 하고 그 자체로 인정받으며 내가 틀리지 않다는 사실을 확인했다. 그곳에서 나는 원흉도, 돌연변이도 아니었다. 제대로 된 시스템 속에서 일하면서, 한국에 다시 돌아가면 외상외과 일을 계속하지 않을 것이라고 생각했다. 시스템이 없는 곳에서 일하며 겪는 허무와 무의미를 더는 견뎌낼 수 없을 것 같았다.

바쁜 일과 사이에도 틈은 생겼고 주말에는 병동 회식이 있곤

했다. 그럴 때면 동료들과 펍(pub)에서 맥주를 마시고 클럽에서 새벽까지 음악을 들었다. 세계적인 인디 밴드들이 모인다는 런던 중심가의 공연장들에서 시간을 보냈다. 주어진 일을 열심히 하면 직장에서 인정받고, 여유가 생기면 동료들과 편히 술 한잔 기울일 수 있었다. 내가 삶에서 바란 것은 그 정도였다. 앞으로도 이만큼만 살았으면 싶었다.

그즈음 이라크와 아프가니스탄에서는 전쟁이 한창이었다. 전쟁 시에는 중증외상 환자가 발생하기 마련이므로 '블랙워터(BLACK WATER) USA'*를 비롯한 사설 민간 군사 업체에서는 의무병을 선발했다. 그쪽으로 시선이 쏠렸다. 그것도 아니면 런던에서 다시 전공의부터 시작해볼까 고민했다. 어느 쪽이라도 좋았다. 그러나 무엇이든 새로 시작하기에 1년은 짧았다. 강물은 유예된 날들을 너무 빨리 끌어가버렸다.

* 1997년 네이비 실 퇴역장교인 에릭 프린스(Erik Prince)와 앨 클라크(Al Clark)가 설립한 민간 군사 기업이다.

마지막 수술

비가 무겁게 내렸다. 축축한 기운이 지하 복도로 스몄다. 두꺼운 벽 너머로 빗소리가 들리는 것 같았다. 귀에 들리는 것인지 머릿속에서 울리는 것인지 알지 못했다. 1년 만에 돌아온 아주대학교병원의 분위기는 흉흉했다. '외상외과'라는 과는 원래도 제대로 없었으니 사라질 것도 없었고, 남아 있을 것도 없었다. 복귀한 다음 날 한 보직교수가 전화해서 나를 찾았다. 며칠 내로 인사를 하겠다고 했으나 그는 기다리지 못했다. 응급실 뒤편의 빈 진료실에서 그를 마주했다. 형식적인 몇 마디가 오간 뒤 그가 물었다.

— 뭘 배우고 온 거야?

진의(眞義) 없는 질문에 대한 내 답은 길고도 상세했다. 중증외상 환자 발생 시 필요한 항공 출동부터 사고 현장에서 초기에 시행하는 응급조치, 헬리콥터로 이송 중 시행하는 치료, 연달아 진행되는 수술적 치료 및 중환자실에서의 집중치료, 병동 재활 과정까지 하나의 시스템으로 움직이는 외상외과의 원칙과 업무 영역에 대해 설명했다. 그는 귀담아듣지 않았다. 시큰둥한 목소리로 내 말을 끊었다.

— 이 선생, 여기는 영국이 아니잖아? 나도 미국에서 연수받았지만 거기에서 하던 걸 한국에서 다 할 수는 없어.

병원에서의 반응은 예상했으나 압력은 생각보다 빨랐다. 그는 표정 없는 나를 보고 다시 말을 이었다.

— 이 교수가 이제 마흔인가? 적어도 마흔이지? 이제는 좀 적당히 해. 일단 수술은 하지 않았으면 해. 그게 과의 입장이야. 어차피 전공의 배정도 없이 학생들이나 응급구조사들만 데리고 하는 것도 남 보기 좋지 않고.

그들은 이미 내가 돌아오기 전에 내 업무를 날려버리기로 결정한 것처럼 보였다. 주인 없는 집에 남아 있던 명패를 온전히 걷어내려고 나를 기다린 것 같았다. 구역질이 올라왔으나 예측했던 일이어서 크게 놀라지도 않았다. 보직교수의 말대로 수술은 혼자 하는 것이 아니다. 마취과 의사와 수술방 간호사를 비롯해 함께 수술할 의사가 필요하다. 의사라면 누구나 아는 원칙이지만 외상외과에 외과 전공의는 의도적으로 배치되지 않았다. 나는 어쩔 수 없이 수술할 때 도움을 받을 수 있는 사람이면 주위에 있는 누구하고나 수술방에 들어갔다. 외과 전공의가 없는 덕에 응급의학과 전공의와 응급구조사, 의과대학 실습 학생들만 데리고 수술하는 것이 자연스러워졌다. 응급의학과 전공의들에게는 내부 장기 손상을 직접 들여다볼 수 있는 기회였다. 그러나 학문적으로 외과학의 뿌리이자 중요한 총론 분야 중 하나인 외상외과의 지속가능성을 위해서는 외과 전공의들이 이 파트를 순환근무하며 배워야 했다. 지켜져야 할 것은 지켜지지 않았고, 고육지책으로 움직이는 나의 노력은 비난받았다. 그들은 외상외과에 대해 알지 못했고 알려 하지 않았으므로 내가 하는 일의 의미도 알 수 없을 것이었다.

생각보다 마음이 무겁지 않았다. 런던에 있는 내내 생각해둔 말도 있었다. 더군다나 이 보직교수는 원래 점잖다고 알려진 사람이었고, 단호하지만 나쁘지만은 않은 태도로 말하고 있었다. 그는 큰 잡음 없이 나를 정리하고 싶었을 것이다. 나는 하고자 했던 말을 했다.

— 걱정 안 하셔도 됩니다. 저도 더는 힘들게 일하면서 욕만 먹는 짓은 하지 않겠습니다.

그는 한결 밝아진 얼굴로 내게 물었다.

— 어디 다른 곳으로 옮길 생각인가?

— 여러 가지로 생각을 열어두고 있습니다.

— 어떻게?

— 남는다고 해도, 이런 말도 안 되는 일을 계속하면서 듣지 않

아도 될 말을 계속 듣고 싶지 않습니다. 여기는 런던이 아니고 한국이라는 말씀의 뜻은 잘 알고 있습니다.

— 그래, 그럼 그렇게 해.

그는 홀가분해 보였다. 나는 부탁할 것이 있었다. 보직교수가 나를 찾기 직전 응급실에 청년 하나가 실려 왔다. 청년은 장폐색이 심했고 응급수술이 필요했다. 키가 크고 훤칠한 그는, 내가 2년 전 내장을 절반이나 끊어내면서 이승에 붙들어둔 목숨이었다.

교액폐쇄(strangulation)* 증상이 보이는 경우 보존적 치료를 하면서 장폐색이 풀리기를 천천히 기다릴 여유가 없다. 장폐색이 악화된 상태에서 수술이 늦어지면 생명을 잃거나 수술을 하더라도 장을 대량 절제해야 할 가능성이 높아진다. 이 청년은 더 이상 걷어낼 장이 남아 있지 않았다. 또다시 장을 대량 절제한다면 짧은장증후군(short bowel syndrome)**으로 인해 살기 힘들 것 같았다.

* 장관 내부뿐만 아니라 장관에 공급되는 혈류에도 문제가 생겨 장관에 허혈이 일어날 수 있는 상태. 교액폐쇄가 지속될 경우 허혈이 일어난 장관에 괴사가 일어나 사망에 이를 수 있으므로 즉시 응급수술을 시행해야 한다. 교액은 폐색된 장으로의 혈액순환에 장애가 있을 때 발생된다. 장강의 두 곳에서 막혀 생긴 폐쇄성 장폐색은 단순폐색보다 교액이 발생하기 쉽다. 교액폐쇄 시 독성물질이 손상된 장벽을 통해 복강으로 나오며 이것이 흡수되면 전신증상이 나타난다.

** 외과적 수술로 소장을 본래 길이의 절반 이상 제거했을 경우 발생하는 소화흡수불량증. 수 미터에 달하는 장의 길이가 절반 이하만 남게 되거나 회맹판과 결장의 일부를 함께 절제하면 적응에 실패하여 짧은장증후군이 만성화 될 수 있다. 이 경우 소장 이식 수술을 고려해야 한다. 만약 환자가 소장 이식을 받지 않을 경우 생명을 유지하기 힘들어질 수도 있다. 소장 이식은 간 이식이나 신장 이식에 비해 걸음마 단계이므로 위험도가 높다.

장폐색 환자에게 보존적 치료를 시도해보지도 않고 곧장 수술에 들어가는 것은 성급한 일이다. 수술은 환자에게 정말 필요할 때만 해야 한다. 남의 몸에 칼을 들이대는 행위에 대해서 나는 그렇게 배워왔다. 그러나 청년은 정말 위험한 상황이었고 수술이 불가피했다. 내가 외상외과 의사로서 보는 마지막 환자가 될 것이다. 이 수술만 끝낸다면 이렇게 수술과 비수술적 치료 사이에서 득실을 따져가며 줄타기하는 외과 의사로서의 의무도 더는 지지 않아도 된다. 나는 보직교수에게 말했다.

— 교수님, 하필이면 좀 전에 제가 2년 전 수술했던 환자가 장폐색으로 응급실에 와 있습니다. 교액폐쇄 증상이 보이는 상황이라 수술해야 할 것 같습니다. 마지막으로 이 환자만 수술해놓고 이제 더는 수술하지 않겠습니다. 이 환자까지만 제가 할 수 있도록 허락해주셨으면 합니다.

내 수술은 그에게 치명적이지도 세상에 해가 되지도 않았다. 마취과 교수들만 도와주면 얼마든지 가능한 일이었으나, 마지막 수술은 비난 없이 상부의 동의하에 하고 싶었다. 내 부탁에 보직교수는 굳은 표정으로 말을 던졌다.

— 알아서 해.

그는 사라졌고 나는 수술을 했다. 청년은 살아남았다.

위로

수술방에서 칼을 들던 시절에는 새벽에 걸려오는 전화에 늘 신경이 곤두섰다. 환자가 실려 온다는 콜이 오면 새벽이든 주말이든 급히 병원으로 뛰어나와야 했다. 응급수술에 필요한 수술방을 얻어내야 했고, 수술 동의서에 사인을 받아야 했다. 외상외과에 전공의는 없었으므로 그 일은 내 몫이었다. 함께 수술할 외과 의사 후배들이 없어서 임상실습생이나 응급구조사들과 수술을 하고 욕을 먹었다. 그러나 칼을 들지 않음으로써 나는 그 모든 것에서 놓여났다. 수술하지 않은 지 석 달 째였다.

수술하지 않는 외상외과 의사는 쓸모없었으나 응급의학과에서 쓸모를 찾았다. 응급의학교실의 정윤석 주임교수는 수술이 필요 없는 다발성 중증외상 환자들에 대한 보존적 치료를 내게 맡겼다. 민영기는 여전히 내가 주치의인 환자들에게 응급 중환자실 자리를 내어줬다. 나는 응급의학과 교수들이 진심으로 고마웠다. 병원은 내게 그 이상의 임무를 지시할 생각은 없어 보였고 나는 그냥 호구지책으로 병원을 다녔다. 서울의 큰 종합병원 외과 과장을 맡고 있는 고교 동창 최석호가 같이 일하자고 제안했을 때, 나는 고마운 마음으로 이직을 준비했다.

시간이 날 때 정윤석, 민영기와 야구를 했다. 정윤석의 큰 관심사는 롯데자이언츠의 가을 야구(포스트 시즌) 진출이었다. 2008년에 LG트윈스는 가을 야구에서 이미 멀어진 상황이었으므로 나는 그해 '갈매기'가 되었다.

그 즈음 이정엽이 그리스로 발령을 받아 곧 떠난다고 연락을 해왔다. 절친한 고교 동창이었던 그는 삼성전자에 근무하고 있었다. 남부 유럽에서 시작된 유럽연합 전체의 경제 위기가 세계경제에 직격탄을 날리기 시작한 때였다. 그리스는 가장 상황이 좋지 않았다. 나는 이정엽을 만나고 싶었다.

일요일 오후에 병원 밖으로 나섰다. 강남에 위치한 삼성전자 근처의 중학교 운동장에서 이정엽을 기다렸다. 벤치에 앉아 시선을 던진 곳에 남자아이들 몇이 농구를 하고 있었다. 쉬지 않는 손과 발의 움직임을 따라 공은 수평과 수직 운동을 반복했다. 공을 손에 든 아이가 몸을 돌리며 무릎을 쭉 뻗어 공중으로 가볍게 튀어 올랐다. 무릎에서 팔꿈치로 이어지는 리듬이 조금 성급하다 싶을 때, 공은 포물선을 그리며 날아가 링을 스치고 떨어졌다. 아이의 발은 순식간에 수비 태세로 전환해 달렸다. 다시 끊임없이 움직이는 공의 경로를 나는 눈으로 좇았다. 내가 좇는 것이 공인지 아이들인지, 아니면 사라져버린 날들의 흔적인지 알 수 없었다.

— 국종아!

피로에 전 이정엽이 다가와 서 있었다. 새로운 사람들을 잘 만나지 않는 나는 어려운 일이 있을 때면 고교 시절 친구들이나 외과 전공의 시절을 함께 보내며 사선을 넘나들던 동료들을 찾아 조언을 구했다. 이정엽은 그들 중 가장 속이 깊었다. 편의점에서 산 음료수를 들고 벤치에 나란히 앉았다. 나는 음료수를 한 모금 마시고 안부를 물었다.

— 상황이 정말 안 좋은 것 같던데 정말 가야 해? 험한 일 맡으라고 승진도 빨리 된 거 아냐?

이정엽은 답 없이 웃고는 단숨에 음료수를 들이켰다.

— 떡볶이나 먹으러 갈까?

우리는 자리에서 일어섰다. 강남역 근처에는 분식 노점들이 많았고, 이정엽을 만날 때면 가끔 그 노점들 중 하나를 찾아 들어가곤 했다.

한 노점에 도착해 자리를 잡았을 때는 거리가 어두워진 뒤였다. 노점 주인은 앞선 주문을 받아내며 우리의 주문을 받았다. 능숙한 동작으로 김을 놓고 밥을 깔고 재료들을 올려 말았다. 도마 위의 날 선 칼로 둥글게 말린 김밥을 무심하게 썰어냈다. 접시 세 개를 꺼내 김밥을 그중 하나에 올리고 주걱으로 떡볶이 팬을 휘젓고는, 다른 두 접시에 나누어 담아냈다. 주인의 움직임은 크지 않았고, 움직임 사이에 뜸이 없었다. 같은 자리에서 몸의 방향만 바꾸어갔다. 필요한 것 모두가 손이 닿는 곳에 있었다. 이정엽과 나는 말없이 그 모습을 지켜보았다. 작은 공간의 주인이 그였고 모든 일은 그가 계획한 대로 흘러가고 있었다. 주인이 그릇을 우리 앞으로 내밀었을 때 춤사위 하나가 끝난 것만 같았다.

이정엽이 어렵게 입을 뗐다.

— 국종아, 난 말이지. 만약 회사에서 갑자기 나더러 큰 배낭을 하나 메고…… 중부아프리카 어디 작은 나라 있잖아, 내전으로 시달리는. 큰 배낭 하나 가득 휴대폰을 채우고 거기 가서 반군들에게 다 팔고 오라고 해도 난 갈 거야. 10년 전쯤인가 대리 시절에, 경쟁사에 밀리는 CD롬 사업부에 있을 때 부서원이 열셋이었어. 그런데 모두 다 정리되고 나하고 다른 한 명만 남았던 적이 있거든. 단 두 명이 남을 때까지 사무실에 야전침대를 가져다 놓고 월화수목금금금을 숙식하며 버텼다.

이정엽은 그렇게 말하고 웃었다. 그때 떠나간 동료들이 아직도 눈에 선하다고 했다. 이어지는 그의 말은 담담했다.

— 승진이나 보직 발령 같은 거 별로 많이 생각하지 않아. 기회

가 주어지는 대로 필요한 곳에서 열심히 일하면 된다고 봐. 내가 언제까지 근무할 수 있을지는 모르지만 난 최선을 다할 거야. 누가 강제로 시킨 일은 아니니까. 너도 마찬가지잖아? 그러니까 잘 버텨봐.

나는 이정엽에게 많은 걸 배웠다. 고등학교 시절에도 모르는 것이 있으면 그에게 물었다. 직장인이 되어서도 그에게 조언을 구하곤 했다. 이정엽은 조직에서의 인사나 부서의 운영방침, 직장인으로서의 태도, 부서장으로서의 윤리 같은 것들을 내게 말해주곤 했다. 병원도 근본적으로 회사였다. 그와 나의 생활은 본질적으로 같았다. 나는 그의 말을 받아 적듯이 배워나갔다.

얼마 뒤 이정엽은 그리스로 떠났다. 남부 유럽발 국가 재정 위기는 유럽 전체의 위기를 불러왔고, 미국발 금융위기까지 덮쳤다. 내가 런던에 머물 때 이용하던 주거래 은행도 파산했다. 세계적인 금융위기라 할 만했다. 이정엽은 그 속에서 사투를 벌였다.

그에게 다시 연락이 온 때는 2012년쯤이었다. 담낭염을 앓고 있고 현지 병원에서 수술이 필요하다는 진단을 받았다고 했다. 이정엽은 한국에 들어와서 수술받기를 원했다. 금요일 저녁에 한국에 돌아와 토요일에 복강경으로 담낭을 절제해버리곤 월요일에 다시 비행기에 올라 제자리로 돌아갔다. 아무리 간단한 복강경 수술이고 회복이 빠르다고 해도 무리였다. 나는 말렸으나 이정엽은 내 말을 듣지 않았다.

그 짧은 외중에도 그는 도리어 나를 격려했다. '하는 데까지 해보다 조직에서 쓸모없어지면 은퇴할 뿐'이라며 환하게 웃었다. 그것이 인생이라면서. 이정엽은 조직의 잘잘못과 방향에 대해 쉽게 말하지 않았다. 고통스러웠던 날들이 훗날에는 그리워질 것이라며 위로도 했다. 그러면서도 제 일에 대해서는 아무것도 말하지 않았다. 나도 친구가 수술을 잘 받기만을 바랐을 뿐 아무것도 묻지 않았다. 무엇이 힘들고 무엇이 위기였는지는 이정엽 자신만이 알고 있을 것이다.

전환

한국의 여름은 간헐적인 비와 서늘한 공기로 기억되는 런던의 여름과는 다르다. 짙은 녹음이 더 깊어졌고 강렬한 햇살이 지면을 뜨겁게 달궜다. 매미들은 곳곳에서 울었다. 숨죽이고 있는 것은 나 하나뿐인 듯했다. 이직을 준비했다. 스무 살부터 공부하고 일해온 조직으로부터 외면 받는 것은 씁쓸했으나 편히 숨 쉬며 살길을 모색하고 있다는 사실은 좋았다. 그즈음 서울아산병원 응급의학과 임경수 교수가 민주당 소속 국회 보건복지 전문위원인 허윤정이 아주대학교병원을 방문할 예정이라고 알려왔다.

3년 전(2005) 임경수는 대한응급의학회 이사장에 취임하자마자 응급의료 백서를 편찬해냈고 정책 워크숍을 주재했다. 응급의료 각 분야의 시급한 현안들을 짚는 자리였다. 나는 거기에서 허윤정을 처음 보았다. 허윤정은 그때 대한응급의학회의 정치권 정책 파트너로서 워크숍의 중심에 있었다. 모두들 허윤정 전문위원을 '허 위원'이라고 불렀다. 그것은 마치 그의 코드네임과도 같았다.

응급의료는 첨단 의술을 자랑하는 대학병원조차 난맥상(亂脈相)이었다. 의료계 내에서도 오랜 골칫거리였고 관행처럼 굳어진 것들이 많았다. 응급환자들은 응급실에 실려 가도 적절한 치료를 받지 못했고, 병상이 없고 의사가 없다는 이유로 이 병원 저 병원을 떠돌다 길바닥에서 죽어나갔다. 사회지도층은 아는 의사에게 전화를 걸어 응급 진료를 부탁하는 일이 만연했다. 24시간 365일 진료 공백이 없다는 말은 병원 광고판에나 존재했다. 2000년, 허 위원은 응급의료 분야를 직시했다. 이를 개선해보고자 했고 대한응급의학학회 관계자들이 움직이고 있었다.

임경수가 주재한 워크숍은 응급의료의 임상 분야를 관장하는 사람들이 자기 분야의 문제점들을 조명하는 자리였다. 서울아산병원 지하의 작은 회의실에서 열린 워크숍은 그럴듯해 보이는 대규모 공청회가 아니었다. 각 분야의 핵심 관계자 몇이 모여 토의하는 TFT(Task Force Team) 같았다. 워크숍에 대한 대한응급의학회 내의 반응은 부정적이었다. 국회의원도 아닌 전문위원을 상대로 바쁜 임상교수들을 불러다 놓고 쓸데없는 일을 한다는 뒷말이 무성했다. 그러나 학회는 추상적인 말이 많은 곳이고, 결국 정책을 만들고 입법하는 이들은 관료나 정치인이다. 적절한 법안을 만들어 지속적으로 행정부가 추진하려면, 그들의 도움이 필요하다는 것을 임경수는 알고 있었다. 임경수는 개의치 않고 밀어붙였다. 국내에서 제일 큰 병원 응급실 수장인 그는 병원 일을 해나가면서도 응급의료 분야의 문제들을 개선하기 위해 자기 시간을 쪼개 노력했다. 끈질긴 사람이었다. 1990년대부터 중증외상 분야를 파고들었던 몇몇 예방의학자들도 본격적으로 힘을 보태기 시작했다.

임경수는 내게 응급의료 백서의 중증외상 파트를 맡기고 워크숍에서 직접 브리핑하게 했다. 나는 임경수의 생각을 알 수 없었다. 병원 내에는 나의 사직에 대한 공문이 돌아다니는 판이었다. 그런데도 대한응급의학회에서는 내게 중증외상과 관련된 소소한 강의나 학회 일들을 맡겼다. 사석에서 임경수에게 이유를 묻자, 그는 자신이 하려 했던 외상외과 일을 내가 견디고 있는 것이 고맙다고 했다. 어쩔 수 없어 일하는 것일 뿐이라 솔직하게 말했으나 임경수는 지치지 말라고 나를 격려했다. 그러나 내가 할 수 있는 일이 무엇인지 알 수 없었다.

브리핑할 차례가 돌아왔을 때 나는 중증외상 분야의 참담한 현실을 간단한 말로 요약해 전했다.

— 중증외상은 국민이 사망하는 3대 사망 원인 중 하나로, 전체 사망의 10퍼센트에 육박합니다. 특히 40대 이전의 젊은 층에서는 가장 큰 사망 원인입니다. 노동자, 농민과 같은 블루칼라 계급

이 집중적으로 타격을 입습니다. 병원을 경영하는 입장에서 보면 수익은커녕 적자의 온상이라 기피합니다. 많은 대학병원들이 암이나 심장혈관 질환처럼 만성병에 집중하는 상황에서 중증외상 환자 치료를 전담할 시설은 거의 없고 적절한 의료진 양성도 힘듭니다. 선진국에서는 이미 이런 문제들을 극복하려고 국가적 중증외상 의료 시스템을 기존의 일반적인 병원이나 응급실 운영 체계와는 분리해 체계적으로 구축하고 있습니다만, 한국에서는 여러 가지 이유로 논의가 더는 진행되지 않습니다.

열의 따위는 없는 무미건조한 말들이었다. 앞에 앉은 허 위원이 내게 물었다. 그는 이미 대부분의 '상황'에 대해 이해하고 있었다.

— 그 여러 가지 이유가 무엇인지 알려주시겠습니까?

이유라……. 해야 할 말은 많았으나 처음 보는 사람에게 구구절절 설명하고 싶지 않았다. 말을 한들 달라질 것은 없다고 생각했다. 2004년 말 보건복지부에서 요청한 자료를 싣고 과천청사를 헤맸던 날이 아직 선명했다. 부질없는 일이다. 내게 그런 의지는 남아 있지 않았다. 질문에 대한 내 답은 듬성듬성했다.

성의 없는 내 태도를 허 위원이 눈치챌 수도 있다고 생각했으나 상관없었다. 임상 진료와 병원 내 정치판에서도 고꾸라져 처박힌 주제에 진짜 정치인이라니, 내가 상대할 판이 아니었다. 허 위원은 무성의하고 냉소적인 나의 태도에 주목했다. 훗날 말하길, 그것이 이 분야야말로 최악이라고 판단한 이유라고 했다.

그날 이후 한 외상 관련 학회에서 허 위원을 보았다. 그때 나는 런던에서 확인한 정부 주도의 중증외상 의료 시스템을 발표했다. 허 위원은 작은 응급의료 헬리콥터가 의료진을 싣고 거대하고 혼잡한 런던 시내 구석구석에 내려앉으며 죽기 직전의 중증외상 환자를 구해 다시 외상센터로 날아가는 광경을 주의 깊게 보았다. 런던 시민들은 응급의료 헬리콥터(HEMS)를 런던의 아이콘으로 선정하기도 했고, 헬리콥터를 통해 정부 주도 중증외상 의료 시스템의 존재를 눈으로 확인했다. 이것이 정부와 정치권에 대한 기본적인 믿음으로까지 연결되고 있다는 내 말을, 허 위원은 노트에 받아 적고 있었다.

그 두 번의 만남이 전부였다. 나는 런던에서 돌아와 병원 밖의 일에 관심을 두지 않았다. 내 앞길이 풍전등화처럼 느껴지는 때였으므로 정부의 큰 그림 따위를 생각할 여력은 없었다.

허 위원이 곧 병원을 찾아왔다. 같은 정당의 국회 보건복지위원회 소속 선임 보좌관 네 명과 함께였다. 허 위원 일행과 보직교수와의 회의에 나도 배석했다. 대화는 좋은 분위기에서 이어졌다. 허 위원은 이야기 끝에 부탁했다.

— 아주대학교병원이 사립 병원인데도 외상외과 운영을 오랜 기간 잘 지원한 걸로 알고 있습니다. 우리 당에서 역점을 두고 있는 의료계의 화두가 응급의료 체계 구축이었고, 10년 가까이 노력해 어느 정도 틀이 잡혔다고 생각합니다. 그런데 아직 중증외상 환

자 치료 분야가 문제로 남아 있어요. 아주대학교병원이 외상외과 운영을 포기하면 한국에는 더 이상 현황 파악을 할 곳조차 없습니다. 조금만 더 이 분야를 끌고 가주시면 국회 차원에서 병원 지원과 함께 중증외상 환자 치료에 대한 전국적인 체계를 잡아갈 수 있도록 최선을 다하겠습니다.

그 일행의 방문은 중증외상에 대한 국가의 지원 가능성으로 비쳤다. 보직교수는 그 자리에서 내게 수술 재개를 지시했다. 내 업무 범위와 여건은 늘 다른 사람에 의해 결정되었다. 의과대학이나 병원이라는 내가 속한 조직의 정확한 업무지침이나 핵심가치에 의해서 정해지지도 않았다. 조직의 수장들조차도 방치해뒀다가 내부의 역학관계나 외부 지원 여하에 따라 말을 달리했다. 외부의 말과 힘에 의하여 순식간에 조정되는 내 전공의 특수성을 느끼며 나는 이 이상 한심할 수가 없었다. 스승이었던 임대진 교수는 말하곤 했다. 밥벌이의 종결은 늘 타인에 의한 것이어야 하고, 그때까지는 버티는 것이 나은 법이며, 나 스스로 판을 정리하려는 노력조차 아까우니 힘을 아끼라는 그의 말이 나는 틀리지 않다고 여겼다. 어쨌든 이 일은 내 밥벌이였고 병원 일도 직장생활이었으므로 나는 병원의 공식적인 지시로 관두게 될 때까지는 '최선을 다해' '무감각하게' 따라가기로 했다.

허 위원 일행은 보직교수와 대화를 마치고도 병원에 남아 내 앞으로 입원해 있던 십여 명의 다발성 중증외상 환자들의 차트를 살폈다. 마침 한 외상 환자가 발생하자 수술방까지 쫓아 들어와 수술 현장을 보았다. 수술방을 나온 뒤에도 허 위원은 환자들을 개별적으로 만나 정밀 조사하듯이 물어보며 돌아다녔다. 그들은 어떤 결정을 내리기 이전에 확신이 필요한 듯했다. 허 위원 일행은 밤 11시가 넘어 여의도로 돌아갔다. 나는 앞으로의 일들을 가늠할 수 없었다. 단지 이직을 준비하다 말고 불려와 다시 '아주대학교병원 외상외과'를 재가동하게 됐다는 사실만이 분명했다.

그날 이후 허 위원을 포함해 국회의원이나 도의원, 보건복지부 산하의 공무원들은 수시로 병원으로 와 나를 찾았다. 대개는 중환자실에서 만났고 내가 수술 중이면 수술방에서 만났다. 그들은 쏟아지는 핏물 속에서 분투하는 나를 날 선 눈빛으로 지켜보았다. 그들 앞에서 어떤 환자는 이승으로 돌아왔고 어떤 환자는 속절없이 저승으로 떠나갔다.

정책적으로 중증외상센터 진료망이 국가적으로 갖추어지는 과정은 응급의료 기금을 담보로 한다. 그들은 예산을 투입해 진행한 사업이 예상한 결과에 미치지 못하고 도덕적인 문제에 봉착하는 결과들을 지겹게 보아왔을 것이다. 이번만큼은 실수하지 않기 위해, 예산을 헛되게 쓰지 않기 위해 허 위원은 거듭 확인했다. 실제 일을 하는 사람들이 제대로 된 시스템을 만들 수 있도록 국회와 정부 차원에서 무엇을 도와야 할지, 도움을 주었을 때 어떤 효과를 거둘 수 있을지 직접 들여다보았다.

그런 그들에게 환자와 보호자들이 전하는 사연은 잔혹했다. 몸이 으스러지고도 치료받지 못한 채 길바닥으로 내몰렸고 역류에 떠밀리듯 순식간에 죽음으로 밀려나갔다. 복벽 자체가 날아가서 내장이 몸 밖으로 흘러내리는 어린아이를 안고 찾아 왔던 부모가 수술받을 병원을 찾아 경기도 전체를 전전했다는 이야기를 그들에게 했다. 그들은 이 참상을 차라리 모르고 싶다는 얼굴이 되었다.

큰 대학병원 응급실에서 수술이 시급한 중증외상 환자가 길바닥으로 내쳐지는 일들은 잊을 만하면 언론을 통해 터져 나왔다. 그러나 그 실제 규모와 심각성은 현장에 있는 의료진 외에 누구도 알지 못한다. 외상외과는 대한민국의 화려한 의료 체계의 많은 임상과들 틈새에 분명히 존재하지만, 누구의 관심조차 받지 못했다.

정부는 전국 단위의 응급의료 체계가 웬만큼 갖춰지도록 지원을 쏟아왔으나 여전히 초대형 병원 응급실에 실려 온 이후에도 끝내 죽어나가는 중증외상 환자들이 너무 많았다. 허 위원은 그 이유를 알아내고자 했고 끝을 파보려고 마음먹은 것 같았다. 그는 중앙응급의료센터와 보건복지부에서 중증외상 의료 체계에 대한 각종 회의를 만들어가기 시작했다. 그러나 지리멸렬함 속에 떠밀려온 나는 무엇도 기대하지 않았다. 내게 '기대'나 '희망'이라는 말은 희미하게라도 남아 있지 않았다.

나비효과

선진국에서라면 살았을 사람들이 한국에서는 터무니없이 죽어나
갔다. (2007년 미국을 포함한 선진국의 '예방 가능한 사망률'은 대부분 15퍼
센트 이하였고, 확률을 한 자릿수로 낮춘 지역도 많았다. 2008년 한국의 수치
는 32.6퍼센트였다.)* 오래전부터 그래왔고 모두가 무관심했으므로
새삼스럽지 않았다.

---

* "2008년 정구영 이화여대 교수(응급의학) 등이 내놓은 '응급의료체계 성과지표에 관한
연구' 논문은 충격적인 내용을 담고 있다. (…) 연구진은 2006년 8월부터 2007년 7월
사이 전국 20개 대형 응급실의 외상 사망 환자의 의무기록을 펼쳤다. 551건이었다. 이
들의 의무기록을 분석한 결과, 연구진은 551명 가운데 179명을 살릴 수 있었다는 결
론을 내렸다. 179명 가운데 살릴 수 있는 확률이 75%가 넘었던 환자는 21명이었고,
25~75%였던 환자는 158명이었다. 두 집단을 합한 '예방 가능한 사망률'은 32.6%였
다.(〈한겨레21〉, 2010년 12월 27일자)"

2006년에 정부는 각 지역의 거점 국립대학교 부속병원들을 중심으로 특정 질환에 대한 전문화된 치료 센터 설립을 지원하기 시작했다. 전북대학교 의과대학은 호흡기 질환 전문 센터 설립을 지원받았다. 전남대학교 의과대학은 권역 류마티스 및 퇴행성 관절염 센터 사업을 시작했다. 부산대학교 의과대학은 중증외상센터를 해보겠다고 나섰다. 부산대학교병원 응급의학과 조석주 교수가 내게 도움을 청했다. 부산대학교병원의 중증외상센터 건립 기획안에는 2005년에 작성한 내 논문의 많은 부분이 인용되었다.

2004년 보건복지부의 요청으로 작성한 '전문 응급의료 센터 건립안'에 대한 보고서가 무관심 속에 버려질 것처럼 느껴져 세상에 남기고자 썼던 논문이었다.[*] 나는 그 논문에 중증외상센터와 관련해 많은 것을 담았다. 대한민국에서 '중증외상센터'를 운영하려면 최대한 환자와 의료진을 소수의 센터에 집중 배치하여 '규모의 경제'를 이뤄야 한다는 내용이었다. 그래야 전 세계적 기준에 부합하는 외상센터를 만들어 한국 의료 시스템에 접목시킬 수 있었다. 내 생각에 의한 단순한 결론이 아니었다. 한국의 건강보험심사평가원, 자동차 손해보험사들, 산업재해관리공단에 이르기까지 각 사고 주체를 망라해 데이터를 모았다. 미국의 외상센터 운영 기준을 근간으로, 대한민국 각 지역에서 발생하는 중증외상 환자의 규

* 이국종 외, '중증외상센터 설립 방안', 〈대한외상학회지 18〉, 2005.

모를 파악했다. 그 정도의 규모로 발생하는 다양한 중증도의 환자들을 살피려면 각 개별 병원에 환자를 보내는 것이 아니라 몇 개 병원을 센터로 만들어 집중시켜야 한다. 그러자면 중환자실 40병상, 일반병실 120병상은 있어야 효율적 운영이 가능했다.

그러나 당시 내 보고서는 누구도 보지 않았다. 수많은 뒷말과 무심(無心)과 적대 속에서 나는 '외상센터'라는 말을 머릿속에서 지웠다. 그러나 불씨가 예상치 못했던 국립대학에서 다시 발화되고 있었다. 나는 어떤 변화를 느꼈다.

정부에 제출할 보고서 검토를 마친 뒤 부산대학교병원을 나섰다. 조석주가 나를 토성동역까지 배웅했다. 전남대학교 의과대학 출신인 그는 이제 부산의 거리와 항구가 많이 익숙해졌다며 웃었다.

— 광주에서는 절대로 산에다 집을 짓지 않는데 말이지. 부산에 처음 오니까 온 산꼭대기까지 집을 지어 살더라고. 그게 얼마나 신기한지 말이야. 익숙해지는 데 몇 년 걸려부렀어!

부산 바다의 짠 내가 익숙해졌다고는 해도 그의 걸쭉한 전라도 사투리는 여전했다.

— 아무쪼록 잘되시길 바랍니다. 국립대학에서부터 이 분야에 적극적으로 나서준다면 국가적으로 체계를 잡아가는 데 큰 전기가 마련될 겁니다.

정부는 실현시키고자 하는 정책 방향을 제시할 때 서울대학교를 포함한 각 지역의 국립대학들을 거점으로, 관련 분야에 집중 지원함으로써 뜻을 내보이곤 했다. 그러므로 국립대학인 부산대학교를 통해 시작되는 중증외상센터 설립의 효과는 단 하나의 사립 병원이 움직이는 것과는 차원이 다를 것이었다. 악수하려 잡은 손에 조석주가 한 손을 더 얹으며 말했다.

— 해외 연수 잘 다녀와서 꼭 다시 봅시다.

나는 2007년 5월에 런던으로 떠났고, 1년 뒤 한국에 돌아왔을 때 병원 밖 공기는 떠나기 전과는 사뭇 달랐다. 중앙응급의료센터장 윤한덕이 전국 35개 병원들을 대상으로 '중증외상특성화센터 사업'을 의욕적으로 지휘하고 있었다. 2008년 가을 부산대학교병원이 대형 국책 과제로서 중증외상센터 사업을 유치한 이래, 윤한덕은 보건복지부 산하 국립중앙의료원 중앙응급의료센터장으로서 일관된 정책 방향을 제시해왔고, 허 위원이 그 사업을 국회 차원에서 꾸준히 뒷받침했다. 여기에 의사 출신의 보건복지부 공공의료과 손영래 과장이 등장하면서 중증외상센터 설립에 대한 정책들이 빅뱅을 맞은 듯 순식간에 세상으로 쏟아져나왔다.

2000년대 이전까지 보건복지부는 산발적으로 사무관 특채 채용이라는 방식으로 의사 출신들을 뽑았다. 그렇게 뽑혀 공직에 나간 예방의학·보건학 전공자들을 중심으로 의사면허를 가진 공직자들이 사무관으로 임용되기 시작했고, 참여정부에 이르러 그 규모는 상당히 늘어났다. 이들의 존재는 중요했다. 의사 출신의 공직자들은 정통 행정 관료들이 알기 어려운 극도의 다양성을 지닌 의사 사회의 내부 특징을 파고들며 현안을 해결하기 위해 애썼다. 고도의 전문성을 지닌 독특한 직군으로서 의사 사회의 다양한 모습에 대응했다. 그들은 때로는 사정기관으로서 부딪치고 때로는 동료로서 협조하려고 애썼다. 그런데도 이들의 움직임은 보건복지부 내에서 의사들에게 너무 협조적이라는 비난을 받았다. 의사 집단 내에서는 보건복지부의 앞잡이라는 뒷말을 들었다. 그중 손영래는 응급의료 시스템에 대한 분명한 방향성을 가진, 흔들리지 않는 사람이었다.

직장생활을 하면서 만나는 조직 내외의 많은 고위급 인사들은 아는 체하며 타이르듯 말한다. '조직은 몇몇 사람의 힘으로 끌려가서는 안 되며 누가 그 자리에 오더라도 돌아갈 수 있는 시스템의 힘으로 움직여야 한다.' 진리이나 이것만큼 누구나 다 아는 거짓말은 없다. 세상의 모든 일들은, 특히 특정한 오너(owner)가 없는 대부분의 공조직이나 학교와 같은 조직에서 업무를 추진하거나 정책 방향을 밀어붙일 때는 더욱 그러하다. 그 추진력은 해당 업무를 책임지고 있는 '사람의 열정'에서부터 나온다. 모든 정책 추진에 있어 완성도는 담당자 개개인의 업무 능력에 좌우되고, 이에 대한 최종 책임은 정책 결정권자가 인사권을 행사하면서 완성된다. 모두가 알면서도 그렇게 말하지 않는 이유는 그래야만 책임 소재로부터 자유로워질 수 있기 때문인지도 모른다.

정책이 만들어지고 시행되면서 2009년 4월에 이르러 보건복지부는 수도권 아홉 개 병원을 '중증외상 특성화 후보 센터'로 지정했다. 그중 아주대학교병원이 있었다. '외상외과'라는 이름은 '중증외상특성화센터'라는 명패로 바뀌었다. 보직교수들 중 한 명이 외상센터장을 겸직했고, 난 임용장을 따로 받지 않은 채 센터 책임교수를 맡았다. 모든 것이 휘몰아쳤고 나는 급변하는 상황을 따라가기 어려웠다. 작은 나비의 날갯짓이 불러일으킨 바람을 생각했다. 불과 연간 1억여 원의 지원금을 가지고 시작하는 국책사업은 미세한 바람과 바람이 뒤섞여 불러온 돌풍 같았으나, 어디까지 불어나갈지 가늠할 수 없었다.

외상센터라는 이름 앞에 1년차 응급의학과 전공의 차수현과 응급구조사 강찬숙, 간호사 황선애, 행정요원 차현옥이 배정됐다. 병원 경영팀의 유재중이 새로 시작하는 국책사업의 안착을 위해 돕고 나섰다. 유재중은 이미 병원의 다른 외부사업들을 여러 가지 맡고 있었는데도 나와 함께 정부 중앙부처를 부지런히 돌아다녔다. 신기할 정도로 그는 감정의 기복이 없었고 조용하고 세심하게 그저 돕기만 했다.

2002년에 발령받은 이래 처음 꾸린 팀이었다. 더는 혼자가 아니었으나 여전히 막막했다. 외상센터라고 할 때 필요한 외상외과 전문의만 여덟아홉은 되어야 했다. 그 아래로 있어야 할 전공의와 전담간호사의 수는 더 많았다. 갖춰야 할 장비도 여럿이었다. 그러나 우리에게는 그 무엇도 여의치 않았다. '중증외상'을 담당하는 외상외과라는 참혹한 전장의 존재가 조금이나마 알려졌다는 사실만 의미가 있어 보였다.

이름뿐인 외상센터가 시작되던 날, 팀원 넷과 정용식, 윤태일이 함께 모였다. 병원 앞 부대찌갯집에서 밥을 먹고 맥주를 마셨다. 앞으로 수고할 일들에 대한 위로도 주고받았다. 약간 상기되어 이야기하는 팀원들을 오랫동안 바라보았다. 이미 밑바닥을 전전한 나의 무기력은 시작하는 희망 앞에서도 같았다.

— 이국종, 건투를 빈다.

책임교수로서 외상센터에 대해 첫 보고를 마쳤을 때, 이미 병원의 보직교수인 외상센터장은 내게 그렇게 말했다. 그의 말은 빈 덕담처럼 들렸다. 나는 정해진 답을 하고 그의 방을 나왔다.

2009년 여름에 상계백병원의 박성진이 외상외과를 배우고 싶다며 파견근무를 요청해왔다. 메일을 받고 나는 답신을 보내는 대신 그에게 그냥 우리 병원으로 오라고 전화했다. 두 달 뒤 한세환 교수가 주관한 상계 백병원의 SGR(Surgical Grand Round)*에 참석한 후 박성진은 아주대학교병원으로 와서 한 달간 나와 함께 지냈

---

* 의학계의 그랜드 라운드(Grand Round) 컨퍼런스는 한 주제나 분야에 대해 여러 의사들이 함께 토론하는 방식으로, 현재 한국의 모든 의과대학에서도 자주 이용한다. 이 공개 의학 토론 방식은 국내외의 저명한 교수가 초빙되었을 때 효과적이다.

다. 그사이 박성진이 집에 갔던 것은 한 차례에 불과했고 수없이 수술을 했다. 원래 그가 전공한 유방외과는 비교적 전망이 괜찮았다. 나는 유방외과를 포기하고 외상외과를 전공하려는 박성진을 이해할 수 없었다. 그러나 국내에서 제일 큰 병상을 확보하고 있는 백병원 그룹 내에 한 명 정도는 외상외과를 해도 임용이나 진급에 큰 문제가 있을 것 같지는 않았다. 박성진은 본원 복귀를 하루 앞둔 날 밤, 어린 남학생의 파열된 내장을 수습하기 위해 수술방에서 밤을 새웠다. 우리 병원에서의 마지막 날이었으나 나는 박성진을 제대로 먹이지 못했다.

유재중이 외상센터의 행정 공간으로 사용할 파티션 두 칸을 배정해주고 사무장비를 마련해주었다. 처음으로 외상센터의 고유 영역이 확보되었다.

윤한덕

2008년이 끝나가던 겨울, 중앙응급의료센터로 윤한덕 센터장을 찾아갔을 때 그의 시선은 내게 오래 머물지 않았다. 그는 보고 있던 서류에서 고개조차 돌리지 않은 채 날카롭게 물었다.

— 지금 이국종 선생이 이렇게 밖에 나와 있는 동안에 아주대학교병원에 중증외상 환자가 갑자기 오면 누가 수술합니까?

윤한덕에게 나는, 그를 수없이 찾아와 그럴듯한 말을 늘어놓는 민원인에 불과했을 것이다. 그는 응급의학과 전문의였고 전공의 수련 기간 중 외과계 중환자들이 응급실에서 죽어나가는 모습을 너무 많이, 지겹게 봐왔다고 했다. 교과서에서 배워왔던 각 임상과목 간의 협진은 고사하고, 생명이 위급한 외과계 응급환자가 병원

135

문턱을 넘어온 이후에도 적절히 치료받기 어려웠다고도 했다. 윤한덕은 그때의 응급실을 '지옥' 그 자체로 기억하고 있었다. 그것이 그를 이 자리에 밀어 넣었다. 지옥을 헤매본 사람은 셋 중 하나일 수밖에 없다. 그 화염을 피해 도망치거나 그 나락에 순응하거나, 그 모두가 아니라면 판을 뒤집어 새 판을 짜는 것. 떠나는 것도 익숙해지는 것도 어려운 일일 것이나 세 번째 선택은 황무지에 숲을 일구겠다는 것과 다르지 않았다. 윤한덕은 셋 중 마지막을 택했고, 보건복지부 산하 국립중앙의료원 중앙응급의료센터를 맡아 전국 응급의료 체계를 관리하고 있었다.

그런 윤한덕에게 중증외상 환자에 대한 적절한 치료 제공은 응급의료 시스템 전체 운영에 있어서 극도로 중요한 문제였다. 중증외상 환자들은 응급실에 내원하는 전체 환자 수의 일부였을 뿐이지만 사망률은 높았다. 이 환자들은 대부분 큰 수술이 필요했으나 응급의학과 의사들은 그 같은 수술을 직접 하기는 어려우므로 외과계 의사들의 손이 절대적으로 필요했다. 그러나 수많은 외과계 의사들은 정규 수술에 집중해 중증외상 환자 치료에는 소극적이었으며 당직 운영조차 중증외상 환자들을 크게 고려하지 않았다. 윤한덕은 그 같은 현실에 몹시 좌절하고 있었다.

그런 윤한덕 앞에 그 엉망인 시스템의 원흉인 '외과 의사'가 외상 시스템을 문제 삼으며 나타난 것이다. 그가 나를 보자마자 던진 질문의 함의(含意)는 선명했다. '외상외과를 한다는 놈이 밖에 이렇게 나와 있다는 것은 환자를 팽개쳐놓고 와 있다는 말 아니냐? 그게 아니면 환자는 보지도 않으면서 보는 것처럼 말하고 무슨 정책 사업이라도 하나 뜯어먹으려고 하는 것 아니냐?'였다. 그러나 나 역시 지옥 속이었다. 도망치고 싶었으나 도망치지 못했으며 적당히 순응하지도 못했으므로 떠밀리듯 세 번째 선택지를 받아들고 있었다. 나는 중증외상 의료 시스템에 대해 말을 이어나갔으나 윤한덕은 귀담아듣지 않았다. 그는 내내 냉소적이었으며 내 말을 조목조목 비꼬았다. 그럼에도 나는 신기하게도 그에게서 진정성을 느꼈다. 2008년부터 2009년 사이에는 외상센터 관련 정책들이 쏟아져나왔고 나는 그 시기에 그를 종종 보았다.

2009년 가을에 중증외상특성화센터 사업이 진행되기 시작했다. 그 시기에 전남대학교 의과대학에서 열린 외상센터 관련 심포지엄에서 나는 윤한덕을 만났다. 그는 바쁜 일정 중에 시간을 쪼개어 광주까지 내려왔고, 자기 발표가 끝나자마자 가방을 둘러매고는 지체 없이 강당을 빠져나갔다. 나는 그를 뒤쫓아 따라 나갔다.

— 기차시간이 촉박하신가 봐요.

— 아니, 잠깐 보고 싶은 곳이 있어서.

잰걸음으로 의과대학 건물 안으로 들어가는 그를 따라갔다.

— 전철역은 병원 응급실 쪽으로 나가야 하던데요.

그는 답 없이 미소 지으며 복도 사이로 걸어 들어갔다. 가는 발길이 익숙했다. 이곳을 잘 아는 사람의 걸음이었다. 윤한덕은 망설임 없이 한 강의실로 들어섰다. 전남대학교 의과대학 학부 강의실 뒤편이었고, 강의실은 비어 있었다. 그는 교단 쪽으로 천천히 내려가며 양측에 계단식으로 놓여 있는 책상들을 손으로 가볍게 쓸며 천천히 내려갔다.

— 내가 말이야, 여기서 공부했었어.

그렇게 말하며 돌아보는 윤한덕의 표정이 어린 학생같이 상기되었다.

— 여기서 강의 받을 때는 말이야. 이 답답한 강의실을 벗어나서 졸업만 하면 의사로서 뭐든지 다 할 수 있을 것 같았는데 말이지.

강의실은 아주대학교 의과대학 강의실보다 훨씬 컸고 곳곳에서 시간의 흔적이 묻어났다.

— 요즘 애들은 여기서 무슨 생각을 하면서 수업을 들을라나?

윤한덕은 나를 보지 않은 채 혼잣말을 하며 웃었다. 홀로 다른 시공간에 있는 듯했다. 오래전 이곳에 앉아 강의를 듣고 밤을 새우던 날들을 더듬고 있는 것처럼 보였다. 중앙응급의료센터에서 날카로운 시선으로 나를 몰아세우던 윤한덕은 거기에 없었다. 내 눈에 보이는 것은 순수한 열의를 가진 젊은 의학도의 뒷모습이었다. 그를 따라 시간이 아주 천천히 흐르는 것 같았다. 그의 걸음이 맨 앞쪽 책상을 지나 교단에 닿았을 때 윤한덕은 멈춰 섰다. 몸을 돌려 강의실을 끝에서 끝까지 느리게 둘러보고는 숨을 깊이 들이마셨다. 그러고는 빠르게 강의실 앞문으로 빠져나갔다.

그는 중앙응급의료센터장 윤한덕으로 빠르게 돌아와 있었다. 남광주역까지 가는 동안 중증외상센터 사업의 향후 계획에 대해 걱정을 쏟아내는 그의 눈빛이 형형했다. '대한민국 응급의료 체계'에 대한 생각 이외에는 어떤 다른 것도 머릿속에 넣고 있지 않은 것 같았다. 방금 전 빈 강의실에서 마주친 청년 의학도의 미소는 사라지고 없었다.

선원들

부산대학교병원의 조석주 교수가 임상강사 한 명을 추천했다. 자신이 전공의 때부터 오랫동안 보아온 현직 육군 군의관으로, 내 밑에서 외상외과 수련을 받고 싶어 한다고 했다. 조석주는 내게 그 외과 의사를 잘 가르쳐서 부산대학교병원 중증외상센터가 본격화 되는 시점에 다시 보내달라고 덧붙였다. 나는 2002년 외상외과를 세부전공으로 시작한 이래 아주대학교병원이 중증외상특성화센터가 되기 전까지 혼자였다. 사람이 필요했으나 사람은 없었고, 나중에는 나 스스로 사람을 들이지 않았다. 간혹 외과전문의를 마친 후 수련받고 싶다고 찾아오는 임상강사 지원자들이 있었으나 모두 거절했다. 새 구두를 신고 새 길에 접어드는 그들을 진창으로 잡아끌고 싶지 않았다. 삶의 보편성으로부터 먼 일상과 상식 밖의 시선까지 버텨야 하는 진흙탕에 뒹구는 것은 나 하나로 족했다. 나는 지원자들을 만나게 되더라도 다른 세부전공을 추천했다. 그러므로 조석주의 부탁에도 분명히 거절 의사를 표했다. 그러나 그 군의관은 뜻을 꺾지 않았다. 부대에 휴가를 내고 기어이 나를 찾아왔다. 바로 정경원이었다.

육군 보병사단의 대위라고 했다. 선한 인상에 눈빛이 맑았다. 내가 여태까지 살면서 보아온 어떤 사람과도 달랐다. 목소리는 크지 않아도 울림이 있어 그 음성이 가슴으로 파고들었다. 정경원을 보면서 욕심이 동했다. 이런 사람과 같이 일하면 좋을 것 같았으나 그런 마음을 애써 눌렀다. 좋은 사람은 더 좋은 일을 해야 한다. 정경원에게 그간의 내 경험과 암흑 같은 미래에 대해 있는 그대로 말해주었다. 그는 조용히 들었다. 내가 두서없는 말들을 끝냈을 때 얼마간 침묵이 흘렀다. 묵묵히 듣고만 있던 그가 입을 열었다.

— 교수님, 저는 그리스도의 가르침에 어긋나지 않는 삶을 살기를 바랍니다. 그거면 됩니다. 큰 욕심 없습니다.

예상 밖의 말이었다. 나는 내 업을 부끄럽지 않게 하고 싶을 뿐 내가 하는 일에 '소명'이나 '사명' 같은 단어를 대입해보지 않았다. 무엇보다 내게 월급을 주는 것은 신이 아니라 병원이다. 신의 존재는 나에게 멀었고 그리스도적인 삶이 외상외과에만 있는 것은 아니다. 정경원의 말을 온전히 이해할 수는 없었지만 그의 곧은 심지는 충분히 느껴졌다. 그럴수록 그를 이 사지에 들이고 싶지 않았다. 거듭 설득했으나 그의 답은 하나였다.

— 저는 외상외과 수련을 마치고 난 뒤 직장에 대한 보장이나 윤택한 삶을 바라는 건 아닙니다. 어디에서든 사람을 살리는 외과 의사로 살아가는 데 필요한 심도 있는 수련을 받기를 바랍니다.

나는 말없이 정경원을 보았다. 이런 사람이라면 이 수렁을 함께 헤쳐 나갈 수도 있지 않을까 하는 기대가 솟았다. 고민해보겠다고 하고 그를 부대로 돌려보냈다. 배가 좌초할 경우를 떠올렸다. 그를 이 배에 태웠다가 최악의 상황이 올 경우도 생각했다. 그의 앞날이 걱정이었다. 거듭된 숙고 끝에 조석주에게 전화를 걸었다.

— 조 교수님, 혹시 나중에 정 선생 거취가 불확실해지면 다른 길이 있을까요?

— 이 교수님께 수련 잘 받고 부산대학교병원으로 돌아와주면 고마운 일일 겁니다. 걱정 마세요.

부산대학교병원에 규모 있는 중증외상센터가 세워질 때가 되면 외상외과 의사들이 많이 필요할 것이고, 적어도 정경원 한 사람은 돌아갈 자리가 있을 것이다. 정경원이 나와 같이 일한다면 내가 미국과 런던에서 익힌 수술적 치료 방법과 경험들을 그에게 가르쳐줄 수 있다. 아주대학교병원에 외상외과가 없어진다고 해도 내가 배운 국제적인 수준의 외상외과가 한국에서는 정경원을 통해 부산대학교병원에서 이어질 수 있다. 학맥이 사라지지 않고 계승

되는 것이다. 갈 곳 없이 휘몰아치던 마음이 가라앉았다. 나는 그가 육군에서 전역하면 받아들이기로 했다.

외상센터 업무 전반을 조율해줄 수 있는 외상 코디네이터(Trauma Coordinator)도 필요했다. 병원 간호부에서 선발해 보내준 사람들은 모두 버티지 못했다. 이곳의 업무는 광범위하게 걸쳐 있었으며 업무량은 감당하기 어려울 만큼 많았고, 내가 하고자 하는 선진국 시스템은 생소한 것이었다. 모두가 버티지 못하고 떨어져 나갔다. 수간호사 서은정에게 추천을 부탁했다. 서은정은 외상센터 일을 견딜 수 있는 간호사는 병원을 통틀어 딱 한 명이라고 했다. 김지영이었다.

김지영은 1994년부터 아주대학교병원 응급실에서 8년을 근무했고 그 뒤 5년은 외래와 행정 업무를 보았다. 그는 응급실에서 일할 때 이해할 수 없는 광경을 많이 봤다고 했다. 빈 침상을 두고도 환자를 받지 않거나 심한 출혈을 보이는 외상 환자조차도 간단한 기본 응급 조치만 해서 위험하게 만드는 상황들을 그는 납득하지 못했다. 2006년에 캐나다로 건너가 현지 간호사 자격증을 땄고, 밴쿠버에서 자동차로 6시간 거리의 한 지역 병원에서 3년을 근무했다. 캐나다의 병원은 근무 조건이 좋았고 시스템이 원활하게 잘 돌아갔다. 살릴 수 있는 사람은 무조건 살렸고 인력도 충분했으며 병원 내의 분위기도 권위적이지 않았다. 영어가 모국어가 아닌데도 한국보다 소통이 잘됐고 화날 일도 없었다. 김지영은 캐나다에서의 생활이 좋았으므로 한국으로 돌아올 생각은 조금도 없었다. 내가 서은정에게 김지영을 추천받았을 때는 김지영이 캐나다 영주(永住)를 위해 한국 생활을 정리할 목적으로 잠시 들어와 있던 시기였고, 아주대학교병원에서 아르바이트 삼아 일하던 때였다. 나는 김지영을 찾아가 사정했다. 그는 거절했으나 나는 반년만이라도 도와달라고 거듭 부탁했다.

김지영은 결국 외상 코디네이터 업무를 받아들였다. 결정하기까지 고민이 많았을 것이나 결단을 내리고 난 뒤 그는 빠르게 업무를 장악해나갔다. 곧바로 캐나다와 미국에 산재해 있는 외상센터 관련 자료들을 산더미처럼 구해 와서 파고들기 시작했다. 나는 거기에 영국의 자료들을 얹어주었다. 어느 날 김지영이 내게 심각한 표정으로 물었다.

— 교수님. 한국 자료들을 구할 수 없는데 뭐 좀 없어요?

난 한숨을 쉬며 자료들을 찾았다.

— 이거밖에 없어요.

나는 내가 쓴 논문 몇 편과 박사학위 논문을 포함한 몇편의 논문들을 건넸다. 여러 논문들은 의학계에서 1990년대 후반부터 연구되어 왔던 것들로, '예방 가능한 사망률'을 기초로 하여 참담한 한국의 실정을 가감 없이 드러내고 있었다. 한국에서는 보기 힘든 외상과 관련한 학문적 기반을 형성하며 아비규환의 어둠 속에서 유일한 방향성을 제공했다. 김지영은 멈추지 않고 파고들었다. 산

더미처럼 쌓여 있던 자료들이 그의 머릿속에 자리 잡았다. 나는 정경원이 오고, 그다음으로 새 사람들이 합류할 때마다 김지영에게 주었던 자료들을 주며 공부하도록 했다.

김지영은 아주대학교병원 응급실부터 적정진료실에 이르기까지 전방위적인 경험치를 가지고 있었다. 한국의 대다수 병원들이 가진 고질적인 문제와 개선 방향도 알고 있었다. 캐나다에서의 경험도 풍부했다. 모든 일처리에 능숙했고 내가 바라보는 중증외상 의료 시스템을 이해했다. 이제 막 시작한 외상센터에 김지영만 한 적임자가 없었다. 김지영이 외상센터에 합류하고 나서 그에게 기대는 일이 많아졌다. 몹시 미안했다. 그래도 김지영이 매년 캐나다 간호사 협회 회비를 빠짐없이 내고 있다는 것에 안심했다. 정경원과 마찬가지로 이 배가 좌초되거나 난파되어도 돌아갈 곳이 있다는 의미였다.

3월에 김지영이, 5월에 정경원이 오면서 팀의 전력은 향상됐으나 앞은 여전히 보이지 않았다. 가진 것이 몸뿐인 환자들은 몸을 써서 밥벌이를 하다 으스러져 밀물같이 밀려왔고, 우리는 밀어닥치는 파도에 숨 돌릴 틈이 없었다. 새로 합류한 팀원들과 내가 열심히 일해서 살려낸 환자의 수가 늘어날수록 적자는 정비례해 커졌다. 괴이한 일이었다. 우리는 '의료진'으로서 최선을 다해 환자를 살려야 했고 '조직원'으로서 병원의 이윤을 도모해야 했으나, 대한민국 의료 시스템상 '외상외과'에 적을 두고서는 그 둘 모두를 충족시킬 수 없었다. 나를 향한 따가운 눈초리와 뒷말은 여전히 무성했다. 팀원들이 있어서 혼자 버티던 날보다는 나았으나 여전히 무참한 날들이었다. 팀원들마저 나와 마찬가지로 허리를 굽히고 사정하며 버텼다. 일상이 핏물과 비난의 파도 속에 있었다.

정책의 우선순위

피는 도로 위에 뿌려져 스몄다. 구조구급대가 아무리 빨리 사고 현장으로 달려가도 환자는 살지 못했다. 환자의 상태를 판단할 기준은 헐거웠고, 적합한 병원에 대한 정보는 미약했다. 구조구급대는 현장으로부터 가장 가까운 병원을 선택할 것이어서 환자는 때로 가야 할 곳을 두고 가지 말아야 될 곳으로 옮겨졌고, 머물지 말아야 할 곳에서 받지 않아도 되는 검사들을 기다렸다. 그 후에도 다른 병원으로 옮겨지고 옮겨지다 무의미한 침상에서 목숨이 사그라들었다. 그런 식으로 병원과 병원을 전전하다 중증외상센터로 오는 환자들의 이송 시간은 평균 245분, 그사이에 살 수 있는 환자들이 죽어나갔다. 그렇게 죽어나가는 목숨들은 선진국 기준으로 모두 '예방 가능한 사망'이었다.

사지가 으스러지고 내장이 터져나간 환자에게 시간은 생명이다. 사고 직후 한 시간 이내에 환자는 전문 의료진과 장비가 있는 병원으로 와야 한다. 그것이 소위 말하는 '골든아워(golden hour)'다. 그러나 금쪽같은 시간은 지켜지지 않았다. 가까운 거리는 앰뷸런스로 이송 가능하지만 먼 거리는 상황이 다르고, 가깝더라도 차가 막히는 러시아워가 되면 환자들은 길바닥에 묶였다. 고속도로나 일반도로에서 심하게 흔들리는 앰뷸런스 안에서 할 수 있는 것은 거의 없다. 앰뷸런스로 2시간 넘게 걸리는 거리가 헬리콥터로는 20분 안쪽이면 충분하며 이송 중 응급 처치까지도 가능하다. 그렇게 실어 온 환자들의 생존 가능성은 당연히 높다. 내가 미국에서 보고 런던에서 보고 일본에서 봤던 '사실'이었다.

나는 헬리콥터를 이용한 이송 체계가 중요하다는 것을 알았다. 그러나 그것은 일개 지방 병원의 외과 의사가 원한다고 되는 일이 아니다. 죽지 않아도 될 환자를 죽지 않게 하겠다는 '정부의 의지'가 필요했고, 그 의지를 실현시킬 '정책'이 필요했으며, 관련된 자들의 '합의'가 필요했다. 그러나 정책을 누가 만드는지는 알 수 없었고 확실한 정책은 보이지 않았다. 보이지 않아서 나는 그들의 실체를 알 수 없었다. 그런데도 결정적인 제약과 한심한 조치들은 늘 보이지 않는 '정책'이라는 이름으로 정부로부터 몰려왔다.

보건복지부 손영래 과장이 마련한 회의 자리에서는 헬리콥터를 이용한 의료진의 현장 출동과 중증외상 환자 치료 체계 전반이 화두였다. 나는 중증외상 환자 이송에 헬리콥터를 도입해야 한다고 발표했다. 죽지 않아도 될 목숨을 살리려면 우선되어야 할 것이었다. 동석한 의료인들은 헬리콥터의 이착륙 장소와 소음 등을 문제 삼으며 반대를 표했다. 나는 경험했다. 런던 시가지의 수백 년 된 건물들 사이에서 헬리콥터가 날고 내려앉았다. 사람들은 의료 헬리콥터로 인한 불편을 기꺼이 받아들였다. 서울의 도로는 역사가 오래된 외국의 대도시보다 넓고 잘 정비되어 있으며 동네마다 큰 운동장을 가진 공립학교들이 있어, 착륙 거점으로 쓸 수 있었다. 한국의 도로 정도면 얼마든지 유사시에 헬리콥터의 이착륙이 가능하므로 나는 실례를 들어 가능성을 논했다. 그러나 모두 안 된다고만 했다. 제대로 된 중증외상 의료 시스템을 세우려면 국가의 방향 설정이 필요했다.

사사롭게 바란 바는 없었다. 공의(公義)로운 것이었는데도 나의 뜻과 그들의 생각에 접점은 없었다. 나와 저쪽 모두 물러설 기미가 보이지 않았다. 서로의 뜻이 다르다는 사실만 확인한 채 회의는 끝났다. 속에서 마른 먼지가 일어 숨이 틀어막혔다. 정부에서 밀어붙여주었으면 싶었으나 그 역시 더뎠다. 중증외상과 관련한 정책 추진이 답보 상태인 데 대해 허 위원에게 답답한 속내를 토로했다.

내 말을 가만히 듣고 있던 그가 되물었다.

— 이 교수님. 대한민국에 중증외상 의료 시스템만 문제라고

생각하세요? 그것만이 심각하고 촌각을 다투어야 하는 문제인가요? 정치, 경제, 사회, 문화, 국방, 예술에 이르기까지 어디 하나 녹록한 부분이 있는 줄 아세요?

머릿속이 서늘했다. 허 위원의 말은 사실을 짚었을 뿐 비난도 질책도 아니었다. 정부에서 추진하고 진행해나가는 일들은 수없이 많고 중증외상 문제는 그중 하나에 불과하다. 나는 그것을 생각하지 못했다. 그의 물음과 눈빛에 말문이 막혔다. 허 위원은 차분하고도 군더더기 없는 목소리로 말을 이어나갔다.

— 아무리 수많은 사람이 노력하고 필요성을 알린다고 해도 국가 정책이 움직일 수 있는 파이는 정해져 있어요. 그게 현실이고 사실이죠. 민주 국가에서 정책을 집행할 때 다양한 안건이 수많은 사람들을 거쳐 진행됩니다. 그 과정에서 여러 일들이 발생하고요. 시급했던 정책들이 미뤄지다 폐기되기도 하고, 대규모 국책사업이 예산 낭비로 판명되는 경우도 있어요. 하지만 어떻게 합니까? 옳은 방향에 대한 각자의 생각이 다 다른걸요.

그의 말은 틀리지 않다. 제대로 된 중증외상센터가 없다고 나라가 망하지는 않는다. 대다수의 국민들은 그것 없이도 지금까지 잘 지내왔다. 중증외상 의료 시스템이 없어 죽어나가는 목숨보다 더 많은 목숨이 걸린 중대 사안은 많을 것이다. 그것들조차 잰걸음을 하다 고꾸라질 수도 있다. 민주주의 사회에서 정책의 우선순위는 사안의 중요성보다 누가 얼마만큼 관심을 가지고 동의하느냐에 달려 있다. 대한민국에서 '기본'이 제대로 갖춰지지 않은 것이 중증외상 분야뿐인가? 노동 현장이나 교육 현장이나, 수많은 사안들이 주먹구구식으로 흘러간다. 힘없고 돈 없는 이들에게 '기본'이라는 말은 참으로 사치스러운 단어다. 기준도 저마다 달라 싸움은 곳곳에서 벌어진다. 그렇다고 해도 나는 인정하기 쉽지 않았다. '왜 우리는 안 되는 것인가?' 하는 답 없는 의문만이 머릿속에서 맴돌았다.

내 앞에 놓인 길은 아득했다. 아무도 알아주지 않는 사지에서 나아가고 물러서기를 반복해야 하는데, 그사이 조촐하게나마 모인 팀원들이 광범위한 업무와 산적한 업무량에 쓰러져가고, 죽어나가는 환자들 또한 수없이 많을 상황이 눈앞에 보였다. 기다림은 길고 지난할 텐데 묵묵히 버텨낼 자신이 없었다. 무엇보다 참고 기다린다고 한들 앞으로 달라질 가능성조차 없어 보이는 것이 제일 견디기 어려웠다.

10월에 처음으로 외상외과 전담간호사를 선발했다. 송서영, 백숙자의 신규 임용 서류에 결재해 상부에 올렸다. 김지영이 두 사람의 교육을 맡았고, 강찬숙이 사수가 되었다. 환절기에 접어들자 한겨울보다 더 추웠다. 연구실이나 당직실은 밤늦게까지 난방이 들어오다가도 정작 제일 추워지는 새벽녘에는 난방을 줄였다. 온기는 서서히 냉기로 바뀌어 몸이 자주 움츠러들었다. 지독히 힘든 날들이 계속되어 연달아 사흘 가까이 자지 못할 무렵에 코피를 쏟았다. 세면대에서 세수하는 순간 머리 앞부분이 뜨거워졌다. 코에서 붉은 피가 하얀 세면대 위로 쏟아져 내렸다. 나는 잠시 고개를 뒤로 젖혀 흘러내리는 피를 닦아냈다.

업(業)의 의미

주말에 남경필 의원의 전화를 받았다. 얼마 전 횡단보도에서 교통
사고를 당해 많이 다쳐 실려 온 아이를 살려주어 고맙다고 했다.
아이는 남경필의 지역구에 속해 있었고 퇴원한 뒤였다. 남경필은
아이와 함께 찍은 사진을 보내왔다. 사진 속에서 그와 아이는 환
하게 웃고 있었다. 퇴원 기념 생일잔치에 그도 참석한 모양이었다.
아이의 생환이 진정 기뻐서였든 지역구 관리 차원에서였든 간에
사진은 선거철에 나붙는 어떤 포스터보다도 좋아 보였다. 아이가
살았으므로 가능한 사진이었다. 남경필은 수원시 내 횡단보도에
조명을 추가 설치하는 사업에 대해 말을 꺼냈다. 그가 추진하는 사
업 중 하나였다. 특히 남경필은 아이들이 횡단보도에서 당하는 사

고에 집중했다. 사업을 추진하는 데 여러 걸림돌이 있겠으나 더 힘을 내보겠다고 말했다.

— 제가 노력해서 전체 예산까지 만들지는 못해도 일단 애들이 많이 다니는 학교 주위 횡단보도에라도 추가 조명을 설치하려고요. 여론화하는 데 교수님도 좀 도와주십시오.

예의상 하는 말임을 모르지 않았다. 나는 환자가 다쳐서 오면 최선의 치료로 환자를 살리려고 노력할 뿐, 말단 노동자에 가까운 내가 도와줄 일은 없을 것이다. 만약 내가 그나마 좀 할 줄 아는 것을 넘어선다면, 주위 모든 것이 칼로 변해 나를 난도질할 게 뻔했다. 나는 적당히 지내야 했다.

— 네, 감사합니다. 의원님. 제가 할 수 있는 일이 있다면 하겠습니다.

나도 예의상 해야 하는 답을 해주었다. 말을 끝내려다 얼마 전에 죽은 후배가 생각나 덧붙였다.

— 사실 어두운 횡단보도가 문제이긴 합니다. 바로 얼마 전에 새벽에 일찍 출근하던 의과대학 후배가 병원 앞 횡단보도에서 사고를 당했습니다.

다른 임상과의 전공의였던 의과대학 후배가 새벽 출근길에 교통사고를 당했다. 대부분의 전공의들은 강도 높은 업무량에 짓눌렸다. 해가 뜨기 전에 병원으로 왔으며 해가 지고도 밖으로 나가지 못했다. 사고가 난 때는 동이 트기 한참 전인 어둑한 새벽녘이었다. 병원 앞 도로는 어두웠으며 횡단보도는 눈에 띄지 않았다. 몹시 이른 시각이었으므로 차들은 주의를 기울이지 않았다. 큰 사고였다. 후배는 사고 직후 병원으로 바로 실려 왔는데도 살지 못했다. 가족들은 오열했으며 병원과 의과대학의 많은 사람들이 슬퍼했다. 해당 임상과장의 얼굴은 침통했다. 같이 일하던 팀원의 죽음은 생각조차 하고 싶지 않은 일이다. 나는 그 임상과장에게 죄송하다고만 말했다. 무엇이 죄송한지조차 알 수 없었으나 달리 할 수 있는 말이 없었다.

남경필이 보내온 사진 속 아이는 불과 여섯 살이었다. 고속으로 주행하던 차가 횡단보도를 건너던 아이를 그대로 들이받았다. 연약한 아이의 몸이 버텨낼 리 없었다. 아이의 내부 장기는 온전한 것이 거의 없을 정도로 심하게 터져나갔다. 병원에 실려 오자마자 흉관 네 개를 양측으로 넣어 배액시키면서 버텼으나 흉부 엑스레이 사진은 이미 눈 내린 벌판 같았다. 일반 인공호흡기들 가운데 소아에 특화된 최신기종을 설치하고 산소포화도를 아무리 높여도 변화가 없었다. 질소가스로 산소포화도를 올려주는 기기까지 써가면서 버텼다. 협진에 나선 흉부외과의 이성수 교수는 버티는 수밖에 없다고 했다. 이성수의 말을 나는 잘 이해하고 있었다.

자동차를 비롯한 기계들은 크게 부서져도 복구가 가능하다. 대개는 고칠 수 있고 고치지 못하면 부품을 갈아버리면 그만이다. 그러나 사람은 다르다. 인체 장기 중에 인공물로 대체할 수 있는 것은 몹시 제한적이다. 기계적으로 작동하는 인공관절이나 심장 판막 같은 부위를 제외하면, 생리적인 기능을 가진 인체 장기 가운데 인공물로 대체할 수 있는 것은 없다. 인공신장기조차도 소형화를 이루지 못해서 만성 신부전증 환자들은 일주일에도 몇 번이고 대형 투석기가 설치된 병원을 방문해 몇 시간씩 침상에 누워, 거대한 기계로 자신의 피를 걸러 소변 성분을 제거해야만 한다.

폐는 더 심각하다. 폐가 심하게 터져나가도 양측 폐를 잘라내고 인공폐로 대체할 수 없다. 인공호흡기는 단지 나빠진 폐의 기능을 도와줄 뿐이다. ECMO(Extra-Corporeal Membrane Oxygenator)*라는 체외막 산소 공급기도 사용범위와 기간이 극히 한정되어 있다.

의학의 힘으로 밀어붙이는 중환자 치료법들은 회복에 강력한 지원군은 될 수 있어도 많은 경우 장기 자체를 대체할 수는 없으므로 결국 무력했다. 의사는 환자가 어떤 경로를 타고 갈지 알지 못한다. 의사가 할 수 있는 것은 최대한 호전될 '확률'을 높이는 것뿐이다. '확률', 과학의 영역 내에 있는 의학은 결국 확률을 끌어올리는 싸움이다. '통계적으로 유의한' p값(p-value, 유의확률)이 0.05 이하에 머무는 범위 안에서 뚜렷한 치료 효과를 올리기 위한 투쟁

---

* 환자의 심폐기능이 정상적이지 않은 경우 부착하여 환자의 순환기 기능을 보조하기 위해 사용하는 기기로, 이산화탄소를 걸러 산소를 주입하는 기능을 한다.

이 곧 의학이 걸어온 역사다. 의사는 그 확률을 위해 최선을 다하고 실수를 줄이면서 한발 빠른 타이밍에 적절한 치료를 쏟아부으려 애쓴다. 그럼에도 상태 호전에 대한 100퍼센트 확신이란 존재하지 않는다. 누가 죽고 누가 살지는 누구도 알 수 없다.

이러한 개별적인 환자들의 삶과 죽음은 객관화된 수치로 환산되어 통계상 수치에 반영된다. 그 수치를 근간으로 현재 시행하는 치료법이 교과서적으로 남을지, 아니면 점차 다른 방향으로 진화해갈지 결정된다. 한 환자의 삶과 죽음은 앞으로 계속될 타인의 치료를 위한 자양분이 되는 셈이고, 그러려면 부지런히 자료를 축적하고 분석해야만 한다. 환자들 개개인의 삶과 죽음에 대한 모든 과정은 개인적인 삶의 궤적으로서만 남는 것이 아니라 수치와 연구물로도 남아 영속성을 가진다. 나는 그것을 모두 지켜보고 기록하는 과정 가운데 서 있었다. 한 사람의 생사가 누군지도 모를 이의 생사에 영향을 주는 이 기막힌 순환 고리가 나는 경이로우면서도 무서웠다.

남경필과 말을 주고받으면서도 나의 생각은 한쪽으로 끝없이 번져나갔다. 뻗어나가던 생각의 줄기를 그의 인사가 잡아챘다.

— 교수님, 수고 많이 하셨습니다. 주말 잘 지내세요. 조만간에 한번 찾아뵙겠습니다.

남경필의 목소리는 약간 상기되어 있었다. 주위에서 아이들이 웃고 떠드는 소리가 들렸다. '살아 있음'이 명확한 실체로 다가

왔다.

외래에서 경과를 추적 관찰받던 그 아이는 기적같이 좋아졌다. 적절한 치료만 이루어지면 아이들은 스스로 살아났다. 소아 환자들의 회복탄력성은 늘 감탄스러웠다. 이들은 어른에 비해 충격을 견디는 힘이나 체내 혈액량이 훨씬 적어 외상에 취약해 보이지만 초기 치료를 잘 받아 고비를 넘기면 극적으로 회생하는 경우가 많았다. 특히 회복 과정에서 보이는 재생력은 어른을 능가하는 경우가 많아 의료진을 놀라게 했다. 나는 그것을 수없이 보아왔기에 환자가 소아 연령일 경우 보호자들을 진정시키며 끝까지 치료하자고 권했다. 보호자와 의사가 같은 방향을 보고 있어야 환자의 치료 결과가 좋다. 양쪽 의견이 엇갈리면 환자는 생사의 경계에서 다시 넘어올 수 없는 강을 건넌다. 환자가 어린 경우에는 의사와 보호자들의 시각이 대부분 일치하고 부모는 끝까지 희망을 놓지 않는다. 그래서 소아 중증외상 환자의 치료는 큰 부담과 큰 보람을 동시에 안긴다.

남자 환아들은 소년이 되고 청년이 되어 군 입대를 목전에 두면 병사용 진단서를 발급받으러 부모와 함께 찾아오곤 했다. 눈앞에서 마주하는 청년은 대부분 기억 속의 아이와는 전혀 다른 얼굴이었다. 나는 그렇게 세월이 지나가며 내가 치료한 아이가 변해가는 모습을 볼 수 있다는 것이 좋았다. 어린아이에 불과했던 환자가 성인이 되어 자신이 살아온 이야기를 들려줄 때, 그 이야기를 듣는 것도 좋았다. 소아과 의사들만큼은 아니겠으나 소아 외상 환자들을 잘 치료해 다시 부모 품으로, 학교로 돌려보낼 때의 마음은 남다르다. 아이들은 자라나 성인이 되고, 성인이 되어 이 사회에 기여할 것이며, 그것이 사회를 구성하는 기본 틀이 될 것이다. 죽다 살아난 어린 생명이 자라서 사회의 한 축이 되어주리라는 생각을 할 때 나는 가슴이 부풀었다. 어쩌면 그것이 내 인생에서 유일하게 가질 수 있는 의미일 거라고 생각했다.

남과 여

혼절한 채 누워 있던 여자는 창백했다. 응급실에서 연락을 해왔을 때, 가정폭력으로 보인다고 했다. 환자의 발치에 한 남자가 잔뜩 웅크린 채 머리를 파묻고 있었다. 그가 보호자라 짐작했다. 커튼을 젖히고 들어가 기척을 했지만 남자는 고개를 들지 않았다. 미동 없는 검은 뒤통수를 쏘아보았다. 침대 위 여자의 의식은 혼미했다. 옹송그린 남자의 등을 흔들었다.

— 보호자분, 정신 차리고 묻는 말에 답해주세요.

남자는 일그러진 얼굴로 천천히 고개를 들었다. 굵은 손톱자국으로 난 상처가 피부 위로 붉게 부풀어 올라 있었다. 여자가 낸 절박한 저항의 흔적이라고 생각했다. 남자는 내 눈길을 피했다. 얼굴

위 붉은 줄이 내 시야 밖으로 벗어났다.

― 자기 발에 걸려 넘어졌어요.

남자의 목소리는 기어들어 갈 듯 작았다. 나는 이런 식의 말도 안 되는 손상기전을 수없이 들어왔다. 외과 의사 초년 시절에는 보호자라 말하는 남자들이 뱉는 말을 믿었다. 그 말을 손상기전으로 분석해 수술을 시작했다가 전혀 다른 문제를 발견하곤 했다. 무언가에 맞고 찔려 망가진 환자의 장기를 수술하며, 그런 말 같지 않은 말을 더는 믿지 않겠다고 다짐했다. 침대 위의 여자 몸에서 굵은 상처 자국이 꿈틀거렸다. 손에도 아문 지 오래된 상처 자국이 있었다. 나는 상처에 관하여 묻지 않았다.

들고 있던 차트를 펼쳤다. 응급의학과 의사들이 이미 CT촬영을 마친 후였다. 결과를 확인했을 때 이미 쇼크 상태인 환자의 내부 장기는 파열돼 출혈이 심했다. 터져나간 비장(脾臟)이 피를 뿜고 있을 것이다. 남자의 거짓말을 일일이 짚을 시간은 없었다. 그럴 필요도 없는 일이다. 급히 기관삽관을 하고 마취과에 도움을 청했다. 항생제 반응 검사와 수술에 필요한 기본 검사를 했다. 가해자가 분명할 남자에게 수술 동의서를 받았다. 욕지기가 치솟았다. 남자는 여자의 생명에 지장이 있는지 반복적으로 물었다. 그의 불안이 환자에 대한 걱정 때문인지 아니면 형사적 책임에 대한 두려움 때문인지 알 수 없었다. 어느 쪽이든 내가 상관할 바 아니었다.

환자를 수술방으로 올리고 갱의실에서 수술복으로 갈아입었다. 수술방 앞에서 소독약이 묻은 솔로 손끝과 손가락 사이사이를 문질렀다. 머릿속에 드는 생각들도 비벼 뭉개보려 애썼다. 드물지 않은 일이고 내가 개입할 문제도 아니다. 책임을 피하려는 치졸함이 아니라 경험에 의한 결론이었다.

조교수 시절의 일을 나는 기억했다. 어느 새벽 요란한 사이렌 소리와 함께 간호사의 외침이 응급실의 정적을 깨뜨렸다. 경찰 서넛이 들이닥쳤다. 그중 하나는 여자를 업은 채였다. 경찰의 상의는 온통 피범벅이었다. 응급실은 순식간에 아수라장이 됐고 당직 의사들과 간호사들이 다급히 달려들었다. 피는 여자의 목에서 뿜어져 나오고 있었다. 경찰이 임시방편으로 묶어둔 손수건은 이미 축축한 핏덩이였다. 상처에서 솟은 피는 손수건을 적신 뒤, 여자를 업고 온 경찰의 뒷목을 타고 근무복 점퍼 전체를 붉게 물들였다.

경찰들이 의식 없이 늘어진 여자를 침대에 눕혔다. 곧장 기관 삽관을 하고 수액부터 쏟아부었다. 피로 흥건한 손수건을 여자의 목에서 빼냈다. 목 우측면에 깊은 자상이 있었다. 그 틈으로 송유관이 터진 듯 핏물이 울컥울컥 흘렀다. 여자를 업고 온 경찰은 땀과 피로 뒤범벅이었다. 곁에 있던 동료가 사고 원인을 설명했다. 여자의 목을 찌른 것은 과도라고 했다. 누가 무엇 때문에 과도로 여자의 목을 겨냥한 것인지 알 수 없었으나 알려고 하지 않았다. '과도에 찔렸다'라는 사실이 중요했다. 과도한 히스토리 테이킹 (history taking)은 귀한 시간을 지체할 뿐이고, 또한 환자의 목숨을 갉아먹는다. 여자를 곧장 수술방으로 올렸다. 사이렌 소리가 사라진 고요한 응급실 복도에는 환자를 실은 침대 바퀴 소리만 크게 울렸다.

환자의 환부는 넓지 않았으나 깊었다. 우측 경동맥이 열려 있고 경정맥은 잘려 나갔으며 칼끝이 갑상선 우엽을 헤집어놓았다. 심부 경부까지 가는 길목 대부분에 성한 근육과 혈관들이 없었다. 불행 중 다행으로 기도는 열리지 않았다. 그 덕에 숨이 붙어 병원까지 올 수 있었을 것이다. 이 정도 외상을 입은 사람의 생사는 오로지 환자 치료의 속도(speed)를 계속 유지하는 템포(tempo)에 달려 있다. UC 샌디에이고 외상센터에서 외상외과에 대해 배울 때 호이트 교수는 묵직한 중저음으로 말하곤 했다.

— 템포, 템포, 템포…….

그는 늘 단어마다 악센트를 주었다. 의미는 다양했다. 환자가 사고 현장에서 구조대원에게 적절한 치료를 제공받는 템포, 헬리콥터를 이용해 곧장 외상센터로 이송하는 템포, 병원 도착과 동시에 수술적 치료가 이뤄지는 템포, 중환자실에서 집중치료를 받는 템포, 일반병실로 옮겨 재활하다 퇴원하기까지의 템포……. 각 단계가 유기적으로 지체 없이 이루어지며 최대한 빠른 속도가 일정하게 유지될 때 환자의 목숨은 건져진다. 눈앞의 여자 역시 수술방에 이르기까지의 템포가 지켜진 덕분에 숨이 꺼지지 않았을 것이다.

마취과 박성용 교수가 빠른 속도로 라인을 확보하며 사람들을 급히 혈액 은행으로 보냈다. 혈액이 더 필요했다.

— 빨리! 얼른 가서 혈액 가져와! 이러다 넘어가겠다!

다급한 그의 목소리를 들으며 내가 물었다.

— 시작해도 되겠습니까?

— 빨리 시작하시죠. 얼마 못 견디겠어요.

칼로 난도질당한 부위 주위로 절개창을 확장하여 빠르게 치고 들어갔다. 잘려나간 경부의 근육 다발과 작은 혈관들 사이로 칼이 지날 때마다 피가 솟구쳤다. 지혈과 박리를 반복했다. 수술적 술기는 빨라야 한다. 박성용이 밑 빠진 독에 물을 채우는 속도 이상으로 환자에게 대량으로 피를 주입하며 간신히 버텼다. 나는 속도를 더해 수술을 끌고 나갔다. 주요 출혈 부위까지 도달하는 시간이 핵심이었다. 누가 더 빠를 것인가. 피를 쏟아내고 쏟아붓는 사이에 내 손끝에서 출혈이 잡혀나가야 희망이 다시 일어난다. 환자가 버리는 피와 받는 피의 속도를 비례식으로 할 때, 내 손에서 잡히고 뚫리는 피들은 초 단위로 달라지는 변수가 되어 여자의 생사를 결정하는 고차방정식을 만들어냈다. 수술은 늘 난전(亂戰)이었다.

칼끝이 헤집어놓은 부위까지 간신히 도달하자, 마지막으로 열려 있는 대구경 혈관들과 헤집어져 쪼개진 갑상선 우엽을 확인할 수 있었다. 경정맥은 재건이 힘들어 잡아매며 처리했으나 경동맥은 어떻게든 살리려고 애썼다. 추후 협착이 올 수도 있었으나 측면

봉합재건술(side wall repair)을 했다. 잘라 묶고 처리하는 것보다 그편이 나았다. 지나치게 사방으로 갈라져나간 갑상선 우엽의 일부를 절제했다. 각종 경부의 근육들을 재건하고 배액관을 삽관한 후수술을 마쳤다. 요동치며 피를 뿜던 혈관들은 마침내 조용해졌다. 싸움을 끝낸 장수처럼 기진한 채 마스크를 벗으며 비로소 크게 숨을 쉬었다. 함께한 스태프들에게 수고했다고 말하고 수술방을 빠져나왔다.

여자는 중환자실로 옮겨져 인공호흡기에 의지한 채 이틀을 버텼다. 수술 전 출혈이 워낙 심해서 쏟아 넣은 피와 각종 수액 치료 여파로 폐부종이 왔다. 그래도 여자는 이틀 후 인공호흡기를 떼어내고 스스로 숨을 쉬었다.

경찰이 법원 제출용 진단서 발급과 진료기록부 복사를 해달라고 요청해왔다. 사건 현장에서부터 경찰이 관여해 피해자와 가해자가 명확한 사건이었다. 이런 사건은 처리 과정이 비교적 명쾌하다. 경찰에서 시작하여 대부분 수원지방검찰청 등에서 기소를 담당해 법적으로 처분한다. 나는 그때그때 필요한 법원 제출용 진단서를 발급해주었다. 자상의 경우 검찰청에서 수사관들을 보내오거나 초임 검사들이 직접 병원으로 와서 묻곤 했다. 나는 가해자가 찌른 자세부터 칼이 피해자의 몸을 가르면서 휘젓고 다닌 궤적까지 의학적 소견에 준한 답변을 해주었다.

여자는 깨어나 일반병실로 올라갔다. 형사들이 내원해 조서를 받았다. 살아 있어야 억울한 일을 면한다. 피해자가 죽어버리면 오직 살아 있는 자의 말만 남아 죽음은 각색될 수 있다. 그러나 가정 폭력은 피해자가 살아나도 진실이 진실로 드러나지 않는 경우가 너무 많았다. 칼에 찔린 여자를 남자가 데려왔고 여자는 겁에 질려 입을 닫았으며, 흔히 남자는 사고의 원인을 여자의 탓으로 돌리곤 했다. 이번에도 다르지 않았다. 수술 전 남편이 찔렀다고 했던 여자는 자신의 우측 경부를 반으로 가르며 파고 들어간 심한 자상을 제 실수라고 했다.

또 시작이구나…….

나는 지겨웠다. 여자는 남자와 함께 웃었다. 지나간 말은 없는 것으로 삼았다. 여자는 제 상처에 대해 해명했다. 마루에서 미끄러져 넘어졌고, 거기에 우연히 가위가 세워져 있었으며, 세워진 가윗날에 정확히 경부를 찔렀다고 했다. 여자가 거짓말을 하고 있다는 것을 쉽게 알 수 있었다. 병원을 나서는 형사를 붙들고 자초지종을 설명했다. 형사는 '관할지역'의 개념에 대해 내게 길게 설명하며 다친 여자가 직접 경찰서로 신고하러 올 것을 강조했다. 죽다가 살아나서도 자기 말을 바꾸는 여자가 남자를 신고하러 경찰서에 갈 리는 없으므로 형사의 말은 무의미했다.

이런 아귀 같은 상황이 끝없이 꼬리를 물었다. 연인이 연인을 칼로 찔렀고 부모가 자식을 밟아댔다. 자식의 주먹질에 부모가 쓰러졌고 손자의 발길질에 노인이 의식을 잃었다. 환자들의 이야기를 들어보면 시작은 대부분 경미했다. 밀어젖히다 가볍게 주먹을 휘둘렀고 그것이 심각한 구타로 이어졌다. 폭력은 그렇게 깊어지며 번져나갔다. 밖에서 일어나는 주먹다짐과 칼부림이 집 안에서도 빈번했으나 피해자들은 대개 침묵했다. 가족이라는 이유로 그들은 상대를 벌하지 않았고, 생계가 상대에 달려 있어 벌하지 못했다.

외과 동기 정용식과 윤태일을 찾아갔다. 어려운 문제와 맞닥뜨렸을 때 나는 간혹 두 사람에게 의견을 물었다. 정용식은 대체로 신중하고 원칙적인 자세를 견지했다. 윤태일은 어떻게든 세부적인 대안을 일러주려 애썼다. 그러나 이 일에 대해서만큼은 둘 모두 난감해 보였다. 둘 다 '남녀 간의 일만큼 어려운 것은 없다'라고 말했다. 병원 내에 설치된 해바라기센터*도 수차례 찾아갔다. 그곳 직원들은 늘 바빴고 돌아오는 것은 원론적인 답뿐이었다.

— 환자 본인이 먼저 고발을 결심해야 합니다. 다른 방법은 없어요.

몇 번을 물어도 그 말만 반복해대는 센터 여경에게 난 차갑게 쏘아붙였다.

— 이런 식으로는 정말 중요한 일들을 해결할 수 없을 겁니다.

---

* 성폭력 및 가정폭력 피해자의 상담과 지원을 위해 만들어진 기구. 전국 중소도시 이상의 지역 거점 병원에 보통 병설되어 있다.

경찰은 내 눈빛을 받고도 건조한 말투로 답했다.

— 저희 지금도 업무 증가로 바빠서요. 규정이 있어요. 피해자가 규정대로 절차를 밟아야 해요.

그때 그 여경의 목소리는 높지도 낮지도 않았다. 마음이 닳아빠진 이후로 나는 웬만하면 이런 일에 마음을 두지 않는다. 컨베이어 벨트에 서서 나사를 조이듯 환자가 죽지 않도록 수술만 했다. 시급하고 중요하게 처리해야 하는 의료적인 일들이 쌓였고, 타인의 삶에 깊이 관여하기에는 일상이 너무 피곤했다. 손끝에서 소독약을 헹궈내며 나는 더 생각하지 않으려 했다.

수술방에 들어가 수술용 장갑을 끼고 실드마스크를 쓰고 수술대 앞에 섰다. 수술대 위에 누운 비장이 파열된 여자를 보았다. 겉으로 보기에 별다른 상처는 없었으나 그 속의 장기들은 으스러졌을 것이다. 내가 쓰는 칼로 복벽의 정중앙을 갈랐다. 의사가 쓰는 칼은 매우 작다. 손톱만 한 칼날을 20센티미터 정도의 칼 대에 부착해 사용한다. 한 번 사용한 칼날은 버려지고 칼 대는 세척과 소독과정을 거쳐 다시 쓰인다. 가해자가 휘두른 칼과 내가 쓰는 칼. 수술방 간호사(scrub nurse)*가 수술칼을 손에 쥘 때마다 나는 칼의 의미를 생각했다. 의사의 칼이라고 항상 안전한 것이 아니다. 의사

---

* 수술방 간호사는 의사를 도와 수술에 직접 참여하는 스크럽 간호사와 그를 보조하는 서큘레이팅 간호사로 나뉜다.

의 칼도 실수하면 사람을 죽일 수 있다. 칼을 조심히 써야 한다는 것은 일반인이나 외과 의사나 다름없다.

의식 없는 여자의 배 속에는 이미 피가 가득했다. 여자는 제 피를 절반 이상 쏟아냈으므로, 이름도 모르고 만날 일도 없는 이의 낯선 피가 여자의 생명을 이어가는 불씨였다. 온기 없는 흰 무영등에 그림자가 사라졌다. 칼날에 흰빛이 어른거렸다. 우리들은 필사적으로 출혈 부위를 찾았다. 장간막에 분포한 혈관과 파열된 비장 조직의 속살 사이로 끊어진 혈관들에서 피가 솟구쳤다. 튀어오른 피가 실드마스크를 적시며 흘러내렸다. 서큘레이팅 너스(circulating nurse) 자리의 류강희가 달려들어 그 피가 수술 필드로 떨어지지 않게 재빠르게 닦아 걷어냈다. 우리는 일단 근위부의 혈관들을 톤실(Tonsil)과 라이트앵글(Right Angle Clamp)**로 잡아 들어갔다.

— 마취과 선생님, 메인 블리딩 포커스(main bleeding focus, 주요 출혈부위) 잡았습니다.

팽팽히 당겨져 끊어질 것 같던 긴장이 풀렸다. 수술방에 조금이나마 활기가 돌았다. 수술방에 있던 마취과 의료진의 절반은 옆방에서 벌어질 후속 수술을 대비하며 철수했다. 한줄기 바람 같은 여유가 찾아왔다. 간호사 한 명이 음악을 틀었다. 온 신경이 곤두

** 톤실과 라이트앵글 모두 의료용 겸자의 한 종류.

서 깨질 것 같은 적막에서 벗어나 옆방에서는 조심스럽게 다음 수술이 시작됐다.

장간막을 봉합하고 파열된 비장을 적출했다. 은색 스테인리스 통에 손바닥보다 작은 비장이 환자의 몸에서 떨어져 나와 담겼다. 비장의 크기만큼 여유가 생긴 환자의 몸속을 세척하면서 추가 손상 여부를 확인했다. 장간막 이외에 다른 손상은 보이지 않았다. 배액관을 삽입하고 복벽을 닫았다. 중환자실로 여자를 옮기면서 나는 마취과 의료진과 수술방 간호사들에게 감사하다고 했다. 여자는 중환자실에서 인공호흡기에 의지해 숨을 쉬었다. 나는 여자가 스스로 숨을 쉴 수 있을 때까지 경찰에게 별다른 말을 하지 않았다. 의식이 돌아오고 본인 입으로 하는 말을 들어봐야 할 것이다. 병원에 법무 팀과 원무 팀이 있으므로 그쪽에 인계할 수도 있었다.

며칠 후 여자가 깨어나고 사고 경위는 뒤바뀌었다. 처음에 남자에게 맞았다고 했던 여자는 문고리에 배를 부딪혔다고 했다. 나는 더 묻지 않았다. 의사로서 해야 할 말만 전했다. 돌아서는 내게 간호사들이 몰려왔다. 그들은 화가 나 있었고 수간호사의 표정은 심각했다. 여자가 처음에는 남자에게 맞았다며 경찰에 고발하는 방법까지 물었다고 했다. 간호사들은 안타까워했고 분하게 여겼다. 난 그들의 선한 분노를 무심하게 보아 넘겼다. 사고 경위는 여자의 실수인 것으로 하여 사건은 종결되었고, 여자는 잘 회복해 퇴원했다.

여자가 남자 없이 혼자 외래 진료를 받으러 왔던 날 나는 실제 사고 원인을 물었다. 여자의 대답은 같았다. 대부분의 경우 그랬다. 나는 다시 물었다.

— 저는 경찰이 아닙니다. 그러니 제게 말씀하셔도 법적구속력이 없습니다. 편하게 말씀하셔도 됩니다. 사실 치료가 잘 되었으니 제가 더 관여할 부분도 아닙니다. 하지만 환자분 같은 상황을 너무 많이 봐왔습니다. 혹시라도 도와드릴 부분이 있나 해서 그렇습니다.

여자는 말을 할 듯 말 듯 하며 망설였다. 이 또한 예상했던 바였다.

— 저는 정말로 이 일을 문제 삼지 않을 겁니다. 이미 의료보험도 잘 받으실 수 있게 처리되었습니다.

맞아서 생긴 사고로 치료받는 경우에는 국민건강보험공단에서 진료비를 보조해주지 않는다. 가정폭력에 대한 사실을 숨기다 보험 처리가 확인되고 나면 대부분 구체적인 경위를 털어놓는다. 여자 또한 같았다.

— ……생각하시는 게 맞아요. 제가 배운 것도 딱히 없고 애들도 아직 어려서 아빠가 필요해요. 이걸 문제 삼으면 이혼해야 하는데, 막상 이혼하면 먹고사는 것도 막막하고……. 가정을 지키고 싶어요.

비교적 정교한 오차범위 안에 들어 있던 여느 답들과 다름없었다. 대부분의 경우 여자들로부터 듣는 사고 경위는 대략 이러했다. 지나가던 남자가, 처음 만난 남자가, 연인이나 남편이 술을 마시고 때리고, 제정신으로 칼로 찔렀다. 여자를 잡아 던지고 가구를 들어 여자에게 던졌다. 가구 모서리는 여자의 약한 몸을 짓이기고 들어가 내부 장기를 찍어내며 터뜨렸다. 그럴 때 오로지 제일 질긴 신체 조직인 피부만이 온전히 붙어 있다. 폭력의 강도는 점차 세졌으나, 서서히 끓어가는 물 온도에 익숙해져 죽는 줄도 모르고 죽는 개구리처럼 여자들은 앞으로 더 맞고 살이 썰려 나갈 것을 알지 못했다.

나는 가벼운 사랑싸움이라는 말에 구역질이 났다. 십중팔구는 점차 더 심하게 맞겠지만 당사자는 그것을 짐작조차 못해 유감스러웠다. 그러면서도 함께 사는 것을 이해할 수 없었다. 그 인내를 높이 볼 수도 없었다. 그 문제를 해결해야 할 곳은 따로 있었으나 그들은 업무 증가로 힘들다고 했다. 그런 문제들에 고작 의사인 내가 할 수 있는 것은 없다. 사지에 선 말단 노동자로서 할 수 있는 것이라고는 내 업의 범위 안에 있는 것들일 뿐이다.

막장

삶이 막다른 곳에 이르렀을 때 세상은 '막장'이라고 했다. '탄광에서 갱도의 제일 끝 부분.' 깊고 어둡고 매캐한 길의 가장 끝을 이르는 말이니, 삶의 밑바닥을 그리 말하는 것이 이상하지 않다. 그러나 탄의 생산이 거기에서 이루어진다. 막장은 단순한 끝이 아니라 끝이자 시작인 곳이다. 1960년대 한국은 가난했고 변변한 일자리가 없었다. 소위 먹물을 먹은 이들도 비행기에 몸을 싣고 독일 탄광으로 갔다. 일제강점기에는 일본군에 끌려 일본 탄광으로 갔다지만 이들은 제 의지로 선택해 높은 경쟁률을 뚫고 간 것이니 그 의미는 다를 것이다. 낯선 타국의 지하 1,000미터 깊이 갱도에서, 35도가 넘는 뜨거운 열을 견디고 내려가면 인공조명으로 밝아진

'막장'에 다다른다. 사람들은 그곳에서 탄을 캐고, 캐낸 탄으로 돈을 벌었으며, 그 돈으로 가족들이 먹고살았다. 나는 그들이 대단해 보였다. 일자리가 없다고 주저앉지 않았다. 험하고 고된 일이라도 하는 쪽을 택했다. 나는 어떻게든 출구를 열어가며 돌파해내는 사람들이 있어야 한다고 생각했고 그런 자세를 존중했다.

'막장'은 병원에도 있었다. 나는 어두침침한 복도를 지나 수술방으로 들어설 때 이곳이 '막장'이라 여겼다. 늦은 밤이나 새벽에 조도를 최대한 낮춘 긴 복도를 지나면 조명 가득한 수술방에 다다른다. 거기에 마취과와 외과 의사들, 생을 건져 올리기 위한 장비들이 있다. 그곳에서 모두가 희미해지는 숨을 붙들기 위해 핏물을 뒤집어썼고, 생사의 긴 사투 끝에 죽어가던 사람이 돌아왔다. 실로 막장이었다. 나는 그곳에서 병원의 막장뿐만 아니라 세상이 말하는 막장을 자주 마주쳤다.

남자는 건설 현장에서 철야 작업을 하다 8층 높이에서 바닥으로 곤두박질쳤다. 사고는 자정쯤 발생했다. 119구급대는 현장에서 제일 가까운 병원으로 남자를 데려갔으나, 그곳에는 중증외상 환자를 수술할 수 있는 장비나 의료진이 없었다. 그런데도 각종 검사는 빼곡히 진행됐다. 환자는 다른 병원을 돌고 돌아 검사 결과를 기록한 CD와 함께 초주검이 되어서 내게 왔다. 남자가 우리 병원에 도착한 때는 새벽 3시가 넘어서였다. '골든아워'를 훌쩍 넘긴 뒤였다. 단 1초라도 지체할 수 없었다. 추가 검사 없이 기관삽관만

해서 그대로 수술방으로 올렸다. 미리 와 있던 마취과 박성용 교수가 수술방에서 나를 맞았다. 모두들 분주한 가운데 나는 박성용을 보고 안도했다. 박성용은 오랜 동료이자 친구였다. 내가 피바다 속에서 허우적거릴 때마다 환자가 이승을 떠나지 않게 함께 버텨줬다. 많은 말을 하지 않아도 서로를 잘 알았다. 언제나처럼 박성용의 손이 빠르게 움직였다.

— 드랩하고 시작하시죠.

너무 급한 상황에 드랩마저 건너뛰려고 하자 박성용이 상기시켰다. 환자의 몸에 칼을 대기 전에 드랩은 가능한 한 필요했다. 박성용이 이어 물었다.

— 끝까지 해보실 거죠?

단순한 물음이 나는 고마웠다. 내가 포기하지 않는 한 박성용도 물러서지 않을 것이다. 베타딘을 환자의 목에서 무릎까지 가득 뿌리고 그대로 수술포를 덮었다.

— 박 교수님, 시작해도 되겠습니까?

아무리 급해도 외과 의사는 칼을 들기 전에 마취과 의사에게 수술 시작에 대한 동의를 구해야 한다. 환자 상태에 대해 최종 확인을 요구하는 것이자 서로에 대한 예우다. 외과 의사가 동의를 구하고 마취과 의사가 동의하는 순간, 둘은 사선을 넘나드는 전투를 함께 치른다.

— 예, 빨리 잡으셔야 할 것 같아요. 환자 상태가 정말 좋지 않

습니다.

환자의 복부는 더 부풀 수 없을 정도로 팽창해 있어 돌덩어리 같았다. 흉곽에서 심한 피하기종이 만져졌다. 가슴을 누르면 다발성으로 부서져 나간 갈비뼈들이 어그적거렸다. 배 중앙을 갈랐다. 복벽이 열리기 시작하는 순간 내 머리 위까지 피가 솟구쳐 실드마스크를 적셨다. 극도로 심한 장기 파열에 몸 안의 압력이 최대로 올라간 상태였다. 내 맞은편에서 퍼스트 어시스턴트를 하고 있던 정경원의 눈으로 피가 튀었다. 정경원이 눈을 뜨지 못했다.

― 경원아!

나 스스로도 놀랄 만큼 큰 목소리가 나왔다. 정경원을 그렇게 큰 소리로 부른 적은 처음이었다. 수술방에 정적이 흘렀다. 환자의 피가 정경원의 머리에서 이마를 타고 흘렀다. 정경원은 앰부를 짜면서 수술방에 들어왔고 곧장 나와 함께 수술대에 섰으므로 다시 밖으로 나가 실드마스크를 쓸 시간이 없었다. 그러나 혹시라도 모를 감염 위험에 우리가 기댈 것은 실드마스크와 비닐 앞치마뿐이다. 정경원은 수술대에서 빠져나가 눈을 씻고 실드마스크를 쓰고 돌아왔다.

환자의 배 속은 부서진 유리창 같았다. 후복막강 전체가 부어올랐고 췌장까지 조각조각 파열되었다. 복벽을 열자마자 산처럼 부푼 혈종이 절개창 밖으로까지 치솟았다. 피는 계속 솟구치며 뿜어져 올라왔다. 나는 톤실과 서지컬 클립(surgical clip)으로 출혈을 잡아가며 밀어붙였다. 분쇄되어 으스러진 조직들이 핏물 위에서 맴돌며 피바다의 수면 위로 밀려 올라왔고, 빈틈없이 밀어 넣은 수술용 지혈제들이 피의 역류에 휩쓸리며 서로 떠올랐다. 지혈제가 빠져버린 출혈 부위들이 방향을 모르게 밀렸다. 바스큘라 클램프(Vascular Clamp)*로 상장간동맥 가지들을 물렸다. 상장간동맥 주변 뒤쪽의 혈관들에서는 계속 핏물이 솟았다. 소화되다 만 음식물이 터진 장으로부터 죽처럼 흘러내렸다. 삽시간에 수술방은 유혈이 낭자한 피바다로 변했다. 핏물 속에서 간신히 하나를 막으면 또하나가 터져나왔다. 더는 잡을 수 없고 더 열어서 파고들 수도 없었다.

박성용과 정경원, 나는 갱도 끝에서 환자의 손을 잡고 위로 올라가려 했으나 그의 손이 자꾸 미끄러졌다. 피가 솟아올라와 버려지는 속도가 너무 빨랐다. 수술 조수를 서고 있는 전담간호사들을 자주 교대시켰다. 밤새 앉아보지도 못하고 뛰어다녔던 전담간호사들의 체력이 한계에 이르고 있었다. 좌측에서 제3조수를 서고 있는 백숙자의 피곤함이 전해졌다. 아무리 힘을 써도 당해낼 수 없었다. 어쩔 수 없이 거즈로 압박만 해서 환자를 중환자실로 보내기로 했다. 전담간호사들이 환자를 이송용 카트에 옮겨 수술방을 빠져나갔다. 나는 멍하니 그 모습을 보았다. 전담간호사들 틈에 환자를

---

* 혈관을 임시로 폐쇄하는 겸자.

응시하는 사신이 있었다. 시야에서 카트가 사라질 때 나는 죽음이 미소 짓는 광경을 본 것 같았다. 얼마나 버틸지 알 수 없으나 환자는 곧 숨을 거둘 것이다. 내게는 해야 할 일이 남아 있었다. 보호자 없이 실려 온 환자였으나 수술하는 동안 보호자에게 연락이 갔을 것이고, 이제는 보호자가 병원으로 와 기다리고 있을 것이다. 피칠갑이 된 비닐 앞치마를 벗었다. 핏물이 스며든 슬리퍼는 물로 헹궈내고 벌겋게 젖은 바짓단은 그대로 두었다. 5번 수술방의 창 너머로 동이 터오고 있었다.

수술방 간호사들에게 간단한 지시를 해두고 나와 보호자를 찾았다. 환자의 자녀들이 와 있다고 했다. 환자는 40대 후반의 남자였다. 부인이 오지 않은 것으로 미루어 자녀는 성인일 거라고 짐작했다. 보호자 대기실에 들어섰을 때 새벽 햇살이 창으로 환하게 들었다. 마치 무대 위 조명처럼 공기 입자가 비현실적으로 공간을 비췄다. 새벽빛은 몽환적이기까지 했다. 지옥에서 밤새 헤매다가 나온 것 같은 수술로 온몸에 피로가 쏟아졌다. 나는 크게 심호흡을 하고 보호자를 찾았다.

시야에 들어온 것은 어린아이 둘뿐이었다. 나는 설마 하는 마음으로 아이들에게 다가갔다. 자그마한 체구에 짧게 깎은 머리를 한 남자아이는 피부가 하얬다. 귀엽게 살이 오른 볼은 발그레했다. 아이는 밤송이 같은 머리를 하고 커다란 눈망울 속 말간 눈빛으로 나를 보았다. 그 옆에는 긴 생머리를 올려 묶은 마른 여자아이가 있었다. 여자아이는 보호자 대기용 의자에 무릎을 꿇고 올라가 창밖을 바라보며 알 수 없는 노래를 작게 흥얼거렸다. 남자아이 앞에 쪼그리고 앉았다. 나이를 물으니 5학년이라고 했다. 환자의 아이들임은 확인했으나, 환자의 상태를 설명하기에 아이들은 너무 어렸다.

— 엄마는 어디 계시니?

아이의 눈빛은 근심도 두려움도, 낯선 이를 경계하는 어떠한 적의도 없었다.

— 엄마 없어요.

아이의 말이 너무도 덤덤해 나는 말문이 막혔다. 아이가 툭 뱉은 말이 묵직하게 명치를 쳤다. 옆에서 여전히 노래를 흥얼거리는 여자아이는 누나라고 했다. 너무 작고 마른 체구라 초등학생이라고 해도 믿을 정도였다.

— 네가 누나구나. 넌 몇 학년이니?

— 중학교 2학년이요.

여자아이는 내 시선을 피하며 작게 말했다. 제 아비의 상태를 짐작해서인지 내가 낯설어서인지 알 수 없었다. 그래도 여자아이가 누나이니 환자의 상태를 전하기에는 그나마 나을 것이다.

— 아빠가 좀 많이 아프시단다.

여자아이가 가만히 몸을 돌려 나를 물끄러미 보았다. 아버지의 상태를 설명하는 내 말에도 천진한 표정이었다. 나는 남자아이의 머리에 한 손을 올려 천천히 쓰다듬었다. 아이의 가늘고 짧은 머리카락이 엷게 손바닥을 스쳤다. 이제 막 솟은 어린 보리 순 같았다. 내가 고등학생일 때, 갑판수병일 때, 짧게 깎은 머리를 쓸어 넘기던 순간의 그 생경한 감촉이 손바닥으로 전해졌다. 나는 아이가 남처럼 느껴지지 않았다. 녹록지 않았던 내 청년 시절과 그보다 더 속으로 울던 어린 시절의 나를 그 아이에게서 보았는지도 모른다.

― 어머, 제가 잠시 매점에 다녀와서요.

침묵을 깨는 어른 여자의 목소리에 뒤를 돌아보았다. 한 중년 여성이 서둘러 달려와 아이들 옆에 섰다. 환자와의 관계를 묻자 아이들의 '고모'라고 했다. 이 상황에 대해 이해할 수 있는 어른이 있다는 게 다행스러웠다. 나는 여자에게 천천히 환자의 상태를 설명했다. 사고 이후 시간이 많이 경과돼 매우 나쁜 상태로 전원됐다는 것, 오자마자 수술을 시도했으나 현재 상태가 매우 나쁘다는 사실을 전했다. 큰 잘못을 한 것처럼 목소리가 자꾸 작아졌다. 연신 죄송하다고 말했다. 환자의 상태를 설명하면서도 아이들이 신경 쓰였다.

― 아이들은 누가 봐줄 사람이 있나요?

― 글쎄요. 애들 엄마는 아이들 어릴 때 집을 나가 연락이 전혀 없는 걸로 알아요.

여자의 말은 어딘지 모르게 건조했다. 아이들을 책임질 생각이 없는 것 같았다. 아이들에게 다른 친척이 있기는 할까 생각했다.

부모 없이 친척집에 얹혀사는 것은 만만한 일이 아니다. 아이들은 눈칫밥을 먹으며 애정과 관심에 굶주리게 될 것이다. 세상에 나를 보호해줄 어른이 한 사람도 없다는 것이 얼마나 불안하고 허기지게 만드는지 나는 알고 있었다. 아이들의 미래를 생각하며 머릿속이 복잡해졌다.

환자는 결국 아침을 넘기지 못하고 세상을 떠났다. 날은 지나치게 밝고 눈부셨다. 늘 죽음과 마주하면서도 난 그 개별적인 죽음들을 이해할 수는 없었다. 환자의 시신을 수습하고 서둘러 사회사업 팀장에게 전화를 걸었다. 중증외상 환자에게 비의료적으로 발생하는 많은 문제들을 사회사업 팀에게 부탁하곤 했다. 그러면 비정부 단체나 종교 단체의 도움으로 어느 정도는 해결됐다. 환자에게 일어나지 않은 기적이 아이들에게라도 일어나길 바랐다. 사회사업 팀장에게 자초지종을 설명하고 진심으로 도움을 부탁했다. 그러나 기본적으로 병원의 사회사업 팀 업무는 외래 통원 치료라도 받는 환자를 대상으로 한다. 이 환자는 바로 사망했으므로 아이들과 병원 간에는 공식적인 연결고리가 없었다. 이 상태로는 도움을 줄 수 없다는 연락을 받았다. 대신 아이들을 도와줄 만한 몇 곳의 연락처를 받았다. 내가 모든 환자의 주변 문제까지 해결할 수는 없다. 원칙적으로 환자 개인의 문제에 대해 의사들은 선을 넘지 말라고도 배웠다. 그러나 이 아이들만큼은 지나쳐지지 않았다. 나는 한참을 고민하다 허 위원에게 부탁했다.

허 위원은 환자의 인적사항을 물어왔다. 나는 허 위원에게 공을 넘긴 뒤로 한동안 아이들에 대해 생각하지 않았다.

몇 달 후 허 위원이 그 아이들 소식을 들고 왔다. 국회의원 회관에서 응급의료 체계 관련 회의가 있던 날, 회의를 마쳤을 때 허 위원이 두리번거렸다. 나와 눈이 마주치자 주위 사람들을 헤치고 내 쪽으로 다가왔다. 허 위원의 표정은 심각했다. 그 순간에도 나는 그 아이들을 떠올리지 못했다.

— 잠시 걸을까요? 회의 때도 계속 답답했는데.

허 위원은 국회 잔디밭 옆 인도로 걷기 시작했다. 저녁에 가까웠으나 해가 긴 초여름 빛이 잔디 위로 떨어져 내렸다. 양지와 음지의 명암이 더 명확히 구분됐다. 잘 관리된 잔디밭에 빛이 닿은 자리는 어둠을 머금은 곳과 대비되어 더욱 푸르렀다. 늦은 오후의 볕이 만들어내는 음영에 내가 잠시 정신을 놓고 있을 때 허 위원이 입을 열었다.

— 지난번에 말씀해주신 애들 있죠? 제가 좀 알아봤어요. 여기저기 부탁했고 천안까지 직접 내려갔었어요.

생각지 못한 화제였다. 허 위원에게 연락한 뒤로 나는 아이들의 안위를 염려하지 않았다. 내가 아이들을 지우고 난 뒤로도 허 위원은 사람들을 동원해 집요하게 추적해 정확한 정보를 확보했던 모양이었다. 그 기막힌 정보에 의하면, 병원에서 만난 중년 여자는 아이들의 친고모가 아니었고 사망한 남자의 앞집 이웃이었다. 중년 여자는 한 달에 20일 이상 집을 비우고 공사 현장을 떠도는 남자를 대신해 아이들을 돌봐줬을 뿐이다. 환자가 죽고 며칠이 지나 아이들 엄마라는 사람이 갑자기 나타났고, 여자는 자신이 친모임을 증명하는 완벽한 서류를 디밀었다. 의심할 여지가 없어 애들은 엄마를 따라 천안으로 내려갔다. 그러나 엄마라는 여자에게는 새 남자가 있었다. 여자는 두 아이를 데리고 두 달을 살다가, 아이들 앞으로 나온 망자의 생명보험금을 수령한 뒤 아이들을 할머니에게로 보내고 다시 사라져버렸다.

허 위원은 여기까지 말하고서 걷고 또 걸었다. 말없이 국회 앞 잔디밭을 얼마나 돌아 걸었는지 알 수 없었다. 넓지 않은 잔디밭에 어둠이 짙어지기 시작했다. 머릿속이 헐거워졌다. 내가 가진 언어가 두뇌 밖으로 모두 빠져나간 것만 같았다. 한참의 침묵이 흐르고 나서야 허 위원이 신고 있는 구두에 시선이 갔다. 굽이 상당히 높았다. 이미 발이 많이 아플 것이다. 그만 걸어야겠다고 생각했다.

— 이제 그만 가봐야겠습니다.

허 위원 역시 사무실로 돌아가 남은 일을 정리해야 한다고 했다. 허 위원과 헤어지고 몇 걸음 가지 않아 뒤돌아서 그를 불러 세웠다. 허 위원에게 나는 허리를 크게 숙였다.

— 정말 감사드립니다. 제가 또 큰 짐을 드려서 죄송합니다.

그는 내 인사에 쓸쓸한 미소를 지었다.

— 감사하긴요. 그런데 세상이 참 어렵네요…….

나는 그날 이후 지금까지도 그 아이들 꿈을 종종 꾼다. 꿈속에서 아이들은 여전히 작고 여리다. 쏟아지는 빛을 등지고 수줍게 웃고, 커다란 말간 눈으로 나를 본다. 지금은 어디에서 어떻게 살고 있을지 알 방법이 없고 알 의무도 없는 일이다. 그러나 자주 그 아이들의 안부가 궁금했다.

대부분의 의료 외적인 문제들에 있어서 나는 한없이 무력하기만 했다. 그런데도 여린 밤송이 같던 아이의 머리카락 감촉은 잊히지 않았다. 아이들의 안부가 궁금할 때면 허공에 손을 들어 쓸어보곤 했다. 그럴 때마다 허공은 마치 내 인생처럼 서럽고 소슬해졌다.

정글의 논리

2010년 봄 김성찬 제독이 해군참모총장에 취임했다. 그는 취임 직후, 2002년 차디찬 서해 바다에 가라앉은 PKM357*의 전사자 유가족을 찾았다. 그때 정장 윤영하 대위를 비롯한 함정의 해군 수병들은 북한의 공격으로 벌집이 되어 죽어가면서도 최후까지 싸웠다. 고속정의 한상국 조타장은 마지막까지 함의 조타실을 떠나지 않았다. 방향타를 움켜잡은 채로 함과 함께 생을 마쳤다. 온 나라가 월드컵 4강 진출에 붉은 티셔츠를 입고 길바닥으로 몰려나와

---

* PKM357은 2002년 6월 제2연평해전 당시 북한 해군 경비정의 기습을 받고 교전 후 예인 도중 침몰됐다.

'대한민국'을 외쳐대며 환희로 가득 차 있을 때였다. 그 죽음들은 사람들의 머리 밖에 있었다. 장례식은 일반인들의 조문을 막은 채로 조촐한 해군장(葬)으로 황급히 끝냈다. 대통령도 국방부장관도 오지 않았다. 국립묘지 비문에는 '전사' 대신 '연평도 근해에서 사망'이라는 요상한 글이 박혔다.* 치열한 교전 끝에 몸이 찢겨나간 수병들의 희생에 한국 정부나 한국인들 모두 무관심했다.

전몰 수병들의 가족들 중 일부는 한국을 떠나 외국을 떠돌기 시작했고, 오히려 그 소식을 들은 미군 참전 용사들이 그들을 기억했다. 매사추세츠(Massachusetts)주 워캐스터(Worcester)시에 미군의 한국전쟁 참전 기념 동상을 세울 때 PKM357의 전몰 수병들의 이름을 기념비에 새겨 넣었고, 미국 민주당 대선후보였던 존 캐리(John Kerry) 상원의원이 기념식에 참석해 한국인 유가족들을 위로했다.

일부 정치인들이 군 모병제를 추진할 때마다 보수적인 논객들은 남북 대치 상황이라는 한반도의 특수 환경을 언급하며 '국민개병제'를 주장했다. 많은 젊은이들이 인터넷상에 댓글을 달았다.

— 너나 가라, 군대.

---

* "남편을 비롯한 여섯 용사들이 월드컵 결승전을 하루 앞둔 2002년 6월 29일, 북측의 기습도발에 맞서 나라를 지키기 위해서 희생했는데도 현충원에 최초 안장 시 묘비명은 '연평도 근해에서 사망'으로 돼 있었습니다. 그러다가 지난 2008년 이후에야 '연평도 근해에서 전사'로 수정됐지요."라고 설명을 덧붙인다.(《경인일보》, 2015년 7월 22일자)

군 생활 중 죽는 것만큼 개죽음이 없다는 말이나 군에서 다치면 장애가 남기 십상이라는 말들도 흔했다. 대부분의 청년들은 전쟁에 참전한 적 없고 군 복무 중 부상을 당하지 않았으며 상이군인을 가족으로 둔 경우가 드문데도, 군 복무에 대해 냉소적이었다. 나는 그것이 신기했으나 이해할 수는 있었다.

2000년 미 해군 구축함 USS 콜(USS Cole)이 예멘의 아덴항에서 연료 보급을 받던 중 알카에다 폭탄 테러범에게 공격받아 선체에 구멍이 뚫리고 17명의 수병들이 사망했다. 클린턴 대통령은 곧장 성명을 냈고 럼스펠드 국방장관을 비롯한 정부 주요 각료들 모두가 추모행사에 나와 수병들의 죽음을 애도했다. 한국 정부는 반대로 움직였다. 한국에서는 정권이 바뀔 때마다 현장의 해군 함장들에게 바뀐 교전 수칙이 내려왔다. 연평해전 당시 내려온 교전 수칙상으로는 적의 공격으로 인한 희생자가 나오기 전에는 사격할 수 없었다. 정치적 고려에서 나온 결과물인지는 알 수 없으나 그 때문에 전선에서 버티고 있는 수병들의 목숨은 때때로 위태로웠다. 끝내 고스란히 피를 쏟다 죽기까지 했다.

너나 가라, 군대.

나는 냉소적인 그 글을 다시 생각했다. '군'이라는 조직에서 처음 겪는 정신적·육체적 괴로움이 클 것이고, 잊을 만하면 군에서 벌어지는 사고 소식들이 들려오는 현실이 떠올랐다. 나라는 가장 좋은 시절의 청년들을 징병해가면서도 복무 중 벌어지는 다양한 사고들에 제대로 대응하지 않는 듯 보였다. 결국 군 복무 중에 다치고 죽는 것의 억울함은 오롯이 피해자의 몫으로 남았다. 보훈처에서 근무한다는 일선 공무원들은 그 괴로움을 모르는 것 같았다. 나라를 지키다 죽은 목숨들에 대한 존중과 애도는 어디에서도 기대하기 어려웠다. 어쩌면 일반인들이 상이군인들과 그 가족들의 비루한 삶을 더 잘 아는지도 모른다. 이런 사회에서 젊은이들에게 개인의 자유를 희생하고 국방의 의무를 강요만 하는 국가의 존재 가치에 대해 나는 생각했다. 한국 사회에서는 싸우다 죽어나가는 것이 순리라는 약육강식의 논리가 팽배했다. 이 사회가 정글과 다른 점이 무엇인지 찾기 어려웠다.

최전방을 지키는 육군 보병사단에서 지휘 차량이 폭발하며 육군 두 명이 다쳤다. 병장은 수술을 받고 금방 안정을 되찾았으나 다른 일병은 왼쪽 시력을 잃었다. 일병의 아버지가 토해내는 애끓는 울음소리가 듣는 사람의 속을 찢었다. 일병이 안정을 찾자 그 아버지가 나를 찾아왔다. 그가 선임한 군 법무관 출신의 변호사가 국가유공자 판정은 못 받을 수 있다고 말했다며, 내게 방도를 물었다. 자식을 생각하는 아버지의 간절함이 깊었다. 그러나 나는 그에게 아무런 답을 해주지 못했다.

헝클어져가는 날들

2010년 내내 보건복지부 내의 중증외상센터 설립과 관련한 정책 기조는 수없이 흔들렸다. 나는 중증외상센터 설립에 대한 지원을 부탁하기 위해 국회의원 회관을 드나들었다. 대부분의 의원들은 귀 기울여 들어줬으나 몇몇은 만나기조차 어려웠다. 2시간 가까이 회관 복도에서 기다리다 나오기도 했다. 나랏일을 하는 의원들은 바빴고 나 같은 민원인들은 너무도 많았다.

　2010년 여름을 넘기면서 중증외상센터 설립을 위한 보건복지부의 예산 계획은 기획재정부의 심의를 받았다. 철저히 경제적인 관점에서 냉정하게 분석한 기획재정부의 '중증외상센터 설립에 따른 편익-비용비율분석(B/C ratio, Benefit-Cost ratio)' 결과는 '0.3'

에 불과했다. 정책 추진이 불가능한 수치였다. 바로 얼마 전 1.0을 훌쩍 넘겨 정책 추진에 탄력을 받았던 결과가 왜 0.3으로 추락했는지 나는 이해가 되지 않았다.

그때 나는 정책적 판단과 실제 눈앞에서 매일 죽어가는 환자들 사이에서 허우적대고 있었다. 내가 경제적인 편익 계산에까지 영향을 미칠 수 없고, 누가 그 계산을 해내는지도 알 수 없으니 나는 그저 판결을 기다리는 피고인 같았다. 결론은 비용편익이 없다고 내려졌고, 그것으로 끝이었다. 비용편익비가 최악의 수치로 나왔는데도 외상 관련 학회들은 세부 전문의 자격을 부여한다며 외상외과 의사들을 모집했다. 그 과정에서 드러나는 학회의 이면을 보며 무기력해졌다. 나는 패잔병이나 진배없었다. 전국에 35개나 뿌려놓은 중증외상특성화센터 사업은 제각기 엉망으로 망가져갔다.

가을에 감사원의 감사가 시작됐다. 감사 기관은 한 보직교수가 중증외상특성화센터장을 겸직했던 2009년을 정조준했다. 그 당시 나는 '책임교수'라는 비공식 신분으로 외상센터 운영의 실무를 맡고 있었다. 나는 책임교수로서, 당시 센터장을 겸직한 보직교수 대신 조사관들을 만나야 했다. 우리 병원의 보직교수들과 행정 조직은 본인들이 직접 수사관을 만날 이유가 없다고 여겼다. 나는 수사관들의 질문에 순순히 답해주었다. 다른 병원에서는 의사가 수사관들을 직접 만나지 않았다는 사실을 안 것은 나중이었다.

무너지고 헝클어져가는 날들 속에서도 정경원은 버텼다. 처음 정경원을 받을 때 내 생각은 비교적 명확하면서도 단순했다. 나는 내일의 지속 여부를 장담할 수 없었지만 부산대학교병원의 움직임을 볼 때 적어도 정경원이 돌아갈 곳은 있어 보였다. 그는 2010년 봄에 내게 온 이후 그해 말까지 집에 다녀온 것은 고작 네 번뿐으로, 병원에서 살다시피 하며 일했다. 집이 부산이라 멀기도 했으나 어떤 이유에서든지 통상적으로 가능하지 않았다. 정경원은 내가 10년 동안 혼자 쌓아놓은 모든 수술 술기와 중환자 치료 기법들을 습득해나갔다. 마치 마른 스펀지가 물을 빨아들이는 것 같았다. 고난이도의 수술 기법도 한번 보면 그대로 따라했고 더욱 발전시켜나갔다. 그는 수술에 천부적인 재능이 있었다. 겸손하고 성실했다. 환자를 수술하고 진료하는 시간 외에는 공부에 힘을 쏟았다. 정경원의 책상에는 언제나 반쯤 열린 교과서와 주요 논문집들이 놓여 있었고 한쪽에는 늘 성경이 독서대에 반듯이 펼쳐 있었다.

내가 정경원의 거처조차 마련해주지 못했을 때 김지영이 나섰다. 중환자실 옆 회의실 한쪽에 칸막이를 설치하고 2층 침대와 책상을 들였다. 회의실에는 화장실은 물론 세면대조차 없었으나 정경원은 묵묵히 버텼다. 이른 새벽에 그 앞을 지날 때면 정경원의 나지막한 통성 기도 소리가 들려왔다.

— 오늘 하루도 저의 부족함으로 인해서 하나님의 뜻이 환자들에게 잘 전달되지 못하는 일이 없도록 하여주시고, 제가 하는 일이 옳은 방향으로 나아갈 수 있도록 보살펴주시기를 기도합니다.

나는 정경원의 신심을 이해할 수는 없었으나 그를 돕는 것이 내 몫이라는 점은 분명하게 자각했다. 내 인생에서 정경원 같은 사람은 만난 적도 없고 앞으로도 다시는 만날 수 없을 것 같았다. 2010년 내내 이것이 마지막이라고 생각했다. 최소한의 시간 내에 정경원이 어디에서도 뒤처지지 않는 외상외과 의사로 성장할 수 있게 수련시켜 부산대학교병원으로 돌려보내는 것, 그것이 내가 외상외과 의사로서 해야 할 마지막 업인 것 같았다. 그러자면 오랜 기간 같이 일하며 점차 다져 올라가는, 통상적인 형태의 수련은 불가능했고 강도 높은 수련을 압축적으로 해야 했다. 그 유일한 방법은 전력을 다해 짧은 시간 내에 많은 환자들을 보고 공부하는 방법뿐이었다. 이는 병원 전(前) 단계에서부터 수술적 치료, 집중치료와 외래 진료까지 이어지는 중증외상 환자의 전체 진료 체계에 대한 깊은 수련을 의미했다. 그것은 선진국의 고도화된 중증외상 의료 시스템이기도 했다. 나는 정경원과 함께 병원에서 살았다. 그를 가르치기 위해 조금이라도 더 병원에 있으려고 했다. 그 지독한 한 해 동안 정경원은 빠르게 성장했다. 그런 정경원이 내게는 유일한 위안이자 버팀목이었다.

그해 크리스마스가 가까워올 때 부산에 있는 정경원의 아이들이 성탄 카드를 보내왔다. 정경원은 서툰 글씨로 쓰인 성탄 카드와 아이들의 사진을 캐비닛 안쪽에 함께 붙여놓았다.

'아빠 어디 계세요. 빨리 돌아오세요.'

카드에 적힌 삐뚤빼뚤한 글씨를 보고 나는 마음이 내려앉았다. 외상외과 의사로서 혹독한 수련과 현실적인 가족 관계의 어려움 속에서 갈등했으나, 나나 정경원에게나 주어진 시간이 많지 않았다. 나는 정경원을 한계 상황을 넘어서까지 밀어붙였고, 정경원은 살을 깎는 고통 속에서도 버텼다. 그런데도 정경원은 보건복지부에서 나오는 외과 연구강사 수련 지원금조차 보조받지 못했다. 미래가 불투명하고 처우가 열악한 외과 전공자들을 위해 한시적으로 지원하는 돈이었다. 나와 같이 일하고 있다는 이유로 지원금이 사라졌다. 소속이 불확실해서라고 했다. 병원에서 외상외과란 버려진 존재들이었다. 나는 정경원에게 얼굴을 들지 못했다. 그런 나를 오히려 정경원이 달랬다.

— 교수님, 저는 크게 바라는 것이 없습니다. 그저 많이 다친 환자를 살릴 수 있을 수 있으면 만족합니다. 그런데 정작 교수님이 변하신다면 저부터 교수님을 떠날 겁니다.

나는 더욱 부끄러웠다. 인생에서 시한부 같은 보직을 가지고 있는 내게 무엇이 남을지를 생각했다. 일상이 반복될 때마다 내 앞으로 등록되어 올라가는 환자 명단만이 내 삶의 의미를 더할 수 있을 것이었다. 해가 지날 때마다 새롭게 추가되는 200명 정도의 새로운 환자 명단과 협의 진료 실적이, 내가 세상에서 일을 하면서 존재했다는 유일한 흔적이었다. 적어도 환자 명단만 보면 병원 내 복잡한 정치적 상황이나 정부의 정책 방향에 신경 쓰는 것은 별 의미가 없었다. 나는 정경원과 주위 사람들의 희생으로 때로는 부축받고 때로는 떠밀리듯이 이 일을 계속 지속하고 있는 내 모습을 발견할 때마다 몸서리가 쳐졌다.

머리가 너무 복잡해질 때면 정경원을 데리고 나가 의대 옆 농구장에서 캐치볼을 했다. 정경원이 일과 기도 외에 유일하게 세속적 흥미를 둔 것은 프로야구 시즌 동안 진행되는 기아타이거즈의 경기였다. 그가 롯데자이언츠의 도시에서 의과대학을 나오고 전공의 근무를 하는 동안 어떻게 지냈을지 생각하면 웃음이 나왔다. 나와는 응원하는 팀이 달랐지만 심한 논쟁으로 이어지지는 않았다. 정경원은 기아타이거즈에서 선수로 뛰어야 할 이대형이 LG트윈스에서 활약하고 있는 면을 지적하며, 야구마저도 서울 쏠림 현상이 심해진다며 안타까워했다.

2010년 말이 되자 보건복지부 내의 기류는 비관적인 분위기로 가득 찼다. 중증외상특성화센터 사업은 더는 지속하기 어려워 보였다. 기획재정부의 편익-비용비율분석 산정과 감사원의 감사 이후에 사업은 본격적으로 진행되지 못하고 수면 밑으로 가라앉고 있었다. 정책 추진은 마치 유행을 타는 것과 같다. 시작되어 나아갈 때 웬만한 선까지 추진해놓지 않으면 앞으로 더 나아가기 어렵다. 사회적으로 크게 문제가 불거지기 전까지 몇 년간은 우선순위에서 밀리며 휴면기를 맞는다. 담당자가 바뀌게 되면 새로운 부서장은 자기의 '새로운 사업'을 추진한다. 중증외상센터 사업도 중증외상센터 건립 계획을 담당했던 손영래 선에서 신설된 응급의료과로 업무가 이관되자 보건복지부 차원에서도 더는 동력을 내기 쉽지 않아 보였다. 국회나 보건복지부에서 시급하게 추진해야 할 사업들은 이것 말고도 너무 많았다.

외상외과는 의료계에서조차 뭔지 모르고 알려고도 하지 않는 분야였다. 내가 이 일을 붙들고 있음으로써 나는 자신뿐만 아니라 주위의 많은 사람들을 힘들게 했다. 잘 알지도 못하는 사람들에게 이 분야의 필요성에 대해서 말하고 다녀야만 하는 현실이 지독히 싫었다. 나의 가치는 늘 타인에 의해 결정되었고 내 위치는 상대와 맞물려 돌아갔다. 현실에 내가 머물 자리가 없는 것만 같았다.

그해 말 〈한겨레신문〉의 김기태 기자가 병원에 찾아왔다. 준수한 외모의 젊은 기자는 일주일간 날밤을 새우며 나와 함께 있었다. 처참하게 뭉그러진 환자들을 목격한 그는 죽음에서조차 계층 차이가 존재한다며 한탄했다. 김기태가 내게 말했다.

— 세상이 왜 이런지 모르겠습니다.

나는 그를 한동안 응시하다 대답했다.

— 원래 세상이 이런 건데요.

김기태는 말이 없었다. 지옥 같은 한 해가 앞이 보이지 않는 채로 저물고 있었다.

부서진 배

보신각의 종이 울렸다. 누군가는 희망찬 새해를 말하겠지만 내게는 중증외상특성화센터 사업의 처참한 종결을 확인하는 종소리였다. 국가의 지원이 없다면 미래는 불투명했다. 직장생활을 지속하려면 외상외과가 아닌 새로운 뭔가를 시작해야 할 시점이었으나 그것이 무엇인지 찾을 수 없었다. 사방에서는 갖가지 소문만 난무했다. 마음이 텅 빈 포구처럼 적막했다. 밀려오는 것도 밀려가는 것도 모두 내 의지와는 상관없이 벌어졌고 앞으로도 그럴 것 같았다. 부서진 배가 까닭 없이 보고팠다. 천안함과 PKM357*이 2함대에 있었다. 두 쪽이 나 침몰했다가 인양된 초계함과 윤영하 정장의 고속정이 보고 싶은 이유를 스스로도 알 수 없었다. 새해가 되고

196

두 번째 주말이었다.

견학 허가를 받고 평택에 있는 해군 2함대로 향했다. 내가 해군에 있을 때 2함대는 NLL과 가까운 인천에 있었다. 인천은 신속히 적을 방어하기에는 좋지만 조수간만의 차가 서해안에서 가장 큰 곳이다. 바닷물이 밀려왔다 물러설 때 넘실거리는 파도는 낙엽같이 작은 2함대의 고속정들에게는 위협적이었고, 건설한 지 40년 된 기지는 협소하고 낡았다. 기지는 밀레니엄 끝자락에 평택으로 이전했고 인천에는 인천해역 방어사령부만 소규모로 남았다. 내가 보려고 한 함정들은 수원에서 멀지 않은 평택에 있었다. 2함대 위병소에 도착하니 안내를 맡은 수병이 나와 있었다.

수병은 차에 올라 나를 천안함으로 이끌었다. 이동하는 길에 본 함대 사령부는 인천에 비해 넓고 안정되어 보였다. 바다 위에는 함정들이 종류별로 줄지어 있었다. 당장이라도 사용 가능한 무기들이 실린 함정들이었다. 평화롭게까지 보이는 풍경이 고속으로 기동해 출항하는 고속정 편대에 의해 날카롭게 깨어졌다. 바로 한 해 전 포항급 초계함 하나가 피격당해 부서졌다는 게 비현실적으로 느껴졌다. 차가 멈춰 섰을 때 눈앞의 거대한 함체는 두 동강이 난 채 갈라진 속살을 육지에서 드러내고 있었다.

---

* 천안함은 2010년 3월 북한 잠수함의 어뢰 공격으로 대파되어 침몰됐고, PKM357은 2002년 6월 제2연평해전에서 북한군의 선제 공격으로 침몰됐다.

눈앞의 함은 보관되고 있다고 할 수 없었다. 그것은 흡사 죽어서 육지에 올라앉은 고래와 같았다. 편히 죽지 못하고 몸뚱이의 반이 뜯겨져 나가 내장은 빠져나와 있고, 부산물이 사방에 잔뜩 튀어 버린 고래의 사체. 건설공사장에서 쓰일 법한 낡고 푸른 천막이 부서진 몸뚱이를 가렸다. 함을 상징했을 연돌은 따로 떨어져나가, 그 옆에 방치된 듯 놓여 있었다. 쪼개진 배의 말단은 위쪽으로 심하게 뒤틀려 꺾여 있었다. 1,200톤의 강철이 엿가락보다도 무기력해 보였다. 그 사이로 시뻘겋게 녹슨 케이블들과 파열된 배관들이 쪼개진 함체를 뒤덮었다. 마치 사체의 잔해 같았다.

― 엄청난 폭발이다…….

탄식과 함께 혼잣말을 토해냈다. 암기 사항을 잘 교육받은 수병의 설명이 귀에 닿기 전이었다. 상부갑판 쪽으로 일관되게 휘어진 배면의 후판재들은 극심한 폭발을 기억하고 있는 기록 필름과 같았다.

비(非)교전 상황의 통상적인 초계 임무 중에 당한 기습이었다. 대폭발이 배를 둘로 갈라 쪼개버릴 때 수병들은 속수무책 선체 사이로 쏟아졌을 것이다. 전투 위치로 갈 수 없는 순식간이었다. 아니, 그 이전에 폭발과 함께 거대한 강철 덩어리를 으깨버린 엄청난 힘에 함정은 튀어 오르고 승조원들은 이미 절명하거나 부상당했을 것이다. 부서지는 배는 더는 전함일 수 없었다. 그저 1,200톤의 무거운 쇳덩어리가 되어버린 천안함은 빠른 속도로 바다 아래로 침몰했다……. 상상만으로도 지옥이었다.

— 기껏 인양한 함을 이렇게 야적장에 방치합니까?

안내를 맡은 수병이 달리 아는 바가 없을 것임을 알면서도 물었다. 수병은 제가 아는 선에서 답했다.

— 예산이 아직 확보되지 못했다고 들었습니다. 예산상의 문제 때문에 서울 전쟁기념관으로는 가지 못하고, 일단은 우리 함대 소속이니 그냥 이렇게 보관되고 있는 것으로 알고 있습니다.

천안함은 21세기의 첨단 해양 전투력 유지와는 연관이 없는 함이었다. 대잠전(對潛戰)과 경계 임무, 호위함이나 구축함 보조가 제 역할이었으나, 마른 수건을 짜내어 예산을 운영해가는 해군 입장으로서는 정부 지원 없이 천안함의 개수(改修)나 대잠전 성능 개선에 추가 예산을 편성하기 어려웠을 것이다. 해군이 보유한 대다수 천안함급 초계함들의 대잠수함용 음파탐지기(sonar)가 작은 어선의 어군탐지기보다도 성능이 떨어지는 판이었다.

바다 위에서 함은 곧 수병 자체다. 함정 안에서는 고급 장교와 말단 수병의 위치가 다르지 않다. 함께 살아 귀항하거나 함께 죽어 침몰한다. 파괴된 함정과, 그와 함께 세상을 등진 수병들의 공동 운명을 생각하며 나는 몸서리쳤다. 수병은 코트 깃 아래로 고개를 숙이는 나를 흘끗 쳐다보고는, 설명을 이어나갔다. 나는 그의 이야기를 들으며 말없이 천안함을 보았다. 보호도장이 벗겨진 부서진 단면과 내부 구조물들이 겨울이 지나 비를 맞으며 빠른 속도로 부식될 모습이 눈에 선했다. 함체가 녹슬어 완전히 사라지기 이전에 천안함은 한국 사회에서 아득히 잊힐 것이다.

　PKM357은 그날 개방되어 있지 않았다. 나는 함대 사령부로 돌아 나왔다. 수병이 차에서 내릴 때 그의 손에 만 원짜리 몇 장을 쥐어주었다. 한사코 받지 않으려던 그에게 내 수병 기수와 현역 시절 근무처를 알렸다. 그의 얼굴에 반가운 빛이 돌았다. 수병은 손에 쥐어준 몇만 원을 수줍게 받았다. 그 주말의 2함대 사령부는 매우 평안해 보였다.

　외교부와 보건복지부로부터 급한 연락을 받은 때는 그날로부터 2주일이 채 지나지 않아서였다. 한국 해운사의 민간 선박이 소말리아 해적에게 피랍됐고, 구출 과정에서 해군들과 민간인이 총상을 입었다고 했다. 해군이 해적과 전투하던 중 사고를 당했다는 민간인은 해군 출신으로, 배의 선장이었다.

아덴만 여명 작전

해적

아덴만을 지나 홍해로 들어서는 해로(海路)는 지중해로 스미는 지름길이다. 한국의 많은 화물선이 그 길을 택한다. 경비를 줄일 수는 있어도 안전하지는 않았다. 아덴만을 지나는 길에는 삼면이 홍해에 둘러싸인 소말리아가 있고, 그 해역에는 소말리아 해적들이 들끓었으며, 그들은 바다의 주인인 양 거칠고 사나웠다.

소말리아는 고대 상업의 중심지였고 대영제국을 네 번이나 격퇴했던 나라였으나 국내의 정정(政情) 불안은 모든 것을 앗아갔고, 이슬람 근본주의 신앙은 무력도 불사하게 했다. 영국과 이탈리아로부터 독립한 지 30여 년 만에 내전이 시작됐다. 권력을 향한 싸움에 끝은 없어서, 가난은 독처럼 나라 전체로 퍼져나갔다. 아이들은 AK 소총을 장난감으로 여기며 자라 군벌에 소속되거나 해적이 되었다. 해적이 되어서도 종국에는 RPG(Rocket Propelled Grenade, 로켓추진형유탄)까지 동원한 막강한 화력망을 지니고 바다로 흘러나왔다. 싸우지 않으면 살 수 없었고, 육지에서 흘린 피가 바다까지 물들였다.

1993년 미국은 육군 특수부대인 레인저 부대를 소말리아에 투입했다. 내전을 진정시키고 난민에게 식량 공급을 한다는 명분이었으나 소말리아 민병대는 이들을 내버려두지 않았다. 레인저 부대원 19명이 사살됐고 70여 명이 다쳤으며, 부대원들을 항공 지원하던 160특수작전항공연대(160th Special Operations Aviation Regiment)의 블랙호크 UH-60 두 대가 격추됐다. 160특수작전항공연대는 미 육군에서도 'SOAR', '밤의 추적자(Night Stalkers)'라는 별칭으로 불리는 최정예 육군항공대였다. 이들이 국가 간 대규모 전투가 아닌 베트남전쟁이나 이라크전쟁 같은 국지전에서 헬리콥터를 두 대나 격추당한 것은 이때가 처음이었다.

소말리아의 군벌 세력은 어느 나라 군인보다 실전 경험이 많았고 전술 운용 능력 또한 강력했다. 그 경험과 능력으로 바다 위 도적이 되어 민간 상선을 인질로 잡아 보상금을 노렸다. 그것이 어떤 벌이보다 나았다. 낡은 어선과 상선들을 해적선으로 개조했으며, 해적들은 1,100해리가 넘는 공해상에서 마구잡이로 도적질을 해댔다. 바다를 장악하는 힘이 웬만한 국가의 해군보다 나았다. 개별 전투에서 승패를 가르는 것은 전술 운용 능력과 병사들의 전투력이다. 이것은 철저히 실전 경험에 좌우된다. 아무리 강도 높은 100번의 훈련도 실전 경험 한 번에는 미치지 못한다. 부상을 우려해 훈련 강도를 낮추면 훈련은 무의해진다. 그런 점에서 소말리아 군벌 조직은 세계 어느 군 조직보다 실전을 끊임없이 소화하고 있는, 실전 전투부대였다.

한국 외항선은 이들에게 만만한 표적이었다. 2006년부터 한국의 상선은 수시로 피랍됐고, 그때마다 민간 상선 회사는 돈을 뿌려 사람들을 건져왔다. 그것이 한국의 대처 방식이었다. 국제연합 안전보장이사회(United Nations Security Council, UNSC)는 해적질을 더는 묵과하지 않았다. 그 해역에서의 무력 사용을 승인하며 피랍 당사국에 함정과 항공기 파견을 요청했다. 미국을 중심으로 다국적 연합해군함대가 구성됐고, 한국에서도 2009년 3월 청해부대를 아덴만으로 파병했다. 청해부대에는 문무대왕함을 필두로 4,000 톤급 이상의 신형 구축함들이 속해 있었다.

아덴만 파병은 무리한 것이기도 했다. 예산상 문제로 해군의 함대 건조 규모는 반 토막 났으며, 원양(遠洋)까지 보낼 4,000톤 이상의 구축함은 한반도를 뒤집어 털어봐야 몇 척 되지 않았다. 북한의 공격에 초계함이 두 동강 나기 불과 1년 전이었다. 한반도 근해 해역의 초계 임무에도 구멍이 뚫리는 판국이니, 함대를 억지로 꾸려

보낸 것과 다르지 않아 보였다. 정치권 일부와 합동참모본부에서조차 비관론이 흘렀다. 해군들은 늘어난 해상 근무 일정에 제때 상륙하지 못했고, 정비가 시급한 소형 전투함들을 한계 상황까지 몰아서 바다에서 버티는 일정을 짜내야 했다. 그렇게 해서 국보급 전력을 빼내 이국의 해역까지 출동한 셈이었다.

이것은 또한 베트남전쟁 이후 한국군이 치르는 최초의 군사작전이었다. 30년 가까이 실전 경험 없는 해군이, 어린 시절부터 총을 쏘고 자란 해적들을 상대로 치러야 하는 실전이었다. 게다가 육군이나 공군의 지원 없이 오로지 해군 자체 전력으로만 해결해야 했다. 작전의 최종 승인은 국방부장관과 대통령의 몫이었으나, 구체적인 작전 계획은 해군이 감당할 몫으로 돌아왔다. 통상적으로 해외 파병부대는 3군 수뇌부의 최고위 기관인 합동참모본부에서 지휘하게 되어 있다. 그러나 이 작전은 한국군 최초로 해상에서 벌이게 될 전투였기에 세밀한 해양 작전 계획이 필요했다. 합동참모본부는 육군을 주력으로 구성되어 있으므로, 국방부장관 김관진은 해군 자체 내에서 전 작전을 지휘하도록 지휘권을 해군에 이양했다. 이 사실을 전달받은 합동참모본부 작전처장 정진섭 제독은 무거운 걸음으로 국방부를 빠져나갔다. 그는 관용차를 물리치고 국방부 정문까지 걸어나갔다. 얼굴을 휘감은 찬바람을 느끼지 못할 만큼 정진섭 제독은 근심에 빠졌다. 지휘권의 일임은 책임 소재 역시 해군 전체에 있음을 뜻했고, 해군 작전 사령부가 결국 이 일의 모든 책임을 지게 됐다. 김성찬 해군참모총장 휘하 황기철 해군작전사령관이 팀을 꾸렸다.

청해부대가 이역(異域) 바다로 떠난 지 1년이 조금 지난 2010년, 한국 외항선 한 척이 피랍됐다. 삼호해운의 원유 운반선 '삼호드림호'였다.

삼호해운은 1990년대 초반 부산 사람들이 일으킨 회사로, 화학제품 수송용 탱커선에 특화된 해운 업체였다. 대통령 표창을 받았으며 2,000만 불과 3,000만 불 수출의 탑도 수상했다. 2000년대에는 꽃길만 이어질 듯 보였으나, 조직의 흥망성쇠도 인생사와 같아 알 수 없었다. 이라크에서 2,000억 원 어치에 달하는 원유를 싣고 미국으로 가던 삼호드림호는 아덴만을 한참 지나 인도양으로 들어섰다. 그곳에서 돈줄을 노리던 소말리아 해적들이 원유 호송 선단의 배후를 쳤다. 해적의 활동 범위는 자국 연안에 그치지 않았고 미 해군 주도하의 다국적 연합해군함대의 방어망을 뚫었다. 아무리 몇십만 톤에 이르는 대형 선박이어도 바다 한복판에서는 모래알보다 작다. 해적들은 너울에 섞여 잘 보이지도 않을 작은 점을 표적으로 삼아 한 치 오차도 없이 들이닥쳤다. 단순한 해적이라 할 수 없었다. 연합해군함대 사령부는 발칵 뒤집혔다. 밖으로는 소말리아 해적을 두고 근거 없는 말들이 돌았다. 그들이 첨단 인공위성통신을 이용해 항로를 추적한다고도 했고, 사용하는 레이더나 GPS 장비들이 미국 이지스함 수준이라고도 했다. 소문은 소문을 낳아 외신을 통해 뿌려졌고 말은 부풀려져 퍼져나갔다.

다국적 연합군이라고는 하나 자국의 선박 보호가 최우선인 법이다. 헐거운 연합해군함대의 명령 체계는 단지 각기 다른 나라 해군 전투함들끼리의 협조를 위한 것일 뿐이었다. 한국 해군은 오만 해역에서 작전 수행 중이던 '충무공 이순신함'을 급히 출동시켰다. 함선은 단시간에 1,000킬로미터 이상을 전속 항해하여 피랍 유조선을 따라잡았고 무력 시위기동*을 시행했다. ……거기까지였다.

피랍된 배 위에는 한국과 필리핀 선원들 24명이 있었다. 정치권에서는 해군에 무력 진압 작전을 지시하지 못했다. 충무공 이순신함으로서는 최초의 해외 원양작전 중에 일어난 일이었고, 함대 안에 각종 미사일과 함포가 있었으나 포는 고사하고 총 한 번 쏴보지 못했다. 그사이 30만 톤급 유조선은 죽은 고래가 밧줄에 묶여 끌려가듯 소말리아 영해로 흘러들어 갔다.

'충무공 이순신함'은 해군에서 보유한 여러 구축함 중 한 척이 아니다. 12척의 함선으로 130여 척의 왜군 함선과 맞섰던 '충무공 이순신'의 이름을 딴 최신형 전투함으로, 시호까지 명명된 최초의 함이었고, 해군 최초의 함대 방공 구축함으로서 모든 해군의 자랑이었다. 그런 함정이 삼호드림호가 질질 끌려가는 모습을 2,000킬로미터 이상 따라가며 보기만 했다. 끌려가는 선박에 대한 구출 작

---

* 경고 방송 등을 통해 목표 함정과 안전거리를 유지하며 근거리까지 접근해 기동하는 것.

전을 포기하고 무기력하게 침로를 돌려나올 때, 한 무리의 갑판사관들이 함미의 헬리패드에 모여 배가 끌려가는 서쪽 해상을 향해 경례했다. 최신형 전투함을 가지고도 아무것도 하지 못했다는 자괴감이 함정 안에 가득했다. 함에 대한 자부심만큼 자괴감은 깊고도 컸을 것이다.

정부는 영국의 브로커들을 통해 인질 협상에 나섰다. 6개월간 지루하게 이어진 협상 끝에 1,000만 달러에 인질과 선박이 풀려났다. 11월 6일, 선박과 인질이 피랍된 지 217일 만이었다. 하루 유지비만 1,000만 원이 넘는 30만 톤급 유조선이 정비도 받지 못한 채 6개월이나 정박되어 있었으므로, 배는 엉망이었다. 그사이 선박 운용이 불가능해 발생한 기회비용 손실도 어마어마했다. 모든 걸 떠안은 삼호해운은 휘청거렸다. 청해부대 4진으로 인근 해역에 와 있던 왕건함이 해적들로부터 풀려나오는 삼호드림호를 공해상에서 맞아 호송했다. 사람 장사로 돈을 버는 해적들을 눈앞에 두고 아무것도 할 수 없는 수병들은 이를 갈았다. 그러나 정치적 결정 없이 해군이 할 수 있는 것은 아무것도 없었다.

그달 23일 북한의 무차별 포격으로 연평도는 불바다가 되었다. 해병들에게는 갑작스러운 기습이었고, 해병의 장비들은 북한의 초기 공격에 작동불능 상태에 빠졌다. 고장 난 K-9 자주포로 반격하던 해병 둘이 죽고 열여섯이 다쳤다. 민간인도 죽은 이가 둘에, 부상당한 이가 셋이었다. 천안함 격침으로 시작된 한 해가 소말리아 해적과 연평도 포격으로 끝이 난 셈이었다. 2010년은 해군과 해병대 모두에게 참혹한 해였다.

그로부터 두 달이 채 지나지 않은 새해 1월, 한국의 특수 화학물질 운반선 하나가 다시 소말리아 해적들에 의해 피랍됐다. 이번에도 삼호해운의 배였으며, 배의 이름은 '삼호주얼리호'였다. 해군은 물러설 곳이 없었다. 이번마저 물러서거나 사상자가 발생한다면 해군은 다시 참혹한 한 해를 보내야 했다. 수뇌부 모두가 구출작전에 매달렸다. 삼호해운도 마찬가지였다. 더는 보상금을 내줄 여력이 없었다. 더 이상의 사상자도 협상도 용납할 수 없었다.

석해균 선장

소말리아 해적은 삼호주얼리호를 끌고 귀환 중에 몽골 선박을 추가로 납치하려 했다. 삼호주얼리호가 피랍되고 사흘이 지난 1월 18일이었다. 최영함이 해적들의 자선(子船)을 포착했다. 함에서 소형 해상전투 헬리콥터인 링스(Lynx)* 헬리콥터가 바다 위로 날았다. 공중에서 해적들을 향한 위협사격이 가해지는 사이, 해군특수전여단(UDT) 요원들은 고속정으로 피랍된 선박에 접근했다. 교전 끝에 해적들은 백기를 들었다. 해적들의 흰 깃발을 확인한 요원들

---

* 영국 기업 웨스트랜드(Westland)에서 제작한 다목적 헬리콥터. 한국에서는 구축함을 기반으로 한 해군의 주력 해상작전용 헬리콥터로 사용되고 있다. 대잠수함 작전뿐 아니라 적 수상함정에 대한 수색 및 공격 임무까지도 수행한다.

이 배로 근접했을 때 총탄이 날아들었다. 항복을 가장한 교활한 속임수였다. 1차 진압 작전에 투입되었던 3명의 UDT 대원들이 준비된 해적의 화력방어선에 총상을 입었다. 검문검색 대장이었던 안병주 소령부터 부서졌다. 작전은 그 즉시 중단되었다.

적들을 위협하던 링스 헬리콥터가 부상당한 대원들을 싣고 육지로 날았다. 손바닥만 한 헬리콥터의 캐빈 바닥이 수병들의 피로 젖어들었다. 오만의 무스카트 대형 병원으로 곧장 가야 했으나 헬리콥터는 마시라섬 공군 비행장에 착륙했다. 작은 링스 헬리콥터의 연료 게이지는 그것만으로도 바닥을 쳤다. 이역만리 바다 위에서 싸우기에 충분한 전력이라 할 수 없었다.

피랍된 배의 선장은 고의적으로 선박의 항로를 지연시켰다. 침로를 바꾸며 지그재그로 운항했고 배의 엔진도 일부러 망가뜨렸다. 최영함이 선박을 따라잡을 수 있는 시간을 벌어주려 한 것인데, 말 그대로 목숨을 건 일이었다. 이 사실을 알게 된 해적들의 살기 어린 구타가 반복됐으나 선장은 버텼다. 전직 해군 부사관 출신이라는 선장은 도적들에 맞서 몸을 던져 시간을 벌었고, 그사이 해군은 다음을 준비했다. 본국으로부터의 직접 지원이나 근해에 배치되어 있는 연합해군으로부터의 전력 지원은 없었다. 최영함을 이끄는 조영주 함장은 피땀을 흘리며 고독한 싸움을 이어갔다.

사흘 뒤 새벽, 검푸른 공기 속으로 다시 총성이 울렸다. 2차 공격이었다. 교전은 5시간 가까이 이어졌다. 태양이 뜨고 하늘과 바다의 경계가 드러날 때가 되어서야 총성은 멈췄다. 여덟 명의 해적이 사살됐고 다섯 명은 산목숨으로 잡혔다. 21명의 한국인 선원들은 전원이 살아서 구출되었다. 다만 한 사람만은 살았으나 살았다고 할 수 없었다. 해군의 진압에 분노한 해적 하나가 석해균 선장을 향해 AK-48 총탄을 쏟아부었다. 여섯 발 이상의 총탄이 석 선장의 몸에 박히거나 몸을 뚫고 나갔다. 그중 세 발이 체간부를 관통했고 부서진 총탄의 파편이 대장과 간을 포함한 내장을 갈가리 부스러뜨렸다. 관통상을 당한 왼쪽 팔을 비롯해 양다리가 모두 으스러져 덜그럭거렸다. 사흘 전 대원들의 피를 머금고 하늘을 날았던 헬리콥터가 다시 선장을 실었다. 해군 의료진이 피가 뿜어져 올라오는 환부를 압박하며 비행에 나섰다. 미군 해군항공대의 도움을 받아 오만 살랄라의 왕립술탄카부스병원(Sultan Qaboos Hospital)으로 환자를 곧장 이송했다. 석 선장은 병원에 도착하자마자 1차 응급수술을 받아 가까스로 숨을 유지했다.

그는 피랍 선박의 선장이었으며 목숨을 걸고 작전을 도와준 전직 해군 간부였다. 작전에 핵심적으로 기여한 선장이 죽는다면 배를 되찾았다고 해도 그 빛을 잃을 것임이 분명했으므로 해군 지휘부는 그를 죽게 둘 수 없었다. 전투함에 군의관들이 있었으나 배 안에서 그를 살리기란 불가능했다. 자국의 육지에서라면 상급 병원의 도움을 받을 수 있다. 그러나 그들이 선 곳은 이역만리 낯선 바다, 낯선 땅이었다.

외교부와 보건복지부로부터 처음 연락을 받았을 때 나는 현지 해군 군의관들과 직접 교신을 시도했다. 회선은 한정되어 있었고 통화는 불가능했다. 내 손에 남은 것은 팩스뿐이었다. 아랍의 긴박함이 일정한 수신음과 함께 힘겹게 도착했다. 낯선 검사 결과지에 정재호 중위가 급히 휘갈겨 쓴 글씨가 갈라진 음성처럼 힘들게 전해졌다. 한겨울인데도 등에서 식은땀이 흘렀다. 검사 결과지가 말해주는 환자의 몸은 사선을 넘어가는 중이었다. 몸 사방에 탄공(彈孔, 총알구멍)이 생기고 내장은 파열됐으며 백혈구 수치는 위험 수위까지 떨어져 있었다. 혈소판 성분수혈을 계속 받고 있다는데도 수치는 5만 이하에서 올라오지 않았다. DIC가 확실했다.

밑 빠진 독. 우리는 DIC를 그렇게 표현한다. 중증외상으로 인한 신체적 스트레스가 일정 수준을 넘어가면 체내 응고기전과 용혈기전이 동시에 비정상적으로 활성화되고, 혈액 응고와 용혈이 빠른 속도로 반복된다. 혈액 내 모든 응고기전에 관여하는 인자들은 이렇게 악순환의 고리(viscious circle) 속에서 소모되고, 출혈성 합병증을 포함한 다발성 장기기능부전이 나타나면서 결국 사망에 이르는 치명적인 상황이다. 이 기능부전을 끊어주려면 발병 원인을 제거하는 수술적 치료에 정밀한 약물 치료 요법이 동반되어야 한다. 중증외상 환자 치료에 매우 숙달된 외과 의사들이 정성을 기울여야 그나마 생존의 희망을 볼 수 있다. 최선을 다해 치료해도 사망에 이를 가능성은 높고, 그 죽음에서 의사들은 무력함을 느낀다.

선장의 상태가 DIC라면 파병되어 있는 군의관들만으로는 힘에 부칠 것이 틀림없었다. 환자의 생명을 받쳐 버티게 해줄 장비들이 필요했다. 중장비와 같은 좋은 인공호흡기, 모니터와 정속수액 주입기, 체온조절기, 인공신장기를 비롯해 좋은 약제와 충분한 양의 혈액성분 수혈제제들이 있어야만 했다. 그 모든 게 다 갖춰졌다 해도 살아난다고 확신할 수도 없었다. 지금 이 상태라면 신체 부위가 썩어 들어가기 마련이고, 그 부위에 대한 추가 절제 수술과 적절한 배액술이 동반되지 않으면 상황은 종료된다.

그곳이 한국이 아닌 오만이라는 사실이 그나마 다행이었다. 손상 초기의 가장 큰 사망 원인은 출혈과 내장 파열로 인한 추가적 오염이므로 이를 막는 게 우선이었다. 왕립술탄카부스병원의 외과 의사들은 다국적 의료진으로 구성되어 있었고 다수가 영국에서 수련을 받았다. 헬리콥터를 통해 응급실로 이송된 선장을 신속하게 수술방으로 데리고 올라갔고, 빠른 속도로 데미지 콘트롤(Damage Control, 손실조절수술)*을 했다. 데미지 콘트롤은 수술적 치료를 끝까지 마치는 것을 의미하지 않는다. 환자가 제일 위험한 순간에 죽음의 고비를 넘도록 '급성기 수술'을 맡아 생명을 보전해주는 것, 안정화된 이후 완전한 재건수술이나 성형수술을 받을 수 있도록

---

* 원래는 군함에서의 응급처치를 가리키는 군사용어로, 의료에서는 구명을 목적으로 한 외상치료 전략을 가리키는 말이다. 소생 목적의 초회수술, 전신의 안정화를 꾀하는 집중치료, 회복·재건수술의 3요소로 이루어진다.

'발판'을 놓아주는 것이다. 그러나 이것은 초응급상황에 급한 불을 끄는 초기 대응일 뿐, 근본적 원인을 해결하는 수술이 뒤따르지 않으면 상황은 다시 악화된다. 선장의 상태는 1차 수술 후 2~3일을 지나며 다시 급격히 나빠졌다. 현지의 해군 의료진이 다급하게 보내는 지원 요청은 최영함의 무선 통신망을 타고 국방부와 외교부, 국토해양부를 거쳐 보건복지부에까지 재빠르게 퍼져나갔고, 그것은 힘들게 내게 도달했다.

기밀을 유지하며 기다려달라는 비공식 통보를 받았다. 연락은 국내 의료진 여럿에게 전달되었다. 정부에서 결정하면 국방부와 연결된 국내 의료 팀이 오만으로 파견될 것이다. 그것이 누가 될지는 알 수 없었다. 옆자리의 김지영은 곁다리로 듣는 듯하며 무심하게 말했다.

— 뭘 그렇게 신경을 쓰세요. 알아서들 하겠죠.

감사원 감사로 초주검이 된 지 얼마 지나지 않았을 때였다. 우리는 이미 내일을 모른 채 오늘을 버티고 있었다. 이 일에 발을 들이면 많은 것이 복잡해질 것이다. 그런데도 정경원과 장정문을 사무실로 불렀다. 오만에서 날아온 석 선장의 진료 기록과 검사지를 테이블 위에 펼쳤다. 정경원이 한참을 들여다보았다. 그의 입에서 탄식이 새어 나왔다. 장정문은 굳은 얼굴로 말없이 마른침을 삼켰다. 사무실 안의 고요를 깬 이는 정경원이었다.

— 상태가 정말 좋지 않네요. 거기서 치료하는 걸 도와주는 건

가요? 아니면 여기로 와서 우리가 치료해야 하나요?

— 아직 결정된 건 아니지만 우리가 가야 할지도 몰라. 이 사람이 목숨을 걸고 작전을 돕다가 다쳤어. 살든 죽든 이 사람을 데리고 돌아와야 해. 그게 포인트야. 이런 사람을 이역만리 타국에서 그냥 죽게 할 수는 없잖아.

— 그렇긴 하지만 환자가 긴 이송을 견딜지 걱정입니다. 환자를 어떻게 데리고 오실 생각이십니까?

정경원이 핵심을 짚었다. 환자의 이송 방법이 중요했다. 최영함에 환자를 싣고 올 수는 없다.

— 항공기로 데리고 와야겠지. 에어 앰뷸런스. 아니면 공군에도 항공기는 있을 테니까…….

조용히 듣고 있던 김지영이 작게 혼잣말을 했다.

— 한국에 에어 앰뷸런스가 있기는 한가? 캐나다에서 일할 때는 좀 봤는데…….

아득하고 막막한 적막이 흘렀다. 에어 앰뷸런스는 단순한 수송기와 다르다. 기체 내에 환자용 침상이 있고 인공호흡기와 각종 환자용 모니터, 심장제세동기와 간단한 수술 기구 등 각종 의료 장비가 갖춰진 비행기다. 국내에 있는지 없는지도 알 수 없었다. 김지영의 말 한마디가 한곳으로 쏠려가던 생각을 멈춰 세웠다. 결정된 것이 없는데 괜한 사람들을 잡아놓고 근심을 더하고 있었다. 바쁜 월요일 오전이었다. 각자 해야 할 일이 이미 산을 이루고도 남왔다. 우리가 갈 일은 없을 거라 팀원들을 다독였다. 그제야 다들 숨을 편히 내쉬었다. 머릿속에 솟는 잡념들을 애써 잠재웠다. 내게 닥친 일들을 우선해야 했다.

오후 3시쯤 환자 한 사람이 이송돼왔다. 간이 파열되고 내장이 으스러진 환자였다. 곧장 수술방으로 들어가 파열 부위를 간신히 수습하고 일부는 잘라내 달래놓았다. 뿜어져 나오는 피를 가까스로 잡아냈다. 배가 열려 있는 상태에서 특수 비닐로 몸을 감싼 후 환자를 중환자실로 들여보냈다. 응급수술을 하느라 먼 타국에서의 일은 잊어버렸다. 수술을 마치고 보호자와 이야기를 나눴다. 나는 지쳐 있었고 보호자는 걱정이 가득했다. 연달아 화이트 코트 세리머니(White Coat Ceremony)*가 있어 의과대학으로 향할 때, 김지영의 연락을 받았다. 정부 부처로부터 전화를 받았다고 했다. 서울의 대형 병원 중환자의학 전공 팀이 파견된다는 소식이었다. 김지영은 너무 신경 쓰지 말라는 당부도 덧붙였다. 어느 정도 예상했던 것이었다. 괜한 생각을 머릿속에서 털어버리고 예정된 일들에 집중하기로 했다. 수술 때문에 행사 장소에 뒤늦게 도착해 뒤편에 앉아 있다가 학생 몇 명에게 흰 가운을 입혀주고 청진기를 목에 걸어줬다. 학생들은 조금 상기된 얼굴이었다. 아직은 자신들이 입을 의

---

* 의과대학 5학년 학생들이 임상실습에 진입하면서 처음으로 의사 가운을 입게 되는 행사. 전문성과 청렴, 청결함 등을 의미하는 흰 가운을 전수받는 의식이다.

사 가운의 무게를 가늠할 수 없을 것이었다.

식을 마치고 영상의학과 김재근, 소화기내과 이기명 교수와 지하 식당에서 저녁밥을 먹었다. 낮 동안 처리하지 못한 행정적인 일이 밀려 있었다. 김지영을 식당으로 불러 합석시켜 정리해야 할 일들을 보고받았다. 김지영은 각종 업무들에 대해 알렸고, 오늘 밤까지 해야 할 일들을 환기시켰다. 그의 단호한 목소리는 마치 바다 건너 일에 더는 관여하지 말라는 것 같았다.

방향성

김재근과 이기명은 병원 내에서 의견을 나누고 배울 수 있는 몇 안되는 동료였다. 외상외과와 관련된 문제들에 있어서 두 사람의 말은 종종 우리가 나아가야 할 방향이 되었다. 김재근의 조언은 귀기울일 만한 것이었고, 이기명이 제시하는 방향은 명쾌했다. 이기명은 어려운 문제에 봉착해서도 길을 잃지 않았다. 그는 답이 당장 보이지 않아도 정확한 방향성을 가지고 나아가면 된다고 했다. 그렇지, 방향이다. 어쩌면 해답을 한 번에 구하려는 것은 우매한 노력일 것이다. 그 노력이 좌절에 빠져 헤매고 있을 때 이기명의 태도는 내게 늘 신선한 충격이었다.

대화는 늦도록 이어져 저녁 8시 반쯤이 되어서야 사무실로 돌아왔다. 해야 할 일들이 많았다. 사흘 후에는 윤한덕 중앙응급의료센터장과의 회의가 있었다. 그 회의 자료 작성이 먼저였다. 쉴 틈이 없었고 아덴만의 일들은 나로부터 떠난 것처럼 보였다. 나는 멀리에서 벌어진 일이 아니라 당장 눈앞의 일들을 처리해야 했다. 환자들만큼이나 행정 업무들은 매일 해일처럼 끝없이 몰려들었고, 회의 자료 말고도 봐야 할 서류들은 쌓여 있었다. 밤이 깊어가도록 쉴 틈 없이 밀린 일들을 처리하다 잠시 고개를 들었다. 창밖은 유난히 어둠이 짙었다. 바람에 창이 덜컹거렸다. 맑은 날은 유독 바람이 셌다. 옆에 있던 김지영이 몇 년 만의 강추위라고 알려주었다.

밤 11시쯤 자리를 비웠던 김지영이 콜을 해왔다. 김지영의 목소리는 숨 가빴다. 외교부에서 급하게 나를 찾는다고 했다. 연결된 전화기 너머로 외교부 사무관이라는 남자의 목소리가 귓속을 파고들었다. 피곤에 전 목소리였다. 아마도 수백 통의 전화에 시달렸을 것이고, 그 또한 전화를 수백 통 걸며 실시간으로 보고서를 만들어 상부에 올렸을 것이다. 사무관의 용건은 간단했다. '가기로 했던 의료진이 갈 수 없게 됐다, 누군가는 가야 한다, 당신이 가줄 수 있겠는가.' 정부와 해군의 입장에서 누군가는 가야만 했고 의료진 입장에서는 섣불리 가겠다고 나설 수 없었다. 석 선장은 언제 터질지 모르는 시한폭탄 같았다. 사무관은 지친 목소리로 나에게 확인하듯 물었다.

— 정말 거기까지 가주실 수 있겠습니까?

나는 대답 전에 우리 팀이 가게 된다면 그곳에서 겪게 될 일과 해야 할 일들에 대해 되물었다. 선장의 상태로는 의사들도 한 치 앞을 볼 수 없었다. 뭐라도 예상이 되어야 계획도 짤 수 있는 법이다. 사무관은 힘든 가운데서도 답을 해주었으나 그의 답은 선명하지 않았다. 이해는 됐으나 후송을 담당할 기체가 정해지지 않은 것은 큰 부담이었다. 나는 다시 물었다.

— 중환자가 아닌 경우는 대한항공기의 객실 의자를 개조해서 이송하는 경우가 있지만 이 정도의 중증외상 환자는 그마저도 쉽지 않을 겁니다. 인공생명유지장치가 엄청 많이 필요할 수 있습니다. 공군기체 중에 가용 자원이 있습니까? 공군에 허큘리스(Hercules)*라는 기체가 있을 텐데요.

대화를 주고받으면서 공허함이 밀려들었다. 환자의 숨이 붙어 있을 경우를 전제로 한 이야기였다. 조금만 더 나빠지면 운구(運柩)를 해야 할지도 모른다. 당연히 우리에게도 부담이었다. 병원 윗선에 허락을 구해야 하지만 승인 여부는 알 수 없었다. 무엇보다 기다릴 시간이 없었다. 해군 출신의 선장이 죽어가고 있었다. 나는 모르는 척할 수 없었다. 죽든 살든 그는 고국으로 와야 했다.

— 어쨌건 환자를 직접 봐야 어떻게 할지 알 수 있을 겁니다.

---

* 미국 기업 록히드마틴(Lockheed Martin)에서 제작한 네 발 터보프롭 엔진을 사용하는 고정익 수송기. 정식 제식 명칭은 C-130 허큘리스이다. 1950년대에 미국에서 시제기가 제작된 이래 뛰어난 안정성과 범용성을 바탕으로 영연방국가들과 한국과 같은 60여 개 서방 세계 국가의 공군을 대표하는 표준 수송 기체로 운용되고 있다.

내 대답에 사무관의 목소리가 좀 나아졌다. 전화를 끊자 텅 빈 사무실이 적막했다. 나는 성공 확률을 생각하지 않았다. 그를 데려오는 일, 그것만을 머리에 담았다.

오만

자정 넘어 급히 팀원들을 모았다. 전문의 정경원과 장정문, 응급의학과 전공의 윤정훈과 외상 코디네이터 김지영, 응급구조사 강찬숙, 작년에 합류한 전담간호사 백숙자, 송서영을 포함해 나까지 모두 여덟 명이 사무실에 모였다. 아주대학교병원에서 내가 직접 움직일 수 있는 외상외과 인력의 전부였다. 단출했다. 분위기가 무겁게 가라앉았다. 방향은 정해졌다. 다른 것은 생각하지 않기로 했다. 정경원과 김지영이 나와 함께 오만 현지로 가기로 했고, 중환자실에 가득 찬 환자들과 새로 몰려올 환자들은 장정문이 맡기로 했다. 장정문은 전공의 한 명, 응급구조사 한 명, 그리고 전담간호사 두 명만을 데리고, 얼마나 걸릴지 모르는 기간을 혼자 견뎌야 한다. 모든 것이 불확실한 상황에서 장정문에게 큰 부담일 것이었다. 그러나 다른 방법이 없었다. 회의를 끝내고 외교부 사무관에게 다시 전화를 걸었다. 마지막으로 부탁할 것이 있었다.

— 저, 내일 함께 갈 의사가 여권이 없습니다.

정경원은 지난 1년간 집에 단 네 차례 다녀왔을 뿐이다. 집에도 가지 못한 사람이 여권을 따로 만들 리 없었다. 외교부 사무관은 기가 막힌 듯 한숨을 내쉬었다. 임시방편으로 우리가 증명사진을 찍어 보내면 단수 여권을 준비해주기로 했다. 사무관의 지시대로 병원 사무실 흰 벽 앞에 서서 찍은 정경원의 사진을 메일로 전송했다.

윤한덕에게 전화를 걸었다. 윤한덕과의 회의에 필요한 자료는 마무리하지 못할 것이었다. 나는 상황 설명을 하고 양해를 구했다. 윤한덕과 최악의 상황에 대해 이야기했다. 그는 진심으로 내 처지를 걱정했다. 잘못되면 나는 물론이거니와 우리 팀도 온전하지 못할 것임을 알고 있었다. 정경원까지 걱정해주는 그 마음이 고마웠다.

나는 항상 부산대학교병원이 세우는 외상센터를 국내 외상외과의 마지막 보루라고 여겼다. 아주대학교병원에서 외상외과가 사라져도 정부에서 정책적으로 운영에 관여하는 지역 거점 국립대학병원이기에 이 일을 점차 맡아갈 거라고 생각했다. 그 선두에는 부산대학교병원이 있고, 그곳에 정경원이나 장정문이 근무할 자리를 마련할 수 있다고 믿었다. 김지영은 캐나다로 돌아간다는 말을 자주 했다. 캐나다 간호사 면허 유지를 위해 연간 회비를 수백 달러씩 낸다며 웃곤 했다. 김지영은 그것을 일종의 '백업플랜(back up plan)'이라고 불렀다. 그 사실이 내게는 큰 위안이었다. 나머지 간호사와 응급구조사는 병원 내 타 부서에서 환영받을 것이다. 워낙 뛰어난 인력들이므로 어느 부서에 전환 배치되어도 문제가 없었다. 문제는 나였다.

　떨어지는 칼날은 잡지 않는 법이다. 석 선장은 무겁게 떨어지는 칼날이었다. 환자의 상태가 극도로 나쁠 때 의사들은 섣불리 나서지 않는다. 환자가 살아나도 공은 제 몫이 되지 않고, 환자가 명을 달리하면 그 책임은 마지막까지 환자를 붙들고 있던 의사가 오롯이 져야 한다. 그것이 이 바닥의 오랜 진리다. 석 선장이 살 가능성은 희박했고, 최악의 경우 내가 져야 할 책임은 상상 이상의 것이었다.

　2010년 말을 지나며 전해 들은 보건복지부 내의 기류로는 중증외상센터 건립 사업이 다시 추진되기란 힘들어 보였다. 병원 내부에서는 더 이상의 추진 동력을 끌어낼 수가 없었고, 병원 밖인 학회나 정부 정책은 어디로 가는지 알 수 없었다. 오직 시간이 지나면 모든 게 가망 없이 끝난다는 사실만이 분명했다. 나는 비를 맞으며 혼자 길바닥에 선 것 같았다. 처마 없는 곳에서 우산 하나 없이 아무리 몸을 웅크려봐야 소용없는 일이다. 시간이 지나면 모두 젖어들 것이다. 홀로 빗길에 떨며 서 있으니 세찬 폭풍우 한번 겪고 끝내는 것이 나았다. 어차피 이미 젖은 몸이기도 했다. 오만에 가기로 결정하고 나는 오랜만에 웃었다. 최악의 상황을 맞더라도 마지막으로 좋은 일을 하러 가는 셈 치자며 팀원들을 다독였다. 내 말에 누구도 웃지 못했다. 어쩌면 그들에게 나는 배를 버리려는 선장처럼 보였을지도 모를 일이다.

밤사이 병원 안팎의 몇몇 사람들에게 출국 사실을 전하고 필요한 사항을 부탁했다. 반응은 좋지 않았다. 오만은 너무 멀었고 가능한 움직임의 폭은 좁았다. 지켜보는 눈이 많았다. 결과가 안 좋으면 치명적일 수 있다는 의견이 쏟아졌다. 병원 윗선에서는 불같이 화를 쏟아냈다. 사전에 허락을 구하지 않고 저지른 일이었으므로 그 분노를 이해했다. 허 위원은 바로 얼마 전에 감사원의 지적으로 치명타를 맞았음을 상기시켰다. 그러고도 또다시 끔찍한 논란에 휘말리려 하는 것인지 내게 물었다. 난 제대로 대답하지 못했다. 이미 되돌릴 수 없고 되돌릴 생각도 없다는 사실만이 분명했다.

외교부에서 보안상 기밀을 유지해달라고 했으나 석 선장이 살아서 돌아와 수술을 받을 경우를 대비해 사전 준비는 필요했다. 병원의 주요 보직교수들과 마취과, 정형외과 등의 주임교수들에게는 미리 상황을 알려두었다. 아침 일찍 응급의학과의 민영기와 진단검사의학과의 임영애 교수를 직접 찾아갔다. 민영기에게는 응급중환자실을 하나 빼놓아달라고 부탁했고, 임영애에게는 환자의 성분수혈을 미리 준비해달라고 부탁했다. 내가 돌아오는 시기는 구정 연휴와 겹칠 가능성이 있었다. 그렇게 된다면 경기도 혈액원의 지원이 원활하지 않으리라 생각했다. 그 경우 우리 병원에서 자체로 운영하는 혈액은행의 보유 물량만으로 막대한 양의 성분수혈 수요를 감당해야 했다.

오만으로 출발하던 날, 보안상 문제로 내게는 함구령이 떨어졌으므로 휴대전화기를 연구실에 놓고 병원을 빠져나갔다. 인천공항으로 가는 버스 안에서 김지영은 외교부로부터 연락을 받았다. 그들은 세부 일정과 현지에 먼저 가 있는 신속대응 팀의 명단과 연락처를 알려주었다. 공항에서 석 선장의 부인과 아들을 만날 수 있었지만 많은 말을 하지는 않았다. 내가 할 수 있는 말은 최선을 다하겠다는 것뿐이었다.

에미레이트항공의 A380이 인천공항 활주로를 달리기 시작했다. 잠깐의 진동 후 기체는 하늘을 향해 떠올랐다. 상공에 진입하며 기내 조명이 꺼지자 천장의 실내장식이 반짝였다. 작지만 휘도(輝度)와 명도가 좋은 LED 등을 잔뜩 배치한 것 같았다. 통상적으로 보잉이나 에어버스 기종에서는 볼 수 없는 내부 장식이었다. 나는 한참을 천장을 올려 보다가 환자 상태가 기록된 파일을 들춰보았다. 극도로 나쁜 결과 수치들이 머릿속을 헤집었다. 환자는 얼마 견디지 못할 것이다. 고개를 돌리니 정경원은 성경을 읽었고 김지영은 항공편 일정 및 연락처들에 관련된 제반사항을 체크 리스트를 만들어가며 점검하고 있었다. 나는 다시 석 선장의 검사 기록지로 눈을 돌렸다. 긴 비행에도 좀처럼 잠을 잘 수 없을 것만 같았다.

석 선장이 있는 곳은 멀었다. 우리는 두바이로, 두바이에서 오만의 무스카트로, 무스카트에서 살랄라로 수차례 비행기를 갈아타며 간신히 그가 있는 곳으로 향했다. 건조한 대지의 이국적 풍경이 기체 밖으로 펼쳐졌다.

이역의 환자

복잡한 경로를 거쳐 왕립술탄카부스병원에 도착했을 때, 한국 취재진이 몰려와 있었다. 당황스러웠다. 보안이라고 해서 휴대전화기까지 두고 왔는데 우리가 오만으로 간다는 사실을 알 만한 이들은 이미 알고 있었던 셈이다. 정부 부처 간 의견이 엇갈린 것이라고 생각했다. 부처 간 이견이 생기면 비공개 사안이 공개되기도 하고, 반대의 경우도 생긴다고 들었다. 결국 녹아나는 것은 실무자들이다. 병원 뒷문 앞에서 해군 군의관 정재호 중위가 나를 맞았다. 정재호는 자신의 피를 뽑아 혈소판을 걸러 석 선장에게 수혈하며 그의 숨을 연장시켜놓았다. 내가 한국에서 받았던 대부분의 검사 결과는 그가 취합해서 보낸 것이었다. 정재호는 나를 보자마자 인사를 마치고 급하게 말했다.

— 환자 상태가 상당히 좋지 않습니다. 괴사성 근막염(necrotizing fasciitis)이 오고 있습니다.

— 빨리 ICU(Intensive Care Unit)* 로 가죠.

걸음을 서두르며 정재호에게서 그간의 상황을 좀 더 자세히 들었다. 병원 복도에 우리의 다급한 발소리와 긴장된 말들이 뒤섞여

---

* 병원 내의 일정한 구역에 설치한 중환자 특수치료시설.

울렸다. 정재호에 따르면 지금까지 외부 지원은 전혀 없었다. 환자뿐 아니라 의료진도 고립된 것이나 마찬가지였다. 항구를 떠나는 순간 고독한 섬처럼 바다에 포위되는 건 해군의 숙명인 모양이었다.

ICU에 도착해 환자를 처음 보았다. 환자는 의식이 없었다. 팔과 다리 여러 곳에 관통 손상이 있었고, 골절된 부분은 아직 총탄이 박혀 있는 채로 임시 봉합해둔 상태였다. 무엇보다도 치명적인 탄공이 복부에만 세 곳이나 있었으며 총알이 박힌 구멍에서는 고름이 흘러나왔다. 몸통 전체가 시뻘건 벽돌처럼 보였고 부패된 사체처럼 부풀어 올라 있었다. 혈액검사 지표는 한국에서 받은 결과보다도 더 나빠져서 최악으로 치닫고 있었다. 인공호흡기에서 보이는 지표들은 기관 내 압력이 비정상적으로 상승하고 있음을 나타냈다. 이미 전신으로 퍼진 합병증에 환자가 더는 견디기 힘들어 보였다. 심한 괴사성 근막염이 위로는 액와부(겨드랑이 부분)에 이르고 아래로는 서혜부(아랫배와 접한 대퇴부의 주변)를 넘어서고 있었다. 이런 상태로는 얼마 견디지 못한다.

왕립술탄카부스병원의 외과 의사들은 2차 수술을 이야기했다. 나는 진행하자고 했다. 근치수술**을 하기에는 환자 상태가 너무 나빠서, 일단 괴사성 근막염에 대한 괴사 조직 제거와 배액술만 해

** 병이 난 부분을 완전히 절제해 없애버리는 수술을 말한다.

서 급한 불을 꺼보기로 했다. 다른 방법이 없었다. 나는 오만에 도착하자마자 맞닥뜨린 위기 상황에서 교과서적인 원칙을 계속 생각하려고 애썼다. 주위 분위기에 잘못 휩쓸리는 순간 환자는 허무하게 생명을 잃을 것이고, 그렇게 되면 우리 또한 갈 길을 잃는다. 나는 끊임없이 원칙을 생각했다.

2차 수술을 간신히 마치고 나와서야 병원이 눈에 들어왔다. 오만의 병원은 처음에는 허름해 보였지만, 이내 영국 병원의 형태로 잘 정리된 환자 진료 구획이 눈에 띄었다. 중환자실 장비도 훌륭했다. 당시 한국에서는 아직 대중화되기 전인, 다국적 대기업들의 좋은 의료 장비들도 잘 비치되어 있었다. 무엇보다 병원에 살다시피 해야 하는 외과 의사들에게 필요한 연구실과 당직실 시설이 좋았다. 영미권 선진국의 외상센터 구조를 그대로 갖추고 있었다. 그러나 세부적으로는 중증외상 환자에게 다양하게 사용할 수 있는 특수 약물들이 적었다. 무엇보다 성분수혈을 충분히 해줄 혈액 수급이 어려웠다. 아랍 국가들은 사회적인 분위기로 인해 수혈 문화가 발전하지 않았다고 현지 의사가 알려주었다. 중요한 문제였다. 이것은 한국에서처럼 충분한 양의 성분수혈 제제와 약제를 쏟아부으면서 수술을 진행할 수 없다는 의미였고, DIC로 인한 악순환의 고리를 끊기가 쉽지 않다는 뜻이었다.

2차 수술이 끝나고 잠시 호전 국면을 보이는 듯했던 선장의 상태는 하루를 버티지 못하고 나빠졌다. 이제는 정말 큰 근치수술에 들어가야 하는데 혈액 공급이 어려운 그곳에서는 불가능했다. 오만의 의료진은 한국에서부터 쏟아져 들어오는 전화 문의에 점차 지쳐가고 있었다. 게다가 수술 후 이틀이 지나면서 선장의 상태는 다시 극도로 악화일로를 걸었다. 진단검사의학과에서 올라오는 각종 보고서는 항생제 내성균주들까지 출현하고 있음을 알렸다. 여기서 더 시간을 끌 수는 없었다.

나는 환자의 상태와 장거리 이송계획에 대해 의료진 여럿과 상의했다. 시기를 놓치면 환자는 한국 땅에 시신으로 돌아가게 될 것이다. 내가 아는 한 에어 앰뷸런스에서 환자를 치료하면서 이송하는 데 쓸 수 있는 장비는 한계가 있다. 전신 염증 반응으로 인해 폐 기능과 신장 기능까지 더 악화되면 어쩔 수 없이 ECMO나 CRRT(Continuous Renal Replacement Therapy, 지속적 신대체 요법)*장비까지 사용해야 한다. 그 시점이 오면 이송 자체가 어려워질 것이고, 환자의 생존율은 극도로 낮아질 것이다.

오만 대사가 외교부 신속대응 팀과 우리에게 저녁식사를 대접하겠다고 나섰다. 우리는 마음이 타들어가고 있어 밥을 먹을 상황이 아니었으므로 신속대응 팀만 움직이기로 했다. 나는 잠시 중환자실 밖으로 나와 병원 복도 바닥에 주저앉았다. 머리가 아파왔다. 환자는 죽어가고 있었다. 너덜거리며 짓이겨진 상처에 하루에 몇

---

* 손상된 신장의 기능을 24시간 대체해주는 치료법.

번씩 거즈를 갈아 붙여도 고름은 쉴 새 없이 침상을 적셨다. 죽은 생선이 썩어갈 때 나는 비린내가 주위에 진동했다. 수술을 하는 외과 의사들은 그 냄새의 정체를 안다. 그것은 죽음의 냄새다. 시시 각각 덮쳐오는 죽음을 막아설 방도가 보이지 않았다.

지나가던 오만 현지인이 오렌지 주스 캔을 내밀었다. 말은 통하지 않아도 내게 마시라고 하는 것은 알았다. 캔을 받아서 한 모금을 넘겼다. 목을 넘어가는 달콤한 과일 음료향에 정신을 차렸다. 낯선 오만인의 호의가 고마웠다. 삼호해운의 김후재가 다가와 나처럼 복도 바닥에 앉았다. 그는 창밖을 초점 없이 응시하며 독백처럼 말했다. 석 선장이 선박 감독관으로 있다가 갑자기 선장을 맡게 되어 출항하게 된 배경, 석 선장이 평소에도 대쪽이어서 심하게 저항한 이유를 이해한다는 등 자신이 알고 있는 것들을 한참 이야기했다. 그 끝에 석 선장은 훌륭한 사람이기에 반드시 데리고 돌아가고 싶다는 말도 했다.

나는 이제 결정해야 했다. 눈앞의 선택지는 둘뿐이었다. 이곳에서 죽기를 기다리든지, 아니면 큰 위험을 감수하더라도 한국으로 이송해 큰 수술 판을 벌이는 것이다. 어차피 끝날 판이라면 마지막으로 모든 걸 다 걸고 해보는 것도 나쁘지 않을 것이다. 다만 환자를 이송하는 과정이 얼마나 힘들지 가늠하기조차 힘들었다. 두개골이 욱신거렸다. 무사히 살아서 한국에 도착하더라도 남아 있는 수술들의 부담은 크다. 수술이 잘 끝난다고 해도 환자의 생존을 보

장할 수 없고, 한국으로 돌아간다고 해도 상황이 최악이라는 사실
은 변함없다……. 나는 다시 교과서적인 치료 원칙들을 입으로 중
얼거렸다. 내가 정신을 놓으려 할 때면 정경원이 곁에서 그 치료
원칙에 대해 말을 이었다. 김지영은 한순간도 놓치지 않고 필요한
것들을 챙겼다. 정경원과 김지영은 나처럼 흔들리지 않았다.

에어 앰뷸런스

한국으로 돌아가는 방법은 단 하나였다. 죽어가는 선장의 숨을 붙
여 데리고 돌아가야 하므로 에어 앰뷸런스가 필요했다. 그러나 에
어 앰뷸런스는 쉽게 찾을 수 있는 게 아니다. 찾는다고 해도 기체
가 환자를 싣고 하늘을 날아 돌아오기까지의 과정은 몹시 복잡하
다. 기체를 운영하는 회사와의 계약은 필수이고, 단 한 번의 이용
비는 몹시 비쌀 것이다. 우리가 처한 모든 상황이 '불가능'을 가리
키고 있었다. 그러나 그것 말고 다른 방법이 내게는 없었다.

　김지영은 전화기에 매달려 에어 앰뷸런스를 운영하는 다국적
기업들과 계속 접촉했다. 통화와 통화 끝에 마침내 독일계 에어 앰
뷸런스를 찾아냈다. 비행기는 두바이에 있었다. 아프리카에서 들
어온 응급환자 일정으로 대기 중이라고 했다. 1시간 내로 계약 여
부를 결정하지 않으면 아프리카 동부 아디스아바바(Addis Ababa)
로 출동할 것이라고 알려왔다. 파견 나와 있던 외교부와 국토해양
부 관계자들과 상의했으나 다들 본국으로부터 승인을 받아야 한

다고 했다. 오만 현지 시각은 밤 9시, 서울은 새벽 2시를 넘어가고 있었다. 1시간 내 연락은 고사하고 본국과 연락도 잘 되지 않았다.

상황이 훤히 보이는 듯했다. 현장에서 취합된 정보는 아침에 출근한 담당 사무관이 공문이나 보고서 형식으로 작성할 것이다. 해당 부처 과장들에게 보고될 것이고 세부 사항에 대한 교정과 첨삭이 이어질 것이다. 그 와중에 미리 예정되어 있던 중요한 회의와 보고들이 이어지면 아침 시간은 다 흘러간다. 오찬을 겸해 회의 등이 이어지고, 거기에서도 역시 국가의 중요한 외교적 현안이 다루어질 것이다. 회의 자리를 파하고 급하게 떨어진 업무 몇 가지를 처리한 후 다시 보고서를 수정해서 국장 내지는 실장에게 보고한다. 보고서를 작성하려면 이런 저런 내용에 대한 파악이 필요하니 현지에 나와 있는 신속대응 팀이 나와 많은 대화를 하려 할 것이고, 시간은 또 그렇게 흘러간다. 그러다 보면 국장이 보고받는 시간은 퇴근 시점에 가까운 때가 될 테고 국장은 다음 날 관계 부처 회의 일정을 잡으라고 지시할 것이다. 결국 환자의 송환을 위한 첫 관계 부처 회의가 이루어지는 시점은 지금으로부터 빨라야 이틀 뒤가 될 것이다. 물론 시차의 영향도 무시할 수는 없다. 거기다 아무리 대승적인 용감한 행위를 하다가 다쳤다고는 하나, 외국에서 죽어가는 자국민에 대해 앞으로도 계속 이렇게 정부가 나서서 생환 비용을 지출해야 하는가를 두고 고민해야 한다는 정부 내 희미한 의견들만이 흘러왔다. 국민 여론 수렴은 못해도, 최소한 외교통상위원회 소속 국회 의원실과 교감하며 이런 과정을 만들어가자면 적어도 몇 달은 걸릴 것이다.

앞으로 벌어질 상황들이 머릿속을 빠르게 스쳐 지나갔다. 며칠 내에 환자는 죽고 모든 것이 쑥대밭이 될 참이었다. 책임 소재 추궁만을 떠안은 상황에서 타국의 중환자실 스테이션에 쭈그리고 앉아, 한국의 의료법 양식에 맞춰 환자의 사망진단서를 쓰고 있는 내 모습이 떠올랐다. 나와 정경원과 김지영은 패잔병들처럼 다시 아주대학교병원으로 기어들어가게 될 것이고, 상황이 꼬여가는 정도에 따라 정경원은 부산대학교병원으로, 김지영은 캐나다로 가게 될 것이다. 그것도 나쁘지는 않았다. 그러나 그런 식으로 상황이 종료되면 석 선장과 해군과 삼호해운에 미안하다는 생각이 들었다. 관계 부처는 결국 의견을 주지 않았고, 에어 앰뷸런스는 아프리카로 날아가버렸다. 남미와 아프리카에 무슨 변고라도 있는 것인지 유럽발 에어 앰뷸런스들은 모두 바빴다. 배 속 깊이 쓰라림이 올라왔다. 거죽 밑으로 번지는 마른 기운이 몸속의 물기를 앗아가고 있었다. 우리는 절박하고 절박한데 그 절박함이 어디에도 가 닿지 않아 처참하기만 했다.

김지영은 스위스의 에어 앰뷸런스 회사인 레가(Rega)로부터 챌린저(Challenger) 604 기종을 확보하려고 애썼다. 수백억 원에 이르는 비행기였고 수억 원이 투입될 이송 절차였지만, 우리는 민간인이었고 계약에 필요한 비용도 준비되지 않았다. 그런 채로 비행기부터 알아보고 있었으므로 우리 말을 들어줄 외국 회사는 없었다. 절차상 맞는 일도 아니었다. 김지영은 위험천만한 도박을 했다. 그는 우리가 한국 대통령 직속으로 움직이는 정부 요원인 양 말했다. 외교부에서는 대통령이 우리를 위해 기도하고 있다고는 했으나, 나중에 일이 잘못될 경우 정부가 이해해주리라 생각하지 않았다. 정부의 실체는 사막의 모래바람 같아서 보이지 않는다. 그러나 지금 앞뒤를 따지면 할 수 있는 것이 아무것도 없었다. 우리는 급박했고 에어 앰뷸런스를 잡아야 했다. 이 비행기마저 보내버리면 정말 끝이었다. 다음으로 가능한 비행기가 이 근방에 언제 준비될지 기약할 수 없었다. 정부 부처가 협의하여 이 일에 대해 입장을 정리하는 데는 아득한 시간이 필요할 것이다. 시간 소요를 떠나 전례가 없고 많은 부처가 혼재되어 있는 이 상황은 정리 자체가 어렵다. 나는 이미 여러 정부 부처가 얽혀들어 시간만 보내고 정작 문제는 해결되지 못하고 공중에 떠버리는 상황을 수없이 보아왔다. 삼호해운 또한 연이어 대형 유조선이 피랍됐고 그로 인해 회사의 존망 자체가 흔들리고 있었으므로, 더 이상의 지원을 기대하기는 어려웠다. 그때 내게 분명했던 것은, 석 선장을 데리고 돌아가려면 '누군가 책임을 져야 한다'라는 것과 '그 어디에도 책임을 져줄 존재가 없다'라는 사실이었다.

어차피 이 오만행의 책임은 내게 있었으므로 어떻게든 이 상황을 돌파하는 장본인도 나여야 했다. 직접 비행기 회사와 접촉했다.

레가의 에어 앰뷸런스 한 대가 두바이에 대기 중이었다. 남미로 출동할 예정이었으나 환자가 사망해 스위스로 돌아갈 참이라고 했다. 레가 측에서는 그 에어 앰뷸런스를 보내줄 수는 있지만 기체를 우리에게 배정하는 것에 필요한 '신용'을 요구했다. 당연한 요구였다. 소속된 기관에서 지급 보증을 해주거나, 내가 직접 일부 계약금이라도 납부하는 것을 조건으로 내걸었다. 두 조건 중 하나는 무조건 2시간 내로 해결되어야 했다.

지급 보증. 결국 문제는 '돈'이었다. 그것을 아주대학교병원에 요청할 수는 없었다. 석 선장 때문에 오만에 가야 한다고 병원에 말했을 때 윗선의 화는 불같았고, 그들은 내가 어디에서 월급 받는 사람인지를 일깨워줬다. 나는 병원에 아무것도 기대하지 않았고 기대할 수 없었으며, 기대해서는 안 됐다. 결국 내가 지급 보증을 하겠다고 답했다. 개인 자격이 아니라 대한민국 정부와 아주대학교병원을 대표해서 하는 것이니 걱정할 필요 없다는 허황된 거짓말을 섞었다. 일이 잘못될 경우 모든 책임은 치명적인 칼날이 되어 나를 내리칠 것이다. 그것을 모르지 않았으나 별다른 방책이 떠오르지 않았다.

잠시 후 상단의 일부 글자들이 뭉개진 여러 장의 서류가 팩스로 도착했다. 당장 계약금을 내지 않아도 된다는 것과 나중에 진행될 지급에 대한 보증을 위해 서명하라는 내용이 담겨 있었다. 당장 계약금을 지불하지 않아도 된다는 점이 의아했으나 나로서는 고마운 일이었다. 거기에 대해 나는 더 깊이 생각하지 않았다. 뭉개진 글자와 뭉개져버린 내 인생과 이제 더 큰 사고를 쳐서 완전히 뭉개져버릴 수도 있는 내 인생을 교차해서 생각했다. 서명란에 내 이름을 쓸 때 소속란을 보았다. 아무것도 조율되지 않은 상태에서 나는 그곳에 어떤 이름도 써넣을 수 없었다. 그곳은 공란(空欄)으로 남겼다.

나는 머리를 두드리며 중요한 것이 무엇인지 집중해보려 애썼다. 수많은 생각들을 걷어냈을 때 남는 것은 하나였다. '에어 앰뷸런스가 없으면 석 선장의 생환은 불가능하다.' 내가 사인한 팩스를 보내려는데 김지영과 김후재가 막아섰다. 김후재가 내 팔을 잡았다.

— 교수님, 이건 아닙니다. 이렇게까지 하시는 건 아니지요. 이건 교수님이 책임질 사안이 아닙니다.

김지영이 내 손에서 서류뭉치를 낚아채 그대로 찢어버렸다. 나는 소리쳤다.

— 김 선생, 뭐 해!

— 교수님 월급으로는 갚지도 못할 돈이에요. 미쳤어요? 일 잘못되면 교수님만 죽어요. 아니 우리만 다 죽어요. 사람이 좀 물러설 줄도 알아야지 말이야!

서류는 김지영의 손에서 여러 차례 잘게 찢겨나갔다. 김지영은 서류에 한풀이를 하듯 찢고 또 찢었다. 종이다발이 찢겨나가는 소리가 호텔 로비까지 울려 퍼지는 것 같았다. 찢겨 나간 서류에는 에어 앰뷸런스 사용 금액 'US $380,000'가 선명하게 찍혀 있었다. 4억 원이 훌쩍 넘는 돈이었다. 나는 그 액수의 무게가 얼마큼인지 생각하지 않았다. 레가가 나의 거짓말에 속은 것인지 편의를 봐주려는 것인지 알 수 없으나 30퍼센트의 선금도, 정부나 회사의 지급 보증도 없이 2시간 내로 결정만 해주면 살랄라공항으로 비행기를 보내준다는 것이 그저 신기했다.

한국에도 군이나 정부 기관에 챌린저 604급 또는 그 이상의 기체가 있다. 그 많은 비행기들을 왜 가용하기가 힘든지 나는 이해할 수 없었다. 그러나 그런 것들을 생각할 겨를은 없었다. 이미 외교부에서는 그 기관들에 협조 공문을 보내고 회의를 소집하는 데만도 한 달은 더 걸릴 것이라고 전해왔다. 시간이 없었고 피가 말라붙는 것 같았다. 외교부와 국토해양부를 비롯한 모든 정부 부처와 협의도 없이 이렇게 진행해도 되는지는 알 수 없었다. 스위스 비행기가 살랄라공항까지 왔다가, 정부의 어느 한 부처에서 송환 시점에 대한 반대 의견이라도 내면 다시 비행기가 돌아가게 될 수도 있었다. 그렇다고 해도 기체 사용료는 지불해야 할 것이다. 그 경우발생하는 막대한 비용을 어찌할지는 생각조차 하기 싫었다. 나는 애써 생각을 지우고 또 지웠다.

치명적인 선택

팩스는 끝내 레가로 보내졌다. 김지영이 사인된 서류를 모두 찢어 버렸으나 난 다시 서류를 받아서 그들 모르게 사인했고, 그대로 보냈다. 돌이킬 수 없었다. 이 사실을 몰랐던 김지영, 정경원과 김후 재는 망연자실한 표정으로 머리를 감싸 쥐고 낙담했다. 나는 그런 그들을 불러 모아 방금 전 사인한 서류를 팩스로 레가에 보냈음을 알렸다. 내 말이 끝나기도 전에 김지영은 일어나 나가버렸다. 정경 원은 침통한 얼굴로 물었다.

― 환자를 이렇게라도 데리고 가는 건 맞습니다. 하지만 결과 가 나쁘면 그 책임을 다 교수님께 씌우려 할 겁니다. 지금이라도 빠지는 게 낫지 않겠습니까?

정경원은 웬만하면 이렇게 얘기할 사람이 아니다. 나와 달리 정의롭고 굳건한 사람이 이런 말을 할 정도라면, 상황이 심각하기 는 심각했다. 나는 그에게 되물었다.

― 당신이 보기에 석 선장이 얼마나 버틸 것 같아?

― …….

― 정부 부처 간에 차분하게 조율해서 비행기를 띄울 시점까지 석 선장이 살아 있을 확률이 얼마나 될까?

정경원은 계속 말이 없었다. 나는 고개를 돌려 김후재에게 물었다.

― 그럼 삼호해운에서 몇 시간 이내에 앰뷸런스 비행기를 끌어

올 가능성이 있나요?

김후재는 삼호해운 본사의 내부 사정을 빤히 알았다. 회사는 그럴 만한 여력이 없었다. 김후재 역시 대답하지 못했다. 나는 대답 없는 둘에게 말했다.

— 어차피 우리가 사막 한복판까지 오게 된 건 문제를 해결하기 위해서입니다. 이 꼬인 상황을 해결하기 위해서는 어떻게 해서든 끌고 갈 수밖에 없어요. 만약 최악으로 깨진다고 하더라도 할 수 없는 일입니다. 에어 앰뷸런스를 못 구해서 선장이 여기에서 죽어도 내가 엿 먹는 건 마찬가집니다. 계약서는 이미 보냈고, 돌이킬 수 없어요. 이제 에어 앰뷸런스를 타고 돌아갈 수 있도록 만반의 준비를 하는 게 우리가 해야 할 일이에요.

둘은 여전히 말이 없었고 표정은 심각했다. 나 역시 말은 그렇게 했으나 머릿속은 복잡했다. 돈 문제 외에도 해결해야 할 문제가 많았다. 병원에서 살랄라공항까지는 어떻게 갈 것인가, 한국의 어느 공항으로 들어갈 것인가, 공항에서 아주대학교병원까지는 어떻게 갈 것인가……. 모든 것이 아득했다. 인천공항은 아주대학교병원에서 너무 멀었다. 수원에는 공군 제10전투비행단이 있지만 타고 갈 비행기 기종은 봄바디어(Bombardier)사에서 제작한 챌린저 604였다. 이런 민간 항공기가 수원비행장에 착륙이 가능한지도 알 수 없었다. 그때 김지영이 갑자기 전화기를 들고 나타났다.

— 교수님, 허 위원님과 전화 연결됐어요. 여기 사정을 얘기하

고 도와달라고 했어요. 곧 다시 전화 주신댔어요.

오만 현지 시간으로 밤 11시, 한국은 새벽 4시를 넘어서고 있었다. 김지영에게 어떻게 된 일인지 물었다. 김지영은 한국을 떠나기 전에 허 위원이, 혹시 위기가 닥치면 본인에게 연락을 달라고 당부했다고 했다. 허 위원은 내게도 같은 말을 했으나 나는 흘려들었고, 거기까지 예상한 허 위원이 김지영에게 다시 언질해둔 모양이었다. 나는 허 위원이 고마웠다.

김지영의 말대로 곧 허 위원에게서 전화가 걸려왔다. 통화 상태가 나쁘게 흔들렸다. 그는 빠르고 짧지만 아주 명확한 어투로 말을 전했다. 청와대에서 전화가 갈 것이다, 모든 것은 집권 여당에서 움직이는 것으로 한다, 한나라당 안상수 대표의 비서실장인 원희목 의원에게 부탁을 했다, 그가 청와대에 연락을 넣을 것이고, 모든 것은 정부 여당과 대통령의 공으로 가야 한다……. 이것이 요점이었다. 그 통화가 끝나고 10분도 채 되지 않아 김지영의 전화벨이 울렸다. 통화하는 김지영의 목소리가 떨렸다. 전화기를 건네받자 굵은 저음의 힘 있는 목소리가 들렸다. 청와대 정무수석 정진석이라고 했다. 한국은 이른 새벽일 텐데 그의 목소리는 잠기지 않았다. 이미 많은 이야기를 나누고 전화한 것 같았다. 그는 말을 이었다.

— 환자를 치료하는 데 어려움이 있다고 들었습니다. 무엇이든 좋으니 말씀해주세요. 제가 책임지고 해결하겠습니다.

'책임'과 '해결'. 정진석은 분명히 그렇게 말했다. 청와대 정무수석이 책임지고 해결해준다는 말을 내게 하고 있었다. 잠시 정무수석이 어떤 일을 하는 자리인지 생각해보았으나 알 수 없었다. 나는 필요한 것들에 대해 요점만 간단히 정리해 전했다. 환자의 상태가 심각하다는 것, 국내 이송이 불가피하다는 것, 의료 장비가 갖춰진 에어 앰뷸런스 동원이 시급하나 관계 기관 결정이 늦어져 내가 자의적으로 서명했다는 것 등이었다. 여러 정부 부처 간의 의견을 개별적으로 모으는 것이 어려우니, 오만에 파견 나와 있는 외교부와 국토해양부 직원들을 보내달라고도 부탁했다. 실무적으로 처리해야 할 문제들이 많았다. 내 이야기를 다 듣고 난 정진석은 환자에게 희망이 있는지를 물었다. 환자를 무리하게 국내로 이송해오다 사망할 경우 발생할 문제에 대해서도 걱정하는 것 같았다. 나는 답을 망설이지 않았다. 오만에 온 이래 계속 생각하던 말이었다.

— 그나마 지금이 마지막 기회입니다. 빠른 속도로 악화되고 있어 조금만 더 늦으면 정말 돌아가지 못합니다.

정진석은 내게 모든 상황을 자신이 통제할 테니 걱정 말고 환자만 살려서 오라고 했다. '상황 통제.' 그는 다섯 개 정부 부처가 얽혀 있고 두 개 민간기관이 각기 다른 소리를 내고 있는 이 아수라장을 통제하겠다고 했다. 나는 도대체 이 상황이 어떻게 정리될지 알 수 없었으나, 연막탄 속 같던 조금 전보다는 시야가 확보되는 듯했다. 김지영이 레가에 전화를 걸어 빠르게 비행 일정을 확정하고 공항에 착륙하는 시간을 알려달라고 요청했다. 나는 왕립술탄카부스병원의 의사들에게 필요한 사항을 부탁했다. 이송 시 추가로 필요할 약물들과 한국에 가지고 들어가서 치료에 참고할 각종 엑스레이 검사, 혈액검사 자료와 차트들을 복사해달라고 했다.

미친 듯 일을 정리해나가고 있을 때 외교부 직원들과 국토해양부 사무관이 찾아왔다. 아침 이른 시간이었다. 그들은 매우 급해 보였으나 업무 방향이 빨리 결정되어 홀가분하다고 했다. 외교부 직원들이 항공기 일정에 맞춰 출입국 업무를 처리해주기로 했고, 국토해양부의 사무관이 에어 앰뷸런스를 위해 성남에 위치한 서울공항을 열겠다고 했다. 우리가 도착하기 전에 병원의 수술방과 중환자실이 준비되어야 했으므로 정경원을 먼저 한국으로 보냈다. 나는 보직교수에게 보내는 메모를 급히 써서 정경원 편에 보냈다. 정경원이 인천공항에 도착하면 국토해양부에서 수원 제10전투비행단까지 정경원을 헬리콥터로 이동시키기로 했고, 정경원은 아주대학교병원으로 돌아가 최대한 빨리 수술 준비를 해둘 것이다. 시간이 많지 않았다.

오만에는 나와 김지영, 김후재가 남아 석 선장의 이송을 준비했다. 석 선장의 몸에 난 탄공들마다 고름이 가득 차올라 뚝뚝 떨어졌다. 드레싱을 계속 갈아 붙였다. 근골격계가 완전히 부서진 사지를 스플린트(splint)*로 대강 고정했다. 수십 가지가 혼합된 각종 약제가 투입되는 정맥관 라인들을 정리했다. 이제 긴 여정을 돌아 들어가야 한다. 서울대학교병원 응급의학과 서길준 교수가 연락을 해왔다. 환자의 상태를 소상히 물었다. 대통령 주치의의 요구사항이라고 했다. 아마도 서울대학교병원은 청와대로부터 환자 상태에 대한 보고를 요구받고 있는 듯했다. 나는 기본 정보를 전달했고 그는 환자의 신장 기능에 대해 우려했다. 아직까지는 소변이 나오고 있었으나 근골격계가 녹아내리고 있어 미오글로불린뇨증(myoglobulinuria)**이 심각한 상태임을 알려주었다. 현지의 오만 사람들은 우리를 부지런히 잘 도와주었다. 병원의 직원들뿐만 아니라 삼호해운에 고용된 현지 오만인 직원들도 매우 성실하면서도 매너가 좋았다. 김후재가 옆에서 세밀한 부분까지 도와주었다.

우리는 석 선장을 데리고 왕립술탄카부스병원을 빠져나와 살랄라공항의 화물게이트로 곧장 들어갔다. 에어 앰뷸런스 챌린저 604의 기체가 시야에 들어왔다. 흰 동체 가운데 위치한 선명한 붉은 십자가 표식과, 붉은 미익(尾翼)의 흰 십자가 표식이 절묘한 대비를 이뤘다. 활주로 끝 마당에서 석 선장을 곧장 기체에 실었다.

다행히 환자는 아직 숨이 붙어 있고 우리는 이제 한국으로 돌아간다. 때는 늦은 밤이었다. 공항의 공기는 낮과 달리 서늘하기까

---

* 간단한 사지 고정용구.
** 근육 손상으로 혈중 미오글로불린(myoglobulin)이 상승하여 소변에서 검출되는 증상. 이 증상이 급성신부전을 초래할 수 있다.

지 했다.

생환

의식 없는 환자의 부서진 몸 곳곳에 핏줄 같은 라인들이 꽂혔다.
인공호흡기와 각종 모니터, 약제 투입기 등이 연결됐다. 너덜거리
는 사지의 위는 스플린팅하고 아래는 견인장치를 걸어 당겼다. 비
행 중에는 강심제와 혈압 상승제, 항생제 등을 계속 투여했다. 열
이 떨어지지 않아 그칠 새 없이 솟는 이마 위의 땀을 김지영이 끊
임없이 닦아냈다. 김지영은 한국에서 출발한 이래 한숨도 자지 못
한 채 환자를 돌보고 있었다. 나는 김지영에게 미안하다고 말했으
나, 그는 환자에게서 눈을 떼지 않고 무심하게 답했다.

— 해야 할 일을 하는 것뿐이에요.

해야 할 일. 우리가 석 선장을 살려와야 할 의무는 없다. 그렇다
고 모른 척할 수도 없었다. 나는 계속 이상한 쪽으로 흘러가고 있
는, 외과 의사로서의 내 업무 범위에 대해 갈등했다. 대부분의 의
사들은 이렇게까지 하지 않아도 생계유지에 어려움이 없는데 나
는 자꾸 극한 상황으로 내몰렸다. 나로 인해 기인되는 것인지 밖으
로부터 벌어지는 일인지는 알 수 없었다. 다행히 환자는 나의 갈등
을 알지 못했으나 이제 그와 나에게 생사의 조건은 같았다.

비행기가 방콕공항에 내려앉았다. 항공유 급유가 필요했다. 챌
린저 604는 항속 거리가 길어서 방콕에서 한 번만 중간 급유 받아

도 성남의 서울공항까지 갈 수 있었다. 비행기의 해치를 열자, 공항 아스팔트에 내려 쪼이는 적도의 한낮 햇빛이 기내로 눈부시게 쏟아져 들어왔다. 한국에 먼저 도착한 정경원이 병원 상황을 팩스로 보내왔다. 정경원이 손으로 써 보낸 보고서에는 급히 쓴 티가 역력했다. 세브란스병원의 가정의학과 인요한 교수가 기내로 전화를 걸어왔다. 그는 서울공항 도착 후 아주대학교병원까지의 이동 계획을 알렸다. 통화를 하면서 알았다. 레가에서 일개 한국인 외과 의사의 서명만으로 비행기를 내줄 리 없는데, 그것은 인요한 덕이었다. 인요한은 세브란스병원의 국제진료소를 맡고 있고, 환자의 국제 항공이송 업무를 담당하는 인터내셔널 SOS의 일도 맡고 있었다. 그런 인요한이 내 신원을 스위스 측에 설명해준 덕분에 우리가 이 비행기에 올랐다.

　의과대학 학생이던 때 그에게 배운 적이 있다. 인요한은 한국인이자, 한국인보다 한국을 더 사랑하는 미국인이었다. 그의 집안은 4대째 한국에 살며 한국 사회에 봉사하고 있었다. 그의 부친은 건축 자재를 손수 트레일러에 싣고 가는 길에 맞은편에서 오던 관광버스와 충돌해 숨졌다. 당시 버스 기사는 음주 상태였고, 그의 아버지는 택시에 실려 광주기독병원으로 가던 중에 세상을 떠났다. 한국에 아무런 응급의료 체계가 없던 시절이었고, 그가 살던 순천에 응급 환자용 앰뷸런스가 단 한 대도 없을 때였다. 당시 세브란스의 의대생이던 인요한은 한국의 응급의료 체계를 바꾸겠다고 결심했다. 미국에서 가정의학과를 전공했으나 중증외상 치료 체계에 대한 지식이 한국의 어떤 전문가보다 많았다. 사재를 털어 한국형 앰뷸런스를 직접 제작해 기증도 했다. 그런 인요한이 외상외과를 전공한다는 나를 눈여겨보고 항상 도우려고 애써왔는데, 그때도 드러내지 않고 나를 도와주었다. 나는 인요한에게 깊이 고마웠다.

급유를 마친 비행기가 태국을 떠나 한국으로 향했다. 성남의 서울공항 상공에 진입하자 공군이 유도를 시작했다. 챌린저 604는 공항 활주로에 부드럽게 내려앉았다. 공항에는 인요한이 보내준 앰뷸런스가 대기 중이었다. 대통령이 보낸 대통령 주치의와 서울대학교병원 의료진도 나와 있었다. 비행기 해치가 열리자 한기가 덮쳤다. 몇십 년 만의 한파라고 했다. 환자를 보호해야 했다. 각종 휴대용 의료기기와 약물만으로도 엄청난 부담이었으나 한꺼번에 담요로 덮어 쌌다. 김지영이 의식 없는 석 선장의 몸에서 땀과 고름을 닦아내고 그의 귓가에 귀환 소식을 알렸다.

— 선장님, 한국에 왔습니다. 이제 우리 병원에 가요.

위태로운 깃발

대기하고 있던 경찰이 병원까지 가는 길을 뚫어주었다. 불과 20여 분 만에 아주대학교병원에 도착했다. 곧장 CT촬영을 하고 환자를 수술방으로 올렸다. 수술은 대규모일 것이고 우리는 허비할 시간이 없었다. 서울대학교병원 상부위장관 외과의 양한광 교수를 비롯해 여러 명의 의사들이 병원에 도착해 있었다. 영상의학 판독실에 모여 CT촬영 결과를 가지고 석해균 선장의 상태를 들여다보았다. 수술방으로 진입하는 동안 병원 3층 수술 사무실 입구까지 김문수 경기도지사와 진수희 보건복지부 장관이 따라왔다. 김문수가 내 손을 잡았다.

　─ 이 교수, 우리 석 선장 살 수 있겠소?

김문수가 석 선장을 '우리'라고 말하고 있었다. 나는 잠시 적절한 답을 생각했으나 떠오르지 않았으므로 그냥 할 수 있는 말을 했다.

— 최선을 다하겠습니다.

진수희도 내 손을 잡고 간절히 말했다.

— 꼭 살려주세요…….

나는 당황스러웠으나 진수희에게도 같은 답을 했다

— 제가 최선을 다하겠습니다. 있는 힘을 다하겠습니다.

나는 두 사람을 남겨놓고 수술방으로 진입했다. 최선을 다하겠다는 말은 통상적으로 외과 의사들이 환자나 보호자들에게 하는 가장 흔한 말이겠으나, 나에게 이 말은 위로의 말만은 아니다. 나 자신에게 하는 다짐에 가깝다. 2003년 말부터 시작된 끊임없는 사직 압력 속에서도 '잘리는 순간까지는 최고의 수술적 치료를 제공한다'는 것이 내가 스스로에게 내건 직업적 원칙이었다.

마취과 문봉기 주임교수가 마취에 들어갔다. 수술방은 마취과 의료진과 외과 수술진, 정형외과 수술 팀으로 가득 찼다. 나는 환부를 개봉하며 소독 준비를 했다. 이명박 대통령이 자신의 주치의를 보내왔다. 외과 전문의 출신의 서울대학교 의과대학 응급의학교실 서길준 교수가 그와 동행했다. 두 사람은 수술이 시작될 11번 수술방으로 들어왔다. 환자의 몸통은 총탄 구멍으로 벌집 같았고, 총탄이 뚫고 나간 자리에서는 피고름이 뿜어져 나오고 있었다.

좌측 팔과 양측 다리에서는 뼈가 갈라져 피부 밖으로 뚫고 나왔다.

먼저 골절 상태로 피부만 이어 붙여온 석 선장의 사지에 대한 복부수술과 함께 정형외과적인 응급수술이 동시에 진행될 예정이었다. 석 선장의 목숨은 크리스털 유리잔보다 더 약해 보였다. 시간은 많지 않았다. 문봉기가 석 선장의 마취를 끝냈을 때 나는 다시 석 선장의 복부를 열고 들어갔다. 외과 왕희정 주임교수가 제1조수로 서겠다며 나섰다. 난 엿새간 전혀 자지 못했다. 손이 떨리고 정신마저 혼미해졌다. 왕희정은 그런 나를 보고 스스로 돕겠다고 했다. 나는 그에게 집도의 자리를 바꾸어달라고 부탁했다. 왕희정이 내 손을 잡았다. 그 특유의 부드러우면서도 단호한, 낮은 목소리가 귓가를 파고들었다.

— 이 교수, 환자 상태에 대해서는 처음부터 당신이 제일 잘 알잖아. 내가 도와줄 테니까 편안하게 진행해봐.

나는 정신을 차리고 왕희정의 눈을 한동안 바라보았다. 그가 말하는 '당신'이라는 단어 기저에는 친밀감과 신뢰가 깔려 있었다. 수술방에서 그와 수술하는 것은 그 자체만으로도 감동적인 일이었다.

왕희정은 인제대학교 백병원 조교수 시절에 이혁상 교수를 도와 국내 최고 수준의 간 수술 팀을 이끌다 아주대학교에 부임해와 내 스승이 되었다. 나는 그에게 수술을 배우면서 처음으로 좌측 간엽절제 수술과 우측대장절제 수술을 했다. 그때도 왕희정은 자신이 하면 1시간이면 끝낼 수술을, 조수 자리에 서서 나를 가르치고 잡아주며 찬찬히 이끌었다. 그는 뛰어난 학자이자 가장 뛰어난 외과 의사였다. 특히 가르치는 데 천부적인 감각을 가진 완벽한 의과대학 교수였다. 인제대학교 의과대학을 떠나온 지 오래되어서도, 그의 연구실에는 언제나 스승인 이혁상의 사진이 걸려 있었다. 왕희정은 스승의 사진을 매일 마주하며 자기 자신을 다잡는다고 내게 말했다. 그런 그가 며칠간 자지 못하고 긴장한 채로 수술대에 선 나를 다시 잡아주고 있었다. 그가 앞에 있다면 안심이다. 정경원을 제2조수 자리에 세워두고 석 선장의 몸을 다시 열고 들어갈 때, 수술실 수간호사인 박정옥이 몇 년 만에 다시 수술대에 붙어 내 오른쪽을 지켰다.

피와 고름이 튀어 올랐고 괴사된 조직이 피고름의 바다 위에서 표류하는 쓰레기 더미처럼 넘실거렸다. 우리는 괴사 부위를 잘라내고 흘러넘치는 고름을 퍼냈다. 솟구치는 핏속에서 시뻘겋게 독이 올라 부서지며 흩어져내리는 조직들을 정리해나가며 출혈을 잡아냈다. 수술은 지리멸렬했다. 내가 식은땀을 흘리며 힘들어할 때 왕희정은 침착하게 내 손을 이끌었다. 날 보조하는 정경원의 거친 숨소리가 귓가를 울렸다. 마취기 경고음 사이로 문봉기가 이끄는 마취과 팀들이 분주히 움직이는 소리가 뒤섞였다. 모든 순간이 꿈결같이 느껴질 즈음에 복부 수술이 정리되었다. 워낙 감염이 심한 데다 터져나간 내장이 곪아 고름이 끊임없이 흘러나오고 있어서 복벽을 봉합하지 못했다. 우리는 알파벳 'H' 형태로 복벽을 열어두고 임시로 봉합하는 비닐을 붙여둔 채 정형외과 수술이 정리되기를 기다렸다. 새벽녘이 되어서야 정형외과 수술까지 어느 정도 마무리되었다. 살아 있어도 산 사람으로 보기 어려운 석 선장을 데리고 나와 중환자실로 철수했다. 수술 과정을 지켜본 서울대학교 의과대학의 두 교수는 아침 일찍 청와대로 대통령을 찾아가 직접 보고했다.

병원 측에서 언론을 상대로 브리핑을 했다. 나는 언론과 접촉하지 않았다. 보직교수는 인터뷰 중에 '아주대학교병원이 지난 10년간 중증외상 분야를 집중 육성해왔다'라고 했다. '10년'과 '집중 육성' 사이에서 나는 씁쓸해졌다. 내가 겪어온 10년과 병원이 말하는 10년은 같지 않았다. 나는 이해할 수 없었다. 석 선장은 여전히 사경을 헤매는 중이고 그의 생사 여부는 조금도 예측할 수 없었다. 나는 석 선장의 회생 가능성과 수술 결과에 따라 결단날 수 있는 외상외과와, 아주대학교병원과 아주대학교 의과대학의 앞날을 생각했다. 서울의 대형 병원에서 환자가 사망하면 보호자들은 대개 그 죽음을 수긍하나 아주대학교병원 같은 지방 병원은 그렇지 못하다. 게다가 이번 환자는 보는 눈이 너무 많았다. 보호자뿐 아니라 세상으로부터도 너그러움을 기대할 수 없는 상황이었다. 석 선장이 살아나지 못하면 보호자는 물론이요, 온 나라의 비난을 받아내야 할지도 모른다. 말을 아껴야 할 때였으나 사방에서 말과 소문은 넘쳐흘렀고, 그 말들은 진실에 닿지 못했다. 나는 무의미한 말의 파도에 휩쓸리지 않으려 중환자실로 깊이 숨어들었다. 그 와중에도 중증외상 환자는 응급실을 통해 밀려들어왔다. 한쪽에서는 석 선장의 목숨이 휘청거렸고, 한쪽에서는 피 마르는 수술이 계속 이어졌다. 나와 정경원, 장정문, 윤정훈, 김지영, 강찬숙, 송서영, 백숙자는 좀처럼 집에 가지 못했다.

그런 중에도 정치인들은 병원으로 몰려왔다. 아주대학교가 생기고 처음 있는 일이었다. 대부분은 처음 보는 얼굴이었고, 더러는 아는 얼굴이었다. 2008년부터 중증외상센터 설립의 타당성을 검토하기 위해 허 위원과 함께 나를 찾아왔던 의원들도 있었다. 주승용, 김진표 의원이 다녀가고, 전임 경기도지사 손학규도 왔다 갔다. 남경필은 중환자실에 격리되어 있는 석 선장을 유리문 밖에서 길게 응시하다 돌아갔다. 이명박 대통령은 천영우 외교안보수석을 보내왔다. 그는 나에게 아덴만 여명 작전의 불가피성을 설명했다. 아직 석 선장이 인공호흡기에 의존하고 있어 생사가 어떻게 될지 모르는 상황이었다. 여야를 막론하고 모두가 석 선장의 회생을 기원했다. 나는 그것이 진심이라 여겼다.

김문수가 연일 경기도 보건정책과 류영철 과장을 통해서 석 선장의 상태를 챙겼다. 류영철은 내게 와서 환자의 상태를 확인하고는 나와 함께 깊이 담배를 피우다 돌아갔다. 해군참모총장 김성찬 제독이 병원으로 해군기를 보내왔다. 아주대학교병원의 노고와 헌신에 대한 감사, 그리고 나를 포함한 의료진에 대한 격려 차원이라고 했다. 석 선장의 목숨이 폭풍 속 고속정처럼 흔들리고 있을 때였다. 나는 게양 위치를 고민하다가 환자가 혼수상태로 치료받고 있는 중환자실 안에 걸었다. 해군기가 드리운 중환자실 벽면을 한참 올려다보았다. 깃발은 위태롭고 힘겨워 보였다. 내가 더는 버티지 못하고 밀려서 석 선장이 죽게 된다면 나도, 병원도, 김성찬을 비롯한 해군의 여러 지휘관들도 무사하지 못할 터였다.

생의 의지

석해균 선장은 내가 알지 못하는 어딘가에서 여전히 헤매는 중이었다. 반가운 소식은 멀어 보였다. 그사이에도 환자들은 끊임없이 밀려왔다. 수술은 쉬지 않고 이어져 좀처럼 잠을 자지 못했다. 피곤이 온몸을 짓눌렀으나 관성처럼 나는 칼을 들었다. 새벽녘에 수술방을 나와 사무실로 걸음을 옮길 때, 보호자용 대기 의자 위에 모로 누워 칼잠을 자고 있는 기자들을 보았다. 석 선장의 소식을 받아내려 병원으로 파견된 언론사 기자들이었다. 그들은 며칠째 병원을 떠나지 않고 병원에서 먹고 자며 일명 '뻗치기'를 했다. 유명세를 타고 있는 환자라고는 해도 그와 연관된 소식을 조금이라도 빨리 얻거나, 병원 내에서 떠도는 말들을 주워 담기 위해 이렇게 많은 기자들이 병원 바닥에서 대기 상태로 있는 것을 나는 이해할 수 없었다. 대부분의 기자들은 어려 보였다. 그들은 불편하게 몸을 꺾어 의자에 욱여넣고 눈을 붙였다. 아직은 날이 많이 추웠다. 나는 백숙자에게 병원 담요를 가져다 달라고 부탁했다. 백숙자가 건네준 담요를 웅크린 채 선잠을 자고 있는 기자 몇에게 덮어주었다.

제압당한 소말리아 해적들이 해군에 의해 국내로 이송되었다. 국내 사법 체계상 적법한 조사가 필요했다. 조사를 위해 먼저 방문한 해양경찰 수사관들은 내가 지하의 직원식당에서 밥을 다 먹을 때까지 기다렸다. 나는 아주대학교병원에서 수술 당시 석 선장의 몸에서 꺼낸 각종 탄환들을 수사관들에게 전달했고, 오만 현지에서 수술하며 꺼낸 일부 총알을 분실한 경위에 대해 해명했다. 해양경찰이 가고 부산 검찰청의 허정훈, 노선균 검사가 왔으나, 그들은 석 선장이 인공호흡기에 의존해 간신히 숨만 쉬는 모습을 보고 낙심하여 돌아갔다. 에어 앰뷸런스 섭외를 뒤에서 도와줬던 인요한은 석 선장이 완전히 깨어나기 전까지 어떤 방식으로든 내게 부담을 주지 않으려 애썼다. 연락조차 하지 않았다. 그가 자주 인용하던 마태복음 속, '네가 자선을 베풀 때에는 오른손이 하는 일을 왼손이 모르게 하여라. 그렇게 하여 네 자선을 숨겨두어라. 그러면 숨은 일도 보시는 네 아버지께서 너에게 갚아주실 것이다(마태복음 6장 3~4절).' 구절이 떠올랐다.

오만에서 우리를 꺼내준 허 위원도 아무것도 묻지 않고 아무 소식도 전하지 않았다. 내가 먼저 전화를 걸어 감사하다고 하자 그저 알았다고만 가볍게 답했다. 허 위원은 전화를 끊기 전에 말했다.

— 환자에게 집중하세요.

집중하라. 허 위원이 평소에 자주 하던 말이다. 지원을 바라는 민원과 정책은 수없이 많으나 재원은 한정적이므로, 허 위원의 일은 무엇을 우선으로 할 것인지 고민하는 데서 출발했다. 그러므로 집중하라는 말은 그 고충에서 비롯된 말이기도 했다.

— 어차피 모든 것을 다 커버할 수는 없어요. 단지 우선순위를 잘 정해서 최소한의 재원으로 최대의 효과를 내야 하는 것이 정책의 목표예요.

허 위원은 본인의 일에 대해 그렇게 말했다. 그의 말대로 어떤 업무든 진정성을 가지고 '집중'할 때 비로소 효과를 기대할 수 있다. 그러나 사방에서 내가 환자에게 '집중'하는 것을 막아서고 있었다. 중환자실에 누운 석 선장은 내 환자였으나 내 환자가 아니었다.

2월 초가 되어 구정으로 접어들자 병원 안팎에서 기대가 부풀어 올랐다. 석 선장을 일찍 깨워 설날 아침에 국민들에게 기쁜 소식을 전해야 한다는 의견이 강하게 전해졌다. 일반 환자라면 절대로 깨울 수 없는 상황이었으나 소위 'VIP 증후군'이 병원 내 의료진 사이에 퍼져 올라왔다. 평소 원칙대로 보통의 중증외상 환자를 보듯 치료 방침을 천천히, 보수적으로 가져갈 수 없었다. 워낙 중대한 환자였고 대단한 환자여서 환자 치료에 대한 수많은 의견들이 쏟아졌다. 아주대학교병원이 생긴 후로 여태까지 없었고 앞으로도 절대 없을, 많은 국민이 관심을 가지고 지켜보는 환자의 입원에 병원의 흥분 상태는 잦아들지 않았다.

— 국민 여러분, 기뻐하십시오! 석 선장이 의식을 되찾았습니다!

설날 아침 뉴스의 앵커는 상기된 얼굴로 외쳤다. 그러나 '국민 여러분, 기뻐하십시오!'는 하루도 채 가지 못했다. 그 뉴스를 가능케 했던 석 선장의 기도삽관 제거는 18시간 만에 실패로 돌아갔다. 기도삽관을 제거하자 석 선장의 호흡이 가빠졌고 오후가 되자 호흡을 힘들어했다. 다른 교수들이 돌아간 저녁이 되자 식은땀마저 흘리기 시작했다.

빌어먹을…….

'국민 여러분, 기뻐하십시오!'가 전해졌던 다음 날 새벽 1시, 나는 석 선장에게 다시 기관삽관을 해야만 했고 그는 다시 인공호흡기에 의존해야 했다. 석 선장의 복부는 아직 갈라져 있고 사지 중세 곳이 작살나 있어 온몸에 트랙션(traction)을 달고 있는 상태였으며 폐부종이 와 있었다. 섣부른 기관삽관 제거로 상태가 악화되어 다시 기관삽관한 경우, 환자는 오히려 나쁜 경로를 걸을 수 있다. 석 선장은 ARDS(Acute Respiratory Distress Syndrome, 급성호흡곤란증후군)에 빠져들었다. 나는 거의 정신을 잃을 지경이었다. 김지영이 말없이 울며 석 선장 이마에 맺힌 식은땀을 닦아냈다.

그 와중에 호흡기내과 신승수 교수가 돌아왔다. 미국 콜로라도 주립대학 건강의학센터(CSU Health and Medical Center)에서 연수를 마치고 아주대학교병원으로의 복귀를 앞두고 있을 때였다. 그는 내가 학생 때부터 존경하던 동기였다. 성정이 차분했고 예방의학과와 내과 전문의 과정을 거치며 쌓아온 학문적 내공이 깊었다. 그가 가까이 있을 때 나는 필요할 때마다 찾아가 조언을 구하고 도움을 청했다. 그런 신승수가 출근 예정인 3월 2일보다 앞서서 나를 찾아왔다. 신승수는 중환자실에서 석 선장의 폐 사진을 엑스레이 모니터에 띄워놓고 한참 들여다보았다.

— 고생이 많구나.

신승수가 허옇게 변해 있는 석 선장의 폐 사진을 보며 던진 첫마디였다.

— 빨리 나아지긴 힘들겠지? 나아지긴 할까?

신승수에게 구원을 청하는 마음으로 물어보았다.

— 일단 기관절개술(tracheostomy)을 진행하지 그래? 그래야 맘 편하게 장기전에 대비할 수 있잖아.

모르는 바는 아니었으나 석 선장의 상태는 극도로 불안정했다.

열린 상처 부위를 치료하기만 해도 수축기 혈압이 200수은주밀리미터(mmHg)까지 치솟기도 했고, 혈압 강하제를 투약하면 민감하게 반응해서 위험 수위까지 추락하곤 했다. 환자는 불붙은 장작개비 같았다. 작은 바람에도 불씨를 키워 모든 것을 다 태워버릴 것 같은 상태였다. 그런데도 병원 밖 의료계에서는 '이국종이 별것 아닌 환자를 데리고 쇼한다'라는 말들이 흘러넘쳐 내 귀에까지 들어왔다. 나는 DIC 검사를 포함해 중요한 혈액 검사 등을 진단검사의학 수탁 검사실에 의뢰해 환자 상태를 기록으로 남겨놓게 했다. 환자 검사 결과의 신뢰성을 확보하기 위한 결정이었다. 아주대학교 병원과 관계없는 이화여자대학교 의과대학 출신인 백세연 선생이 병원과 멀리 떨어진 곳에서 진단검사의학 외부 수탁 검사실을 운영하고 있었으므로 객관성과 신뢰성을 확보하기에 좋았다.

이렇게 국가적으로 주목받는 환자라면 관행에 따라 서울의 유명 의과대학 부속 병원 등으로 전원했어야 하는지도 모른다. 그랬다면 아무 말도 없었을 것이다. 지방의 신설 사립 의과대학 부속병원에 환자가 입원해 있다는 이유만으로 석 선장은 별것 아닌 '경증 환자'가 되었고 나는 '사기꾼'으로 몰리는 듯했다. 의료계에도 줄서기와 편 가르기는 만연했고 의료계여서 더 깊었다. 신물이 났다. 병원 안팎으로 나를 향해 겨눈 무수히 많은 칼들이 날을 바짝 세우고 희번덕거렸다. 나는 한낱 지방 병원의 외상외과 의사였다. 나의 무엇이 그들로 하여금 칼을 겨누게 하는지 좀처럼 헤아려지지 않았고 헤아리고 싶지도 않았다. 사는 것의 지리멸렬함이 지겹고 지난했다. 환자들이 쏟는 핏물이 나를 완전히 삼켜버리기를 바랐다. 내 삶에 대한 의지는 소멸에 가까웠다. 그저 나는 관성적으로 살아 있었을 뿐이다. 그러나 '생(生)'은 그 자체로 의지를 지녀, 사경을 헤매던 석 선장의 의식은 점차 분명하게 이 세계로 넘어오고 있었다.

빛과 그림자

머리가 깨질 듯이 아팠다. 김지영과 내 책상에는 각종 진통제와 위제산제들이 즐비했다. 손을 뻗어 잡히는 대로 아무거나 입에 털어넣었다. 김지영은 캐나다에서 가져온 애드빌(Advil)이 잘 든다며 내게 권했다. 그래봐야 같은 이부프로펜(Ibuprofen)임을 김지영도 잘 알 것이다. 나는 그가 내민 1,000알짜리 애드빌 통을 받아 들었다. 정성이 고마워 주는 대로 먹었다.

석해균 선장의 용태(容態)는 서서히 호전되기 시작했다. 총상후 4주가 가까워오던 시점에는 마침내 복벽을 다 봉합할 수 있었다. 괴사성근막염에서 벗어나 고름이 더는 흘러나오지 않았다. 폐와 신장, 간 기능 등도 바닥을 치고 올라오기 시작했다. 2월 말에는 인공호흡기 치료를 중단했다. 석 선장이 안정적으로 숨을 쉬기 시작하면서 기관삽관 튜브를 말할 수 있는 것으로 교체했다. 그 소식을 제일 먼저 부산 검찰청에 전했다. 부산 검찰청 검사들이 소말리아 해적들을 기소(起訴)하기 위해서는 석 선장에게 몇 가지 사항을 확인해야 한다고 했던 것을 기억하고 있었다.

타국 해역에 있더라도 한국 국적의 선박 내부는 한국 영토로 간주된다. 따라서 소말리아 해적이 한 짓은 단순 범죄일 수 없다. 수사단은 정확한 사법절차에 따라 해적들에게 실형이 선고되도록 해야 했다. 그것은 세부 각론으로 들어가면 복잡하고 어려운 일이다. '외국인 범법자'가 '국내 영토가 아닌 공해상'에서 저지른 범법행위였으므로, 따져볼 부분이 많았다. 국내법 체계상 선례가 없던 사건이고 법원의 선고는 기록으로 남아 영구히 판례로 쓰일 것이므로, 실무자들은 적절한 사법 처리 과정에 대해 심한 중압감을 느꼈다.

허정훈, 노선균 검사가 밤늦게 병원에 도착했다. 두 사람은 유리벽 너머로 의식을 찾은 석 선장을 보고 어린아이처럼 기뻐했다. 검사라는 직종이 주는 차가운 이미지와 실제 그들의 모습 사이에서 신선한 이질감이 느껴졌다. 두 사람은 석 선장을 지켜보고는 다시 오겠다는 말만 남기고 돌아갔다. 석 선장에게 심문은 아직 무리라 판단한 것 같았다. 그 또한 예상 밖이었다.

하루가 더 지나 석 선장의 상태는 빠르게 호전됐다. 언론과 인터뷰도 가능했고 며칠 더 지나서는 일반병동으로 옮겨졌다. 수많은 여야 고위급 정치인들과 행정부 막료들이 바쁘게 다녀갔다. 때로는 여야 간에 약간의 일정 차를 두고 방문했으나, 모두 석 선장의 생환을 기뻐하며 쾌유를 빌었다. 정치에 앞선 것이 사람의 목숨이다. 나는 내가 하는 일이 정치 편향과 무관한 직업이라는 사실이 다행스러웠다. 여야 정치인 모두와 편하게 의논할 수 있다는 사실만큼은 만족스러웠다. 그것은 내 업의 얼마 되지 않는 좋은 점 중 하나였고, 의업을 하는 자로서의 작은 특권이라고 생각했다.

김성찬 해군참모총장이 김병천 의무감을 대동하고 병문안을 왔다. 두 사람은 동정복 차림이었다. 해군 출신인 석 선장이 해군참모총장의 방문 소식을 듣고, 자신도 동정복을 입고 총장을 맞겠다며 부산 집에 연락하려는 것을 말렸다. 오만 대사도 찾아와 석 선장의 생환을 기뻐했다. 나는 오만 현지 의료진의 헌신적인 치료와 주민들의 따뜻한 배려에 감사하다고 인사했다. 오만 대사관의 한국인 수행직원은 자신이 만난 사람들 중 오만 사람들이 가장 성실하고 정직하며 착하다고 했다. 나는 오만에서의 기억을 떠올리며 그 말에 동의했다. 주승용이 다시 방문해 석 선장의 손을 힘주어 잡았다. 본인도 해군 OCS(Officer Candidates School, 학사장교) 출신이라고 하자 석 선장은 그를 보며 정말 '뱃사람' 같다며 웃었다.

언론에 연일 내 이름이 떠다녔다. 오만에서 개인적으로 지급 보증을 하고 에어 앰뷸런스를 부른 것은 세상이 좋아할 만한 이야 깃거리였다. 그러나 듣고 싶은 것만 가져다 세상에 팔아대는 이야 기는 현실과는 멀었다. 나는 계속 중환자실과 수술방을 전전했다. 중환자실을 포함해 40여 명의 환자들이 살고자 사투를 벌이는 판에 새로운 환자들은 계속 밀려왔고, 인력 충원은 없었다. 석 선장에게 신경을 쏟으며 다른 환자들도 주의 깊게 살펴야 했다. 나는 진료에 더 집중하려고 애썼고, 내 목숨을 갈아 넣듯 버티고 있었으나 죽어가는 환자들을 다 건져내지는 못했다. 내가 수술했던 간 파열 환자가 세상을 떠났다. 빈 병상은 또 다른 환자가 들어와 채웠다. 석 선장의 생환으로 병원 안팎이 시끄러웠으나 내가 선 곳에서는 누군가가 죽어서 말없이 떠났고, 또 다른 누군가가 살고자 말없이 들어와 누웠다. 나와 정경원, 장정문, 김지영은 모두 한 달 넘도록 병원 밖으로 나가지 못했고, 필요한 말이 아니면 하지 않았다.

그 와중에 장정문이 외상외과를 그만두고 응급의학을 하고 싶다고 했다. 그는 처음에 외상외과에 뜻을 두었으나 현실은 녹록지 않았다. 장정문은 새로운 것을 하기에 적지 않은 나이였는데도 다른 길을 택했다. 충분히 이해 가능한 선택이어서 그를 잡을 명분은 없었다. 학기에 맞춰 다른 대학병원에서 새로운 전공의 수련을 시작할 터이니 당장 3월부터 장정문은 여기에 없을 것이다. 그가 떠나면 정경원만을 데리고 2011년을 꾸려야 한다. 생각만으로도 힘겨웠으나 장정문을 붙잡지 못했다. 병원을 수시로 드나들며 석 선

262

장의 용태를 살피던 진수희가 소식을 듣고 장정문의 손을 움켜잡았다. 장정문은 그저 씁쓸하게 웃었다. 나는 장정문이 사직을 결심하고도 최선을 다해서 버텨준 것에 고맙고 미안했다.

장정문은 다른 병원으로 출근하기 전날까지 우리와 함께 근무하겠다고 했다. 떠나기로 했어도 우리 사정을 잘 알았다. 그러나 나는 3월이 되기 닷새 전에 그를 보내기로 못을 박았다. 적어도 한 주는 쉬게 해주고 싶었다.

약속한 마지막 날 저녁, 그를 데리고 나가 밥을 먹었다. 팀원들이 근무를 마치고 합류해 모처럼 다 같이 모인 자리가 만들어졌다. 보내는 이들의 아쉬움과 떠나는 이의 미안함이 밥상 위로 오갔다. 그러나 식사시간은 길지 못했다. 전화벨이 울리고 환자가 실려 오고 있다는 소식에 모두가 곧장 자리에서 일어났다. 동료가 떠나는 날이라고 예외일 수는 없었다.

환자는 내장이 파열되어 피를 쏟으며 왔다. 곧바로 진단을 마치고 수술방으로 환자를 올렸다. 장정문이 수술방까지 따라 들어왔을 때 굳이 말리지 않았다. 외상외과 의사로서는 마지막 수술일 것이고 응급의학과로 가면 이런 큰 수술을 하는 일은 없을 것이다. 나는 장정문과 자리를 바꾸어 섰다. 내가 제1조수로 수술을 보조하고 장정문이 집도하게 했다. 수백 년 전부터 외과 의사들이 제일 안전하고 효율적으로 제자들에게 수술을 가르치는 방법이다. 장정문이 놀란 눈으로 이 순간을 잊지 못할 것이라고 했다.

수술은 장 절제와 장기와 장기를 접합하는 문합술을 포함해 새벽까지 이어졌다. 수술 중에 마취과 김대희 교수가 무심하게 물었다.

— 장정문 선생, 어디 다른 데 간다며?

실드마스크 너머 장정문의 눈빛이 흔들렸다. 그를 대신해 내가 대답했다.

— 예, 원래 외상외과 좀 하다가 응급의학을 전공할 예정이었어요.

나의 답을 끝으로 말소리는 더 이어지지 않았다. 떠나는 장정문의 속을 김대희라고 모를 리 없다. 수술은 조용히 마무리됐고 환자는 중환자실로 옮겼다. 잘 버텨준 환자에게 고마웠다. 덕분에 장정문은 새로운 시작을 가뿐하게 할 수 있을 것이다.

마스크와 장갑을 벗고 수술방을 나섰을 때 복도에는 어둡고 축축한 공기가 내려앉아 있었다. 수술방과 중환자실을 끼고 있는 그 길에는 늘 죽음이 찰랑거리며 발끝을 적셨다. 조금만 틈을 보이면 그것이 밀고 들어와 환자들을 집어삼킬 것만 같았다. 복도 벽을 타고 흐르는 그 서늘한 기운이 나는 지독히도 싫었다. 조명에는 온기가 없어 낮에도 침침했고, 밤이면 조명이 반이나 꺼져 스산했다. 장정문이 그 어두운 복도에 우두커니 서 있었다. 나를 보고도 고개를 숙인 채였다. 내 곤궁한 처지를 잘 알면서 떠나는 것이 마음에 걸리는 모양이었다. 제 진로를 정해서 가는 것조차 불편해해야 한다는 것이 몹시 미안했다. 나는 그에게 다가가 손을 내밀었다. 장정문이 말없이 두 손으로 내 손을 잡았다. 나도 남은 한 손을 포개고 마지막 인사를 했다.

— 그동안 정말 수고 많았다. 장 선생 덕분에 지난 2학기 간신히 넘겼어.

장정문의 어깨를 두드려주고 걸어 나오다 뒤돌아보았다. 장정문이 갱의실로 가지 않고 어둠 속에서 내 쪽을 향해 서 있었다. 나는 손을 흔들어주고 돌아서 빠르게 걸었다. 열심히 일하고 떠나는 마당에도 부채의식을 가져야 하는 그가 안쓰러웠다. 너무 고생만 시켰다. 차분하게 가르쳐주지 못했다. 있는 내내 혹사만 시킨 것 같아 마음이 찢어졌다. 숨을 깊게 몇 번 들이마시고 내쉬었다. 연구실로 올라와 불도 켜지 않고 씻지도 않은 채 그대로 침대 위에 쓰러졌다. 그날따라 어슴푸레한 빛조차 스미지 않았다. 눈을 떠도 감아도 마찬가지인 암흑 속에서 잠은 좀처럼 오지 않았다.

변화

중환자실에 빈자리가 없었다. 어쩔 수 없이 수술을 마친 환자들을 응급실 급성 구역 침상으로 내려보내는 상황은 개선되지 않았다. 응급실에는 중증외상 환자를 위한 장비가 없어 환자들과 의료진 모두가 편치 못했다. 중환자실에서보다 몇 배는 신경을 곤두세워야 했고, 날 선 정신으로 사력을 쏟아야 했다. 주말 내내 진을 빼고 나면 온몸이 저리고 아팠다. 그 몸으로 월요일이 되면 똑같은 한 주를 시작해야 했다. 2월 말, 겨울도 끝자락이었으나 지옥 같은 악순환의 고리를 끊어낼 수 없었다.

어느 오후 정경원과 나란히 복도를 말없이 걸었다. 정경원의 옆모습이 한없이 어두웠다. 잠을 거의 자지 못하고 쉬지도 못한 지 오래였다. 끼니는 먹을 수 있을 때 먹었고 먹을 수 없으면 없는 것으로 했다. 나는 시선을 발끝에 두고 정경원에게 물었다.

— 정 교수, 괜찮아?

— 예, 저는 괜찮습니다. 교수님은 괜찮으십니까?

— 나야 뭐……. 그럼 나가서 캐치볼이나 잠깐 할까?

나는 정경원과 가끔씩 의과대학 건물 옆 농구장에서 캐치볼을 하곤 했다. 지금은 그것이라도 필요해 보였다. 그러나 정경원의 얼굴에 난감함이 스쳤다.

— 아니 그건 좀…….

정경원은 군 복무 당시 다리가 심하게 골절되어 약간씩 다리를 절었다. 남들 같으면 모교인 대학병원으로 갈 것을, 같은 육군 후배인 정형외과 군의관에게 수술을 받았다. 내고정술(internal fixation)에 쓰였던 금속 구조물이 아직도 다리 골수에 있었다. 진작 제거했어야 했지만 지난 1년은 집조차 몇 번 가지 못할 만큼 바빴고 재수술을 받을 시기도 놓쳤으므로, 그런 다리로 대부분의 시간을 서서 지냈다. 한 번도 내색하지 않았으나 늘 아팠을 것이다. 미처 그것을 신경 쓰지 못했다. 도대체 내가 무슨 짓을 하고 있는지 생각하면 괴로워졌다.

그날 저녁 정경원과 직원 식당에 앉아 입속에 밥을 말없이 밀어 넣었다. 윤기 없는 밥이 입안에서 모래알처럼 굴렀다. 밥의 온기는 금세 식었고 맛은 느껴지지 않았다. 허기를 달래려 욱여넣는 것에 지나지 않았다. 그때 누군가가 소리 없이 곁에 다가와 앉았다. 권준식이었다.

3년 전 늦은 밤 서울대학교병원 외과 박도중 교수의 연락을 받았다. 그는 전화를 끊기 전 제 병원에 있는 한 전공의를 말했다.

— 형님, 우리 병원에 벌써부터 외상외과 하겠다는 친구가 있어요. 힘내십시오.

그때 박도중의 목소리는 먼 메아리처럼 들렸다. 한밤중의 전화였을 뿐이었고 말은 말일 뿐이다. 어린 전공의의 뜻이 실체가 되어 내게 닿으리라고 보지 않았다. 나는 그 전공의가 왜 외상외과를 세부전공으로 선택하려는 것인지 설명을 듣고도 잘 이해할 수 없었으므로 진지하게 듣지 않았다. 그러나 그는 1년차 위인 장정문이 우리 팀에서 죽도록 고생하는 걸 보고도 이 병원으로 오겠다고 했다. 권준식만 한 사람을 만나기는 쉽지 않았으므로 나는 마다하지 않았다. 다만 권준식의 군 입대 시기 조정이 필요했다. 육군에서도 국군수도병원에 전문적인 외상외과 의사가 필요하다고 했다. 나는 그가 전문의 과정을 마치고 군 입대 전에 우리 팀에 합류하여 외상외과 수련을 받을 수 있도록 의무사령부와 협의했다. 결국 권준식은 외과 수련을 마치고 군대도 가기 전에 외상외과 임상강사를 시작했다.

권준식의 합류가 명확해졌을 때 그는 인사차 수술방으로 나를 찾아왔다. 나는 권준식에게 팀의 빈자리를 부탁했고, 근무가 시작

되는 3월 2일 전에는 병원에 오지 말라고 일러두었다. 일을 시작
하면 곧 그의 일상도 모래 먼지가 서걱거리는 날들이 될 터였다.
미리 올 필요 없는 권준식이 2월 말 정경원과 내가 있는 자리에 나
타난 것이다. 그가 몹시 반가웠다. 어차피 곧 함께 황무지에서 헤매
게 되겠지만, 오래도록 웃을 일 없던 정경원과 나는 오랜만에 희게
웃었다.

3월 초입에 이명박 대통령이 병원을 찾았다. 정무수석 정진석
도 함께였다. 키가 큰 정진석은 일행 사이에서 비죽 솟아 시선을
끌었다. 그는 나를 보자 두 팔을 높이 들어 흔들며 크게 웃었다. 오
만에서의 통화 이후 처음 만나는 자리인데도 낯설지 않았다. 대통
령은 석해균 선장 병실을 찾아 상선 선장의 동정복을 선물했고, 나
중에 청와대에서 한번 보자며 인사를 건넸다. 석 선장은 감사하다
고 답했다. 대통령 일행은 분위기가 좋았다. 아주대학교 안재환 총
장에게도 인사를 잊지 않았다. 총장은 화답하며 이번 기회에 한국
중증외상 의료 시스템에 대해 다시 한번 돌아봐달라고 건의했다.
대통령은 배석한 고용복지수석에게 바로 지시를 내렸다. 청와대
수석들은 많은 지시와 검토사항을 받아내는 자리다. 나는 그가 처
리해야 하는 '정책의 우선순위'를 생각했고, 지금 그가 받은 지시
사항은 그중 몇 번째일지를 생각했다.
대통령 일행이 자리에서 일어났다. 함께 있던 염태영 수원시장이

병원 로비 앞에 주차된 전용 차량 앞까지 대통령을 배웅했다. 그는 대통령과 악수하며 석 선장의 쾌유가 수원 시민의 힘인 것을 알아달라고 말했다. 민주당 당원인 그가 석 선장의 본가가 있는 부산에 금송을 보냈을 때, 한나라당 당원인 부산시장은 진심으로 기뻐했다고 들었다. 정치적 입장이 무엇이든 사람은 죽어서 흙이 되고 거름이 될 뿐이고 죽어가던 사람의 생환은 여러 사람을 기쁘게 한다.

모두가 돌아가고 난 뒤 병원 옥상에 올랐다. 바람이 아직은 차고 저녁 하늘은 유독 검었다. 나는 석 선장의 전과(轉科) 시점에 대해서 생각했다. 그에 대한 내 역할은 이제 끝나가고 있었다. 앞으로는 정형외과에서 추가적인 사지 수술과 재활을 담당해나갈 것이다.

수원 월드컵 경기장에 조명이 환했다. 축구 경기가 없는 날인데 정비라도 하는 모양이었다. 거대한 빛줄기의 위용이 대단했다. 검은 하늘로 뻗어나가는 불빛이 생을 떠받치는 기둥 같기도 했고, 죽음을 걷어내는 검기(劍氣) 같기도 했다. 그 강렬한 광적(光跡)의 경계를 따라 빛의 파편들이 안개처럼 아스라이 퍼져나갔다. 죽어가던 이가 생으로 돌아오는 순간의 강렬함을 떠올렸다. 불빛이 솟구치는 밤하늘 속으로 더스트오프(DUSTOFF)팀*의 블랙호크 한 대가 인식등을 점멸하며 북쪽으로 비행해 올라가고 있었다.

---

* 미군의 항공의무후송 팀. 이송 능력과 헬기 내 의료 수준이 세계 최고라는 평가를 받는다.

석해균 프로젝트

지난 겨울, 강원도에 폭설이 내렸고 가건물 하나가 무너지며 사람이 다쳤다. 소방방재청장 박연수는 전화를 걸어와 우리 팀이 소방대원들과 함께 현장에 가줄 수 있는지, 앞으로도 현장 의료진으로서 참여해줄 수 있는지를 물었다. 사고는 때와 장소를 가려 일어나지 않고 피할 수도 없는 것이다. 소방에도 현장 출동이 가능한 의료진이 있는 게 나았다. 나는 이번 출동은 가능하다고 답했고, 앞으로의 일에 대해서는 가능과 불가능을 말하지 않았다. 현장으로 갈 채비를 할 때, 환자의 상태가 심각하지는 않다는 연락을 받았다. 출동은 하지 않아도 되었으나 앞으로의 일에 대해서는 소방에서도 알아두어야 할 것들이 있었다.

날이 밝고 박연수에게 전화를 걸었다. 헬리콥터를 이용한 의료진의 현장 투입과 지원, 의료진의 육상 운송 수단, 현장 응급의료소 설치 등 선결되어야 할 것들을 전했다. 교과서적인 내용이었다. 담당자를 통해 몇 가지 자료도 보냈다. 회전익 기체나 고정익 기체를 이용한 의료진 현장 투입에 대한 내용이었다. 그에 대해 곧바로 어떤 답이 돌아오지는 않았으나 경기도지사 김문수와 박연수는 석해균 선장의 일과 이 사고를 염두에 두었다. 그들은 연간 사고 발생 빈도와 환자 수, 환자가 살고 죽는 비율을 점검했고, 내가 보낸 자료들을 검토했다. 거듭된 논의 끝에 경기도는 도 내에서 중증외상 환자가 발생하면 환자 이송에 소방방재청 소속 헬리콥터를 이용하기로 결단을 내렸다. 이 사업은 석 선장의 이름을 붙여 '석해균 프로젝트'라 명명(命名)되었다.

아주대학교병원과 경기도의료원을 축으로 하여 소방방재청과 경기도 사이에 포괄적인 양해각서(MOU)를 체결했다. 협약서에는 의료진이 헬리콥터에 올라 현장으로 출동할 것과 사고 현장에서의 응급조치, 환자 이송 시 기체 내에서의 치료, 병원 도착 후 수술적 치료와 중환자실에서의 집중치료에 이르기까지 많은 내용이 담겼다. 헬리콥터는 경기 소방항공대와 중앙구조단*의 기체를 이

---

* 경기 소방항공대는 경기도재난안전본부 특수대응단 소속이며, 중앙구조단은 현 소방청(전 소방방재청) 소속 중앙119구조본부를 이른다.

용하기로 했다. 환자 항공 이송에 대한 최초의 공식 약속이었으므로 그 의미가 컸다.

협약식이 진행된 도청 잔디밭에 흰색과 붉은색으로 도색된 헬리콥터가 내려앉았다. 경기 소방항공대의 AW-139였다. 여느 소방 헬리콥터와 달리 응급환자 수송과 치료를 위해 내부를 개조한 기체였다. 공간이 넓지는 않아도 환자를 눕혀 데려올 수 있는 이동식 침대가 있고 응급치료 장비들이 구비되어 있었지만 충분하지는 않았다. 김문수에게 향후 필요할 추가 장비들을 말할 때 나도 모르게 목소리에 힘이 들어갔다. 김문수는 최대한 빨리 추경예산에 반영하겠다고 했다.

출동 권역을 정하는 것도 관건이었다. 하늘에는 원래 경계선이 없고 지상의 경계도 인간의 편의에 의해 갈랐을 뿐인데, 이 경계를 넘나들며 발생하는 환자들의 생사는 인위적인 선 안의 의료 상황에 따라 갈렸다. 김문수는 타 지역 광역자치단체에서 발생한 환자에까지 출동할지 여부도 검토시켰다. 송순택 경기도의회 보건복지공보 위원장은 경기도민의 돈으로 사들인 헬리콥터에 기름을 넣고 고치고 조종사를 고용할 것과, 지역 경계를 넘나들며 의료진이 비행할 것을 밀어붙였다. 경기도 외의 타 지역 출동에 대해 반대가 있을 법도 한데 도의회에서는 이를 문제 삼지 않았다.

앞으로 나아가지 않던 일들이 석 선장의 생환을 동력으로 움직이기 시작했다. 중증외상 의료 시스템을 갖춰나가는 일에 살아난 석 선장이 연료가 되었다. 그러나 첫 시도는 공고(鞏固)한 것이 아니므로 나는 경계하며 주의를 기울였다.

전임 부대장이던 매드윅(Michelle G. Medwick) 소령이 떠나고 더스트오프팀 신임 부대장으로 듀리아(Stephen M. Duryea) 소령이 왔다. 듀리아를 만나기 위해 나는 캠프 험프리스(Camp Humphreys)에 들어갔다. 듀리아의 군복 오른팔 위쪽에 붙어 있는 미 육군 제101공수사단 부대 마크, 스크리밍 이글(Screaming Eagle)이 눈에 들어왔다. 그는 블랙호크 파일럿으로서 이라크와 아프가니스탄에서 사선을 넘나들며 비행했다. 더스트오프의 블랙호크들은 크고 견고했다. 기장과 기폭이 AW-139보다 1.5배 이상이 컸다. 듀리아는 캠프 험프리스 활주로 상공에서 블랙호크 기동 시범 비행을 했다. 나는 팀원들과 그 비행을 참관했다. 블랙호크는 항속거리가 길었고 속도가 빨랐다. 보조연료 탱크를 장착하고 캠프 험프리스에서 이륙하면 한반도 전역을 기동할 수 있었다. 이착륙 시의 하향풍이 너무 큰 것만이 걱정되었다.

불안한 시작

영국과 이탈리아의 합작 회사에서 만든 AW-139는 중량 대비 추력 비율이 좋아 빠르고 경쾌한 기동이 가능했고, 미국산 기체에 비해 가성비가 좋았다. 경기 소방항공대가 가진 석 대의 기체 중 의료진을 싣고 비행할 주된 기종이었다. AW-139가 정비에 들어갔을 때 차선으로 사용할 AS365*는 실내공간이 협소해 상대적으로 환자 치료가 어렵다. 하지만 이 두 기종 모두 사용 불가능할 때 투입될 러시아산 Ka-32**보다는 나았다. 우리가 카모프라고 부르는

---

* 유로콥터에서 제작·생산된 중소형의 다목적 쌍발 엔진 헬리콥터. 중앙119구조본부는 AS365와 EC-225를 각각 두 대씩 보유하고 있다.

Ka-32는 주로 산불 진화용으로 쓰는 기종으로 기체 안에 3,000리터가 넘는 물탱크가 붙어 있었다. 환자를 싣고 내리기에 몸체는 높고 치료할 공간은 가장 좁아 의료용으로 쓰기에는 마땅치 않은 기체였다. 도입 단가는 낮지만 유지 정비 시간이 다른 기종에 비해 턱없이 길었고 최대 운항 속도도 느렸다. 무엇보다 기본 비행 메커니즘과 조종법 자체가 완전히 달라 모든 것을 반대로 조작해야 했다. 실수로 출력을 올리다 엔진을 꺼버릴 수 있어 다루기가 까다로운 기체였다.

중앙정부에서 관리하는 중앙구조단은 AS365와 EC-225를 보유했고 중앙구조단의 파일럿들은 원칙대로 자신이 맡은 기종의 조종간만을 잡았으나, 경기 소방항공대는 사정이 달랐다. 사람과 장비에 여력이 없고 급한 출동에는 어느 기종이든 현장으로 출동해야 했으므로, 경기 소방항공대 파일럿들은 AW-139, AS365, Ka-32 세 기종을 모두 조종할 수 있어야 했다. 주력 헬리콥터의 불가피한 공백은 어떤 방법으로든 메워져야 했다. 그러므로 러시아산 헬리콥터라도 없는 것보다는 있는 게 나았다. 나는 그 까다로운 기체를 자유자재로 조종해내는 경기 소방항공대 파일럿들이 고마웠다.

** 러시아 회전익 항공기 제조회사로 2006년에 오보론프롬에 합병됐다. 합병 후에도 Ka-32 브랜드는 유지되고 있으며 생산되는 기체는 군사용과 민간용으로 나뉜다. Ka-32는 다목적 민간용으로 설계된 헬리콥터다.

경기도 특수대응단에서 의료진 출동을 위한 비행 훈련을 시작
했다. 훈련 첫날 경기 소방항공대의 이세형 비행대장을 만났다. 조
종석 문을 열고 나를 보며 가볍게 목례하는 얼굴이 낯익었다. 서해
안 풍도에서 발생한 사고로 비장이 파열된 환자가 경기 소방항공
대 헬리콥터에 실려 왔을 때, 조종을 맡았던 파일럿이었다. (아주대
학교병원 헬기장에 한국의 소방 구급 헬리콥터가 내려앉은 것은 그때가 처음
이었다. 아주대학교 상공에 소방항공로의 초행길을 뚫어놓은 파일럿이 이세
형이라는 사실은 나중에 알게 되었다.) 나는 그를 다시 만나 반가웠으나
그는 그렇지 않은 듯했다. 이세형이 훈련 중에 내게 물었다.

— 교수님, 앞으로 몇 번이나 의료진이 타게 되나요? 용역 사업
기간은 언제까지입니까?

말 속에 찬바람이 불었다. 그는 오래전 의사 몇이 정부가 발주
한 연구 용역 사업과 관련 있거나, 의사 본인의 연구 논문 데이터
확보를 위해 헬리콥터에 오른 일만을 기억했다. 하지만 석해균 프
로젝트는 그것들과는 성격 자체가 다른 일이다. 나는 앞으로 의료
진이 소방대원들과 함께 헬리콥터를 탈 것이라 답했으나 이세형
은 내 말에 무게를 두지 않는 듯했다. 대한민국에서 처음 있는 일
이니 그도 짐작할 수 없었을 것이다.

나를 제외하면 팀원 대부분이 헬리콥터 탑승은 처음이었다. 보
고 듣는 것과 실제 겪는 것의 차이는 크다. 팀원들의 외침은 로터
소음에 부서졌고, 기체가 뜨고 내릴 때 몰아치는 하향풍에 몸은 휘

청거렸다. 헬리콥터 착륙이 불가능한 지역에서 환자가 발생할 때를 대비해 공중 강하 훈련도 했다. 의사와 간호사들이 허공에서 줄을 잡고 뛰어내렸다. 몸에 무리가 되고 위험을 감수해야 하는 일이었다. 한 번의 경험으로 그칠 일이 아니었음에도 모두가 마다하지 않았다. 나는 그것 또한 고마웠다.

프로젝트가 시행된 것은 긍정적인 일이지만 여건은 충분하지 않았다. 비행은 느는데 적합한 기체는 모자랐고 파일럿의 수는 적정 인원의 절반에도 미치지 못했다. 무엇이 얼마나 필요한지와 일의 경중을 명확히 아는 것은 현장의 실무자들이었으나, 그들 간에도 합의는 드물었으며, 실무자가 짊어져야 하는 짐을 위에서는 가볍게 여겼다. 기존 업무만으로도 벅찬 소방 조직에 내가 다른 짐을 더한 셈이 되었다. 공의(公義)를 근간으로 운영되는 조직이라고 해도 또 다른 공의를 얹는 것은 당사자들에게는 힘겨운 것이다. 결국 실제 비행을 담당하는 소방항공대 내부뿐만 아니라 상황실과 행정 쪽에서도 저항이 거세지기 시작했다.

몇몇 중간관리자는 앞뒤가 달랐다. 윗선에는 입에 발린 말을 늘어놓고 병원에서는 이 프로젝트의 지속 여부에 대해 이죽거렸다. 소방대원들의 열악한 처우 개선은 뒷전이고 보여주기식 헬리콥터 사업에 예산을 낭비한다고도 했다. 소방대원에 대한 처우가 열악한 것은 사실이었으므로 그 비난은 이해되었다. 다만 저쪽과 이쪽에서 보이는 다른 낯빛에 나는 속이 뒤틀렸다. 이미 그 같은 얼굴을 수없이 보아왔음에도 익숙해지지 않았다. 정작 조직의 수 뇌부는 이런 흐름을 알지 못하는 것 같았다. 나는 그들이 정말 모 르는 것인지, 알고도 모르는 척하는 것인지 알 수 없었다. 경기 소 방항공대에 이세형, 이성호 비행대장을 중심으로 한 정예화된 핵 심 인력들이 있어 일부 희망을 두었으나 그들만으로 유지될 일은 아니었다. 잡음은 사방에서 끊임없이 들려왔고 석해균 프로젝트는 흔들리며 나아갔다. 불안한 시작이었다.

긍정적인 변화

UC 샌디에이고 외상센터에서 연수받을 때 제임스 던퍼드 교수는 1980년대 초반을 회고하곤 했다. 그가 처음 헬리콥터를 타고 환자를 구하러 다니던 때의 이야기였다.

헬리콥터로 환자를 이송하는 일을 한다고 돈을 더 받는 것도 아니었고, 목숨을 걸고 나가야 했으므로 반대도 어려움도 많았다. 지금보다 위험하고 생경한 일이었으며 인력도 충분하지 않았다. 의사 여섯 명이 의기투합하여 그들끼리 순번을 정했고, 응급실에서 환자를 보던 이가 출동하면 다른 이가 그 자리를 대신했다. 한겨울 산악 지역에서 발생한 환자를 구조하기 위해 얼음장 같은 호수를 수영해 건너가서 헬리콥터를 유도한 적도 있고, 민간 헬리콥터만으로는 한계가 있어 군에 도움을 요청해 군 항공대와 한 팀으로 운영하기도 했다.

그 같은 과거가 던퍼드 교수에 의해 현재로 불려와 눈앞에 생생하게 펼쳐졌다. 그의 이야기는 노련한 장수가 생사를 넘나들던 전장의 기록과 같았다. 실제 그의 비행시간은 1,000시간이 훌쩍 넘었다. 회전익 기체로 1,000시간은 고정익 기체에서의 그것과는 차원이 다르다. 그는 미국 중증외상 시스템의 한 역사였으며, 그 역사는 소수의 사람들이 버티며 이루어온 기적 같은 과정이었다. 눈앞에서 지나간 시간을 말하는 던퍼드 교수는 거인(巨人)이었다.

일본은 중증외상 의료 시스템을 설립해가는 데 한국보다 20여 년 먼저 시행착오를 겪었다. 2000년대 들어서 니혼 의과대학 마시코 구니히로(益子邦洋) 교수 같은 이들에 의해 'ER with Wing(응급실에 날개를 달아 의료진과 장비를 현장에 보낸다는 의미)' 개념이 정착됐다. 일본 열도 전체에 거점 중증외상센터들이 설립됐으며, 닥터 헬리(Dr-Heli)*라는 헬리콥터 기반의 항공 의료팀이 운영됐다. 로열런던병원 옥상의 헬리콥터 착륙장에서 보던 모습들이 일본으로 그대로 전해졌다. 그 같은 변화의 주축이었던 마시코 교수는 나보다 먼저 로열런던병원에서 영국의 외상 의료 시스템을 배웠다. 그

---

* 일본의 많은 닥터 헬리 기종은 지금도 런던의 HEMS(Helicopter Emergency Medical Service, 헬리콥터 응급의료 서비스)에서 사용하는 맥도넬 더글러스 헬리콥터(McDonnell Douglas Helicopters)의 'MD 902'이다.

는 '처음에 시스템을 배우려면 나사못 하나까지 그대로 복사해와야 한다. 그래야만 원래 취지가 왜곡되는 현상을 막을 수 있다. 자국의 특성을 감안한다는 명분으로 방향을 달리해 도입하면 완전히 뒤틀려 엉뚱하게 바뀔 수 있다. 따라하려면 완벽한 모방이 선행되어야 한다'라는 원칙을 가지고 있었다. 나는 마시코 교수를 2008년 한 학회에서 처음 만났고, 2010년에는 내가 주관했던 컨퍼런스를 통해 아주대학교병원에 초청했으며, 2012년에는 내가 지바호쿠소병원(千葉北総病院) 외상센터에 방문해 마시코 교수가 그 원칙을 실현해가는 모습을 확인했다.

한국에는 이미 많은 응급의료센터가 있다. 중증외상센터를 만든다면, 기존 응급의료센터와 차이가 없는 수준의 중증외상센터는 무의미했다. 마시코 교수의 원칙대로, 시작할 때 가장 좋은 방법은 완벽한 복제였으므로 나는 미국과 영국의 시스템을 그대로 가져오려 했고, 일본의 경험을 덧붙이고자 했다. 그러나 그 모든 것이 한국에서는 불가능했다. 벌써부터 석해균 프로젝트에 대해 말들이 많았다. 의료진의 헬리콥터 탑승과 중증외상 환자 항공 이송을 반대한다는 기고와 발표들이 이곳저곳에 실렸다. 수많은 논의와 회의에서 말잔치를 벌일 자들은 많았다. 하지만 실제 사고 현장으로 출동해 환자를 헬리콥터에 실어 올려 응급 처치하고, 병원으로 데려와 수술해 환자를 살리는 이들은 그 같은 회의 자리에 없었다. 회의석상에서 쏟아지는 말의 주인들은 중증외상에 대해 명확히 알지 못했고, 사고 현장을 머리로 아는 이들은 실제 현장에서 일하다 온 나를 바보로 만들었다. 그러나 나는 밖에서 들려오는 말들에 대응하지 않았다. 시간이 가면 해결될 것이라고 생각했다. 욕을 먹어도 1년만 버티며 확실한 성과를 보여줄 생각으로 밀어붙였다. 선진국에서도 새로운 시스템은 대체로 그런 식으로 뿌리를 내렸다.

이른 봄 시작된 석해균 프로젝트로 몇 달 사이 살아난 환자가 많았다. 이를 확인한 보건복지부는 가을께 닥터헬리 시스템을 운영할 뜻을 비쳤다. 한국에서 환자 구조에 헬리콥터는 필요 없다던 사람들의 눈과 귀가 쏠렸다. 보건복지부에서 헬리콥터를 배치해주고 운영비까지 지원해줄 상황이 되자, 그들은 사업 유치를 위해 달려들었다. 이런 사업을 잘 유치하는 기관들은 따로 있고 아주대학교병원은 거기에 속하지 않았다.

나는 결과에 개의치 않았다. 어차피 소방 헬리콥터를 운용하는 석해균 프로젝트만으로도 병원 안팎으로 뒷말이 많았고, 보건복지부의 닥터헬리는 야간비행을 하지 않았다. 헬리콥터 소음 문제는 나를 벼랑 끝으로 밀어내고 있었으며 소방 조직의 반발은 갈수록 심해졌다. 팀원들도 한계점을 넘나들고 있었다. 늘어나는 환자에 비해 인력 충원은 난망했고 필요한 장비는 지원되지 않았다. 우리는 더 많은 밤을 새우고 더 자주 끼니를 거르며 일했다. 피로가 쌓여갔다. 환자들의 목숨은 팀원들의 생활을 담보로 살아 돌아왔다.

산목숨이 느는 것은 기쁜 일이나 지쳐 쓰러져가는 팀원들에 자괴감이 컸다. 변화와 개선의 속도는 심히 느렸고 일부는 중간에 주저앉을 것만 같았다. 이런 상황에 보건복지부와 관련한 일까지 벌이고 싶지 않았다.

그래도 분명히 변화는 다가오고 있었다. 여전히 비난의 화살을 맞았으나 '사업'이라는 게 시행됐다. 아주대학교병원이 아니어도 어디에서든 환자를 살리는 데 닥터헬리를 제대로 운용만 해준다면 그다음도 가능할 것이다. 나는 이것만큼은 긍정적인 변화라고 생각했다.

중단

8월 초 응급구조사 김선아가 합류했고, 정경원이 다리 수술을 받았다. 문제였던 금속 구조물을 빼냈다. 한 달간 병가를 주고 몸을 추스르게 했다. 그의 가족들은 부산에서 병원 근처로 이사를 와 있었다. 아이들을 키우며 삶의 터전을 바꾸기란 쉽지 않지만 가족이 모여 사는 것은 좋은 일이다. 앞으로 그가 혼자 있지 않아도 되어 다행이었다.

정경원의 복귀를 일주일 앞두었을 때 나는 연락 없이 그의 집을 찾았다. 여러 번 벨을 눌렀는데도 기척이 없었다. 가족들과 수요 특전 예배를 갔을 거라 짐작했다. 굳이 전화를 해 방문을 알리지 않았다. 고개를 들어보니 건물들 사이로 짙은 진홍빛 하늘이 보였다. 어둠이 오는 모습을 천천히 지켜보는 것도 오랜만이었다. 바람이 서늘했다. 여름의 늦더위가 조금씩 꺾이는 중이었다. 사들고 온 사골을 바닥에 내려놓고 담배에 불을 붙였다. 깊이 한 모금을 빨아 뱉었다. 매캐한 연기가 가슴 속을 훑고 밖으로 흩어져나갔다.

소방방재청과 맺었던 양해각서의 이행은 7월로 중단됐다. 석해균 프로젝트가 시작된 지 넉 달만의 일이었다. 산 자들의 안위에 죽어가는 이들이 밀려났다. 석해균 프로젝트로 분명한 변화들이 보였으나 그 변화는 상부에까지 가닿지 않았다. 사고 현장으로 헬리콥터가 출동하고 전원이 요구되는 환자들로 인해 경기 소방항공대 내부의 업무 부담은 급증했다. 실무자들이 힘겹게 버틸 때 필요한 지원은 이루어지지 않았고 다른 이들은 밖에서 입을 놀려 말을 만들었다.

그해 봄에 경기 소방재난본부*에는 새 본부장이 부임해왔다. 본부 내의 각 부서는 신임 본부장에 대한 업무보고로 분주했다. 일부는 석해균 프로젝트의 실적은 걷어내고 부정적인 것들만 떠벌리는 것 같았다. 신임 본부장이 회의석상에서 '헬리콥터가 이국종의 개인택시냐'라고 했다는 말이 여러 경로를 거쳐 들려왔다. 실제로 그가 그 같은 말을 하지 않았다 해도 그런 이야기가 내게까지 들려온다는 것은 내부저항이 얼마나 심한지를 가늠케 했다. 현장

---

* 2014년 9월 경기도 재난안전본부로 변경.

의 어려움을 개선해주려는 노력 대신 나쁜 보고를 올림으로써 이 프로젝트의 중단을 원하는 것 같았다.

정말 막 나가는구나…….

우리 팀에도 업무는 가중되었고, 그 정도는 갈수록 심해져 팀 원들이 숨조차 쉬지 못했다. 외상외과에 의사라고는 전문의 셋과 전공의 하나가 전부였으므로 팀원들은 병원으로 밀려오는 환자 진료만으로도 벅찼다. 현장 출동이 더해진 후부터 당직 체계라는 것은 존재하지 않았다. 의사와 간호사가 비행에 나서면 다른 팀원 들은 병원에 남아 통신망을 통해 착륙 지점을 확보하고 현장 처치 를 지원했으며, 수술을 준비하고 중환자실 병상을 준비했다. 권준 식은 수련 초기였으므로 혼자 큰 수술을 감당할 수는 없었다. 수술 이 벌어지면 대부분 나를 포함한 모든 전문의가 달려들었다. 정경 원과 권준식의 학습 속도와 실력은 급격히 빨라졌으나 고생은 말 로 할 수 없었다.

중증외상 환자에 대한 수술적 치료법을 수련하는 일은 그 자 체로 가혹한 일이다. 환자의 사고 원인은 하나가 아니고 그로 인 한 상처의 범위는 넓고 깊으며 다양하다. 정규 수술처럼 특정 부위 에 대한 몇 가지 수술을 단기간 내에 집중적으로 수련하는 방식은 가능하지 않다. 인력은 적고 업무는 과중되어 수련 강도는 훨씬 더 심할 수밖에 없었다. 우리에게 개인 생활이란 가능하지 않았다. 현 실은 지옥이었고 개인의 삶은 무너져내렸다. 그 아수라장 속에서 정경원의 다리는 악화일로에 있었다. 많이 지친 날이면 정경원은 다리를 끌다시피 하며 일했다. 병원에 인력 증원을 요청했으나 답은 오지 않았다.

프로젝트가 시행된 지 석 달도 채 안 되어서 의료진의 헬리콥터 출동 건수는 50여 건을 넘겼고, 팀원들과 소방대원들은 한계 상황을 넘나들고 있었다. 그러나 프로젝트에 대한 부정적인 보고는 현장 실무자가 아니라 사무실 중간관리자급에서 나왔다. 구조와 구급의 우선적인 몫은 소방이었으나 그들은 그렇게 생각하지 않는 것 같았다. 우리는 민간 병원 소속 의료진으로서 헬리콥터에 올라 환자에게 가는 것을 자발적으로 했다. 소방으로부터 어떤 수당이나 장비도 지원받지 않았다. 출동할 때마다 사고 발생 시 국가를 상대로 책임을 묻지 않겠다는 각서에 서명까지 했다. 그런데도 우리를 향한 지독한 말들은 거두어지지 않았다.

병원 내에서도 문제는 불거졌다. 병원 관계자들은 병원으로 날아오는 헬리콥터를 마뜩잖아 했다. 헬리콥터 소음이 환자 치료와 학생들 공부에 방해가 된다는 게 이유였다. 정작 환자나 보호자, 학생들은 불평하지 않았다. 나와 팀원들에게 필요한 것은 오로지 사람과 장비였으나 추가적 지원은 없이 비난의 화살만 날아와 박혔다. 우리의 생활은 균형을 잡지 못하고 기울어지고 있었다.

7월 말, 정경원의 다리 수술을 한 주 앞뒀을 때 과로로 인한 부정맥 악화로 내가 쓰러졌다. 의과대학 동기인 순환기내과 최소연

교수가 응급실로 찾아와 나를 살폈다. 진찰을 마친 최소연의 말은 단호했다.

— 일단 입원하고 황교승 교수님께 어블레이션(Radiofrequency Catheter Ablation, 전극도자절제술)* 받자. 너 이러다간 죽는다.

최소연의 '죽는다'라는 말에 위화감이 없었다. 남의 죽음을 가까이 두고 살아서인지 내 죽음도 멀지 않게 느꼈다. 평소에도 만성병으로 인한 오랜 투병보다 업무 중 급사(急死)가 낫다고 생각했다. 중증외상이나 심혈관 질환으로 나조차도 모르는 사이 찾아오는 죽음이 가장 좋을 것 같았다. 내 생각을 알 리 없는 최소연은 치료를 받고 호전된 후에 일할 것을 당부했다. 약물요법으로 응급치료를 받고 입원 절차를 밟았다. 시술은 다음 날 받기로 했다. 여러 가지 약물을 고용량으로 투여한 덕에 오랜만에 잠 같은 잠을 잤다. 눈을 떴을 때 순환기내과 황교승 교수가 와 있었다. 그는 나를 살피고 안심시켰다.

나는 정신이 들자마자 정경원과 권준식, 김지영을 병실로 불렀다. 눈앞의 상황들을 정리해야 했다.

— 이제 다음 주면 정 교수도 수술받지?

내 물음에 정경원이 대답했다.

---

* 카테터를 사용해 부정맥을 일으키는 심장 내 부위를 절제 또는 괴사시켜서 부정맥을 완치하거나 조절하는 치료법이다.

— 제 수술은 급한 게 아니니 좀 미뤄도 됩니다. 여름이라 더운데 뭘 수술까지요.

정경원은 별문제 없다는 듯이 말을 이어나갔다.

— 요즘엔 부정맥 별거 아니지 않습니까? 부산대에 있을 때 보니 환자들도 시술받고 퇴원해서 금방 일상에 복귀합니다. 교수님께서는 업무 강도만 좀 낮추시면 될 텐데요. 이제 권 선생도 있으니 제가 잘 막아보겠습니다.

정경원은 가볍게 말하고 있었으나 나를 생각하는 그 마음의 무게를 잘 알았다. 그러나 정경원의 다리가 내 심장보다 우선이었다. 외상외과 분야의 학문적 연속성을 보더라도 정경원은 나 같은 놈보다 훨씬 중요하다. 나는 세 사람에게 밤새 정리한 생각들을 말했다.

— 정 교수 수술을 더 늦출 수는 없어. 예정대로 수술받고 한 달간 쉬어. 뼈가 완전히 들러붙기 전에는 절대 나오지 말고. 내가 보기엔 한 달도 부족해. 나는 오늘 시술받고 하루 이틀 쉬다가 나오면 되니까 나하고 권 선생이 어떻게든 막아볼게.

세 얼굴이 당황하여 나를 보았다. 나는 대개 셋의 의견을 묻고 결정을 내렸지만 이번에는 여지를 두지 않았다.

— 그리고 이제 소방하고 현장 항공 출동은 그만 하자. 그쪽에서도 원하지 않는 것 같고 소방 내부에서 의견 정리가 안된 것 같은데, 이 상태에서 무리하게 끌고 나가는 게 의미 없겠어. 사실 우리가 소방공무원도 아니잖아? 그쪽에서 월급받는 것도 아니고.

월급을 어디서 받는가. 그것은 2002년 외상외과 전임 교직원으로 근무를 시작한 이래 나에게 중요한 초점이었다. 아무리 어렵고 힘들고 욕을 먹어도 나를 고용하고 있는 기관이 때가 되어 통장에 월급을 넣어주는 한, 최초 임용 당시에 정해진 업무 영역에 따라 일을 할 의무가 있다. 나는 이 원칙을 지키려고 애써왔다. 이정엽은 사람과 사람의 말이 엇갈릴 때에는, 처음 업무가 부여될 때 논의되었던 '핵심가치'가 담긴 '공문서'를 지표로 삼아 무조건 문서에 적힌 바를 따라야 한다고 했다. 만일 기관 차원에서 공식적으로 내 역할을 중단시킬 경우 나는 저절로 부서 이동이 되거나 사직하게 될 것이다. 그러므로 미리 결정하거나 걱정할 필요가 없다. 나는 업무지침에 준한 말들을 떠올리며 상황을 정리했다.

— 우리는 어디까지나 선진국형 항공의무이송 시스템을 도입하려고 했던 거잖아. 그걸로 인해 소방 조직에서 내부 반발이 심해진다면 더 할 필요가 없어.

우리도 석해균 프로젝트를 간신히 유지하고 있는 상황이었다. 정경원이 수술을 받게 되면 외상외과에 전문의는 나와 권준식 단둘만 남는다. 게다가 권준식은 이제 막 외상외과 의사로서 수련을 시작했다. 의사 둘만으로는 병원으로 오는 환자에 항공 출동까지 대응하기 어렵다. 권준식이 정경원처럼 병원에서 산다고 해도 유지가 불투명한 마당에, 소방 내부에서 이토록 반발이 심하다면 더는 버틸 필요가 없었다. 다행히 50여 차례의 출동으로 의료진은 꼭 알아야 할 것을 알았고 배우고 준비해야 할 것들을 배웠다. 나는 욕을 먹어가면서도 어쩔 수 없이 해야 하는 것들을 해나가는 것이 지겨웠으므로, 하지 않아도 되는 것들은 피하기로 했다. 소방과의 헬리콥터 출동을 중단하겠다는 내 결정에 세 사람은 말이 없었다. 셋은 누구보다 상황의 척박함을 잘 알았다.

누군가는 내게 시스템이 없는 곳에서 시스템을 만들어가는 일이라서 더 힘든 것이라고 했다. 그렇다고 해도 그 심각함이 지나쳤다. 기존의 체계와 인사, 재정, 지원과 운영 모든 면에서 부딪혔다. 조직적으로 방해하는 이들은 눈을 가늘게 뜨고 나를 주시했다. 비아냥과 비웃음을 감추지 않았고 내가 등을 돌리는 순간 숨기고 있던 칼을 사정없이 내리꽂았다. 그 저열함에 나는 치를 떨었다. 이제는 나 하나로 끝나지 않고 곁에 있는 사람들이 덩달아 힘겨워졌다. 그것이 나를 더 괴롭게 했다.

어느새 주위가 어두웠다. 길가에 불빛이 환하게 번졌다. 멀지 않은 곳에서 말소리가 들렸다. 정경원과 그의 식구들이 시야에 들어왔다. 수술받은 지 한 달이 채 되지 않은 정경원은 아직 편히 걷지 못했다. 그는 나를 보고는 놀라 절뚝거리며 달려왔다. 집에 들어와 밥을 먹고 가라고 했으나 준비해간 사골만 건네고 돌아섰다. 정경원의 얼굴이 좋아 보여 다행이었다. 잠을 푹 잔 얼굴이었다. 무엇보다 가족과 함께 있어 행복해 보였다. 나는 그것으로 충분했다.

고요한 몸

수술방 전화가 울렸다. 사무실의 김지영이 돌린 전화라고 했다. 보통 수술 중 의사는 전화를 받을 수 없어서 사무실에 휴대전화를 맡기거나 수술방 한쪽에 올려둔다. 전화가 오면 사무실 스태프들이 대신 받아 수술 중이라고 전하고, 상대는 메시지를 남기고 전화를 끊는다. 누구보다 이것을 잘 아는 김지영이 전화를 돌려 나를 찾는다는 건 그만큼 급하다는 의미였다. 수술방 간호사가 귀에 대준 전화기에서 해군 김병천 의무감의 목소리가 들려왔다.

— 이 교수님, 통화 가능하십니까?

김병천의 목소리는 다급했다. 무슨 일인지 묻자 답은 지체 없이 돌아왔다.

— 백령도에 근무하는 해병대원이 작전 중 많이 다쳤습니다. 출동이 가능하겠습니까?

— 출동하겠습니다.

나는 빠르게 답하고 전화를 끊었다. 같이 수술하던 정경원을 곧장 밖으로 내보내며 일렀다.

— 중앙구조단의 EC-225가 필요할 거야. 중앙구조단 상황실에 지원 요청해봐.

수술은 끝을 향하던 참이었다. 정경원이 EC-225를 요청하는 사이 수술을 마무리할 수 있을 것이다.

백령도는 NLL에 닿아 최전선에 위치해 있고, 때로는 바다도 사나워져 사고가 잦았다. 고기를 잡던 민간인들이 바다에 휩쓸려 으스러지고 군인들이 바다를 지키다 터져나가, 항공 의료 지원이 없으면 수장되는 목숨이 많았다. 그 섬에 닿는 길은 멀고 위태로웠다. 북한의 레이더망과 지대공 미사일의 위협 때문에 NLL에 근접하는 직항로는 타고 들어갈 수 없었다. 해수면에 동체를 붙이듯 200피트 이하로 낮게 비행하면서도 남쪽으로 길게 회항해야 한다. 500킬로미터에 육박하는 거리를 왕복 비행해야 하는데, 회피기동에 공기저항까지 심한 해수면 위의 저공비행을 하면 헬리콥터의 연료는 빠르게 타들어 갔다. 돌아오려면 백령도에서 중간급유를 받아야 했다. 악천후라면 비행은 더 위험했다.

잠시 후 정경원이 수술방으로 전화를 해왔다. EC-225가 날아갈 수는 있으나 백령도 남쪽의 대청도와 소청도까지 연무(煙霧)가 감싸고 있어 헬기장은 사용 불가능하고 사곳 해변에조차 내려앉을 수 없다고 했다. 연평도에서 소청도까지 바다에는 북한과 대치하고 있는 NLL만 보이지 않게 그어져 있을 뿐 환자를 인계받을 섬이 없다. 나는 수화기 너머 정경원에게 답했다.

— 일단 가는 데까지 가보자.

— 알겠습니다.

정경원의 답은 간결했고 나는 수술을 빠르게 마무리 지었다.

EC-225는 지체 없이 날아왔다. 나는 곧장 김지영, 송서영을 데리고 헬리콥터에 올라탔다. EC-225가 병원 상공을 지날 때 중앙구조단으로부터 연평도조차 연무가 깊어 비행이 어렵다는 연락을 받았다. 결국 해군의 인천 지역방위사령부에서 고속정으로 갈아타고 하늘이 아닌 바다 위를 빠르게 달렸다. 초고속으로 달려갔으나 2시간이 지나서야 연평도를 간신히 지났다. 연평도와 소청도 사이의 NLL 바로 남측 선상을 지날 때 해군 2함대 PKM을 만났다. 백령도에서 부상당한 해병대원을 싣고 오던 중이었다. 두 척의 고속정을 해상 계류(繫留)시켜놓고 우리는 바다 한복판에서 환자가 있는 선체로 넘어갔다.

선실 안은 해병대원이 뿌린 피로 유혈이 낭자했다. 해군의 외과 군의관이 해병대원의 피를 뒤집어쓴 채 심폐소생술을 하며 버티고 있었다. 허옇게 질린 군의관의 얼굴 위로 피가 섞인 붉은 땀이 흘러내렸다. 나는 곧장 군의관과 교대했다. 일정한 템포로 해병 대원의 가슴팍을 누를 때마다 바닥에 누운 몸뚱어리가 흔들렸다. 비릿한 피 냄새가 기어 올라왔다. 검붉게 식은 피가 손에서 미끌거렸다. 계속되는 심폐소생술에도 해병대원의 심장은 답이 없었다. 손바닥으로 차가운 기운이 파고들었다. 산 자들이 가지는 온기는 피범벅 된 몸에서 이미 빠져 나가버린 후였다.

죽었구나…….

가슴팍을 누르던 두 손을 멈췄다. 내 손 아래에서 흔들거리던 몸이 고요히 누웠다. 선실 안의 정적이 무거웠다. 이 꼴을 보겠다고 여기까지 달려온 게 아닌데 손도 써보지 못하고 당했다. 우리는 모두 말없이 멍하니 있었다. EC-225로 들어왔으면 진작 치료를 시작할 수 있었을 것이다. 바닷물 위에 뿌려버린 3시간 남짓한 시간에 젊은 목숨이 허무하게 밀려 나가떨어졌다. 나는 헬리콥터를 환자가 있는 사고지점에 최대한 가까이 붙여야 하는 문제를 다시 생각했다. 항공 의료 지원이 없는 서북 다섯 개 도서 지역은 사지였다. 의료 공백이 보이는 그 지역에 헬리패드까지 갖춘 대형 함정을 배치하면 좋겠지만 어디까지나 바람일 뿐이다. 가뜩이나 부족한 해군의 주력 전투함들을 북한의 지대함 미사일 기지 코앞에 가져다 놓을 수는 없다. 답답한 나는 고속정의 함미 갑판으로 올라왔다. 해병대원의 소속 부대 주임원사가 내 뒤를 따랐다. 그는 내게 담배를 권했다.

— 해병 생활만 30년이 넘었고 이제 곧 전역입니다. 참 많은 위험한 고비를 겪으며 전방을 지켰습니다. 해병들은 항공 지원을 받지 못해 뭍까지 이송되지 못하고 죽는 일이 많았습니다.

그는 잠시 말없이 담배를 피운 뒤 다시 말했다.

— 그래도 격오지에서 부상당한 우리 해병대원들을 치료해주셔서 감사합니다.

나는 부끄러웠다. 감사 인사를 듣기에는 이 죽음에 너무도 속수무책이었다. 소청도까지만이라도 날아갔다면 최소한 환자가 숨이 멎기 전에 개흉술을 통한 심장마사지라도 할 수 있었을 것이다. 심장이 멎지만 않았으면 가득 준비해 간 O형 혈액과 약제들도 쏟아부어볼 수 있었다. 그러나 안개가 막아섰고 바다 위에 헬리콥터가 앉을 곳은 마땅치 않았다. 나는 담배연기를 깊이 들이마셨다. 해상의 파도는 잦아들고 있었다. 우리는 고속정들의 해상 계류를 풀었다. 부상당한 해병대원과 군의관 일행을 태우고 왔던 참수리고속정은 다시 백령도로 돌아갔다. 해병대원의 시신을 안고 인천 해군기지로 돌아오는 항로에서 우리는 모두 아무 말도 하지 않았다.

송서영이 고요히 누운 해병대원에게서 기관삽관 등을 제거해내고 그의 입가와 환부에서 흘러내리는 피를 닦아냈다. 나는 선실 바닥에 주저앉아 송서영과 그가 수습하고 있는 해병대원을 보았다. 송서영도 아이를 키우는 엄마였다. 송서영의 손길이 해병대원에게 잘 가라고 다독이는 것 같았다.

핏물을 거두자 청년의 얼굴이 보였다. 훈련으로 검게 그을린 얼굴에 생기가 없었다. 누구의 아들일 것인가. 뭍에서 시신을 기다리고 있을 부모들을 생각했다. 자꾸만 눈물이 솟았다. 낡은 고속정 특유의 디젤엔진에서 선체로 전달되어 올라오는 진동이 엉덩이를 타고 척추를 따라 머리까지 전달되었다. 두개골 속이 덜그럭거리며 흔들거렸다.

스스로를 보호할 권리

아덴만 여명 작전 이후 임상과 행정 업무는 감당하기 불가능할 정도로 폭증했다. 보직교수들에게 수없이 전담간호사 증원을 요청했으나 해결 기미가 보이지 않았다. 병원 윗선에 공문이라도 써야 할 것 같았다. 그것은 내 몫이었으나 좀처럼 여력이 나지 않아 김지영을 불렀다. 김지영이 직접 써야만 우리의 절박함이 좀더 잘 알려질 것 같았다. 김지영은 난감해하며 아웃라인이라도 알려달라고 말했다. 나는 눈앞에 쌓인 서류들을 훑어가며 김지영에게 일렀다.

— 사람이 너무 없다고 적어요. 이대로는 더 이상 운영할 수 없다고. 그냥 간단히 써봐요.

— ······알겠습니다.

김지영이 자리에서 일어났다. 짧은 순간 생각이 바뀌었다. 그가 쓰는 글의 진정성을 의심치 않으나 병원 측에 보내는 공문이었다. 병원이라는 '조직'과 '공문'의 성격상 내용과 진정성보다 올리는 자가 누구인가가 중요할 것이다. 나는 돌아나가려던 김지영을 불러 세웠다.

— 아니다, 그만두세요. 내가 쓸게요.

김지영은 편해진 얼굴로 사무실 밖으로 빠져나갔다. 나는 보던 서류들을 내려놓고 빈 종이를 가져와 자리에 앉았다. 한참 동안 펜을 들고 놓기를 반복했다. 머릿속에서 뒤엉킨 말들은 쉬이 잡히지 않았다. 무엇을 어떻게 말해야 우리의 절박함이 전해질 것인가. 나는 종이 위에서도 잔뜩 움츠렸고 글로써 읍소했다. 비루한 말들을 그러모아 문장을 써내려갈 때 펜 끝은 방향을 자꾸 잃었다. 팔에 힘이 실리지 않았다. 흔들리는 팔을 달래며 한 자씩 겨우겨우 써나갔다. 쓰다 말고 구겨버린 종이가 테이블 위에 쌓였다. 완성된 공문의 무게는 버려진 말들과 종이의 무게까지 더해진 것이어야 했다. 그러나 공문을 받아들 상대는 아마도 그것을 모를 것이다.

그 사이 김지영은 병원 기획팀에서 자료를 받아 '전담간호사 연장 근무 현황'과 '전담간호사 운영 실태 자료'에 대한 첨부 문서를 만들어놓았다. 나는 작성한 공문을 김지영에게 건넸고, 김지영은 첨부 문서와 공문을 합쳐 병원 측에 보냈다. 답은 오지 않았다.

한밤에 20대 중반의 청년이 앰뷸런스로 실려 왔다. 청년의 낯빛은 파리했으나 용모가 준수했다. 하얗고 긴 목에는 칼자국이 선명했다. 자를 대고 그린 듯 상처는 단정하고 붉었다. 벌어진 틈 사이로 피가 울컥거렸고 코에서도 피가 쏟아져 흘렀다. 그 사이로 획획대는 숨소리가 의료진을 다그쳤다. 서둘러 기관삽관을 하고 바로 수술방으로 보냈다. 권준식이 나와 함께 수술방으로 올라갔다.

칼처럼 예리한 것에 찔려 입은 자상을 수술할 때는 칼이 파고 들어간 부위의 주변을 확실하게 열고, 칼끝이 헤집어놓은 조직의 바닥까지 접근해야 한다. 그것이 원칙이다. 사람을 죽이고자 한 칼이 살을 가르고 들어간 끝에, 사람을 살리려는 칼이 닿지 못하면 수술은 깨끗하게 이뤄지지 못하고 환자는 죽는다. 자상의 범위와 깊이가 심해 기관지를 뚫으면 그 역시 환자의 숨은 쉽게 달아나고 만다.

— 이거다.

내 말에 권준식의 눈이 빛났다. 환자를 해친 칼은 기관(trachea) 옆면을 갈라놓았고, 그 주위의 근육과 혈관을 파열시켰다. 내경동맥이 끊어졌고 거기에서 강한 압력으로 피가 뿜어져 나왔으며, 뿜어진 핏줄기가 기관으로 흘러들어갔다. 일부는 기관지 말단 분지를 타고 폐 조직으로 스며들어 흡인성 폐렴을 만들고, 일부는 역류해 기도 상부로 올라와 코피가 나고 입에서 피를 토하는 것처럼 보였다. 나는 수술용 실로 기관지를 봉합하고 출혈을 막았다. 이런 수술은 난이도는 높지 않으나 속도전이어야 한다. 숨이 지나는 길에 문제가 생기면 생명은 단 10분도 견디지 못하고, 수술 속도가 빠를수록 예후가 좋지만 늦어지면 죽음에 이른다. 수술은 잘 끝났고 환자는 살았다.

몇 시간 후 권준식이 다급히 전화를 걸어왔다.

— 교수님, 환자에게 문제가 있습니다.

나는 권준식의 말을 잠자코 들었다.

— 지금 막 진단검사의학과에서 연락이 왔습니다. 환자가 에이즈(AIDS, 후천성면역결핍증)라고 합니다.

순간 부서져나갈 듯 이를 악물었다. 두개골 속이 쥐어짜이듯 아팠다. 정규 수술은 환자 몸에 칼을 대기 전 많은 검사를 한다. 환자의 몸이 수술 가능한 상태인지를 확인하고 상태에 따라 수술 방침을 정하기 위해서다. 의료진은 환자의 피를 몸으로 받아내므로 감염에 대한 검사도 필요하다. 만일 환자가 간염 바이러스를 가지고 있다면 수술 전날부터 주의를 기울여 마취와 수술에 대한 각종 안전조치들을 해둔다. 수술용 칼과 바늘은 몹시 날카롭고, 수술용 장갑은 외과 의사들의 예민한 감각을 유지하기 위해 극도로 얇다. 날선 수술 도구들은 쉽게 장갑을 뚫을 수 있고, 장갑을 뚫고 들어온 칼과 바늘이 의료진 손에 상처라도 내면 환자의 피가 스며들어 감염 위험에 그대로 노출되고 만다. 그러므로 환자의 감염 정보를 미리 알아야 의료진은 제 몸을 보호하기 위해 주의를 기울일 수 있다.

그러나 중증외상 환자들은 생사의 벼랑 끝에서 촌각을 다투는 채로 실려 오고, 우리는 정규 수술처럼 사전 검사를 다 할 시간이 없다. 검사 결과가 빨리 나오는 DNA, RNA 검사만이 우리가 유일하게 기댈 수 있는 전부다. 그러나 이 검사 비용 3만 원은 건강보험심사평가원의 비급여 대상이며 자동차보험의 삭감 대상이므로 병원에서는 난색을 표했다. 결국 이 검사조차 하지 못한 채 환자의 피를 뒤집어쓰고 수술하는 우리는 당연히 환자의 감염 여부를 알 수 없었다. 이에 대해 건강보험심사평가원에 여러 번 소견서를 제출했으나 받아들여지지 않았다.

수술 전후에 해야 하는 각종 검사나 집중치료는 차치하더라도 환자 수혈에 관한 비용까지 지급을 거부당하는 게 외과였고, 그중에서도 극심한 것이 외상외과의 현실이었다. 대한민국에 의사만 10만 명이었으나 '의사'라는 말은 그 자체로 많은 세부전공으로 갈라져 나갔으며, '10만'이라는 수와 나란히 놓일 때 결코 단일한 무엇이 될 수 없었다. 그것은 다시 둘로, 둘에서 셋으로, 셋에서 넷으로 쪼개져 나가며 층층이 저마다 다른 입장을 가졌다. 윗선에선 의사들이 뜻을 모아 응급 검사에 대한 불합리를 해결하고자 한다면 바뀔 일일지도 모른다. 그러나 우리가 겪는 불합리는 그들에게는 관심 밖의 일인 듯했다. 결국 진료과정에서 겪는 고충은 우리 스스로 개선해나가는 수밖에 없는데 그럴 만한 힘이 우리에게는 없었다.

'외상외과 의사'는 그중에서도 가장 밑바닥에서 허덕이는 최말단이었다. 나는 공장이나 공사장에서 구르고 떨어져 짓이겨진 채 실려 와 병원비에 속수무책으로 주저앉는 환자들과 내가 다르지 않다고 자주 생각했다. 구조적인 문제였다. 이곳마저 대한민국 여느 분야와 다르지 않아, 원칙은 무너지고 힘의 논리에서 자유롭지 못했다. 그 속에서 우리의 자리는 존재의 지속 여부를 가늠할 수 없는 비루한 모퉁이 한쪽일 뿐이다. 불합리를 삼켜내는 것이 할 수 있는 전부여서 우리는 스스로를 죽음 가까이에 두는 일이 많았다.

나는 이런 힘의 논리를 알 리도 없고 알고 싶지도 않았다. 내가 죽는 것도 문제는 아니었다. 다만 팀원들을 계속 위험에 내몰 수는 없었다. 응급검사 지원에 관한 이견서를 여러 번 제출했지만 답은 오지 않았다. 중증외상 환자에게 투여하는 혈액 수혈은 교과서적인 원칙에 의한 것이었으나 그 비용마저도 지급되지 않았다. 그러니 의료진을 위한 검사 따위는 고려 대상조차 되지 않는 모양이었다. 그렇다고 국민건강보험공단에서 보존해주지 않는 '에이즈 검사 키트'를 독단으로 사들일 수도 없었고 관련 회사에 개인적으로 부탁하고 싶지도 않았다. 사지에서 목숨을 내놓고 일하는 셈인데 기관과 정부로부터 치명적인 세균과 바이러스에 대한 보호조차 얻지 못한다면 이 일을 그만두는 게 맞다. 도대체 얼마나 더 이런 위험천만한 상황에 의료진을 끌고 들어가야 하는가.

2011년에야 처음으로 건강보험심사평가원에서 실제로 평가를 담당하는 의사, 간호사들과 대면했다. 회의 자리에 외상외과의 교과서 내용을 복사해 슬라이드로 만들어 가져갔고, 교과서적으로 치료하고 있는데도 대표적으로 삭감되는 수혈 기준에 대해 보여주었다. 심평원이 우리에게 적용하고 있는 기준은 내과나 진단검사의학과의 혈액학 분야를 전공하는 의사들이 만들어놓은 것이고, 그것은 중증외상 환자에 적합하지 않았다.

중증외상 환자들은 수술실 바닥을 흥건하게 적실 만큼 피를 쏟아냈고, 제 몸에서 쏟아버리는 만큼의 많은 피가 필요했다. 그러나 1차 평가를 담당하는 간호사들은 그것을 몰랐으며 동일한 기준으로 삭감은 반복되어, 중증외상 환자 치료를 위해 수혈을 하고 나면 우리는 어디에서도 그 돈을 보전받지 못했다. 그것은 그대로 ABC 원가 분석에서 내가 발생시킨 심각한 적자요인이 됐다. 내가 이견서를 낼 때마다 나는 심평원으로부터 같은 말을 들었다. 전국에 나와 같은 이의를 제기하는 의사가 없다고 했다. 당연한 일이다. 대한민국에 외상외과 전공자가 전무하다시피 하던 시절이었다. 회의 자리에서 한 의사가 내게 물었다.

— 아니, 이렇게 확실한 문제가 있으면 저희들에게 직접 말씀하시지 왜 이렇게 오래 놔두셨습니까?

헛웃음조차 나오지 않았다. 속에서 치솟는 불길이 머리끝에 닿았다. 긴 바늘이 머리를 쑤셔대듯 두통이 밀려왔다. 지난 10년 가까이 내가 올린 수많은 자료들과 직접 작성한 '수혈 비용 삭감에 대한 이의신청서'는 전부 쓰레기통에 처박했단 말인가. 일개 의사의 불만이라도 10년 동안 지속되면 한 번은 귀 기울여줄 만했다. 나의 절박함이 그들에게는 하찮은 모양이었다. 가까스로 화를 삼켜 눌렀다. 따지고 들어 좋을 건 없을 것이다. 앞으로 잘 부탁한다는 말만 하고 회의 자리에서 물러나왔다. 신경 마디가 뚝뚝 끊어져 나가는 소리가 귓속에서 울렸고, 뜨거운 것이 여전히 울렁거렸다.

그날 저녁 윤태일에게 연락했다. 한달음에 달려온 그와 마주앉아 술잔을 기울였다. 우리는 주거니 받거니 취하도록 마셨다. 나는 윤태일을 붙들고 회의 자리에서 하고 싶었던 말을 내뱉었다.

— 도대체 그동안 내가 올린 그 많은 이의신청서는 다 어디 간 거야? 그 사람들은 한 번도 본 적이 없다고 하던데.

윤태일이 피식 웃었다.

— 여기가 무슨 선진국인 줄 아냐? 네가 올린 그 서류들이 잘 검토되고 개선되면 여기가 한국이겠어? 꿈 깨, 인마!

말끝에 걸친 윤태일의 웃음은 씁쓸했다. 해군의 여명 작전 성공과 석해균 선장의 건강 회복 덕분에 심평원에서 처음으로 발표 기회를 가졌다는 것에 고마워해야 할 일인지도 몰랐다. 생각할수록 자꾸 입안이 마르고 썼다. 술잔을 몇 번을 비워내도 취하지 않았다.

그로부터 몇 달이 지났다. 지금도 변한 것은 아무것도 없었다. 나는 이 문제를 풀 방도를 좀처럼 찾지 못했고, 팀원들은 여전히 스스로를 보호할 수 있는 최소한의 장치도 없이 핏물을 뒤집어썼다. 다행히 그날 청년을 살리기 위해 달려들었던 의료진 누구도 감염되지 않았다. 그것을 다행이라 말해야 하는 현실은 지긋지긋했다. 언제까지 불안을 안고 수술방에 뛰어들어야 하는가. 최소한의 방패막이도 없이 사선에서 싸우듯 버티는 팀원들을 생각할 때면, 나는 자꾸 무참해졌다.

성탄절

11월 말 5층 회의실 건너로 사무실을 옮겼다. 가벼운 이동이었다. 의대 기숙사와 행정부서를 약간 비켜나 등진 곳으로, 사무실 서쪽으로는 건물이 없었다. 간혹 본교에서 행사가 열리면 그 불빛이 외상센터 사무실 창문 너머로도 보였다. 일부 학생들의 노랫소리가 사무실 안까지 들려오곤 했다. 나는 학생들이 기숙사로 돌아가 다시 정신을 깨우고 책을 펼치기를 바랐다. 그것이 역사가 짧은 이 의과대학을 졸업하고 의사로 살아남아 버티기 위한 유일한 길일 것이다. 김지영은 바삐 움직였다. 주말에도 전담간호사들을 배치했다. 말하지 않아도 어쩔 수 없음을 모두가 알았다. 2011년 내내 끔찍하게 바쁜 일정은 연말까지 이어졌다.

중앙정부의 소방방재청 김승룡 구급계장이 소방방재청 내 중앙구조단으로 보직 이동했다. 12월에 중앙구조단의 김준규 단장과 김승룡으로부터 연락을 받았다. 국방부와 소방방재청이 업무 협력을 추진 중이라고 했다. 지금껏 군은 군 안에서 응급환자가 발생하면 군 자체 응급의료 체계에 기대어왔다. 중앙구조단의 항공 전력은 주로 내륙에서 발생한 사고에 대한 민간인 구조 업무에 투입되었다. 어느 쪽에도 전문 의료진이 함께 출동하는 경우는 거의 없었다. 김준규와 김승룡은 헬리콥터를 이용한 항공 출동을 우리 팀과 함께 하기를 원했다. 나는 제안을 받아들였다. 경기 소방항공대와 비행하지 않은 지 다섯 달 만의 일이었다. (이듬해인 2012년 1월, 국방부와 소방방재청 사이에 응급의료 체계 구축 협약이 체결됐고, 나는 중앙구조단 항공팀과 NLL 주위의 다섯 개 도서지역을 돌며 헬리콥터 이착륙장과 비상착륙 거점을 확보해나갔다.)

성탄절 전날 저녁, 정경원은 수술이 끝나고 자신의 집으로 나를 데려갔다. 정경원의 아내가 나를 반갑게 맞았다. 정경원과 대학 동창인 그의 아내는 아이들을 낳으면서 일을 그만두고 가정을 돌보는 일에 마음을 쏟았다. 나는 그 희생이 늘 고마웠다. 가족들의 지지가 없으면 이 일은 할 수가 없다.

크지 않은 집 안에 온기가 돌았다. 아직 돌이 안 된 막내 아이가 탁자를 잡고 일어서려 했다. 탁자를 짚은 조막만 한 분홍빛 손끝이 힘이 들어가자 하얗게 변했다. 아이는 한 뼘 길이의 가늘고 작은 다리에 힘을 주고 몸을 일으켜 세워보려 했지만 아직 균형을 잡지 못했다. 작은 몸이 앞뒤로 흔들거리다 풀썩 주저앉아 엉덩방아를 찧었다. 아이는 다시 탁자로 손을 뻗고 다시 힘을 주고 일어났다 다시 주저앉았다. 아이의 몸짓에 나와 정경원은 웃었다. 그사이 정경원의 아내가 금방 저녁을 차려 냈다. 식탁 위에 차려진 음식들이 정갈했다. 입안에 넣은 밥은 따뜻했고 고소한 향내가 풍겼다. 밥알을 씹기조차 미안했다. 나는 오랜만에 잘 차려진 음식을 먹으며 웃었다. 정경원 가족의 행복이 느껴져 좋았다.

병원으로 돌아가기 전에 정자동 주교좌성당에 들렀다. 석해균 선장이 입원해 있을 때 찾아와 기도해줬던 이용훈 마티아 주교에게 감사 인사를 아직 전하지 못했다. 성탄절 자정 미사도 몇 년만이었다. 함박눈이 내려 길 위에는 눈이 쌓여 있었다. 발을 내디딜 때마다 눈 밟히는 소리가 선명히 들렸다. 내 몸의 무게를 감당하지 못한 설빙이 바스라지며 토해내는 울음 같기도 했고, 얼음 결정들이 한데 엉겨 붙는 외침 같기도 했다. 얼어붙은 흙냄새가 코끝을 스쳐 숨을 깊이 들이마셨다. 차갑고 청명한 공기가 코안으로 들어와 폐 속에 박혔다. 천천히 숨을 내뱉자 입김이 하얗게 흩어져 나갔다.

성탄절 전야인데도 성당 주변은 고요했다. 바로 몇 시간 전만 해도 날카롭고 다급한 수술방 모니터의 경고음과 수술 기구의 금속성이 맞부딪치며 만들어내는 소리로 가득찬 전쟁터 한가운데에

선 것 같았는데, 성당의 평화로운 기운이 나를 비현실적으로 편안하게 만들었다. 성당 안에는 금세 사람들이 찼으나 번잡스럽지 않았다. 성탄절을 기념해 성가가 울려 퍼질 때 경내의 평안이 밖으로 흘러 사방에 퍼져나갈 것만 같았다. 나는 이 기운이 병원에도 가닿을 것인가 잠시 생각했다.

미사는 자정이 넘어 끝났다. 이용훈 마티아 주교에게 인사를 하러 찾아갔을 때 김문수가 와 있었다. 간단히 인사만 하고 나오려 했으나 이용훈 주교와 김문수에게 이끌려 지하 식당으로 내려갔다. 가톨릭 신우회에서 떡국을 준비해두고 있었다. 나는 김문수와 다른 사제들과 마주 앉아 떡국을 먹었다. 테이블 위로 서로의 근황과 관심사가 새해 인사에 섞여 흘렀다. 나는 오가는 이야기들을 말 없이 들었다. 자리는 길지 않았다.

김문수가 성당을 떠날 때 그를 배웅하러 주차장까지 동행했다. 간단한 인사 뒤에 그는 부인을 차에 태우고 성당을 빠져나갔다. 돌아나가는 차바퀴 아래에서 부드러운 눈이 다시 바스러졌다. 몸을 돌려 병원으로 향했다. 연말이었고 또다시 한 해가 시작될 것임을 생각했다. 새로운 한 해가 부담스럽고 지겨웠으나 뻗어나가는 생각을 애써 덮었다. 한밤의 공기는 아까보다 더 차갑게 얼어붙었다. 추운 날 세상에 온 예수가 인간 세상에서 고생을 많이 했겠노라고 생각했다.

새해 2월, UC 샌디에이고 외상센터의 라울 코임브라 교수에게 부탁해 정경원과 권준식, 김지영을 그곳으로 단기 연수 보냈다. 연수를 마치고 온 김지영은 서면으로 상세한 연수 일정과 배우고 온 내용들을 보고했다. UC 샌디에이고 외상센터에서 새롭게 개선된 진료 지침을 검토하는 일은 하루가 넘게 걸렸다. 곧 봄이 찾아올 2월의 끝 무렵이었으나 추위는 가시지 않았고, 창밖 너머 늦겨울 하늘은 잔뜩 찌푸렸다.

지난여름 석해균 프로젝트를 중단했던 경기 소방항공대가 의료진과의 비행을 재개했다. 야간 출동도 시작했다. 첫 야간 비행에 나선 헬리콥터에는 이세형 비행대장이 앉아 있었다. 김관진 장관이 국방부 마크가 새겨진 손목시계를 보내왔다. 여성용과 남성용 한 세트였다. 어머니께 드리니, 아버지도 나라 시계를 받아온 적이 있었는데 나도 받아왔다며 좋아하셨다. 나는 아버지가 받아온 시계가 기억나지 않았다.

살림

사무실에서 사용할 집기를 구입할 예산이 없어 중고가구를 알아
보게 했다. 내 곤궁함을 잘 아는 내과 유병무 교수가 학기가 끝나
가니 내과 전공의 숙소에서 버리는 가구 몇 점을 가져다 쓰라고
했다. 나는 그 가구를 주워다 사무실에 배치했다. 해군에서 갑판
수병으로 근무할 당시 갑판사관들은 길바닥에 나뒹구는 사무실
용 가구가 눈에 띄면 수병들을 데리고 나가 주워오곤 했고, 예비
역 해군들은 자기 사무실에서 쓰던 집기들을 한꺼번에 무상으로
기증하기도 했다. 부족한 예산을 쥐어짜내 사용하는 해군 간부들
은 미국 애리조나 사막의 노후 전투기 보관소(AMARG, Aerospace
Maintenance and Regeneration Group)를 돌아다녔다. 그곳에는 퇴

역한 미군 항공기들이 있었고, 잘 찾아보면 해군에 부족한 대잠초
계기를 고철 값에 사들여 고쳐 쓸 수 있었다.

2009년, 병원 안에 '중증외상특성화센터'라는 문패가 만들어
져 달렸다. 하지만 본래는 없던 조직이므로, 우리는 군식구 같았다.
이름뿐인 집이라 해도 집은 집이어서 조금씩 사람도 늘고 살림도
늘었지만 사무실 운영비 지원은 점차 줄어들었다. 2011년 1월에
센터 운영비는 바닥을 보였다. 외상외과 의사들은 다른 임상과에
비해 가장 적은 월급을 받았다. 많은 임상과 교수들이 서로 돈 문
제로 반목하는 광경을 나는 많이 보아왔으므로, 공식적인 운영비
외의 자잘한 비용은 내 몫으로 하여 알아서 방법을 찾았다.

석해균 선장을 살려낸 직후 그나마 남아 있던 예산 지원은 얼
마 가지 않아 끊겼다. 병원은 다른 임상과와의 '형평 원칙'을 말했
다. 이전까지 적용되지 않던 '형평'이 그제야 운운되는 것은 기막
혔으나 내가 할 수 있는 일은 없었다. 진료부서와 행정부서 사이에
서 중증외상특성화센터는 입장이 미묘했고, 센터에 지원되는 예
산은 해가 갈수록 급격히 깎여나갔다. 보직교수들은 기관의 원칙
대로 배속된 의사의 머릿수를 운영비의 기준으로 삼아 더는 지원
이 불가하다고 했다. 외상외과 소속 의사들은 나를 포함해 세 명에
불과했고, 1인당 한 달에 10만 원의 부서 운영비가 내려왔다. 당장
사무실 물 값과 녹차 티백을 살 돈조차 없었다. 병원은 외상외과의
자멸을 원하는 것 같았다.

수술이 늦게 끝나면 허기진 팀원들에게 사 먹이던 간식 등을 끊어 비용을 줄였다. 새벽 수술이 끝나고 전날 먹다 남은 피자를 데워 팀원들과 나누어 먹었다. 부서 카드를 쥔 김지영의 손은 늘 머뭇거렸다. 교수들 방마다 햇반과 김을 사다 구비해두던 것을 몇 번 하다 그만두었다. 분기별로 마련했던 회식도 중지했다. 병원 밖으로 나가 회식을 겸해 저녁을 먹인다면 다음 날부터는 대책이 없었다.

2011년부터 적정진료팀에서는 한국 정부의 보건복지부 병원 인증뿐만 아니라 미국 JCI 인증까지도 받겠다고 나섰다. 병원 환경 평가 기준을 염려해 우리 팀원들의 복장을 문제 삼았다. 우리는 근무복은커녕 수중에 먹고 죽을 돈조차 없었으므로 수술복을 근무복처럼 입었다. 소방방재청에서 따로 보급 받은 비행복도 없었다. 현장으로 출동하는 일은 예고가 없고 헬리콥터 안에서는 피를 쏟는 환자에 붙어 치료해야만 했다. 환자의 핏물과 의료진의 땀은 수술복을 적셨고, 프로펠러 바람에 뒤집어쓴 흙먼지와 뒤섞여 엉겨 붙었다. 그래도 수술복을 입고 있어야 그나마 쉽게 갈아입을 수 있어 감염 방지에도 도움이 되었다. 우리에게 새하얀 가운과 우아한 사복은 가능하지 않았다.

중증도가 심해 항생제 내성균주가 검출되는 중증외상 환자가 있으면, 기관에 해가 되는 환자들을 데려온다고 욕을 먹었다. 나를 시작으로 정경원과 김지영, 팀원들은 병원에 해를 끼치는 무리들이 되어 병원 윗선에 불려다니며 온갖 말들을 들었다. 헬리콥터에 대해서도 많은 말이 있었다. 내가 하는 일이 싫은 것인지 환자 평계를 대며 나를 겁박하는 것인지 빤히 보였으나 대꾸하지 않았다. 정작 병원에 입원한 환자나 보호자들은 그 소음의 의미를 아는 듯 별다른 불만을 표하지 않았다. 이 문제는 주로 병원의 교수들이나 직원들로부터 불거져 나왔고, 그 뒷말을 들은 보직교수들을 거쳐 증폭되어 내게로 왔다. 공개회의 때 보직교수들은 헬리콥터 소음이 기관 차원의 심각한 문제라고 계속 말했다. 나는 아예 공식적으로 중단을 지시하지는 않으면서 회의석상에서 몰아붙이는 보직자들의 태도를 이해하지 못했다.

겨울에는 영하 10도가 넘는 혹한 속에서 헬리콥터 착륙장에 나가 기다리는 날이 많았다. 그런 날에도 의료진의 몸을 가릴 것은 홑겹의 수술복과 얇은 가운이 전부였다. 환자를 옮겨 실을 이동용 베드를 잡은 손은 차갑게 얼어붙었다. 얼음장 같은 공기는 얇은 옷가지를 쉽게 뚫고 들어와 모두 온몸을 떨었다. 눈이라도 쌓이면 헬리콥터의 하향풍이 눈보라를 일으켰고, 대기하던 우리는 고스란히 그것을 뒤집어썼다. 추위에 떨던 전담간호사들 중 몇은 몸이 얼어 폐렴에 걸리고도 내게 알리지 않았다.

출동 장비 사정도 열악했다. 헬리콥터에 오를 때 챙겨야 할 것들은 많았으나 어디에서도 지원은 없었다. 다빈도 처방 약물이나 흔한 장비들은 병원에서 들고 나간다고 하더라도 그것을 넣어갈

항공용 배낭이 없고, 고도계나 나침판은 고사하고 무전기조차 없어, 헬리콥터가 이륙하면 지상의 의료진과 비행에 나선 의료진 간의 연락은 두절되었다. 정부의 어느 부처에서도 항공용 UHF(Ultra High Frequency, 극초고주파)나 VHF(Very High Frequency, 초고주파) 무선통신망을 내어주지 않았다. 급한 장비들을 구입하고자 신청하려고 해도 그것들은 병원 내에서 쓰는 상비가 아니고, 병원 내 환자 치료에 사용될 소모품이 아니므로 어디에서도 구매를 승인해주지 않았다. 소방방재청에 수차례 도움을 요청했으나 답은 없었다. 그들도 상황이 다르지 않아 우리를 도울 여력이 없음을 모르지는 않았다. 실무 소방항공대원들조차 단 몇백만 원의 예산이 부족해서 만성적인 소모품 부족 문제에 시달렸다. 때로는 우리가 병원에서 들고 나가 빈 곳을 메워주곤 했다. 가진 것 없는 이들끼리 똑같이 가난한 중증외상 환자들을 구하겠다고 나선 꼴이었다.

외상외과의 특수성은 어디에서도 헤아려주지 않았다. 그동안 병원에서 해오던 통상적인 진료 이외에 해야만 하는 것들은 많았지만 그것들을 하기 위해 한 발만 앞으로 내디뎌도 길은 보이지 않았다. 고위층과의 자리에서 지원에 대해 흘러나오는 좋은 말들은 그 자리를 벗어나면 없는 것이 되었다. 의료계와 관료들의 사회는 고도의 정치판이었고 앞뒤 면상은 판이하게 달랐다. 나는 정신을 차릴 수가 없었다. 웃는 얼굴들이 좋은 옷을 입고 맛난 것을 먹으며 화려한 말의 향연을 벌일 때, 현장에서는 비행복 한 벌 신발 한

짝이 없어 몸을 떨었다. JCI 인증 때문에 수술복마저 입지 못해 궁여지책으로 입고 온 사복들은 강도 높은 노동에 맥없이 찢겨 나갔고, 흙투성이 피투성이가 되더라도 갈아입을 옷이 마땅치 않았다.

앞으로 헬리콥터가 계속 날 수 있을지, 우리 팀원들에게 무엇이든 입히고 먹일 수나 있을지 가늠할 수 없었다. 어쩌면 아예 그럴 필요가 없게 될지도 몰랐다. 차라리 그것이 나을 수도 있었다. 헬리콥터는 날기 시작했으나 돌아가는 판국으로는 몇 달 뒤를 내다볼 수 없었다.

뱃사람

한여름 더위가 극심하던 때, 학회 참석차 내려간 부산에서 삼호해운의 김후재를 만났다. 삼호해운의 상황이 최악으로 치닫고 있을 때였다. 반갑게 인사하는 김후재의 얼굴에 피로가 짙었다. 조직의 붕괴를 지켜보는 그의 심정을 조금은 이해할 것도 같았다. 나는 김후재와 막회 한 사발을 앞에 두고 마주앉아 소주잔을 기울였다. 달고 쌉쓰름한 알코올 기운이 목구멍을 스치고 넘어갔다. 빈 술잔을 다시 채우며 김후재에게 물었다.

— 만약 회사가 완전히 깨져버리면 어쩔 생각입니까?

지친 얼굴의 김후재는 망설임 없이 답했다.

— 외항선 타고 나가야죠. 걱정 없습니다.

말에 힘이 실려 있었다.

— 제3항해사 자격을 따서 바다로 나갈 겁니다. 배 타면서 저도 저 선장님처럼 공부해서 제1항해사 자격도 따면 됩니다. 절대로 가만히 앉아 굶지는 않아요.

김후재는 술잔을 비우고 소리 없이 웃었다.

배를 타면 된다. 단순하고도 선명한 답이었다. 나는 그 말을 해군에서 처음 들었고, 그렇게 사는 방식을 그때 배웠다. 뱃사람들은 어떻게든 스스로 배를 띄우고 바다로 나아가고, 바다 위에서 살기 위한 실질적 운영방침을 세운다. 김후재의 얼굴에서 내가 아는 해군들의 얼굴이 보였다. 남화모도 그들 중 하나였다.

1990년 남화모가 기관장교로 부임해왔던 경기함에서 사고가 있었다. 기관실과 유류 탱크를 정비하던 중 벌어진 폭발 사고였다. 굉음과 함께 큰 불길이 일었고, 남화모는 화염 속에서 휘하 수병들을 구해내다 전신에 걸쳐 3도 화상을 입었다. 곧바로 해군병원에 호송되어 6개월간 입원 치료를 받았지만 손을 잘 쓸 수 없게 되었다. 해군 장교로서 더는 함을 지휘할 수 없었다. 그런데도 남화모는 바다에 남는 쪽을 택했다. 의무병과로 전환해 약학대학에 진학했고, 약사가 된 후 해군에 남아 중령으로 진급했다. 군 복무만 20년을 훌쩍 넘겼고 해병대 근무도 10년에 가까워가고 있었다.[*]

2011년 해병대 주종화 대령의 소개로 처음 만난 이후, 나는 남화모를 지켜봐왔다. 그는 해병대에 부상자가 발생하면 최일선에서 뛰어다니며 부상병 수습과 호송을 지휘했다. 서북 다섯 개 도서 지역이나 북한 접경 지역에서 환자가 발생해 의료진이 출동할 때면 간혹 백령도까지 가야 했다. 중간 급유가 필요한 EC-225가 백령도 헬기장에 내려앉으면 남화모가 급유차와 해병들을 올려보냈다. 또한 그는 내가 데리고 돌아온 환자의 수술 결과를 전할 때까지 잠들지 않고 연락을 기다렸다. 해병 환자를 치료할 때나 해군과의 업무에 문제가 생겨 남화모에게 상의하면 그는 늘 신중하면서도 정도에 준한 답을 보내왔다. 궂은일을 자처하며 아랫사람들을 세심하게 챙겼으며 공을 자신의 것으로 돌리는 일도 없었다. 그런 그를 김병천 의무감은 많이 아꼈다. 남화모도 결국 뱃사람이었다.

나는 말없이 술잔을 들이켰다. 김후재와 남화모처럼 나도 바다로 돌아가면 그뿐이라고 대수롭지 않게 말하고 싶었다. 하지만 내가 있는 곳은 바다가 아닌 메마른 정글에 가까웠고 내가 탈 배는 없었다. 김후재는 불콰해진 얼굴로 두런두런 이야기를 이어나갔다. 나는 다시 눈앞의 술잔을 입안에 털어 넣었다. 술이 넘어가는 목구멍이 따끔거렸다. 숨을 크게 들이쉴 때 바다의 짠 내가 훅 밀려들었다. 보이지 않는 파도가 이곳까지 밀려와 나를 쓸어갔으면 싶었다.

---

* 해병대는 고도로 전투 수행에 초점을 맞춘 공격형 부대로서 전투병과 이외의 부서인 의무, 법무 등의 조직은 해군에서 지원 받았다.

얼마 버티지 못하고 결국 삼호해운은 법정관리를 거치면서 파산했다. 병원에서는 당장 석해균 선장에 대한, 억 대가 넘는 치료비 미수금이 문제가 되었고 몇몇 언론에 기사가 새어 나가기 시작했다. 외상팀 운영에 대한 '돈'에 관련된 현안들은 복잡하게 꼬여만 들어갔다. 국립의료원에 위치한 중앙응급의료센터에서 느지막이 회의를 마친 나는 외과에서 근무하는 박종민과 반주를 곁들인 저녁을 먹었다. 원래도 과묵한 박종민은 민감한 사실들에 대해서는 극도로 말을 아꼈다. 내륙 출신임에도 박종민은 뱃사람을 닮아 있었다. 우리는 옛날 전공의 시절 이야기나 하며 최대한 가볍게 먹었고 함께 담배를 피웠다. 박종민과 헤어져 전철역으로 걸어 들어갈 때 삼성전자의 이인용 부사장이 전화를 걸어왔다. 이재용 부사장이 러시아 출장 중에 석해균 선장의 치료비 미수금 문제에 대해 들었다고 했다. 언론에 노출하지 않는 전제하에 돕고 싶다는 의견을 전했다. 이재용이 어떻게 해외 출장 중에 이런 사소한 국내 문제까지 보고받는지 알 수 없었다. 고맙다고 했지만 도움받는 것은 사양했다. 치료비 문제는 보건복지부와 병원, 병원과 선박회사 간의 손실처리에 대한 '공적인 돈' 문제였다. 해외에서 벌어진 군사작전 중에 발생한 중증외상환자 치료에 대하여 공식적인 손실보존 경로가 없다면 이번 기회로 그 체계를 만들어야만 할 것이었다. 응급의료 기금은 중앙정부에 쌓여 있었다.

똑같이 '삼'자로 시작하는 기업인데, 삼성전자는 살아 남아서

돕겠다고 하고 삼호해운은 사라지는 것을 보며 나는 김후재와 삼
호해운의 여러 직원들이 눈에 밟혔다.

야간 비행

— 이륙 준비……, 이륙 준비……, 이륙 준비…….

경비원들의 무전기가 세 번 울렸다. 중앙구조단 AS365의 로터 소리가 빈 하늘로 길게 퍼져나갔다. 기체가 이륙하자 일제히 어둠을 향해 치솟던 LED 유도등이 꺼지면서 헬기장은 다시 어둠에 잠겼다. 초여름 깊은 밤이었다.

서산 지역에서 트럭과 승합차가 충돌했고, 차량이 전복되어 방죽 도로 옆으로 추락했다. 차 안에 있던 부상자들이 지역 의료원으로 호송됐으나 한 명을 제외하고 모두 심하게 다쳤다. 환자들의 상태는 불안정했다. 일반 앰뷸런스에 실어 지역 내 상급 병원으로 가는 것조차 불가능할 정도였다. 의료원은 지역 소방상황실로 지원 요청을 보냈고, 요청은 경기 소방상황실을 거쳐 우리 팀에도 전해 졌다.

창밖으로 바람이 거세게 불었다. 돌풍 경보가 내려졌다고 했 다. 헬리콥터 엔진이 바람을 이겨낼지 알 수 없었다. 센터 내 의료 진 전원을 불러 모았다. 전문의 권준식, 최종익, 전담간호사 김지 영, 송서영, 응급구조사 김선아에게 출동을 준비시켰다. 정경원은 병원에 남아 나머지 인원을 데리고 수술을 준비하기로 했다. 환자 가 여럿이어서 적어도 석 대의 기체가 필요했고, 경기도 소방의 항공 전력만으로는 감당할 수 없었다. Ka-32는 정비에 들어갔고 AS365와 AW-139 중 한 대는 남겨두어야 했다. 환자에게는 AW- 139가 나을 터여서 AS365를 남겨두고, 나머지는 중앙구조단에 지원을 요청했다. 김준규 단장의 지휘하에 중앙구조단의 EC-225 와 AS365가 나섰다. 사고 현장 상황이 급박해 헬리콥터 두 대에 의료진을 고루 나누어 탑승시킬 수 없었다. 경기 소방항공대 이성 호 비행대장이 AW-139를 끌고 먼저 현장으로 출동했다. 중앙구 조단의 본대가 발진하기 전에 김민수 기장의 EC-225가 이륙했다. 김민수는 중앙구조단의 구조구급대원들만 태워 현장으로 날아갔 다. 이복구 기장이 조종하는 AS365가 병원으로 의료진을 태우러 왔다.

병원 헬기장에 새벽안개가 짙었다. AS365의 로터 소리가 의과 대학과 병원 건물 사이에서 더욱 크게 웅웅거렸다. 헬리콥터 문이 열리고 이길상 대원이 뛰어내렸다. 나는 그가 반가웠으나, 하루 전함께 출동했던 것과 오늘 비번이라고 했던 말을 기억했다. 팀원들이 먼저 캐빈으로 달려가는 사이 이길상에게 물었다. 엔진의 울음이 내 말을 삼켜 목청을 크게 높였다.

— 오늘 안 쉬어요?!

— 상황이 급한데요. 제가 온다고 했습니다!

— ……고맙습니다!

이길상은 중앙구조단 항공 구조대원 중에서도 고참이었고, 악천후나 심야의 어려운 작전에는 말없이 후배들을 물리고 헬리콥터에 올랐다. 내가 이길상을 위험으로 끌고 들어가고 있음을 부인할 수 없었다. 내가 아니면 이런 출동은 없을 일이다. 나는 내가 만들어낸 또 다른 위험에 소방대원들을 몰아넣고 있다는 죄책감과 미안함을 떨쳐내기 어려웠다.

우리를 태운 AS365가 날아올라 어둠 속으로 진입해 들어갔다. 앞서가는 EC-225와 AW-139까지 도합 석 대의 헬리콥터가 하늘 위에서 만나, 일렬종대 편대 비행으로 남서쪽으로 향했다. EC-225가 선두에 섰다. AW-139가 후미를 맡고 AS365가 가운데로 나아갔다. 기체를 덮치는 사나운 바람이 동체를 후려쳤다. 시속 250킬로미터 이상 속도를 낼 수 있는 기체들이 바람에 밀려 시속 200킬로미터조차 버거워했다. 바람이 동체 한쪽을 쳐댈 때 또 다른 바람이 꽂히며 몸을 흔들어대면, 로터에서 깎여나가는 바람 소리가 더욱 크게 울렸다. 선두가 보이지 않았다. 헬리콥터 아래로 산악을 따라 피어오르는 안개는 칼처럼 일어나 춤을 췄고, 기체를 잡아채려는 손짓처럼 어지럽게 너울거렸다. 바람 소리가 높을수록 파일럿들의 목청은 커졌다. 멀리 2마일 지점에 희미하게 보이는 AW-139의 점멸하는 기체 인식등이 위태로워 보였다. 천안 상공에서 비행대형은 아수라장처럼 뒤엉켰고, 제대로 전진하지 못하고 바람에 휩쓸리며 흔들렸다. 돌풍과 돌풍 사이에서 모두가 곤두박질 칠 것만 같았다. 마이크에서 흘러나오는 파일럿들의 말소리가 다급해졌다. 조종간과 각종 계기판들을 조작하는 파일럿들의 움직임이 분주했다.

수원에서 서산이나 태안반도 쪽으로 향하는 직항로에서 우리는 늘 경기만(京畿灣)을 넘어야 했다. 헬리콥터가 황해에 들어서는 순간, 바다와 하늘이 하나의 어둠으로 뭉뚱그려졌다. 바다 위는 불빛이 없으므로 해공 간의 경계가 보이지 않았다. 암흑 속을 부유하듯 나아가는 길은 눈으로 인식할 수 없었다. 그 칠흑 속에서 AW-139는 바람을 밀어내며 겨우 전진했고, 우리를 태운 AS365가 그 뒤쪽으로 섰다. 무전을 통해 헬리콥터 간 거리를 당겼다. EC-225가 간신히 전방에 자리를 잡고 들어왔으나 바람에 밀려 진행 방향이 곧지 못했다. 터져나갈 것 같은 엔진과 사나운 바람 사이에서 파일럿들은 균형을 잡으려 안간힘을 썼다. 조종간을 잡은 이복구의 팔 근육이 부풀어 터질 듯했다.

하늘 위에서 30여 분을 보냈을 때, 우리는 사고 발생 지점 상공에 닿았다. 사방이 암흑이어서 고압선의 위치를 알 수 없었다. 착륙 거점조차 분간하기 힘들었다. 현지 소방관들이 인근 공영 주차장을 비워놓고 우리를 유도했다. 어둠 속에서 멀리 소방차의 점멸 등이 보였다.

— 착륙 3분 전……

— 착륙 3분 전……, 착륙 3분 전……

헬리콥터가 밤안개 아래로 하강하기 시작했다. 헤드셋에서는 '착륙'이라는 말이 메아리처럼 울렸다. 마침내 기체가 빈 주차장 상공에 닿았을 때, EC-225와 AW-139가 좌우로 갈라지며 주차장은 헬리콥터 이착륙장으로 바뀌었다. 선발대로 먼저 도착한 지역 소방대의 지상구조대원들이 조명탄과 장(長)경광봉으로 우리를 유도했다. 우리는 헬리콥터 캐빈 도어를 개방한 채 라이트를 점멸시켜 응답하며 내려앉았다. 의료원의 앰뷸런스들은 아직 보이지 않았다. 헬리콥터와 헬리콥터 사이의 간격을 20미터쯤 두었다. 앰뷸런스가 설 자리였다. 곧 서산의 밤길을 뚫고 환자들이 실려 왔고 나는 권준식과 최종익에게 외쳤다.

— 너무 빨리 성급하게 태우려고 하지 마. 앰뷸런스에서 기관 삽관 하고 옮기자.

앰뷸런스 여럿이 곧 달려와 섰다. 의식이 남아 있는 이와 의식을 잃어가는 이들이 뒤섞였으나 모두가 위태로웠다. 그중 한 명은 숨이 거의 끊어져 있었다. 나는 환자 상태에 따라 의료진을 나눴다. 죽어가는 환자를 권준식과 송서영, 김선아 편에 맡겨 AW-139에 실어 보냈다. 나는 기관삽관을 하고 약물을 투입한 환자와 또 다른 환자 한 명과 함께 EC-225에 올랐다.

장비와 소방대원을 싣고 중앙구조단으로 복귀할 AS365가 먼저 몸을 띄우다 내려앉았다. 곧 문이 열리고 인공호흡기와 산소통, 모니터 장비를 등에 진 대원 한 명이 뛰어내렸다. 현장이 정리되면 기지로 복귀하기로 했던 이길상이었다. EC-225로 달려오는 그를 보며 나는 말을 잃었다. 이길상은 내 앞에 와 소리쳤다.

— 저도 돕겠습니다!

EC-225에 환자를 위한 장비 세트는 하나였고, 캐빈에 실린 환자는 둘이었다. 상태가 더 심각한 환자에게 EC-225의 장비를 붙였지만 다른 환자에게도 장비가 있는 편이 나았다. 이길상은 그것을 생각했을 것이다. 그는 캐빈 위로 올라와 등에 지고 온 장비들을 환자들에게 붙였다. 헬리콥터는 문을 닫고 지상으로부터 날아올랐다. 하향풍과 돌풍이 맞부딪혀 기체가 휘청거렸으나 이길상은 신경 쓰지 않았다. 환자를 보고 무엇을 할지 내게 물었다. 나는 그가 고마웠다. 돌아오는 길에도 바람은 거셌고 어둠은 깊었으나 환자들의 목숨이 더욱 위험하게 흔들렸으므로 모두가 캐빈 밖의 기상을 신경 쓰지 않았다.

내 편에 실어 왔던 두 환자 중 한 명이 세상을 떠났다. 개흉술을 통한 심장마사지까지 해가며 수술을 했고, 수술 후에도 환자는 필사적으로 버텼으나 끝내 의식을 회복하지 못했다. 환자의 몸은 마지막까지 살고자 버텼다. 중환자실에 누운 환자가 의식이 없어도 그 몸이 스스로 살고자 애쓰고 있음을 느낄 때 나는 놀랍고도 안쓰러웠다. 그러나 환자가 결국 '사망'으로 종료되면 그 허탈과 허망을 견디기 어려웠다. 외상외과 의사로서 아픈 기억들은 켜를 이루며 쌓여간다. 많은 의사들도 마찬가지일 것이다. 수술적 치료에 대한 결정을 내려야 하는 순간은 끊임없이 찾아오고, 뼈아픈 기억들은 의사에게 보수적인 선택을 하게 만든다. 그렇게 변해가는 것이 틀리지 않다. 환자의 죽음과 보호자들이 쏟는 눈물은 아무리 겪어도 익숙해지지 않는다. 내 환자들이 숨을 거둘 때 나 또한 살이 베어나가듯 쓰렸고, 보호자들의 울음은 귓가에 잔향처럼 남았다.

지원과 계통

중증외상과 관련한 의료 업무는 공공의료의 한복판에 서 있는 일이고, 국가 세금을 징수하는 데 있어 중요한 예산 투입처에 해당한다. 나는 그것을 또렷하게 알고 있다. 그러나 이 일은 오랜 시간 나와 팀원들의 희생에 기대어 굴러왔다. 그 같은 현실만으로도 나는 지겨웠다. 국가가 진정으로 지원하지 않으면 정리하면 그만이다. 나는 2003년 이래 그렇게 생각해왔다. 그럼에도 나보다 별반 사정이 나을 것 없어 보이는 사람들이 나를 기억하며 병원에 돈을 보내왔다. 그들은 그 돈이 내가 있는 외상외과 앞으로 오는 줄로 아는 듯했다. 정부나 병원은 부서 운영비를 지원해줘야 했으나 지원은 거의 없었고, 그로 인해 발생하는 빈곤의 간극을 메우기 전에 그

기부금은 한여름 팥빙수처럼 녹아내려 증발했다. 사람들은 인스턴트식품을 보내주기도 했고 제 팔에 굵은 수혈용 주삿바늘을 찔려가며 모아놓은 헌혈증까지 보내왔다. 나는 경악했다. 내가 이 일을 하는 한, 사람들에게 점점 더 못할 짓을 한다는 생각이 들어 모골이 송연해졌다.

2012년 여름에 김준규가 중앙구조단을 떠났다. 김준규의 공백으로 인한 타격은 컸다. 내가 중앙구조단을 찾아갔을 때 신임단장은 나를 보지 않고 옆에 있던 행정계장에게 말했다.

— 앞으로는 계통 밟아서 절차대로 하라고 해.

내가 직접 중앙구조단에 연락해 헬리콥터 출동을 요청하는 데 대한 불만이었다. 내게 직접 말하지 않았으므로 나는 듣지 못한 것으로 삼았다.

며칠 뒤 소방방재청 구조구급과 이재열 과장이 나를 찾아왔다. 그는 내가 소방 헬리콥터 출동 지침을 건너뛰고 중앙구조단 상황실에 직접 출동을 부탁하는 점을 지적했다.

— 이 교수님, 소방 출동 시스템의 계통을 밟아주셔야 합니다.

신임 단장의 말과 같은 맥락이었다. 그러나 체계와 순서는 '일이 돌아가기 위해' 있는 것이다. 소방의 헬리콥터 출동 계통은 복잡하게 얽혀 있다. 그들이 말하는 계통을 따르자면 환자가 발생했을 때 경기 소방상황실에만 헬리콥터 출동을 부탁해야 하고, 상황실에서 경기 소방항공대나 중앙구조단 상황실에 요청하여 헬리콥터가 출동하도록 해야 했다. 그들이 내세우는 계통대로 하여 문제가 없었다면 나 또한 지켜야 할 선을 넘지 않았을 것이다. 그러나 김준규가 떠난 후 그들이 말하는 계통을 좀처럼 지킬 수 없었다. 경기 소방항공대가 출동할 수 없을 때 경기 소방상황실에서 중앙구조단 상황실로 출동을 요청하면, 그들은 움직이지 않은 채 경기 소방항공대가 출동하지 못하는 이유를 물고 늘어졌다. 그러는 동안 환자는 죽어나갔고 그런 상황을 여러 번 겪은 나는 계통을 어기고 중앙구조단 상황실에 직접 지원 요청을 넣었다. 이재열은 그것을 짚으러 내게 온 것이었다.

중앙구조단의 항공 지원 여부는 단장의 의지가 밑바탕이 된다. 그것은 어느 조직이든 마찬가지다. 결국 다 사람이 하는 일인데 중앙구조단에는 더는 김준규가 없었다. 나는 이재열에게 내가 왜 중앙구조단 상황실로 직접 전화할 수밖에 없는지를 말했다. 책상머리에 앉아서는 결코 알 수 없는 내용들이었다. 이재열은 내 말을 충분히 이해했으나 그는 체계와 순서를 바꿀 권한이 없었다. 경기 소방상황실을 통해서 중앙구조단의 항공 지원을 얻어내기가 얼마나 어려운지 더 말해봐야 소용없는 일이다. 여기에서 물러서지 않으면 중앙구조단과의 관계는 악화될 게 뻔했다.

— 뜻은 알겠습니다. 앞으로 경기 소방상황실에만 요청하도록 하겠습니다.

나는 그렇게 말을 줄였다.

이재열은 이 문제를 해결하지는 못했으나 소방간부 후보생들이 적립한 기금으로 장비를 지원해주겠다며 자금을 보내왔다. 나는 김지영에게 교체가 시급한 주요 항공 소모품과 출동 장비를 구입하도록 일렀다. 얼마 후 이재열도 다른 부서로 영전했고 소방의 중앙 조직에는 석해균 프로젝트에 대한 상황을 이해하는 사람들이 모두 떠나고 없었다.

발목이 부어올랐다. 언제부터였는지 기억이 나지 않았다. 발목에 생긴 종물(腫物)은 묵직해지고 커지면서 뻐근한 통증을 유발했다. 통증이 극심해져 걷기가 힘들었다. 조재호가 내 상태를 듣고는 정형외과 외래로 와보라고 했다. 발목이 빠지는 듯이 아팠고, 땀에 젖은 발바닥이 미끈거렸다. 조재호는 쭈뼛거리며 등장한 나를 초음파실로 끌고 가서 초음파 프로브(probe, 탐침자)를 발목 뒤 아킬레스건 뒤에 가져다 댔다.

— 결절종(Ganglion)인 것 같네요.

조재호가 한참을 들여다보았다.

— 인대가 좀 상한 것 같은데 크게 찢어지지는 않았어요. 그런데 종물은 좀 많이 커요.

결절종은 아킬레스건의 앞쪽 깊숙이 들어와 자리를 잡고 있었다. 조재호는 종물이 큰 혈관이나 신경과 붙어 있어 그냥 찔러보기는 힘들다고 했다. 굵은 16게이지 주삿바늘을 매단 30밀리리터의 주사기를 꺼내 들었다.

— 너무 커서 통증이 있을 테니까 일단은 좀 빼내볼게요. 그런데 이거 곧 재발하는 거 아시죠? 계속 불편하면 수술해야 해요. 이참에 아예 수술받고 좀 쉬는 게 어때요?

조재호가 그렇게 말하며 웃었다. 그러고는 주사기를 찔러 넣고 결절종을 빨아내기 시작했다.

— 이게 상당히 점착도가 높아서 가는 바늘로는 빨리지가 않아요.

커다란 결절종의 노란 점액질이 주사기로 빨려 나오는 걸 보며 내 몸의 진액이 거꾸로 흘러 빠져나가는 기분이 들었다. 조재호는 베타딘으로 환부를 씻어내고 거즈를 붙여 드레싱을 해줬다. 통증이 좀 가라앉아 걸을 만했다. 한결 나아졌으나 몸속의 각종 고장과 문제는 살아온 시간만큼 자라나서 자꾸 힘겨워졌다.

병원에 도둑이 들어 노트북과 각종 사무집기를 가지고 사라졌다. CCTV에 찍힌 검은 모자를 눌러 쓴 남자는 유유히 달아났다. 달아나버린 도둑을 잡으러 경찰이 나섰으나 결국 찾지 못했다. 건설공사장에서 철야 작업 중에 추락한 인부를 경기 소방대원들이 수습해서 데려왔다. 환자는 흙과 시멘트를 뒤집어썼고 머리와 사지가 찢어지며 쏟아낸 다량의 피로 칠갑하여 처참한 몰골이었다. 소방대원도 비슷했다. 땀과 환자의 피와 공사판의 흙과 시멘트가 온몸에 엉겨 붙어 있었다. 다급히 환자의 상태를 말하는 입김에서는 깊은 피로감이 단내에 섞여 뿜어져 나왔다.

가장자리

적자의 본질적 책임이 우리에게 있지 않았으나 그것을 알려 하거
나 묻는 이는 없었다. 중증외상 환자는 중환자실에서 집중치료를
받아야만 살 수 있는데, 중환자실에 환자가 입원하는 순간 병원에
서는 하루 단위로 적자가 발생한다고 했다. 수술 항목과 재료비부
터 포괄적 영역에 이르기까지 우리에게 필요한 치료 항목은 건강
보험심사평가원으로부터 인정받지 못했다. 심평원은 외상외과에
서 청구한 치료 금액을 깎고 줄였다. '적자'라는 단어는 외상외과
의 꼬리표가 됐다.

외상외과의 업무는 병원 전 단계까지 포함하므로 헬리콥터를
타고 사고 현장으로 출동하는 것도 우리의 일이다. 그러나 이 업무

는 환자를 제외한 모두에게는 헛짓이어서 청구 대상 목록에 올릴 수 있는 게 없었다. 급성기에 이루어지는 환자 처치에 대한 수많은 진료 행위와 검사도 인정받지 못했다. 몸으로 버틴 것은 의료 봉사 한 셈으로 치면 되었으나 각종 소모품과 약물은 그렇지 못했다. 병원에서 구입한 값비싼 수술 재료를 쓰거나 인공생명유지장치들을 작동시키는 일은 몸으로 버틸 수 있는 영역이 아니다. 그런 비용에 대한 지급 청구분과 여러 가지 수술을 동시에 시행한 비용분마저 인정받지 못해 삭감당했다. 환자에게 투입된 혈액이 부적절한 수혈로 평가돼 삭감되는 경우가 많았으므로, 내 피라도 뽑아서 수혈하지 않는 한 중증외상 환자를 치료할수록 나는 여전히 적자의 원흉이었다.

손실을 만회할 방법이 없었다. 병원의 'ABC 원가분석'의 서늘한 칼날은 정확히 내 목을 겨누었다. 외상외과에서 당연히 이루어져야 하는 것들 가운데 심평원의 기준을 충족하는 것은 거의 없었다. 심사 기준은 조정되지 않았고 외상외과 업의 본질도 바뀌지 않으므로 나는 계속 깎여나갔다. 대한민국에 외상외과라는 분야는 존재 불가능했다.

병원 내의 일부 교직원들과 보직자들은 이런 적자를 핑계 삼아 나를 욕했다. 그렇게 찢어발겨질 때마다 남루하게 남은 뼛조각들이 서로 부딪쳐 울었다. 그조차 닳아 없어져야 욕을 먹지 않을 모양이었다. 나는 욕을 먹다 지치면 병원의 윗선을 찾아가 '중증외상센터 국책사업' 추진 중단을 건의했으나, 내 말은 언제나 튕겨져 나갔다. 그들은 이 사업을 스스로 중단하기를 원하지는 않는 듯했다. 참으로 알 수 없었다. 그들은 외상센터를 운영하라고 하면서도 주변의 압박에는 모르쇠로 일관했다. 어쩌면 욕받이가 되는 것은 내 문제였으므로 그들에게는 심각한 것이 아닐지도 몰랐다. 병원 경영에 파행만 겪지 않으면 보직은 찰나의 것이고 교수 생활은 긴 것이므로, 보직자들의 자세는 한없이 자유로울 수 있었다. 나는 병원의 최고위 보직자들의 생각을 알지 못하면서, 죽도록 고생만 하는 팀원들을 얼마나 더 다그쳐 이 말도 안 되는 시스템을 유지해야 할지 가늠할 수 없었다. 언제부터인가 아예 생각하지 않으려고 애썼지만 언제나 '지속가능성'에 대한 회의감이 머릿속을 가득 채웠다. 그 생각의 밑동에서 자라난 가지를 따라 들어가 닿은 끝은, 결국 폐허였다. 나는 머리를 내려놓고 기계 속 부품처럼 일을 했고 해나가야만 했다.

2009년, 외상외과에 혼자 있을 때 1년간의 적자는 8억 원을 넘는 수준이었다. 2010년 정경원이 합류해서 열심히 진료하고 수술하니 불과 8개월 만에 적자가 8억 원을 넘어섰다. 권준식 등이 합류하고 헬리콥터를 이용해 중증외상 환자의 집중도가 증가하자 적자는 더 늘어났다. 2012년에 기획팀장이 나를 찾아와 20억 원이 넘는 적자를 보이는 외상외과의 ABC 원가분석 보고서를 내밀었다. 나는 보고서를 받아 펼쳤다.

― 20억, 20억이란 말이죠…….

나는 말을 더 잇지 못했다.

병원은 심평원에서 이루어지는 진료비 청구 삭감분을 각 교수별로 지급되는 진료성과급에서 차감하겠다고 통보해왔다. 나는 처음 이 보고를 받고 웃었다. 진료성과급은 3개월에 한 번씩 지급되는 몇십만 원 정도의 돈인데, 내 앞으로 수백만 원씩 깎여 쌓여가는 삭감분을 생각하면 진료성과급을 깎는다는게 무슨 의미인가 싶었다.

병원의 삭감분을 갚아나갈 방법이 없었다. 심평원 측에 외상외과의 특수성을 감안해달라고 건의했으나 따로 예외를 두기는 곤란하다는 답변만 돌아왔다. 심평원의 '형평성 원칙'에서 외상외과는 언제나 경계선 밖에 서 있고, 나는 그들이 말하는 '형평'의 기준을 이해할 수 없었다. 심평원과 병원 사이에서 치이고 깎여나가며 중간에 낀 채로 나는 숨이 쉬어지지 않았다.

이따금씩 개최되는 학회들과 여의도의 보좌관들을 통해 보건복지부 내의 소식을 전해 들었다. 나는 정부에서 말하는 '외상센터'를 그려보려 했지만, 그 실체가 무엇인지 도무지 떠오르지 않았다. 식사자리에서 술 취한 사람들로부터 외상센터 이야기를 들을 때, 외상센터는 환영 속에 존재하는 헛것이라고 생각했다. 보건복지부의 정책은 보이지 않았다. 산발적으로 흩어지며 쌓여가는 말과 말뿐이었다. 정책은 그 사이 어디쯤인가에서 썩고 있을 것이다.

머릿속이 뿌연 먼지로 가득 차는 것만 같았다. 두개골을 열어 모조리 씻어내고 싶었다. 나는 허깨비처럼 복도를 걸으며, 지나가는 간호사들의 인사를 말없이 받았다. 창밖은 검었다. 병실에서 올라왔을 때 사무실은 텅 비어 있었다.

탈락

2012년 정부 차원의 권역별 중증외상센터 설립 사업 선정에서 아주대학교병원은 탈락했다. 예견된 수순이었다.

2011년에 석해균 선장이 안정기에 들어서자 이해할 수 없는 말들이 의료계 내에 돌았다. 석 선장의 초기 상태가 사실은 그리 심각하지 않았다는 말이었다. 알 만한 의사들이 근거 없는 말들을 뱉었다. 말은 노골적으로 번져나가 내 이름 석 자가 의료계와 정치권 내의, 내가 알지 못하는 사람들의 입에 오르내리며 난도질당했다. 나는 영문도 모른 채 이곳저곳으로 불려 다니며 듣지 않아도 될 말들을 들었다. 이런 상황을 알 리 없는 환자들은 계속해 몰려들었고, 나는 도망가지 못해 환자들을 받았다.

그 와중에 중증외상센터 건립 관련 법안을 준비하던 주승용 의원이 박철민 보좌관을 내게 보내왔다. 중증외상센터 제반 사항에 대한 조사와 실태 파악을 위한 것이라고 했다. 박철민은 2주간 병원에서 우리와 같이 지내며 필요할 때만 국회로 출근했다. 병원에서 그는 우리에게 실려 오는 가난한 환자들의 실상을 그대로 보았다. 가진 것 없는 노동자들이 목숨을 위협하는 중증외상에 집중적으로 노출되어 있었다. 나는 가슴 아파하는 박철민을 보며 2010년 말 나를 찾아왔던 김기태 기자를 떠올렸다.

　박철민은 파견 기간이 끝난 후 허 위원과 상의하여 중증외상센터 관련 법안의 초안을 만들어 보고서를 제출했고, 주승용 의원은 법안을 발의했다. 그러나 정부 차원에서 중증외상센터 설립 움직임이 본격화되자 외상과 관련된 여러 학회에서 다양한 말들이 쏟아져 나왔다. 각 전문의 집단의 이해가 갈리며 갈등을 빚었다. 그 사이 뱉어진 말들은 대개 믿을 만하지 않았고 어디에도 닿지 않고 흩어졌다.

　정부도 사업의 본질로부터 멀었다. 중증외상센터 설립 사업은 죽지 않아도 될 환자들을 살리는 것을 근간으로 해야 했으나, 정작 환자들은 정책의 주인일 수 없었다. 이 사업은 단지 대통령의 지시 사항이었으므로 행정부 입장에서는 '설립' 자체만을 원하는 듯 보였다. 보건복지부는 지역 안배와 학교 배분에 따른 정치적 상징성을 생각했을 것이고, 관계된 자들은 그것으로부터 오는 실리적 이

득을 계산했을 것이다. 그것은 그들의 입장이었을 뿐 나의 것은 아니었고 환자들의 것도 아니었다. 보건복지부의 입장은 이해했으나 나는 중증외상센터의 공공적 가치를 외면할 수 없었다. 그렇게 말하는 자들의 뜻대로 움직이지 않아 또 욕을 먹었다. 학회 사람들은 합일하지 못하는 나를 문제 삼았고, 보건복지부의 관리들은 내 의견을 무수히 많은 것들 가운데 하나로 취급했다.

18대 국회가 임기 마지막에 접어들었을 때 '권역별 중증외상센터 설립'에 대한 입법은 국회에 계류(繫留)되어 있었다. 법안은 극심한 여야 대치로 본회의에 상정조차 되지 못했고, 나는 한 국회의원과 오해가 불거져 충돌하기까지 했다. 해당 의원 지지자들은 온라인상에 '듣보잡 이국종'이라고 실명을 거론하며 나를 비난했다. 어디에서 찾았는지 김지영이 그것을 가져와 보여주었을 때, 눈앞이 아득하고 혼미해졌다. 이미 병원 안팎의 갈등만으로도 버거웠기에 그것까지 감당할 수는 없었다. 정치판은 하루아침에 동지가 적이 될 수 있는 곳이고, 내가 감내할 수 있는 곳이 아니었다.

중진 의원 몇이 해결에 나섰고 허 위원도 분주하게 뛰었다. 그 결과 국회 회기가 끝나기 직전에 '응급의료법 개정안'이 가결되었다. 과속 차량에 부과된 과태료 일부를 사용해 2017년까지 전국에 16개의 중증외상센터를 만들겠다고 했다. 그것을 소위 '이국종법'이라고 불렀다. 석 선장으로부터 시작된 일이고 그를 데리고 온 것이 나였으므로, 그들에게 내 이름은 상징적으로 이용하기 좋았을 것이다. 나는 법안을 무엇이라 부르든 중요하지 않았다. 내게는 그것이 '공식적인 선언'이라는 것과 국가 차원에서 일을 진행할 것이라는 사실만이 중요했다. 다만 소규모로 분산된 외상센터는 환자를 집중 수용하기에 너무 작았고, 나와 내 주변 사람들이 받은 심신의 상처는 회복할 새 없이 쌓였다. 나는 그 흔적들을 현장 가장 가까이에서 보아왔으며 앞으로도 보아야 할 것이므로 극도로 피로했다.

정부의 사업에는 큰돈이 돌고 나랏돈은 매력적이어서, '빅5'라 불리는 병원들을 제외하고 전국 유수의 병원들이 이 사업의 수주전에 뛰어들었다. 수주전은 치열하고 집요해 보건복지부 관계자들을 당황시켰다. 그들은 지역구 국회의원과 도의원들을 동원했고 언론을 움직였으며, 보건복지부 주요 관계자들의 업무가 마비될 만큼 전화와 면담을 요구했다. 중증외상센터를 운영하는 것이 병원의 수익구조를 심각하게 악화시킨다는 주장이 의료계 내의 중론이었는데도 많은 병원들이 사업 유치를 위해 치열하게 움직였다. 보건복지부는 이 같은 현상을 괴이하다고 했고, 나도 그 같은 움직임을 이해할 수 없었다. 밖에서 내 이름은 난도질당함과 동시에 법의 별칭이 되었고, 그 법으로 돈이 도는 사업이 시작되자 나를 비난하던 이들은 나를 욕하면서도 이 사업에 열을 올렸다. 나는 이 우습게 돌아가는 판국을 보고도 웃지 못했다.

아주대학교병원도 수주전에 뛰어들었으나 특별한 준비는 없어 보였다. 석 선장의 후광이 남아 있을 때였으므로 선정에 무리가 없다고 여기는 듯했다. 중증외상센터가 무엇인지는 중요하지 않아 보였고 누구도 구체적인 방도를 찾지는 않았다. 보건복지부의 세부 지침에 따라 실무를 보고, 준비를 하는 나와 팀원들만 속을 태웠다. 보건복지부 안쪽의 분위기와 심사위원들로 거론되는 사람들의 이름을 확인하며 탈락에 대한 우려를 윗선에 알렸으나, 내 보고는 비중 있게 다뤄지지 않았다. 모든 보직교수들은 우리가 얻을 낮은 평가점수에 대한 우려를 밀쳐내고 눈을 감았다. 윗선에게 '탈락'은 일어날 리 없는 일이었고 행정팀은 이런 새로운 시도를 버거워했다. 보건복지부의 세부적인 준비 상황이나 평가 항목에 대한 정보가 필요했으나 알 길이 없었고, 아주대학교병원에 대한 외부 시선은 나에 대한 뒷말과 함께 좋을 수 없었다.

아주대학교 의과대학을 채우고 있는 사람들은 밖에서 들려오는 말들을 크게 신경 쓰지 않았고, 직접 들을 기회조차 많지 않았다. 단지 중증외상 분야가 부각되면서 현실적으로 늘어나는 중증외상 환자 진료에 부담을 가졌고, 보직자들은 이걸 계기로 시작될지 모르는 정부 지원을 기대하는 것 같았다. 그러나 안일한 자세로 국책사업을 수주하기란 어려운 일이다. 의료계나 보건 분야의 중요한 결정이 내려지는 중앙 무대에서 아주대학교는 아무 힘이 없는데도 의과대학과 병원 내에서 이 문제를 심각히 보는 보직교수들은 매우 드물었다. 불안은 우리 팀 내에서만 번지며 무겁게 맴돌았다.

사안의 심각성은 사업 설명 구두 평가를 받기 위해 보건복지부 회의실에 들어갔을 때에야 명확히 드러났다. 보건복지부 산하 국립중앙의료원의 외상 사업 관리단에서 온 심사단의 평가서와 보건복지부 응급의료과의 아주대학교병원에 대한 평가서는 수많은 지적들로 채워졌다. 이대로는 사업을 진행할 수 없다고 서류는 말하고 있었다. 나는 서류의 결론이 놀랍지 않았다. 몇 달이 지나 보건복지부에서 발표한 권역별 중증외상센터 지원 대상 다섯 개 기관에 아주대학교병원은 없었다.

탈락 소식이 있은 다음 날 한 보직교수가 나를 불렀다. 보직교수의 굳은 표정 위에 낭패와 침통함이 흘렀다. 이마의 미세한 주름에는 노기가 서려 있었다. 아주대학교병원의 탈락은 그의 임기에 오점으로 남을 것이다. 그는 무의미한 말들을 늘어놓으며 '탈락'이라는 말을 여러 번 강조했다. 나는 듣기만 했다. 창가에 늘어진 아이보리색 블라인드는 높이가 맞지 않았다. 틈새로 보이는 하늘은 회색빛에 가까웠다. 수개월 전 그 보직교수에게 보건복지부의 중증외상센터 사업 지원에 필요한 병원의 행정 지원을 강력히 요청했을 때, 그는 나의 청에 답하는 대신 이 사업의 정부 지원 규모만을 알고 싶어 했었다. 사업 자체에서 제외된 지금은 내년에도 공모가 있을지를 물어보고 있었다. 아이보리색 블라인드가 눈앞에서 어그러졌다. 머리 한쪽이 아파오기 시작했다.

나와는 본질적으로 바라보는 방향이 달랐다. 방향은 달라도 갈 길은 다르지 않은데 그는 그조차도 모르는 것 같았다. 충원이 되어야 현재의 외상센터가 존속될 수 있고, 외상센터가 존속되어야 그 다음을 기약할 수 있다. 그러나 방도를 내놓아도 방도로 듣지 않았으므로 나는 할 수 있는 말이 없었다. 나는 팀원들을 잘 챙긴 후에 다시 보고하겠노라 답하고 돌아나왔다. 보직교수 사무실에서 센터 사무실까지 돌아오는 길은 100미터도 되지 않았으나 한없이 멀게 느껴졌다. 사무실에 돌아와 찬물이 담긴 컵에 입을 처박고 들이켰다. 물비린내가 풍겼다. 물은 차갑고도 뜨거웠고 뜨겁다가도 차디찼다. 투명한 것이 목을 넘을 때 나는 한없이 서글퍼졌다.

소초장(小哨長)

도청에서 김문수 경기도지사의 기자회견이 있던 날, 하늘이 많이 흐렸다. 나는 연이은 수술로 잠을 거의 자지 못했고 정신을 차리지 못했다. 내가 그 자리에 가는 것의 의미를 알 수 없었으나 도청으로 가는 차에 보직교수와 나란히 앉았다. 수술방에서 그대로 나와 수술복 차림에 겉 가운만 걸친 채였다. 차의 뒷좌석에서 나는 아무 생각도 하지 않았다. 보직교수는 시선을 창밖에 두고 내 손을 힘주어 잡았다. 보직교수는 뭔가 말을 이어갔으나 나는 그 말들이 들리지 않았다.

기자회견은 헐겁게 끝났다. 김문수는 전국적인 외상 의료 체계 구성의 시초가 된 아주대학교병원이 정부 지정 권역별 중증외상센터로 선정되지 못한 데 대해 강하게 반발했다. 나는 뒤편에서 멍하니 서 있다가 앞으로 나갔다. 기자들과 나 사이에 질의응답이 오갔다. 나는 도민들에게 죄송하다고 했다. 김문수에게도 미안했다. 여기까지 오는 데 그의 도움은 작지 않았다. 아주대학교병원의 탈락으로 인해, 경기남부권역외상센터를 설립해서 경기도민의 사회 안전망으로 작동시키겠다는 많은 계획과 설명들이 허공으로 떠버렸다. 아주대학교병원은 기껏 불쏘시개처럼 전국적으로 중증외상센터 시스템을 갖춰야 한다고 시동만 걸어놓고 정작 본 사업이 시작되자 나자빠졌다. 나는 내 꼴이 우스웠으나 그보다 병원 내에 존재하는 외상센터가 앞으로 어찌 운영될 것인지를 생각하면 답답함이 앞섰다.

도청에 머문 시간은 길지 않았다. 시간은 늦은 오후로 접어들고 있었다. 거리의 가로등이 점등되기 전이었다. 수원천을 지나 병원으로 오는 길에는 가을이 내려앉아 있었다. 군데군데 노랗고 붉게 물든 단풍이 차창 밖으로 지나쳐갔다. 다른 세상의 얼굴에 나는 무감했다. 머리가 아파왔고 살갗 아래가 욱신거렸다. 빙벽 한가운데서 가는 자일에 혼자 맨몸으로 매달려 있는 것 같았다. 줄을 끊고 한없이 아래로 가라앉고 싶었다. 그러나 내게 붙들려 있는 것들을 생각하면 나 스스로 끊어내고 사라질 수는 없었다. 보직교수는 동수원 사거리를 지나 아주대학교 정문을 지날 때까지도 말이 없었다. 차량이 병원 부지 안에 들어섰을 때 그는 내게 밥이나 먹자고 했다. 병원 지하 1층의 일식집에서 만나기로 하고 각자 말없이 흩어졌다.

외상센터 사무실 문을 열자 소식을 아는 팀원 몇몇이 침통한 얼굴로 모여 있었다. 다들 나를 보고 아무 말도 하지 못했다. 정경원은 말없이 창밖으로 시선을 돌렸다. 나는 정경원에게 물었다.

— 정 교수, 부산대로 돌아갈래?

정경원의 시선이 돌아오지 않았다. 애꿎은 테이블만 쳐다보던 그가 답했다.

— 교수님. 이미 돌아갈 곳이 없습니다.

그렇지 않았다. 정경원은 나를 남겨놓고 혼자 떠나기를 항상 어려워했으나 모교인 부산대학교 외상센터로 가면 된다. 나는 권준식을 보았다.

— 권 선생은 일단 내년 초에 군대 잘 다녀올 생각만 하면 될 거고.

권준식은 말이 없었다. 김지영이 내 쪽으로 시선을 돌렸다.

— 교수님. 아직 우리 스머프들(전담간호사들)에게 얘기하지 마세요. 나중에 봐서 제가 말할게요.

— 그래, 김 선생도 너무 빨리 말하지는 마.

초점 없는 대화였다. 전담간호사들은 금방 알게 될 것이고 알게 된다고 해도 내색하지 않을 것이다. 나는 그들에게도 미안했다. 김지영이 말을 이었다.

— 너무 걱정하실 것 없어요. 센터 해체된다고 거리로 나앉지 않아요. 다 정규직이고 간호부에서 다른 부서에 전환배치 할 거예요. 응급구조사들도 응급실로 재배치되지 않을까요.

김지영이 나를 달래듯이 말했다. 그렇지…… 부서 이동하면 그뿐이다. 그게 사실이었다. 그럼에도 나는 마음이 찢어지듯 아팠다. 바로 서 있기가 힘들어서 각자 일을 보라고 지시하고 그 방을 빠져나왔다. 정경원은 내가 연구실로 들어가는 것까지 확인하고서야 발길을 돌렸다.

연구실의 좁은 침대에 몸을 집어넣고 그대로 눈을 감았다. 사방은 가로막혔고 나를 짓누르는 허공의 무게에 질식할 것 같았다. 그 와중에도 시급히 해야 할 일들과 조금은 미루어도 될 일들을 분류했다. 가능하면 신경을 한곳에 집중하려 했으나 잘 되지 않았다. 생각의 실타래가 뒤엉켜 방향 없이 뒹굴었다. 몸이 바닥없는 깊은 지하로 끌려 내려가는 듯했다. 당분간 어떻게든 흘러는 갈 것이다. 문제는 내년도 신학기 외상외과 신임교원 T/O였다. 2013년 2월에 권준식이 군대에 가야 하고 이미 확보해둔 김영환에 대한 조교수 T/O는 유지해야 한다. 그것이 무너지면 다시 나와 정경원만이 남을 텐데 의사 둘만으로 버틸 수는 없다…… 떠지지 않는 눈꺼풀을 애써 밀어 올렸다. 보직교수와 약속한 시간이 가까웠으므로 어둠 속에서 몸을 일으켜 세웠다. 이부프로펜이 없어 타이레놀을 입에 털어 넣었다.

병원 지하의 일식집에는 보직교수와 병원 기획팀장, 경영팀장이 미리 와 있었다. 식사와 함께 술이 한 순배 돌았다. 보직교수와 술잔을 돌리는 것은 처음이었다. 다들 묵묵히 먹고 마셨다. 나는 그의 눈치를 살피다 말을 꺼냈다.

— 내년에도 공모가 있을지 모릅니다. 지원하실 건가요?

— 당연히 해야지. 이 선생도 지금 다 내려놓는 건 말이 안 되잖아?

보직교수가 진심으로 물었다. 머릿속이 어지러웠으나 생각을 정리해 말을 이었다.

— 일단은 저희 팀원들 동요가 심할 겁니다. 그 부분은 제가 잘 이르겠습니다.

— 나도 밥 한 번 살 테니 자리 잡아줘요.

— 예, 감사합니다. 그런데…… 탈락했다고는 하나 인력이 필요한 상황입니다.

외상외과는 이미 예전에 한계를 넘었다. 정부 지원 사업을 유치할 수 있을 거라는 신기루를 좇으며 여기까지 왔을 뿐이다. 미국이나 영국에서 보았던 시스템 그대로는 아니어도 비슷하게만이라도 된다면, 내가 경험했던 글로벌 스탠더드에 준하는 외상센터를 만들 수 있을 거라는 생각을 환각제 빨 듯 하면서 버텼다. 하지만 이제는 상황이 달랐다. 정경원과 권준식이 오고도 허덕였고 환자는 계속 늘고 있었다. 내년을 준비하자면 행정 업무는 더 폭증할 것이다. 권준식이 군에 입대하면, 정경원과 둘이서 임상 진료에 행정 업무까지 모든 걸 다 감당할 수는 없다. 김지영이 있다고 해도 불가능하다. 국책사업 선정 결과를 떠나 인력 충원은 오랜 난제였다. 보직교수는 내 말의 본뜻을 알았다.

— 일단 외상센터는 지속해야겠지. 지금 신임교원 T/O는 유지해줄 테니 다시 잘 준비해봐.

나는 그에게 머리를 숙였다. 9시쯤 자리를 파했다. 길게 나눌 이야기들이 남아 있지 않았다.

다시 외상센터 사무실로 돌아왔을 때 정경원과 권준식, 김지영이 나를 맞았다. 모두 표정이 어두웠다. 나는 그냥 웃었다. 김지영은 눈이 붓고 충혈되어 있었다. 많이 운 것을 알았으나 못 본 척했다.

— 아직들 안 갔어?

— …….

— 왜 안 가고 그래? 빨리 들어가.

— …….

한참 있다가 정경원이 입을 열었다.

— 수고 많으셨습니다.

난 정말 할 말이 없었다.

— 수고했어. 빨리들 가봐.

세 사람이 사무실을 빠져나갔다. 김지영이 먼저, 다음은 권준식이었다. 정경원은 마지막으로 방을 나서기 전에 멈칫했다. 뭔가 말하려는 것 같았으나 그대로 몸을 돌려 나갔다. 나는 정경원을 보았으나 평소처럼 불러 세우지 않았다.

우리 병원의 탈락 소식은 언론을 타고 빠르게 퍼져나갔다. 그역시 좋은 이야깃거리였다. 온갖 말들이 병원 안팎으로 돌았다. 아주대학교병원은 보건복지부와 학회에 단단히 밉보였고 그 이유는 내게 있다고 했다. 또 내가 아주대학교병원을 사직하고 권역별 외상센터로 선정된 다른 병원으로 갈 것이라고도 했다. 난 온갖 뒷말의 파도에 실렸다. 소화기내과 이기명 교수를 찾아갔다. 그와 마주앉아 더는 견디기 어렵다고 고백했다. 말없이 듣고 있던 그가 입을 열었다.

— 이국종 선생, 그래도 그냥 계속 일하셔야 합니다.

나는 그의 시선을 피했다. 이기명은 아랑곳없었다.

— 이 선생, 당신은 소초장입니다, 소초장. 휴전선 비무장지대 안에 있는 소초장이요.

무슨 소린가 싶어 그의 눈을 응시했다. 그는 내 시선을 받고 흔들림 없이 말을 이었다.

— 저는 군은 잘 모르지만 말입니다. 갑자기 전면전이 벌어지면 최일선의 소초장과 병력들은 거의 전멸할 수밖에 없는 것으로 압니다. 적이 수천 수만 명의 병력으로 대규모 공격을 해온다면 불과 십수 명이 지키고 있는 비무장지대 안의 소규모 병력들은 다 희

생되겠지요. 그때 일선 지휘관으로서 소초장의 역할을 생각해보세요. 도저히 어쩔 수 없는 이 상황에서 소초장을 맡고 있는 이 교수의 역할이 뭐겠습니까? 물론 최선을 다해 싸운다고 가망이 있는 건 아닐 겁니다.

그가 말하려는 바가 무엇인지 어렴풋이 짐작되었다. 이기명의 말은 끝나지 않았다.

─ 우리는 둘 다 소초장입니다. 공식적인 퇴각 명령이 있기 전까지, 전멸할 때까지 소초를 지키는 겁니다. 아직까지 그런 명령이 없죠? 그러면 우리는 끝까지 자리를 지켜야 합니다. 이게 조직 안에서 중간관리자의 숙명입니다. 어쩌면 최고 지휘자가 공식적인 퇴각 명령을 일부러 내리지 않을 수도 있고 후퇴 명령 내리는 걸 잊을 수도 있습니다. 그래도 중간 간부는 공식 명령을 듣기 전에는 그 자리를 지켜야 해요.

선명한 말이었다. 각론에 따른 세세한 말들이 그 뒤로 오갔으나 앞선 그의 말이 머리에 깊이 남았다. 나는 아주대학교병원 상층부의 최고 지휘관들을 생각했다. 부원장, 병원장, 학장, 의료원장, 대학교 총장, 재단상임이사, 재단이사장……. 내가 어려운 결정을 내려야 할 때 염두에 두어야 할 최종 결정권자가 누구인지 나는 혼란스러웠다. 아무것도 모르던 하급 교수직에 있을 때는 임상과장과의 상의만으로도 모든 것이 정리가 됐다. 그러나 나이를 먹어갈수록 더 많은 사람들이 지휘선상에 올라왔고, 대부분은 각기

다른 입장을 가졌으며, 최종 결정이 내려지는 과정은 언제나 혼란스러웠다. 나는 그때마다 이 조직에 최종 결정권자가 있기는 한 것인지, 있다면 그 사람에게 제대로 된 보고가 올라가는 것인지에 대해서 더욱더 알 수 없었다. 이기명은 거기에서도 초점을 잃지 않았다. 중요한 것은 기관의 공식 명령이 공문의 형태로 떨어지기 전까지 물러서지 않는다, 끝까지 해보는 데까지 한다는 것이 요지였다. 나의 자리와 업이 이미 내 권한 밖에 있었다.

목마른 사람

병원 내에 돌고 있는 '탈락'에 대한 수많은 말들 속에서 탈락의 원인은 오롯이 나였다. 내가 중앙정부와 학회에 적이 많아서라고 했다. 이런 말들의 대부분은 핵심 보직교수들에게서 쏟아져나왔다. 원내 사람들은 나를 볼 때마다 그 진위 여부를 알고자 물어댔으나 나는 입을 닫았다. 가능한 사람들 눈에 띄지 않으려 했다. 사람들과의 접촉을 줄이려 애썼다. 외래 진료가 있는 날만큼은 이동을 피할 수 없어 걸음을 서둘렀고 시선을 발끝에 두었다. 그래도 병원 내의 교수들이나 직원들을 아예 피할 수는 없었다.

— 이 교수!

이식혈관외과 오창권 교수였다. 병원 3층 외래 진료실 앞에서 나는 오창권과 마주 섰다. 바로 전날 흉부외과와 혈관외과팀의 회의가 있었다. 그 자리는 병원의 보직교수가 주재한 회의였다. 근심 가득한 오창권의 얼굴만 보아도 그 안에서 무슨 말들이 쏟아졌을지 짐작할 수 있었다.

— 이 교수가 아무 문제가 없을 거라고 하는 바람에 그 말만 믿고 있다 떨어져서 망신이라고 하던데 말야. 요점은 이 교수 때문에 떨어진 거라는 거지. 도대체 어떻게 된 거야?

오창권의 걱정은 진심이었고, 나는 그것을 알았으나 길게 답하지 않았다.

— 준비 과정에서 여러 차례 위험해 보인다는 의견을 올렸습니다.

나는 그 말만을 하고 돌아섰다. 오창권은 나를 잡지 않았다. 돌아서는 내 속을 그는 알 것이었다. 심사를 준비할 때 나의 우려는 '그럴 리 없다'로 무시되었고 나의 태도는 부정적인 것으로 치부되었다. 긍정을 넘어 안일한 태도였다. 그러나 사실 여부와 관계없이 탈락과 실패의 책임은 실무자의 것으로 돌아온다. 그것이 조직의 생리다. 사업이 누구로부터 시작되었는가는 중요하지 않다. 정책을 만들고 입법 과정을 시작하는 출발선상에서 어떤 공로가 있었는지도 마찬가지다. 선정 과정은 필기시험을 치르는 것과 같고, 심사위원들은 각 평가 항목들에 대한 가중치를 자신과 연관 있는 기관에 유리하게 정하며 100점 만점을 기준으로 '평가서'를 채운다. 높은 점수를 받아 통과하려면 정해진 기준을 서류상으로 잘 맞춰야 했으나, 가중치는 내게 불리하게 정해졌고, 아주대학교병원은 이러한 시험을 치르는 데 취약했다. 그러면서도 내가 '권역별 중증외상센터 사업'을 수주하기 위해 직접 부딪치고 다니는 것을 마뜩잖아했다. 나는 이미 오랫동안 병원의 각 부처에서 사직 압력을 받던 골칫덩이였다. 석해균이라는 '기적 같은 이벤트성 환자'를 성공적으로 치료해내자 '잠시' 지위가 정상화된 돌연변이 같은 신세였다. 오래전부터 외상외과라는 간판을 뒤집어쓰고 홀로 버텨왔고, 몇 안 되는 팀원들조차 근무한 지 얼마 되지 않은 사람들이었다. 나는 열 손가락도 채우지 못하는 수의 팀원들을 끌어안고 조직에서 연명해내는 것만을 위해 애썼다. 그러나 사업 선정에서 떨어진 마당에 외상외과의 앞날은 한 치도 내다볼 수 없었다. 기껏 10년을 버티며 꾸려온 외상외과가 풍랑에 떠밀려가는 상황이 왔는데도 모퉁이 하나 지키지 못했다. 내가 한없는 회의감을 드러낼 때 허 위원은 짧은 말로 나를 달랬다.

— 목마른 사람이 우물을 파는 겁니다.

목마른 사람. 두 마디의 말이 불러오는 바람이 쓸쓸했다. 나는 내 목마름의 근원을 알지 못했다. 내가 왜 이런 기갈과 허기를 느껴야 하는지 알 길이 없었다. 앞으로도 얼마나 더 목말라해야 하는지, 중증외상센터 사업을 받아 진행하는 것이 내 목마름을 해결할 수 있는 것인지도 확신할 수 없었다. '제대로 된 중증외상센터'는 환영과도 같아서 차라리 그에 대한 집착을 내려놓는 것이 이 갈증을 해소하는 길인지도 몰랐다.

　병원 밖으로는 차가운 말들이 돌았다. 아덴만 여명 작전부터 석해균 프로젝트까지 아주대학교병원에 대해 긍정적으로 말하던 언론 기사들은 '아주대병원 외상센터 탈락, 이유 있다', '아주대병원선 이국종 교수만 환자 봤나… 진료실적 형편없어'라는 식의 제목을 달고 다른 얼굴을 하며 쏟아져나왔다. 기사에는 대부분 익명의 보건복지부 관계자들의 말이 실려 있었다. 나는 그 기사들을 볼 때마다, 내가 10여 년간 유지해온 '아주대학교병원 외상외과 전문의이자 교수'로서의 삶이 실제로는 얼마나 쓰레기 같았는지를 실감했다. 스승이었던 임대진 교수의 말이 자주 생각났다.

　— 항상 조심해야 해. 이름이 신문 쪼가리를 넘나드는 순간 다른 의사들로부터 표적이 되거든.

　나는 언론사들로부터 쏟아져 들어오는 물음에 일절 답하지 않았다. 병원의 공식 입장을 전하는 것은 고제상 홍보팀장에게 부탁했다. 나나 그나 스무 살 무렵부터의 인생 대부분을 '아주대학교'에서 살아왔다. 우리는 한 소속 집단 내에서만 늙어가며 주위를 모르고 살아가는 인생의 장단점에 대해 말하곤 했다. 고제상이 중증외상센터 사업에서 탈락한 것을 이해할 수 없다며 상황을 물어왔으나, 나는 그에게도 해줄 말이 없었다.

　탈락 발표 일주일 뒤 허 위원과 저녁을 먹었다. 외상센터와 관련해서는 서로 한마디도 나누지 않았다. 이미 전화로 충분히, 어쩌면 너무 많은 이야기를 나눈 뒤였다. 식사를 마치고 허 위원이 병원까지 데려다줬다. 차에서 내리려 할 때 허 위원이 나를 붙잡았다.

— 잠시, 한 5분만 시간 돼요?

나는 밖으로 빠져나가려던 몸을 바로 하고 앉았다. 허 위원이 진지한 표정을 했다.

— 요즘에 많이 힘들 거라는 걸 잘 알고 있어요.

나는 바로 쳐다보지 못했으나 허 위원은 아랑곳없이 말을 이어 나갔다.

— 그러나 제가 분명히 얘기할 수 있는 게 있어요. 이건 이 교수님이 앞으로 외상외과를 계속하고 안 하고의 문제가 아닙니다. 저 또한 이런 상황에서도 이 교수님께 이 짐을 계속 짊어지고 가라고 할 염치는 없어요.

허 위원은 진심으로 내게 미안해하고 있었으나 그가 그럴 필요는 없었다. 허 위원이 2008년에 나를 찾아와서 병원의 보직교수를 만나지 않았다면, 진작 끝났을 상황이었다. 허 위원은 조용히 나를 응시하며 단호하게 말했다.

— 제가 분명히 말씀드릴 수 있는 것은, 앞으로 모든 일들이 어떻게 진행되든 간에, 그러니까 외상센터고 외상외과고 뭐건 간에요. 최근에 벌어진 이런 어려움을 겪고 통과해내는 것만으로도 앞

으로의 인생에서 많은 도움이 되실 거예요. 정말 외상센터 선정이고 뭐고 다 떠나서요. 그저 지나 보내는 것만으로도 말입니다.

말속에 진심이 깊었다. 고맙다는 인사를 하고 차에서 내렸다. 내가 몸을 차 밖으로 빼낼 때 허 위원은 돌아보지 않았다. 문이 닫힌 차는 그대로 병원 정문으로 빠져나갔다. 나는 그 자리에 서서 차가 시야 밖으로 사라질 때까지 바라보다 연구실로 돌아왔다.

비가 내렸다. 하늘에서 물을 쏟아붓는 것 같았다. 의대 건물에서 흘러나오는 희미한 불빛이 어둠과 겨울비 속에서 더 옅어졌다. 조금 열어둔 창틈 사이로 빗물이 날아들었다. 헬기장의 붉은 점멸등은 잘 보이지 않았다. 날이 밝으면 다시 기상이 호전되어 헬리콥터가 날 수 있을지 알 수 없었다. 유비무환(有備無患)이라고 했다. 비나 눈이 많이 오면 사람들은 밖으로 나가지 않고 공사장의 작업은 중단되므로, 중증외상 환자의 발생은 감소한다. 그날 저녁도 신환(新患)이 오지 않았다. 헬리콥터 기동이 불가능한 기상이어서 어차피 출동할 수도 없었다. 밀려 있던 각종 공문과 보고서를 밤새 살폈다. 호주에서 해외 연수중이던 공인식 사무관에게서 전화가 왔다. 공인식은 내게 힘내라고 했다. 바다 건너편에서 들려오는 목소리에 안타까움이 묻어났다. 나는 고맙다고 했다. 공인식은 앞으로의 일을 묻지 않았고 나도 긴 말을 더하지 않았다.

〈2권으로 계속〉

부록

—

인물지

책 속에 등장하는 사람들은 환자를 제외하고 모두 실명이며, 나는 그들의 노고와 헌신, 살아온 궤적들을 다 표현할 수는 없었다. 그래서 여기에 짧게나마 등장인물들의 약력을 간단히 기술해놓고자 한다. 그러나 분명한 것은 이 사람들 역시 중증외상센터 설립에 생의 일부분을 뜯어내 바친 수많은 사람들 중 극히 일부라는 것이다. 나의 부족함으로 인해 그들 모두를 실어낼 수 없어 가슴이 아프다. 다시 한번 여태껏 환자들과, 선진국 수준의 중증외상 의료 시스템을 위해 헌신해왔던 모든 이들에게 감사를 전한다.

강병희

아주대학교 의과대학을 매우 우수한 성적으로 졸업했다. 나는 강병희를
아주대학교 의과대학 학생일 때부터 보아왔다. 늘 '외상외과에 강병희 같
은 사람이 들어와야 하는데'라고 생각하곤 했다. 그의 임용은 외상외과뿐
만 아니라 아주대학교 의과대학과 병원의 '벼락같은 축복'이라 할 만큼 꼭
필요한 일이었다. 그는 기타를 매우 잘 쳤고, 베이스 기타 연주에도 능했
다. 언제나 말없이 차분했으며, 악기를 연주하듯이 수술이 섬세하고 정확
했다. 현재 외상외과 조교수로 재직 중이다.

강찬숙

2009년 아주대학교병원 외상외과에 공식적으로 배속된 최초의 응급구
조사로서, 나와 가장 처음으로 일을 시작한 PA(Physician Assistant)이다. 외
상외과의 시금석과도 같은 응급구조사다. 전담간호사로 선발된 송서영과
백숙자의 업무적 사수였다. 결혼과 출산 등을 이유로 휴직했고, 이후 해외
선교를 이유로 사직했다. 나는 강찬숙의 사직을 만류했으나 돌이켜지지
않았다. 수개월간 인력 공백을 감당하고 강찬숙의 복귀를 기다렸을 만큼
그의 업무능력은 뛰어났다. 그는 내게 외상외과를 함께 시작했던 동지로
서의 상징적 의미가 크다.

강태석

경상남도 거창 출신이다. 2011년 그가 소방방재청의 구조구급 과장으로 재직 시, 회의석상에서 처음으로 그를 만났다. 당시 '석해균 프로젝트'가 시행되어 경기 소방방재청 헬리콥터를 이용해 환자 항공 이송을 해오고 있었으나, 나는 심한 현장 반발에 부딪히고 있었다. 내가 '출동 중단'을 강행했을 때, 강태서은 당시 구조구급 계장이었던 김승룡과 함께 항공 출동을 지속해달라고 내게 부탁했었다. 후일 경기도 소방방재청장에 부임한 강태석은 2011년의 일을 거울삼아 경기 소방특수대응단의 소방항공대가 대한민국 회전익 비행집단 전체에서 가장 뛰어날 수 있도록 임무 영역을 안정시켰다.

고제상

아주대학교 국문과를 졸업했다. 학생 때부터 문학에 깊은 애정을 가지고 있었다. 1994년 아주대학교병원이 개원한 이래로 병원 홍보팀에서 일하고 있으며, 현재 홍보팀장을 맡고 있다.

공방표

전라남도 순천 사람이다. 해군 사관학교를 졸업하고 소위로 임관했다. 항해병과 장교로 임관한 이래 호위함인 충남함을 탔다. 제2연평해전 당시 을지문덕함 사격통제관이었고, 이후 제3함대 참수리급 고속정의 정장으로 근무했다. 이후 PKG-723 홍시욱함의 함장을 지냈으며 정책기획과를 거쳐 비로봉함장으로 부임했다. 작전상 많은 어려움에도 불구하고 LST인 비로봉함이 한·미연합 전력의 주력이 될 수 있음을 피력했다. 미 육군의 주력 항공전력들이 한국 해군의 소형 함정에 투입될 수 있는 계기를 만들어냈다. 해군 중령으로 국방부에서 근무 중 대령으로 진급했다.

공인식

경희대학교 의과대학을 졸업했다. 동 대학병원에서 전문의 수련까지 마치고도 임상의사의 길을 접고는 보건복지부에 투신했다. 의사들조차도 복잡한 중증외상 의료 시스템을 이해하는 것이 힘든 상태에서 공인식은 맡은 바 소임을 다하려 무던히도 애썼다. 외상센터 업무가 공공의료과에서 응급의료과로 이관된 후 공인식은 응급의료과로 넘어와 한동안 더 외상센터 사업을 끌어가려고 애를 썼고, 전보발령 되면서 자신의 임무를 넘겼다. 공인식이 떠난 2010년 중반부터 외상센터 사업은 추진 동력을 잃고 표류했다. 현재 보건복지부 의료보장관리과장으로 재직 중이다.

국경훈

연세대학교 의과대학을 졸업했다. 세브란스병원에서 안과 전문의가 되었고 안구 외상이라는, 안과의사들이 잘 전공하지 않는 분야를 세부전공했다. 외상환자들의 안구 손상 치료를 맡고 있다. 외상외과 의료진은 중증외상 환자가 안구 손상을 가졌어도 국경훈을 믿고 항공출동을 할 수 있었다. 현재 아주대학교 의과대학 안과학교실 교수이다.

권준식

연세대학교 의과대학을 졸업한 후, 외과 수련은 서울대학교병원에서 받았다. 아주대학교병원 외상센터에 합류하여 각종 트레이닝 프로그램을 만들었고, 스스로 모든 전담간호사들과 전공의들에게 이 프로그램을 가르쳤다. 그가 외상센터의 유일한 임상강사였던 시절, 권준식은 힘들어 쓰러질 정도의 과정들을 버텨냈다. 내가 봐온 권준식은 자신의 일에 흐트러짐이 없고, 어떤 어려운 상황에 처해도 절대 내색하지 않았다. 현재 아주대학교 의과대학 외상외과 조교수로 재직 중이다.

권준욱

연세대학교 의과대학을 졸업했다. 권준욱은 임상의사의 삶을 살지 않고 보건복지부 산하 국립보건원에서 공직의 길에 들어섰다. 질병관리본부와 보건복지부의 감염질환 관련의 주요 핵심 부서를 맡아 왔다. 보건의료정책실 공공보건정책관을 역임했으며, 현재 국립보건연구원장을 맡고 있다.

권지은

한림대학교 간호학과를 졸업했다. 졸업 후 모교 병원에서 근무하다가 전입했다. 아주대학교병원 외상센터에 와서는 최단기간 내에 외상센터 코디네이터 수련을 받았다. 현재 경기남부권역외상센터 외상외과 전담간호사로 근무하고 있다.

권현석

전라북도 정읍 사람이다. 전주대학교에서 불어교육학을 전공했다. 졸업후 민간 기업에서 직장생활을 거친 후 경기도소방에서 소방관이 되었다. 구조구급 특수소방대원의 1.5세대로서 후일 소방위 진급 후에는 화재조사 전문가가 되어, 화재조사 전문 교과서 저술 작업에도 참여했다. 권율 장군의 후손인 안동 권씨 36대손으로서 그와 그의 집안사람들 중에는 무골이 많다. 경기도 주요 소방서의 구조구급팀장을 수차례 역임하다가 경기소방 특수대응단의 구조구급팀을 이끌었다. 현재 남양주소방서장으로 재직 중이다.

김관진

전라북도 전주 사람이다. 육군사관학교에서 수학했다. 첫 보직으로 육군의 보병장교로 임관한 후 전형적인 야전군의 길을 걸었다. 육군 제3야전

군사령부 사령관 등 주요 보직을 두루 거쳤고, 2010년 하반기부터 국방부 장관을 맡았다. 재임 당시, 항공 전력을 이용한 의료지원체계에 관심을 기울여, 소방방재청의 항공전력이 서북 5개 도서에 진출해서 환자들을 구해낼 수 있도록 소방방재청장과 양해각서(MOU)를 체결했다. 그 결과, 해병 대원들뿐 아니라 격오지 도서 지역 주민들에 대한 의무 후송 능력은 크게 향상되었다.

김기태

서울대학교 사회복지학과를 졸업했다. 〈코리아 타임스(Korea Times)〉에 기자로 입사하며 언론인 생활을 시작했다. 〈한겨레신문〉으로 자리를 옮긴 후 〈한겨레 21〉을 거치면서 주로 심층취재와 탐사보도 분야에 종사했고, 사회의 어둡고 힘든 부분을 비추기 위해 사력을 다해 매달렸다. 이후 유학 길에 올라 영국의 버밍엄대학교(University of Birmingham)에서 사회정책학 (Social Policy)을 전공하여 박사학위를 받았다. 현재 한국보건사회연구원 포용복지연구단 부연구위원으로 재직 중이다.

김대중

연세대학교 의과대학을 졸업했다. 세브란스병원에서 내과 전문의 수련을 받고 내분비대사내과를 세부전공했다. 불가피하게 수술 받고 췌장이 절제된 환자들이 혈당조절에 문제가 발생하는 경우, 그는 섬세하게 치료해 주었다. 정의감이 강하고 리더십이 뛰어나다. 2000년, 의사들이 대정부 투쟁을 할 당시 사직을 각오하고 선봉에 서서 의사 동료들을 이끌었다. 2003년 아주대학교 의과대학에 부임했고, 아주대학교병원 기획조정실장보를 역임했다. 현재 내분비내과학교실 교수이다.

김대희

연세대학교 의과대학을 졸업했다. 동 대학 부속병원에서 마취통증의학과 수련을 받았다. 전문의가 된 이후에는 세브란스병원 심장혈관센터에서 근무했다. 심장혈관마취를 세부전공하며 연구강사 시절을 보냈고 임상전임강사로 진급했다. 아주대학교 의과대학에 전임강사로 부임한 이후, 아주대학교병원에서 중증외상환자 마취를 담당해오고 있던 마취통증의학과 의료진에게 심장혈관마취에 대한 본인의 능력을 빠르게 전수시켰다. 아주대학교 의과대학 마취통증의학과학 교실의 부교수를 사직하고 떠났다.

김문수

경상북도 영천 사람이다. 서울대학교 경영학과를 졸업했다. 노동운동가였고, 이후 15대, 16대, 17대를 거친 3선 국회의원이 되었다. 32대, 33대 경기도지사를 역임했다. 도지사 재임 시절 중증외상센터 건립에 국비 80억 원, 경기도 자체 예산 200억 원을 투입해 외상센터를 최소한이나마 세계적 기준에 맞도록 운영할 수 있도록 했다. 그가 재임 당시 주창했던 '도정을 현장 속으로'라는 업무지침은 경기도 공직자들에게 큰 영향을 주었으며, 김태연은 이 영향을 받아 당시 아무것도 없던 아주대학교병원 파견을 자원했다. 아덴만의 여명 작전에서부터 아주대학교병원의 외상센터 선정 탈락, 경기남부권역외상센터 골조가 올라가는 모습에 이르기까지, 외상센터 건립의 가장 긴박했던 과정을 지역 행정 책임자로서 감당해내었다.

김민수

경상북도 김천에서 나고 구미에서 자랐다. 육군 항공작전사령부의 조종장교로서 블랙호크를 주력 기종으로 비행했다. 육군에서 전역 후 중앙119구조본부의 서북 5개 도서 지역의 항로를 열어나간 조종사다. 주력 기종은

EC-225다.

김병천

해군사관학교를 졸업하고 임관 후 연세대학교 의과대학에서 위탁 교육을 받고 의사가 되었다. 세브란스병원에서 수련 받고 정신과 전문의가 되었으며, 그 이후 전역 시까지 해군 군의관으로 복무했다. 잠수함전단 창설 초기, 정신과 의사로서 심해에서 오래 잠항해야 하는 잠수함 승조원들을 위한 정신과적 심리 지지 프로토콜을 확립했다.

김보형

본관 내과계 집중치료실에서 오랫동안 근무하며 경력을 쌓았고 수간호사가 되었다. 정규 수간호사로서 첫 보직으로 외상센터 중환자실을 맡았다. 2013년 처음으로 외상중환자실을 맡아서 고생했던 손현숙과 달리, 확장된 외상센터 건물에서 수간호사 일을 시작한 김보형은 큰 어려움 없이 정착해나갔다. 현재 외상센터에서 보직 변경되어 타 부서로 이동했다.

김선아

서울에서 나고 안산에서 자랐다. 가천대학교 응급구조학과를 졸업했고, 2010년 아주대학교병원 응급실에서 수련직으로 근무를 시작했다. 내가 혼자 외상외과 간판을 달고 일했던 때, 그는 홀로 석 달 순환근무를 했다. 그 당시 보여준 김선아의 업무수행 능력은 최고 수준이었다. 그 인연으로 계속 외상외과에서 응급구조사로 근무했으며, 현재 외상센터 소속 응급구조사들 중에서는 가장 고위직이다.

김성수

부산 사람이다. 대학에서 건축학을 전공하고 민간 건설회사에서 근무했다. 1997년부터 아주대학교병원에서 근무하며 외상센터 신축 이전부터 외상외과 운영을 지원했다. 2003년, 미군의 UH-60 블랙호크 헬리콥터 착륙 장소를 확보하기 위해 아주대학교 의과대학과 병원 사이 바닥에 'H'자를 그릴 때, 그는 말도 안 되는 그 일을 묵묵히 맡아 해주었다. 현재 아주대학교병원 시설관리팀 건축파트장으로 재직 중이다.

김성우

서울에서 나고 자랐다. 문과 남자로 경원대학교에서 일어일문학을 전공한 그가 어떻게 이과의 최전선이라 할 수 있는 항공학교에 진학했는지는 알려지지 않았다. 육군 간부로 임관한 이후 박정혁과 함께 육군항공대에서 비행했으며 다양한 회전익 기체를 직접 갈고 닦았다. 육군 전역 후 소방, 경찰, 해경 및 산림청 등의 수많은 기종을 정비하며 비행해왔고 경기 소방항공팀에 이준훈과 동기로 합류했다.

김성찬

경상남도 진해 사람이다. 해군사관학교를 졸업하고 해군 항해병과 장교로 임관, 마산함 함장을 거쳐서 사령관이 되었다. 해군 제1함대 사령관을 거친 후 해군참모차장직을 수행했고, 해군참모총장으로서 아덴만 여명 작전을 지휘했다. 해군참모총장 재임 시절, 해군의 가용자원을 전투병과에 집중하려는 노력의 일환으로, 중증외상센터 운영처럼 민간영역에서 앞선 부분을 과감히 해군 의무시스템 내로 접목시킬 것을 지시했다. 예편 후 고향에서 지역구 국회의원에 출마하여 제19대, 제20대 국회의원이 되었다.

김소라

충청북도 영동에서 태어났다. 아주대학교 간호대학에 재학 시절 의대-
간호대 밴드부인 '6 Lines' 활동을 했다. 아주대학교병원의 외상센터 건물
이 신축되기 전부터 본관 8층 외상병동 간호사로 오랫동안 일했다. 외상외
과 전담간호사로 자원하여 현재 경기남부권역외상센터 코디네이터로 근
무하고 있다.

김승룡

2011년 강태석과 함께 중앙 소방방재청 구조구급과에서 계장으로 일했
으며, 그 이후 김준규가 이끄는 중앙 소방구조대에 행정팀장으로 합류했다.
아주대학교병원과 경기 소방항공대와의 업무가 중단됐던 2011년 하반기,
나는 중앙구조단과 항공 출동을 했고, 김승룡이 중앙구조단의 항공팀을
활성화시키는 데 기여했다. 이후 전라남도 해남 소방서장을 맡았으며 경
기도 파주 소방서장을 역임한 후에는 경기 소방학교에 부임하는 등, 나와
계속 연결고리를 가지고 업무를 해나가 이 인연이 신기하다고 느꼈다.

김영환

가톨릭대학교 의과대학을 졸업했다. 서울아산병원에서 외과 전문의가
됐고, 주위 사람들의 많은 신임을 받았다. 아주대학교병원 외상센터에 와
서는 외과 조교수로 임용되어 집에도 잘 가지 못하며 헌신했다. 그는 의과
대학 동기인 외과의사 신호정으로부터 '학생 때부터 바른 생활 사나이'라
고 극찬 받았다. 현재 국립중앙의료원 외상센터에서 근무 중이다.

김욱환

서울대학교 의과대학을 졸업했다. 서울대학교병원에서 외과 전문의를

마치고는 곧장 아주대학교 의과대학 외과학교실에서 연구강사 생활을 시작했다. 수술을 잘 하는 외과의사에 그치지 않고 수많은 기초연구 활동을 했으며, 일본 오사카 대학교에서 2년간 연수를 했다. 그가 내놓은 수많은 논문들은 인용지수가 높은 SCI 등재 학술지에 발표되었다. 나도 석·박사 과정 당시, 김욱환이 연구 수행 때 사용하던 기자재와 연구원들의 도움을 받았다. 현재 아주대학교 의과대학 외과학교실 교수이다.

김윤지

대구에서 나고 포항에서 자랐다. 아주대학교 간호대학을 졸업하고 아주대학교병원 신경외과 중환자실에서 근무하고 있었다. 그 당시 김윤지는 외상외과에서 근무하길 원했으나, 신경외과 중환자실에서는 뛰어난 중환자실 간호사가 빠져 나가는 것을 허락하지 않았다. 나는 김윤지를 영입하기 위해 많은 애를 쓰며 기다렸다. 현재 경기남부권역외상센터 외상외과 전담간호사로 근무하고 있다.

김은미

경상북도 김천 사람이다. 김천과학대학교 간호학과를 졸업했으며, 순천향대학병원에서 근무했다. 일본어에 능통하여 외상센터의 일본 관계 업무에 자주 투입되기도 한다. 현재 경기남부권역외상센터 외상외과 전담간호사로 근무하고 있다.

김재근

연세대학교 의과대학을 졸업했다. 영상의학과 학생 담당교수, 의과대학 학생 담당부학장, 의과대학 교학부학장, 제 2부원장 등 의과대학과 병원의 핵심 보직을 역임했다. 젊어서 공과대학에 재학했었고, 깊은 인문학적 소양을 지녔다. 2000년대 초반 그가 영상의학과 조교수였을 때, 그는 밤을 새서 환자의 엑스레이 사진을 판독했고 어려운 환자 상황 판단에 도움을 주었다. 그가 자신의 당직실을 같이 쓸 수 있게 내준 덕분에 나는 힘든 병원 생활을 버틸 수 있었다. 그 외에도 의과대학에서 살아남기까지 김재근의 도움을 많이 받았다. 훗날 외상센터가 존폐 위기에 몰릴 때마다 그는 아주대학교병원의 상징인 외상센터를 절대 폐지해서는 안 된다고 말했다. 현재 아주대학교 의과대학 영상의학교실 교수이다.

김종삼

해군사관학교 제 41기생이다. 수상함병과 장교로 임관된 이후 여러 함정을 지휘했다. 제독으로 진급한 이후엔, 주로 상륙함정과 수송함정 중심으로 구성된 해군 제5전단을 지휘했다. 그가 제5전단장을 맡고 있던 2017년, 나는 유동기 의무감과 'FST를 이용한 LST CRTS 전환훈련'을 성료했다. 당시 김종삼은 전 과정을 전폭적으로 지원해주었다. 해군 중장으로 해군사관학교장 등을 역임 후 예편했다.

김종엽

연세대학교 의과대학을 졸업했다. 동 대학 부속병원에서 마취통증의학과 전문의가 된 직후, 2004년 아주대학교 의과대학 마취과학교실에서 연구강사 생활을 시작했다. 학문적으로 뛰어나고 인간적으로 따스한 사람이다. 국내에서 가장 험한 환자들을 수술하는 아주대학교병원 외상센터 환자들을 오랜 시간 지켜왔다. 현재 아주대학교 의과대학 마취통증의학교실 교수이다.

김주량

경상남도 사천 사람이다. 초임 간호사 시절 동국대학교병원에서 근무하다 뉴욕으로 건너가서 공부했다. 미국에서 수련 받은 후 아주대학교병원 외상센터에 지원했고, 2011년부터 근무하여 외상센터 초기 기틀을 잡는 데 기여했다. 그는 가장 훌륭한 임상 전담간호사였고, 김지영과 함께 외상환자 중증도 분류체계 '코딩 시스템(coding system)' 실무를 담당하는 데 뛰어난 능력을 보였다. NEDIS(National Emergency Data Information System), KTDB(Korea Trauma Data Bank)라고 불리는 국가 외상체계 관리망 전산화 작업의 전문가이기도 하다. 현재도 연구와 행정업무뿐만 아니라 임상진료에서 항공 출동에 이르기까지 전방위로 활약하고 있다.

김준규

현장의 말단 소방공무원으로 시작해, '소방의 별'이라 불리는 소방준감 지위에까지 올랐다. 중앙 소방방재청의 핵심 구조구급 조직인 중앙구조단의 단장으로 부임할 때, 그는 그 보직이 소방대원으로서 자신의 마지막 보직이 될 것임을 알았다고 했다. 그는 자기 신념에 따라 경직되어 있던 중앙구조단을 활성화시키는 데 온 힘을 기울였다. 국방부와 소방 헬리콥터를 이용한 구조구급 업무에 대해 MOU를 체결한 이후, 서북 5개 도서를 향한 항로 개척을 위해 나와 함께 직접 비행에 나섰다. 김준규는 평소 '내 마지막 보직을 걸고'라는 말을 자주 했고, 그 말대로 어려운 관행들을 돌파해 나아갔다. 그 과정에서 심한 내부 반발에 직면하기도 했으나 물러서지 않았다. 김준규는 진정성을 가지고 사람들을 위하여 자기 자신을 던졌다.

김지민

아주대학교 간호대학을 졸업했고, 간호대학에서 조교로 오래 일하다 외

상외과 전담간호사에 지원했다. 김지민은 임상진료 업무뿐만 아니라 외상
센터 내 행정업무에도 두각을 나타내어 모두가 아꼈다. 김지민이 사직하
고 고향으로 돌아가겠다고 했을 때, 나는 수차례 만류했으나 결국 잡지 못
했다. 이후에도 김효주를 통해 김지민의 복귀를 권했으나, 김지민이 다른
공공기관에 입사했다는 말을 듣고 더는 연락하지 않았다.

김지영

서울에서 나고 전라북도 전주에서 자랐다. 전북간호대학교 간호학
과를 졸업한 후, 아주대학교병원 응급실에서 사회생활을 시작했다.
2006~2009년까지는 캐나다 브리티시 컬럼비아(British Columbia)주에 위
치한 파크 플레이스 병원(Park Place Hospital)에서 근무해 수석간호사까지
되었다. 귀국 직후 2010년부터 지금까지 외상센터의 행정, 학회, 대정부
및 해외 업무에서 임상에 이르는 모든 일을 처리해왔다. 헬리콥터를 이용
한 중증외상 환자 이송 시스템이 기틀을 잡는 초창기, 비행을 전담하다시
피 하여 200여 시간 이상의 비행시간을 가지고 있다. 김지영은 지휘에 능
했고, 각종 조직 체계와 임상 술기 등을 스스로 고안해내는 데 창의적이었
다. 2011년 석해균 선장을 구하러 오만에 파견되었을 때, 김지영이 동행하
여 스위스로부터 에어 앰뷸런스를 확보해냈다. 김지영이 지금의 외상센터
를 만들었다. 보직 변경되어 외상센터에서 떠난 후 6개월이 지나 아주대학
교병원을 사직했다.

김진표

경기도 수원에서 자랐고 서울대학교 법학과를 졸업했다. 행정고시에 합
격한 후 재무부에서 공직 생활을 시작했다. 김대중 정부 청와대 정책기획
수석을 맡으면서 정치권과 인연을 맺었고 노무현 정부 시절 부총리 겸 재

정경제부 장관, 교육인적자원부 장관 등을 역임했다. 17대, 18대, 19대 국회의원에 선출되었다. 국회의원 지역구가 아주대학교가 위치한 곳이어서 아주대학교의 주요 대소사에 관심을 보여 왔다. 경기남부권역외상센터의 설치 문제에 대해서는 지역의 다른 당 의원들과도 초당적으로 협력했다. 현재 21대 국회의원이다.

김철호

인하대학교 의과대학을 졸업했다. 세브란스병원에서 이비인후과 세부 분과 중에서도 가장 수술적 범위가 큰 두경부외과를 세부전공했다. 미국 메모리얼 슬론케터링 암센터(Memorial Sloan Kettering Cancer Center)와 MD 앤더슨 암센터(MD Anderson Cancer Center) 등에서 계속 공부했다. 중증외상 환자들의 두경부외상 시, 외상외과에서조차도 감당이 어려운 경우에는 언제라도 헌신적으로 진료 지원에 나서왔다. 임상진료뿐 아니라 끊임없이 연구하는 연구자로서, 미국 테네시대학교(University of Tennessee)의 '환경적 암유발 연구소(Environmental Carcinogenesis Laboratory)'에서도 연수했고 많은 연구과제를 수행했다. 현재 아주대학교 의료원의 첨단의학연구원장이다.

김태연

대전대학교 간호학과를 졸업했고, 서울 백병원 심혈관중환자실과 응급실에서 3년간 일했다. 임상을 떠나 2005년 경기도 간호직 공무원 공채에 합격하여, 그 이듬해 2월부터 경기도청 보건 행정 분야에서 일해 왔다. 2013년 우수 공무원에게만 주어지는 해외연수자에 선발되어 워싱턴 대학(University of Washington) 공공정책대학원에서 연수 예정으로 KDI(한국개발연구원)에서 연수 받던 중, 아주대학교병원 외상센터로 파견 근무를 자원했다. 이 결정으로 김태연은 해외연수 대신 2014년 5월부터 아주대학교 병원 외상센터에서 공식 근무를 시작했다. 김태연은 헬리콥터 출동을 포함한 임상 업무에서부터 외상센터 행정까지 전방위에 걸쳐 업무를 맡아왔다. 3년 뒤 김태연이 경기도청에 복귀한 이후 남경필 도지사는 김태연의 파견 근무를 2년 더 연장하여 중증외상센터 안정화를 돕도록 했다. 2019년 9월, 아주대학교병원 외상센터를 떠나 경기도청으로 복귀하였다. 더 이상 외상센터 연관 업무를 맡지 않았다.

김태영

육군사관학교를 졸업했다. 독일 육군사관학교에서 유학했으며 포병장교로 장군의 반열에 올랐다. 제23보병사단장과 수도방위사령관, 제1야전군사령관 등을 거치면서 육군의 핵심 주력부대들을 지휘했다. 육군에서 전역 후 42대 국방부장관을 역임했다.

김태훈

아주대학교 의과대학을 졸업했다. 모교 병원에서 정형외과 전문의가 되었다. 조재호 아래에서 소아정형외과 및 골절학을 세부전공했다. 외상센터 전담 정형외과의사를 역임했으며, 현재 아주대학교 의과대학 정형외과 조교수로 근무 중이다.

김판규

서울사대부속고등학교를 졸업하고 해군사관학교에 진학했다. 만능 스포츠맨이며, 강인한 군인으로서의 풍모를 가지고 있다. 잠수함병과 장교로서 209급 잠수함인 정운함 함장을 지냈고, 'UDT/SEAL'로 대표되는 해군 특수전전대에서 지휘관을 맡았다. 그는 본인의 강인함을 병과를 넘나들면서 보여주었다. 해군 제1함대 사령관 시절, 휘하 수병이 부상당하자 본인이 직접 항공 전력을 지휘하여 환자의 이송을 돕는 등 타고난 현장 지휘관이다. 해군사관학교장, 교육사령관 등의 핵심 보직을 두루 거쳤으며 해군 참모차장을 역임 후 예편했다.

김현준

연세대학교 의과대학을 졸업했다. 동 대학병원에서 이비인후과 전문의가 된 후 비과학을 세부전공했다. 나와는 학생 때부터 동기로 함께 지냈으며 아주대학교 의과대학에 부임해 온 이래 계속 가까이 지내왔다. 내가 병원 내에서 어려운 상황에 몰릴 때마다 그는 걱정했다. 현재 아주대학교 의과대학 이비인후과학교실 교수이다.

김효주

경기도에서 나고 자랐다. 아주대학교 간호대학을 졸업하고 타 대학병원에서 근무하다 아주대학교병원 외상센터에 합류했다. 동작이 민첩하고 손이 빨라 임상환자 진료에 탁월하다. 과감하고 용기가 있어 출동 비행을 나서는 데 물러섬이 없다. 그는 공중강하 시에도 전혀 두려워하지 않는다. 신체적으로나 정신적으로 아무리 힘들어도 좀처럼 힘든 것을 표출하지 않을 만큼 강한 정신력을 소유하고 있다. 경기남부권역외상센터 코디네이터로 오랜 기간 헌신하다가 사직했다.

김후재

강원도 태백에서 나고 부산에서 자랐다. 동의대학교 중어중문학과를 졸업한 이후, 금진해운과 삼호해운 등 여러 해운회사에서 근무했다. 2011년 아덴만 여명 작전 당시, 사경을 헤매는 석해균 선장의 곁을 지켰다. 현재도 부산에 살면서 해운회사에 근무하고 있다.

남경필

경기도 수원에서 자랐다. 연세대학교 사회사업학과를 졸업하고 예일대학교 경영대학원에서 경영학 석사 학위를 받았다. 15대부터 19대까지 5선 국회의원을 지냈으며, 34대 경기도지사를 역임했다. 18대 국회의원 임기 중이던 2010년부터 경기도에 외상센터가 운영될 수 있도록 도왔다. 도에서 발생하는 주요 재난 상황 때마다 외상센터를 찾아와 관계자들을 직접 챙겼다. 이재율 경기도 부지사의 건의를 받아 김태연의 경기남부권역외상센터 파견근무를 승인했다.

남정수(Thomas Aquinas)

부산 사람이다. 인제대학교 의과대학을 졸업했다. 모교 병원인 부산백병원에서 외과전문의 과정을 마쳤고, 서울아산병원 외과에서 간담췌외과를 세부전공하며 임상강사를 마쳤다. 임상강사 시절 남정수는 뛰어난 외과의사로서의 면모와 신앙심이 더욱 깊어졌고 남은 인생을 그리스도와 함께 하기로 결심했다. 남정수는 자기가 가진 모든 것을 학교와 도서관, 교회와 사회에 기증하고는 수도원으로 들어갔다. 그가 떠나고 난 후 그의 자리에 남아 있는 것은 낡은 운동화 한 켤레뿐이었다고 들었다. 현재 한국 천주교 예수회의 수사로 사역하고 있으며 토마스 아퀴나스(Thomas Aquinas)는 그의 가톨릭 세례명이다.

남화모

해군사관학교를 졸업했다. 기관병과 장교로 임용하여 함상근무를 했고, 경희대학교 약학대학에서 위탁 교육을 받고 약사가 되었다. 기관장교로서 해군생활을 시작했기 때문에 기타 의무병과의 장교들보다는 작전병과 장교에 가까워 보인다. 내가 겪은 남화모는 자신이 하는 일을 드러내지 않고, 항상 옳은 길에 서 있으려고 노력하며, 공을 언제나 타인에게 돌리는 사람이었다. 해군작전사령부 부산기지전대 의무대장을 역임 후 예편했다.

노미숙

전남대학교 간호학과를 졸업했다. 아주대학교병원에서 오랜 시간 동안 근무해왔고, 외상센터가 본관에 있을 때 수간호사가 되었으며, 외상병동을 맡아 일했다. 외상센터가 병원 본관에 있을 때 외상센터에 부속된 중환자실과 병동을 담당하며 임상진료 일선에 있었던 수간호사들은 손현숙과 노미숙뿐이었다. 현재 경기남부권역외상센터 수간호사로 재직 중이다.

류강희

경상북도 안동 사람이다. 안동과학대학 간호학과를 졸업하고 아주대학교병원 수술실 간호사로 사회생활을 시작했다. 류강희는 외상센터가 신축되자 본관 수술실 근무자들 중 제일 먼저 자원하여 외상센터 수술실로 전속 배치되어 왔다. 타고난 성실함과 본인의 노력이 배가되어 실력이나 태도가 가장 뛰어난 간호사들 중 한 명이다. 현재 외상센터 수술실 주임간호사로 재직 중이다.

류영철

경희대학교 의과대학을 졸업했다. 오랜 기간 경기도 보건과를 맡아서 각종 보건의료사업을 추진했다. 경기도 보건과장을 역임 후 보건국장으로 영전했다.

문봉기

영남대학교 의과대학을 졸업했고, 세브란스병원에서 마취과 전문의 자격을 취득했다. 그가 아주대학교병원 의과대학 교수로 부임한 초기, 마취과 의사가 응급실까지 내려가 환자를 치료하는 문제를 두고 교수들 간 의견이 엇갈렸다. 그때 문봉기는 구역에 관계없이 환자를 돌봐야 한다고 주장했다. 그는 신경외과 마취 분야에 큰 공을 세웠고, 석해균 선장 수술에서도 마취를 맡았다. 미국 웨인 주립 대학교(Wayne State University)에서 연수했으며, 아주대학교병원 수술실장 및 마취통증의학교실 주임교수를 역임했다. 현재 아주대학교병원 의과대학 마취과통증의학과 교수이다.

문수민

전라남도 광주 사람이다. 공주대학교 간호학과를 졸업했다. 논산에 있는 백제병원에서 근무하다가 외상센터에 지원했다. 현재 경기남부권역외상센터 외상외과 전담간호사로 근무하고 있다.

문종환

경상남도 사천 사람이다. 고신대학교 의과대학을 졸업했다. 아주대학교병원에서 흉부외과 전문의가 되었고 흉부외과에서 임상강사까지 마친 후 외상외과에 합류했다. 문종환의 합류로 아주대학교 병원 외상외과는 흉부외과와 외과 간의 임상과목 통합이 물리적, 화학적으로 이루어졌다. 임상과 간의 갈라서기는 한국 의료계의 고질적 폐습이고, 그 때문에 어려움을 겪었던 흉부외과와 외과의 전문의들은 문종환으로 인해 다시 합쳐져 한 임상과 의사로서 일할 수 있게 되었다. 나는 문종환의 좋은 인성이 이를 가능하게 했다고 생각한다. 현재 아주대학교 의과대학 외상외과 조교수로 재직 중이다.

문지영

경상북도 영천 사람이다. 고려대학교 간호대학을 졸업하고 모교 병원에서 근무하다, 1994년 아주대학교병원 개원 당시 경력직 간호사로 이직해 왔다. 문지영은 수술실에서만 계속 일해왔으며, 어려운 일이 있어도 피하지 않았다. 지금도 수술이 끝난 수술실 바닥에 흥건한 피를 본인이 직접 닦고 다닐 만큼 솔선수범 한다. 현재 경기남부권역외상센터 수술실 수간호사로 근무 중이다.

민상기

연세대학교 의과대학을 졸업했다. 세브란스병원에서 전문의 취득 후 연구강사 생활까지 마쳤다. 아주대학교 의과대학에 부임한 이래 수술실에서 줄곧 일해왔으며 수많은 환자를 구했다. 아주대학교병원 개원 초기부터 마취과에는 민상기를 비롯한 최정예 의료진이 포진해 있었고, 민상기는 모교에 요청해 훌륭한 마취과 후배들을 아주대학교 의과대학으로 초빙해 왔다. 그는 외상센터 운영이 어려워지자 마취과 내부의 다른 교수들을 이끌고 중증외상환자 마취 시스템 확립을 위해 애썼다. 현재 아주대학교 의과대학 마취통증의학교실 교수이다.

민수연

경기도에서 나고 서울에서 자랐다. 서울 경기여고에서 수학한 후 오산대학교 경영학과를 졸업했다. 대한외과학회 등을 비롯한 다수의 의학 학회들에서 행정지원을 해왔다. 민수연은 외상센터 내의 여러 가지 행정 임무를 수행하다가 센터를 떠났다.

민수환

강원도 홍천 사람이다. 육군 3사관학교를 졸업 후 육군 소위로 임관했다. 육군 항공대에서 15년간 회전익 조종사로 복무했으며 육군항공학교에서 조종사를 양성하는 비행교관과, 정비를 마친 항공기의 비행가능 여부를 평가하는 시험비행 조종사 임무를 다년간 수행했다. 2016년 경기 소방항공대에 투신한 이래 이세형 비행대장, 이인봉 기장 등에게서 구조구급비행을 사사했다. 현재 경기 소방특수대응단 항공대의 기장 조종사로 임무수행 중이다.

민영기

아주대학교 의과대학을 졸업했다. 본교 졸업생으로서는 당시 신생 임상과였던 응급의학과를 최초로 전공했고 2001년 전문의 자격을 취득했다. 조용하면서도 과묵한 성격으로 나와는 학생시절부터 가장 가까운 선후배 지간이었다. 응급의학과 전문의이지만 독성학과 중환자 의학에도 열성적으로 매달렸고, 응급중환자실 실장으로 오랫동안 재직해오고 있다. 민영기는 응급의료센터장을 맡은 이후부터는 외상외과와의 협조를 더 중요시했다. 중증외상 환자 치료에 외상외과 유지가 필요하다는 것을 잘 알고 있어, 응급 중환자실을 중증외상 환자들을 위해 열어주었다. 그 덕에 외상센터로서는 아무런 하드웨어적 기반이 없는 상황에서도 외상외과를 오랫동안 유지해 올 수 있었다. 민영기의 도움 없이는 2011년까지 외상외과를 끌어오지 못했을 것이다. 나는 그 점을 늘 감사하게 생각한다.

민채원

경기도 안양에서 나고 수원에서 자랐다. 한서대학교 간호학과를 졸업했다. 엄초록과 같이 아주대학교병원 외상센터 중환자실에서 환자를 치료하다가 외상외과 전담간호사로 지원했다. 항공 간호 영역에서 매우 뛰어나다. 현재 경기남부권역외상센터 외상외과 전담간호사로 근무하고 있다.

박경남

부모가 황해도에서 월남하여 부산에서 그를 낳았다. 어린 시절 수원으로 올라온 이후, 대우자동차의 진신인 새한자동차 부평공장에 엔지니어로 입사하여 25년 이상 한 직장에서 근무했다. 자동차 생산 공정에서 주로 최종단계 검사 공정을 담당했으며 2005년부터 아주대학교병원 차량 정비소장을 맡고 있다.

박도중

대구 사람이다. 서울대학교 의과대학을 졸업하고 동 대학병원에서 외과 전문의가 되었다. 상부위장관외과를 세부전공 하였고, 갑상선 질환 등에 대한 두경부 수술에도 능통하다. 조교수 시절 그 당시 외과 전공의 신분이던 장정문과 권준식을 내게 추천했다. 현재 분당서울대학교병원 외과 부교수로 재직 중이다.

박명섭

충청남도 당진 사람이다. 대학에서 법학을 전공했고 육군 복무 중 육군항공학교에 지원하여 회전익 조종사가 되었다. 그는 육군의 공격헬리콥터 조종사로 비행하였으며 빼어난 조종술을 바탕으로 비행교관에 임용되었다. 2000년에 전역한 이후 경상남도에서 구조구급 임무 및 산불 진화 등의 고난도 비행을 해왔고, 2009년에 경기 소방항공대 기장으로 임용되었다. 그는 4,000여 시간 이상을 창공에서 지냈으며 현재도 경기 소방특수대응단 항공대의 베테랑 기장으로서 비행 중이다.

박병남

아주대학교병원에서 오랫동안 일을 해왔다. 응급의료센터에 부속된 응급병동 수간호사를 역임했으며 본인이 자원하여 외상센터 중환자실 수간호사로 부임했다. 현재 외상센터 병동 수간호사로 재직 중이다.

박상수

부산 사람이다. 대학에서 항공정비학을 전공했으며 육군항공대에서만 17년간 전투 헬리콥터 조종사로 복무했다. 그는 고정익 항공기 조종에도 발군의 재능을 보인 고정익 교관조종사이기도 하다. 회전익과 고정익에 걸쳐 모두 뛰어난 조종기량을 가지는 일은 쉽지 않다. 그럼에도 박상수는 천부적인 자질과 비행에 대한 열정으로 스스로 양쪽 모두 해냈으며, 향후 구조구급 비행의 미래는 수직이착륙(VTOL: vertical take-off and landing)이 가능한 틸트로터(Tilt rotor) 기체라고 믿는 미래형 조종사다. 경기 소방항공대에서는 회전익 기체를 조종했으며, 해양경찰 항공대에서는 CN-235와 같은 고정익 기체를 조종했다. 독실한 기독교인으로서 항공선교회에서 봉사하고 있다.

박성용

연세대학교 의과대학을 졸업했다. 세브란스병원에서 마취과 전문의가 됐으며, 분당서울대학교병원에서 임상강사 과정을 마쳤다. 외상센터가 본관에서 분리되고 규모를 확장해가던 초창기, 가장 어려운 시기부터 외상센터의 마취과 영역을 지켜왔다. 가장 어렵고 험하다는 중증외상 환자의 마취에도 침착하고 빠르다. 현재 아주대학교 의과대학 마취통증의학교실 교수이다.

박성훈

동아대학교 의과대학을 졸업하고 동 대학병원에서 영상의학과 전문의가 되었다. 서울아산병원에서 영상의학과 임상강사를 거치며 근·골격계 영상의학을 세부전공했다. 현재 아주대학교 의과대학 영상의학교실 조교수로 재직 중이다.

박수영

부산 사람이다. 서울대학교 법학과를 졸업했다. 29회 행정고시에 합격하면서 공직을 시작했다. 안전행정부 인사기획관, 경기도청 기획조정실 실장 등의 공직을 두루 거쳤다. 2013년 경기도 행정1부지사로 있으며 경기 남부권역외상센터의 건립을 세밀하게 추진했다. 아주대학교병원에 경기 남부권역외상센터를 설치하는 사업이 난항을 겪자, 직접 현황을 들여다보고 김태연의 파견을 결재했다. 한반도선진화재단 대표를 역임했으며 현재 21대 국회의원이다.

박연수

2011년 소방방재청장 시절, 내가 10년 가까이 떠들어봐야 아무도 듣지 않던 '소방방재청이 보유한 헬리콥터를 중증외상 환자의 구조뿐만 아닌 구급업무에도 투입'하는 일을, 그 당시 김문수 경기도지사와 협조하여 순식간에 추진했다. 그것이 '석해균 프로젝트'였다. 그 뒤 얼마 지나지 않아 박연수가 공직을 마감하고 석해균 프로젝트가 난항에 빠져들었을 때엔 초기의 방향을 아무도 다시 잡아줄 수 없었다. 그는 분명히 대한민국 소방방재청 역사에 남아야 하는 '소방헬리콥터를 응급의료서비스 업무에 공식적으로 투입'한 최초의 소방방재청장이었다.

박영진

해군사관학교를 졸업했다. 해군 장교 임관 후, 서울대학교 의과대학에서 위탁교육을 받았고 동 대학병원에서 정형외과 전문의 수련을 받았다. 해군 2함대 의무실장으로 재직 중, 신형 호위함이었던 인천함을 전력화시키는 과정에서 FST(Forward Surgical Team)의 공중강하 훈련을 끈기 있게 성공시켰다. 해군 해양의료원 원장을 역임했으며 중령으로 예편했다.

박재호

울릉도 사람이다. 고등학교 때 서울로 올라와 덕수상업고등학교를 졸업하고 고려대학교 경영학과에서 수학하며 ROTC 과정을 이수했다. ㈜대우에서 근무했고, IMF 당시 대우그룹이 공중분해 되던 마지막까지 회사를 지켰다. 그 후 IT회사를 설립해 운영하다 2012년 가을, 아주대학교병원 행정부원장으로 부임해왔다. 2019년 중반에 병원을 떠나 학교법인의 행정부서로 옮겨갔다.

박정옥

연세대학교 간호대학을 졸업했다. 세브란스병원 수술실에서 최고로 촉망받는 간호사였고, 1994년에 아주대학교병원 개원 멤버로 수원에 왔다. 당시 박정옥은 수술실 외과구역의 책임간호사였으며, 나는 박정옥에게 환자 수술 준비의 과정을 배웠다. 이후 수술실과 중환자실을 거치면서 계속 그와 함께 일했다. 수술을 꿰뚫는 통찰력과 집도의의 수술 패턴을 미리 읽어 대응하는 등, 끊임없는 노력으로 최고의 수술실 간호사로 인정받고 있다. 아주대학교병원이 재수 끝에 중증외상센터 국책 기관으로 선정된 후, 외상센터 간호팀장으로 부임했다. 현재 외상센터를 떠나 본원에서 근무 중이다.

박정태

해군사관학교를 졸업하고 해군 소위로 임관했다. 미국에서 공여한 기어링급 구축함이었던 DD-916 전북함의 항해병과 장교로 수년간 근무하다가 의무병과로 배속되었다. 이후 해군 제 1함대 의무대를 시작으로 해양의료원, 합동참모본부, 해군작전사령부 등의 주요 임지를 두루 거쳤다. 해병대 사령부 의무실장을 역임 후 해군의무감의 중책까지 맡고 난 후 예편했다.

박정혁

경상북도 울진 사람이다. 2001년 육군항공대 조종준사관으로 임관했다. 육군항공작전사령부에서 AH-1S 코브라(Cobra) 공격 헬리콥터 조종사로 14년간 2,000여 시간 이상을 비행했다. 그는 '적을 죽이기 위해 배운, 가장 치명적인 무기인 공격 헬리콥터 비행기술을 바탕으로, 국민의 생명을 살리는 소방 헬리콥터를 조종한다는 것'에 대한 아이러니와 인생의 신비를 동시에 깊이 느끼며 산다고 했다. 박정혁의 비행에는 철학이 있으며, 그는 자신이 왜 비행하는지를 정확히 알고 있다. 현재 경기 소방특수대응단 항공대 기장 조종사로 비행중이다.

박정훈

경기도 화성 사람이다. 중학생 때 시작한 펜싱에 발군의 소질을 보여 유소년대표를 거쳐 고등학생 때 국가대표 상비군으로 활약한 특이한 경력을 가지고 있다. 2002년 소방관으로 임용됐으며, 2004년 전국 소방기술경연대회에 경기도 대표로 출전하여 인명구조 분야 1위를 하여 1계급 특진했다. 2009년 소방항공대를 거쳐 소방특수대응단 창설 멤버로 근무했으며 2011년부터 아주대학교병원 외상 팀과 비행에 나섰던 초창기 멤버이기도

하다. 소방위로 진급하여 일선 소방서에서 근무하던 그는 다시 경기 소방특수대응단으로 전입해 왔다. 소방특수대응단 발대부터 지금까지의 근무경력을 가지고 전출 갔던 많은 특수구조대원들 중 다시 전입해 온 대원은 박정훈을 포함한 단 두 명뿐이다.

박종민

공직자였던 아버님을 따라서 충청남도 신탄진과 대전을 오가면서 성장했다. 충남대학교 의과대학을 졸업한 후 아주대학교병원 외과에서 외과 전문의 수련을 받았다. 나와 함께 근무할 당시 박종민은 가장 신뢰할 수 있고 실력이 뛰어난 후배 의사로서, 본인을 돌보지 않고 환자들을 치료했다. 전문의 자격 획득 이후 상부위장관 외과에서 임상강사 생활을 하며 수련을 이어갈 때, 큰 개복수술을 통한 관혈적 근치수술 술기에서부터 세밀한 복강경수술 분야에 이르기까지 못하는 분야가 없었다. 그의 수술은 군더더기가 없었고 어려운 상황을 만나도 흔들림이 없어 주위의 모든 사람들이 외과의사로서 존경해 마지않았다. 이후 박종민이 국립의료원 외과에 의무서기관으로 부임하면서 사심 없이 공직에 투신해갈 때, 청렴한 선비였던 아버님의 영향을 얼마나 받았는지는 알려지지 않았다. 윤한덕은 이런 박종민을 많이 아껴서 외상사업관리단장으로 중용하였다. 윤한덕이 세상을 떠나자 크게 슬퍼하며 많이 울었으며, 더 이상 보직을 이어 나가지 않았고 수개월 후 외상사업관리단장을 사임했다. 현재도 국립중앙의료원 외과에서 헌신하고 있다.

박주홍

목포에서 나고 전라도의 여러 지역을 거치며 성장했다. 충남대학교 의과대학을 졸업한 후 동 대학병원에서 외과 전문의가 되었다. 경기도 북부

의 철책을 지키는 육군 제25사단의 군의관으로 복무했으며 후에 제3군수
지원사령부로 전출되었다. 현재 아주대학교 의과대학 외과학교실 외상외
과 조교수로 근무 중이다.

박진영

서울대학교 의과대학을 졸업했다. 동 대학원에서 박사학위를 받았고 서
울대학교병원에서 정형외과 전문의가 되었다. 단국대학교 의과대학 정형
외과 교수로 재직했던 당시 의과대학 그룹사운드 '카디오스(CARDIOS)'의
지도교수를 맡았다. 건국대학교 의과대학 정형외과학교실 교수로 재직 중
에는 학생들이 뽑은 최고의 교수에게 수여하는 상을 받기도 한, 진정한 학
자이자 교수이다. 한국 정형외과학계의 견주관절 분야에서 가장 뛰어난
임상의사이자 연구자 중 한 명으로 평가된다. 현재 네온정형외과 원장으
로 있다.

박철민

건국대학교 국어국문학과를 졸업했다. 의료전문지인 〈데일리팜〉에서
의료 정책 전문기자로 활동했고, 18대 국회 때부터 주승용 의원의 비서관
으로 여의도 생활을 시작했다. 19대 국회 때부터 변재일 의원실 보좌관으
로 일하고 있다. 정확한 입법 활동 보조를 위해 현장을 중시하는 태도를 가
졌다. 2016년 가을, 한 대학병원에서 중증외상을 당한 어린이가 치료받지
못하고 사망하는 일이 벌어지자 그는 직접 현장에 내려가서 실태를 파악
했다. 그렇게 쌓아올린 내공으로 보건의료에 관련한 저술을 하기도 했다.

박혜경

부산 사람이다. 이화여자대학교 교육공학과를 졸업하고 잡지사 〈여원〉

공채 14기로 사회생활을 시작했다. 이후 1999년에 동아일보사 출판국으로 자리를 옮겨 많은 양서를 출간해냈다. 내게 '활자화 된 기록'의 중요성을 강조하여 이 글을 남기도록 만들었다. 현재 동아일보 출판파트장으로 재직 중이다.

백광우

서울대학교 치과대학을 졸업했다. 졸업 후에는 일리노이대학병원(The University of Illinois Hospital)에서 임상과정 연수를 받았으며 소아치과와 장애인 치과를 세부전공으로 하여 국내 소아치과의 장을 열었다. 아주대학교 의과대학 치과학 교실의 주임교수를 역임했다. 재임 중 치과를 잘 키워내 치과병원 수준까지 끌어올렸으며, 임상치의학대학원을 설립해 후학 양성에도 힘썼다. 그는 교수로서뿐만 아니라 임상진료 부분에 있어서도 매우 뛰어나다. 자신의 세부전공 분야는 물론이고 기본 보철치료에 있어서도 철저한 기본기를 가지고 있다. 그의 진료를 보조하는 치위생사들로부터도 '감동적'이라는 평가를 받으며, 많은 환자들이 대를 이어 진료받고 있다. 자신의 사재를 털어 필리핀 현지에서 수많은 환자들을 진료하는 일들을 오랜 기간 해왔고, 이에 대한 공로로 필리핀의 하이메 신(Jaime Sin) 추기경으로부터 'Serviam Award'를, 대한민국 정부로부터 국민훈장 목련장 등을 받았다. 독실한 가톨릭 신자로서 알로이시오 슈왈츠(Aloysius Schwartz) 신부가 설립한 가톨릭 재단에서 운영하는 자선 병원에서 봉사하고 있다.

백세연

전라북도 군산에서 태어났다. 공군 장교였던 부친의 임지를 따라 각 전투비행단이 위치한 도시들인 경기도 수원과 오산, 대구, 전라도 광주 등지에서 자랐다. 서울과 캐나다 오타와(Ottawa)에서 수학한 후 이화여자대학교 의과대학을 졸업했다. 아주대학교 의과대학에서 의학박사 학위를 취득했으며 동 대학병원 진단검사의학과에서 전문의 수련을 받았다. 녹십자의료재단의 부원장을 맡아 오랫동안 일했다. 현재 서울의과학연구소에서 재직 중이다.

백숙자

전라남도 함평 사람이다. 동신대학교 간호학과를 졸업 후 충남대학교병원 응급중환자실에서 일했다. 외상센터 개원 초기 멤버로, 외상외과 전담간호사 선발 공고가 나자 송서영과 함께 합류했다. 근무 기간 내내 김지영의 지시를 직접 받는 중간 지휘자로서의 역할을 해내고 있다. 타고난 성실함과 안정적인 성품을 가졌다. 현재 경기남부권역외상센터 코디네이터로 근무 중이다.

서광욱

연세대학교 의과대학을 졸업했다. 세브란스병원에서 외과 전문의가 되었다. 연세대학교 의과대학에서 대장항문외과를 세부전공 했다. 아주대학교 의과대학 외과학교실에 전임강사로 부임한 이래 줄곧 대장항문외과를 맡아왔다. 수술 속도가 매우 빠르며 업무처리에도 속도감이 있다. 아주대학교 의과대학 외과학교실 교수를 역임했다.

서상규

전라남도 장성에서 태어났다. 건양대학교에서 국문학을 전공했다. OCS 94기 과정을 통해 1999년 해군 항해병과 소위로 임관했다. 이후 서울대학교 서양사학과에서 석사학위를 받았으며 한국해양대학교에서 정책학을 공부했다. 해군의 주력 전투함인 울산함을 거친 후, 해군 제2함대에서 근무했다. 공방표에 이어서 비로봉 함장으로 재임 시, 나는 그와 함께 한국 해군 최초로 주한 미 육군 더스트오프팀의 UH-60 블랙호크들을 비로봉함 헬리패드에 2일 동안 80회 가까이 내려앉혔다. 이 훈련은 주한 미 8군의 전체 작전에도 큰 영향을 미쳤다. 2017년 12월, 서상규의 비로봉함은 당시 주한 미8군 사령관이었던 토마스 S. 반달(Thomas S. Vandal) 미 육군 중장으로부터 부대표창을 받았다. 서상규는 해군 중령으로 국방부에서 근무 중 대령으로 진급했다.

서석권

경기도 화성 사람이다. 해병대 출신으로 군 복무 후 소방에 투신했다. 평생 특수구조와 같이 가장 험한 현장의 소방대원으로 근무했다. 경기 소방 특수대응단장을 거쳐 용인소방서장과 군포소방서장을 역임했다. 간부 후보생 출신들과 달리, 매번의 보직이 마지막 보직이라는 현실적 명제를 받아들여 임무에 임했고, 옷을 벗는 날까지도 누구보다 자기 자신에게 엄격한 사람이었다. 임한근을 비롯한 많은 구조구급 대원들의 정신적 지주였으며 언제나 현장을 벗어나지 않아 소방대원의 전범 같았다.

서신철

경기 소방항공대 모든 기장들이 최고로 손꼽는 정비사다. 어떤 상황에서도 끝까지 책임감 있게 정비를 맡아 해내며, 환자 구조구급 업무를 위해 진심으로 최선을 다한다. 서신철은 언제나 말수가 적고 온화한 미소를 띠었고 어려운 상황에서도 물러섬이 없었다. 비행 시 극도로 신경이 날카로워진 조종사들이나 캐빈 내 의료진을 도우며 정서적으로도 안정시켰다. 자신의 일과 남의 일을 가름이 없어, 비행 중인 헬리콥터 안에서 큰 수술이 벌어지는 때에는 의사와 간호사들을 도왔다. 안전담당관으로서 일을 하면서도 의료진의 앰부 조작을 도와주기까지 했다. 우리는 출동 시 헬리콥터 문이 열리고 서신철이 보이면 안심이 된다고 말하곤 했다.

서은정

가톨릭의과대학 간호학과를 졸업했다. 아주대학교병원 설립 당시 경력직 간호사로 입사하여 응급실 주임간호사로 업무를 시작했다. 이후 그 능력을 인정받아 응급실 수간호사로 승진하였고 오랜 기간 근무했다. 응급실 재직 시절 그 막하에 있던 김지영의 능력을 눈여겨보아, 훗날 그를 외상센터의 TPM(Trauma Program Manager)으로 추천했다. 현재 아주대학교병원 간호부장으로 재직 중이다.

석해균

경상남도 밀양의 석 씨 집성촌에서 나고 자랐다. 해군에 자원해서 하사관후보생 12기로 임관했다. 그 당시 석 씨 집성촌에는 유달리 해군에 지원하는 사람들이 많았다. 해군에서 전역한 뒤, 계속 바다로 나가 선원 생활을 했으며, 항해와 학업을 병행하여 3급 항해사부터 출발해 1988년에는 1급 항해사 자격을 획득했고, 1995년에는 마침내 선장이 되었다. 수만 톤급의 민간상선뿐 아니라 특수 화학선까지도 책임질 수 있는 면허를 취득하면서 수십 척의 상선 선장으로 항해했다. 더 없이 강직한 성격으로 해적들이 삼호주얼리호를 끌고 소말리아 영해로 들어갈 것을 협박하는 과정에서 여러 방법으로 해군청해부대의 최영함이 추격해올 시간을 벌어주었다. 그 결과 해적들을 자극하게 되어 온몸에 7곳 이상의 총상을 입었으며 그중 3발은 몸통에 맞아 내장이 심하게 파열되었다. 병원에서 퇴원한 후에도 장애가 남았으나, 본인의 의지와 재활훈련으로 믿기 힘들 정도로 극복해냈다. '아덴만의 여명' 작전 이후에는 해군 충무공리더십 센터에서 교관으로 근무했다.

석희성

중앙구조단의 파일럿으로, 석해균 선장과 인척간이다. 처음 석해균 선장이 입원해 있을 때, 그를 면회 온 석희성이 파일럿이라는 것은 몰랐다. 대청도에서 환자가 발생하여 출동했을 때에야 그와 공식적인 인사를 나눴다. 당시 석희성은 수줍게 웃으며 자신이 석 선장의 조카뻘이라고 말했다. 석희성은 해군항공대 파일럿으로 링스 헬리콥터를 조종했고, 소령으로 전역한 후 소방방재청 중앙구조단에 들어와서 EC-225를 조종했다. 내면의 강함이 겉으로 드러나지 않는 사람으로, 석 선장과 비슷한 인품을 가졌다고 느꼈다. 그는 EC-225로 NLL 해상을 타고 넘으며 수많은 사람들의 생명을 구해냈다.

설주원

외상센터 건물이 세워지기 이전, 본관 8층 외상병동 간호사였다. 병원 업무를 소상히 파악하여 백숙자와 송서영 이후 신규 전담 인력들에 대한 임상 교육(Clinical Instructor)을 맡았다. 크고 작은 수술 때마다 큰 공을 세웠으며 자세가 단정하고 언제나 흐트러짐이 없었다. 설주원은 외상센터 코디네이터 역할까지 수행하다가 사직했다.

소중섭

고려대학교 공과대학을 졸업했다. 기계공학을 전공한 그가 부산대학교 의학전문대학원(의전원)에 다시 진학하여 의사가 된 개인적인 연유는 알 수 없다. 의전원 졸업 후 아주대학교병원에서 외과 전문의 과정을 밟았으며 현재 경기남부권역외상센터 외상외과 조교수로 있다.

손영래

서울대학교 의과대학을 졸업했다. 의사자격을 취득한 후 보건복지부에서 공중보건의 자격으로 행정업무에 뛰어들었다. 그 후 임상의사로 돌아가지 않고 그대로 보건행정직으로 남았다. 손영래는 사무관 시절 업무 중독증을 보였다. 당시 전공의 수련과정을 밟던 동기들보다 더 집에 들어가지 않고 복지부 청사 내에서 숙식을 해가며 업무에 매달렸다. 내가 기억하는 그는, 의사로서 못다한 임상의사로서의 역할을, 임상 일선에 서 있는 의료인들을 돕는 것으로 대신하겠다는 마음으로 행정에 매달렸다. 업무 외 시간에도 업무에 대해 생각하고 업무 얘기만 하며 살았다. 현재 보건복지부 중앙사고수습본부에서 사회전략반장으로 근무 중이다.

손현숙

강원도 양양 사람이다. 아주대학교 간호대학을 졸업했다. 1994년부터 아주대학교병원 외과계 중환자실에서 나와 함께 일했다. 일처리에 빈틈이 없고 주위 사람들에게 따뜻하여 많은 후배들이 존경했다. 외상센터가 신축과 함께 외상 중환자실을 40병상으로 확장해나갈 때, 기존에 외상중환자실을 운영해온 손현숙의 공헌은 결정적이었다. 박정옥이 손현숙을 끝까지 설득해서 신축 외상센터로 데리고 왔고, 손현숙은 맡은 바 최선을 다했다. 박정옥의 뒤를 이어 경기남부권역외상센터 외상간호팀장이 되었으나, 전보 조치되며 외상센터를 떠났다. 현재 병원 본관에서 근무 중이다.

송미경

경기도 수원 사람이다. 포천중문의과대학 간호학과를 졸업하고, 동 대학병원에서 일했다. 김주량, 전은혜와 동기로 외상센터에 합류했으며, 차분하고 강한 면모가 있다. 손끝이 야무지며 지식 수준이 높아 김지영에게 신뢰를 얻었다. 항공장비 세팅 및 점검 업무를 오랫동안 맡아왔다. 현재도 현장으로 출동 비행을 나갈 때 가장 신뢰감을 주는 항공 전문 간호사다.

송서영

대구 사람이다. 대구과학대학 간호학과를 졸업하고 아주대학교병원 중환자실에서 근무를 시작했다. 이후 백병원 병동에서 일했고, 다시 아주대학교병원으로 돌아왔다. 김지영 휘하에서 전담간호사와 항공간호사 일을 배웠다. 현재 외상외과 전담간호사들 중 임상분야 책임을 맡고 있다.

송지훈

연세대학교 의과대학을 졸업했다. 세브란스병원에서 안과 전문의가 되었고 그 후 안과 의사들도 막막해 한다는 망막질환을 세부전공했다. 연세대학교 의과대학 안과학교실의 임상 조교수를 역임하고 아주대학교 의과대학으로 왔다. 뛰어난 임상능력과 정성어린 보살핌으로 환자들에게 늘 감동을 준다. 미국 노스웨스턴 대학교(Northwestern University) 의과대학 안과에서 연수했으며 미국안과학회 회원이다. 현재 아주대학교 의과대학 안과학교실 부교수이다.

송형근

연세대학교 의과대학을 졸업했다. 정형외과 전문의 자격을 취득하고 국내 정형외과 의사들 중 골절학(骨折學) 최고의 대가로 손꼽히는 강남세브란스병원 정형외과 양규현 교수 아래에서 세부전공을 수련받았다. 아주대학교병원 외상센터에 부임한 이후 엄청난 수의 외상환자 수술을 하며 그

술기가 더 일취월장해, 정형외과 학회 내에서도 본인의 연배에 비해 명성이 높다. 중증외상센터 내의 정형외과 교수진들을 이끌고 있으며, 현재 정형외과학 교실 조교수로 재직 중이다.

신순영

김천과학대학을 졸업했다. 미국 리먼 칼리지(Lehman College) 간호대학을 졸업해 미국 간호사 면허를 가지고 있다. 아주대학교병원 외상병동에서 오랫동안 일하다 뉴욕의 한 병원에서 근무했다. 신순영이 보건의료계의 꿈의 직장이라 불리는 미국 병원에서의 직장생활을 뒤로하고, 가장 힘겹다는 외상 전문간호사 직위로 복귀한 이유는 아무도 알지 못한다. 항공출동에 열성을 보이며, 미국에서의 경험이 아까워 미군 환자 진료와 해외파병 등에 우선 배치되고 있다.

신승수

아주대학교 의과대학을 졸업했다. 예방의학 전문의와 산업의학 전문의 자격까지 취득한 후, 다시 내과 전공의 1년차 과정부터 다 마치고 나서 내과 전문의가 된 3개 과목의 전문의이다. 학문과 지식에 대한 열정이 강하고 항상 옳은 길을 추구했다. 의과대학 시절부터 침착하고 사려가 깊었으며 사회과학 분야의 책들을 방대하게 읽었다. 예방의학 전문의답게 통계학에도 뛰어나 나를 비롯한 많은 동료 의사들의 논문 데이터 처리 과정을 도와주었다. 호흡기내과를 세부전공하여 많은 환자들의 생명을 건져냈다. 현재 아주대학교 의과대학 호흡기내과학교실 교수이다.

안병주

제주도 남원 사람이다. 해양대학교 항해학과를 졸업하고 해군 ROTC

39기로 임관했다. 소위 때 해군 특수전 교육을 이수하고 UDT 대원이 되었다. 아덴만 여명 작전 당시 그는 검문검색 대원으로서 진압 작전의 선봉에 섰다. 현재 해군 대령으로 해군특수전여단에서 복무하고 있다.

엄초록

충청남도 홍성 사람이다. 청운대학교 간호학과를 졸업했다. 민채원과 같이 아주대학교병원 외상센터 중환자실에서 환자를 치료하다가 외상외과 전담간호사로 지원했다. 현재 경기남부권역외상센터 외상외과 전담간호사로 근무하고 있다.

엄현성

강원도 삼척 사람이다. 해군사관학교 졸업 후 해군 소위로 임관했다. 전남함 함장을 역임한 후 제독으로 진급했다. 그가 해군 제2함대 사령관 시절, 나는 그와 함께 의무지원 및 연합훈련 방안을 논의해나갔다. 당시 엄현성은 더 이상의 진급에는 관심이 전혀 없어 보였다. 단지 자신의 이임 이전에 해군의 최전방 전력인 제2함대 승조원들에 대한 의무지원 방안의 개선을 원했다. 나는 그런 그가 후일 해군참모차장, 해군작전사령관 등의 핵심 보직을 거쳐 가는 것을 보면서 대단하게 생각했다. 엄현성은 제32대 해군참모총장의 지위에까지 올랐다.

염태영

경기도 수원 사람이다. 수원시의 한쪽에는 염 씨 집성촌이 있을 정도로, 지역에 뿌리를 둔 지역 정치인이다. 서울대학교 농화학과를 졸업했다. 대상그룹과 삼성물산에서 사회생활을 한 후, '수원환경운동센터'라는 시민단체를 창립하고 다양한 시민환경단체 일에 참여하며 지역사회 환경운동에 나섰다. 청와대 대통령비서실 비서관을 거치며 정치에 입문했고, 2010년 민선 수원시장으로 선출되어 현재에 이른다. 스포츠를 좋아해 수원 연고의 축구팀과 야구팀을 유치하고 발전시키는 데도 관심을 쏟고 있다.

오창권

연세대학교 의과대학을 졸업했다. 세브란스병원에서 외과 전문의가 되었고 장기이식을 세부전공했다. 학문적인 열정을 가지고 선진 수술술기 체득을 위해서 미국 의사자격시험을 치르고 미국으로 건너갔고, 버지니아 대학병원(University of Virginia Hospital)에서 장기이식팀에 소속되어 2년여를 근무했다. 그는 수술뿐만 아니라 환자 치료에 있어서도 섬세하며 빈틈이 없는 외과의사다. 현재 아주대학교 의과대학 외과학교실 교수이다.

왕희정

연세대학교 의과대학을 졸업했다. 서울 백병원에서 외과 전문의가 되었고, 그 출중한 능력을 인정받아 젊어서부터 인제대학교 의과대학 외과 전임강사로 임용되면서 교수가 되었다. 대한민국 간 외과의 태두인 이혁상 교수의 직계 제자로서, 간이식 수술을 최선두에서 발전시켜 나아가다가 아주대학교 의과대학으로 옮겨왔다. "의사를 위한 수술을 하지 말고 환자 입장에서, 환자를 위한 수술을 해야 한다"고 왕희정은 늘 말했다. 간 센터장으로 증직되었으며, 현재 아주대학교 의과대학 외과학교실 교수로서 정년퇴임했다.

故 용석우

아주대학교 의과대학을 졸업했다. 동 대학병원에서 수련 받고 신경과 전문의가 되었다. 이후 연구강사를 마치고 진급하여 의과대학 신경과학교실의 조교수가 되었다. 큰 키와 긴 손가락으로 의과대학 학생시절부터 베이스기타 연주에 능했으며 모교와 후배들을 사랑했다. 세상을 떠나면서 여러 편의 좋은 연구논문들과 의과대학 후배들을 위한 책을 남겼다.

원제환

연세대학교 의과대학을 졸업했다. 세브란스병원에서 영상의학과 전문의 자격을 취득했으며 동 대학에서 중재적 방사선학에 대한 연구강사 과정을 마쳤다. 미국 펜실베이니아대학교(University of Pennsylvania)에서 연구강사 생활을 했다. 아주대학교 의과대학에 부임한 이후 어떤 외과의사 못지않게 응급시술을 통한 환자 진료에 헌신하였으며 학문적인 성과를 이루어 냈다. 조교수와 부교수 때까지도 원제환은 거의 집에 가지 못하고 병원에서 기거하며 일했다. 현재 아주대학교 의과대학 영상의학교실 주임교수로 재직 중이다.

원희목

서울대학교 약학과를 졸업한 약사이다. 서울시 강남구에서 원약국을 개업해서 오랫동안 운영했다. 강남구약사회 회장을 거쳐서 대한약사회장을 역임했다. 제18대 국회의원을 지낼 당시 '아덴만의 여명 작전'이 터졌으며, 당시 한나라당 당대표 비서실장이던 그는 정진석 정무수석을 비롯한 여러 통로를 통해서 석해균 선장을 태운 에어 앰뷸런스의 기동로를 열도록 했다. 현재 한국제약바이오협회 회장이다.

유남규

연세대학교 의과대학을 졸업했다. 세브란스병원에서 신경외과 전문의가 되었고 세부전공으로 척추외과를 전공했다. 세브란스병원의 임상강사 시절, 유남규는 척추외과뿐만 아니라 고난이도의 신경외과 응급환자 수술을 맡았으며 세브란스병원에서 임상연구 조교수까지 역임한 이후 아주대학교 의과대학 신경외과학교실로 부임했다. 현재 외상센터 전담 신경외과 부교수로 재직 중이다.

유동기

해군사관학교를 졸업하고 임관 후 서울대학교 의과대학에서 위탁교육을 받고 의사가 되었다. 서울대학교병원에서 피부과 전문의 자격을 취득했다. 내가 본 유동기는 국제적 감각이 뛰어나면서도 심성이 맑고 정의를 추구했다. 전형적인 해군 장교이자, 좋은 의사다. 해군 대령으로서 김병천의 뒤를 이어 해군 의무감을 역임한 후 예편했다.

유병무

한양대학교 의과대학을 졸업했다. 서울아산병원에서 소화기내과 중에서도 췌담관계 질환을 세부전공했다. 그는 내시경적 역행성 담췌관 조영술(Endoscopic Retrograde Cholangio-Pancreatography, ERCP)의 권위자로서 수많은 췌담관계 손상 중증외상환자들의 생명을 건져내는 데 결정적인 기여를 했다. 의과대학의 교육체계 개선에 열정을 바쳐서 10여년 이상을 학생교육에 헌신하고 있다. 아주대학교 의과대학 소화기내과학교실의 주임교수와 임상과장을 역임했으며, 현재 소화기내과 부교수로 재직 중이다.

故 유성훈

해군사관학교를 졸업했다. 초급장교시절 항공병과를 지원하여 평생 바다 위 하늘에서 헬리콥터를 조종하며 보냈다. 주력기종은 링스 헬리콥터이지만 다양한 기종에 모두 뛰어난 조종술을 보였던 천부적인 파일럿으로 평가받았다. 제23대 해군 제6항공전단장을 지냈으며, 뛰어난 작전능력과 탁월한 리더십으로 수상함정들을 보호했고, 적의 잠수함 전력을 억제하는 데 크게 기여했다. 현재 대전 국립현충원에 안장되었다.

유자영

아주대학교 간호대학을 졸업했다. 김윤지와 함께 아주대학교병원 신경외과 중환자실에서 근무했다. 김효주의 간호대학 동기이며, 두 사람은 지금도 같은 사무실에서 함께 근무한다. 조용하고 안정적인 성품을 가졌다. 현재 경기남부권역외상센터 외상외과 전담간호사로 근무하고 있다.

유재중

서울 종로구 동숭동에서 태어났고 모든 학업을 서울에서 마쳤다. 성균관대학교를 졸업하고 수원으로 내려와 아주대학교병원의 설립 당시부터 일해 온 개원 멤버이다. 원무팀과 기획팀, 감사팀, 대외협력팀 등과 같은 병원의 주요 행정부서를 모두 거쳤으며 학문에도 열의가 있어 경영대학원까지 졸업했다. 병원 경영팀에서 일할 당시 외상센터 설립에 헌신적인 행정 지원을 아끼지 않았다. 독어독문학을 전공했지만 영어에도 능통하여 외상센터의 초기 정착 과정에 영미권을 포함한 외국의 자료 분석에도 뛰어난 역량을 보였다. 업무추진력이 강하면서도 성품이 온화하고 세심하게 타인을 배려하여 모든 이들이 믿고 의지했다. 현재 아주대학교병원 연구행정팀장으로 재직 중이다.

유진숙

경기도 안산에서 나고 자랐다. 대학에서 의료정보학을 전공한 후 아주대학교병원 외과 외래에서 일하며 외상외과 업무를 시작했다. 임상 업무뿐만 아니라 행정에도 능통하여 외상외과 행정직으로 임용되었다. 아무것도 없었던 외상외과의 행정 체계가 제자리를 잡아가는 데 큰 역할을 했다. 과묵하면서도 끈기 있게 버텨냈으며 어렵고 힘든 일들을 가리지 않았다.

유채린

경상남도 진해 사람이다. 백석대학교에서 정보통신공학을 전공했다. 유채린은 대학 졸업 후 공립학교에서 4년 넘게 컴퓨터 정규 수업을 맡아왔던 선생님이었다. 그가 안정적인 교직생활을 중단하고 힘지인 외상센터 근무를 지원한 이유는 알 수 없다. 아주대학교 의과대학 외과학교실의 복잡한 행정을 수년간 안정적으로 이끌어온 이후 외상센터 행정요원으로도 헌신하다가 병원을 떠났다.

윤기희

해군사관학교 41기생으로 졸업 후 항공병과에 지원했다. 해군 항공병과중에서도 고정익 조종사의 길을 선택했으며, 대잠초계기인 'P-3 Orion' 등을 조종하여 해상 상공을 비행해 나아갔다. 고정익 조종사임에도 민항여객기 회사로의 취업을 마다하고 해군에 남아 해군항공전력 강화에 힘썼다. 갑작스러운 사고로 명을 달리한 유성훈 사령관의 뒤를 이어 해군 제6항공전단장을 맡았다. 그는 재임 중 나와 유동기와 함께 해군 항공전력을 에어 앰뷸런스로도 운영할 수 있도록 전력화시키는 데 성공했다. 윤기희의 노고에 힘입어 대한민국 해군은 자체 항공전력만으로도 유사시 에어 앰뷸런스를 동원할 수 있게 되었다.

윤상미

수원에서 나고 자랐다. 아주대학교병원 응급실에서 첫 사회생활을 시작했다. 내가 2008년 런던에서 돌아왔을 때, 윤상미는 아주대학교병원 응급실에서 근무하고 있었다. 이제 막 신참 티를 벗었을 뿐인 윤상미의 손놀림과 자세는 보기 드문 수준이었다. 결혼과 출산 등의 이유로 휴직과 복직을 반복할 때에도 나는 윤상미를 눈여겨보았다. 그가 병동근무로 보직이 바뀌었을 때, 나는 간호부에 부탁하고 윤상미 본인을 설득해 2014년 외상외과 전담간호사로 영입했다. 그는 통상적인 임상업무뿐만 아니라 항공 간호사나 외래간호사로서도 완벽한 모습을 보여주었다.

윤석화

부산 사람이다. 고신대학교 의과대학을 졸업하고 동 대학병원에서 외과 전공의가 되었다. 아주대학교병원 외상센터에서 외상외과 세부전공에 대한 임상강사 수련을 받았으며, 후일 조교수로 진급했다. 경상북도 권역외상센터에서 외상외과 과장을 역임한 후 국립의료원 외상센터로 이직했다.

윤원중

이성호, 이세형 비행대장 등이 현직에서 은퇴한 후 경기 소방항공대 최고참 간부가 되었다. 정비사로서 경기 소방항공대의 설립 및 운영 과정을 만들어온 사람이다. AW-139 헬리콥터를 처음 도입하는 과정에서 그의 기지로, 유럽에서 계약 파기로 인해 갈 곳 잃은 새 AW-139를 중고 가격에 도입해오기도 했다. 최고령 정비사임에도 자주 직접 비행에 나섰으며, 기체 정비에 혼신을 다하는 그의 모습은 많은 후임 정비사들에게 큰 모범이 되었다.

윤정훈

고신대학교 의과대학을 졸업했다. 아덴만 여명 작전 당시 그는 응급의학과 전공의로서 외상외과에서 순환근무 중이었다. 나와 정경원, 김지영이 오만 한복판에 투입됐을 때 장정문과 함께 단 둘이서 외상외과를 지켜냈으며, 석해균 선장의 전 치료 과정을 함께 했다. 이후 아주대학교병원에서 응급의학과 전공의 과정을 마치고 응급의학과 전문의가 되었다. 이후 3년이 넘는 군복무를 마치고 고향 근처로 내려갔다. 현재 김해강일병원 응급의학과장으로 재직 중이다.

윤태일

원광대학교 의과대학을 졸업하고 모교 병원에서 인턴 수련까지 마치고, 아주대학교병원 외과에서 전문의 수련을 받았다. 나와는 전공의 수련 동기이며, 많은 어려운 일들을 함께 넘어오면서 가장 막역한 친구가 되었다. 군 전역 후 세부전공으로 유방, 갑상선내분비 외과를 전공했다. 수술 및 환자를 진료하는 임상적 능력이 매우 뛰어나 아주대학교병원은 그에게 외래교수의 직위를 부여했다. 병원은 윤태일과 함께 선진국형 '개방형 병원' 모델 개발 작업을 하고 있다. 그는 병원 외부에서 자신의 클리닉을 유지하면서 병원 내에서는 수술적 치료 및 입원환자 진료를 병행하는, 미국에서나 볼 수 있는 진료 형태를 가진 외과의사다. 윤태일은 외과의사로서 세계적인 진료 표준에 맞는 수술을 하는 것과 환자의 예후에 긍정적인 요소를 미치는 치료 성과에 집중한다. 훌륭한 통찰력과 인성의 소유자로, 나를 비롯한 많은 사람들이 그에게 여러 가지 일들을 상의하는데, 언제나 정확한 해결 방향을 제시해준다. 사람들은 그를 두고 우문현답의 대표적인 모델이라고 말하곤 한다.

故 윤한덕

전남대학교 의과대학을 졸업했고 동 대학병원에서 응급의학과 전문의가 되었다. 이후 임상의사로서의 길을 접고 보건복지부 산하 기관인 중앙응급의료센터에서 근무를 시작하여 현재 센터장으로 재직 중이다. 임상의사로서 응급의료를 실제 경험한 것을 바탕으로, 자신의 일이 응급의료 전반에 대한 정책의 최후 보루라는 자의식을 뚜렷하게 가지고 있다. 외상의료체계에 대해서도 설립 초기부터 주도적으로 이끌어왔다. 내가 본 윤한덕은 수많은 장애 요소에도 평정심을 잘 유지하여 나아갔고, 관계(官界)에서의 출세에는 무심한 채 응급의료 업무만을 보고 걸어왔다. 그가 보건복지부 내에서 응급의료만을 전담해 일을 시작할 당시만 해도 정부 내에서는 도움의 손길이 없었다. 그럼에도 윤한덕은 중앙응급의료센터를 묵묵히 이끌어왔다. 2019년 구정 연휴가 시작되던 날, 자신의 병원 연구실에서 순직했다.

이기명

연세대학교 의과대학을 졸업했고, 세브란스병원에서 내과 전문의가 되었으며 소화기내과를 세부전공했다. 아주대학교 의과대학에 부임한 이래 대학과 병원, 환자를 위해서 헌신해왔다. 나는 이기명의 위장관 내시경 시술이 예술의 경지에 가깝다고 느낀다. 그는 손재주가 좋고, 명석했다. 환자를 진심으로 아끼는 마음 역시 컸다. 책을 많이 읽고, 사회 각 분야에 대해 공부를 두루두루 하여 박학다식하며, 성격이 강직하고 불같고 정의에 거스르면 허투루 넘어가지 않는다. 이기명이 외상센터 발전기금으로 거액을 급여 공제하기로 했을 때 나는 말렸지만 이기명은 내 말을 듣지 않았다. 현재 아주대학교 의과대학 소화기내과학교실 교수이다.

이기식

충청남도 천안 사람이다. 해군사관학교를 졸업하고 항해병과 장교로 임관했다. 남원함장과 광개토대왕함 함장 등을 지내며 평생 바다를 배경으로 살아왔다. 해군 제2함대 사령관을 역임했으며 해군사관학교장을 지낼 때 내게 해군 함상 점퍼를 선물했다. 그 점퍼는 가용성이 뛰어나 경기남부권역외상센터의 공식 복제로 채택됐고, 그것을 기본으로 외상센터 직원들이 착용하는 기본 외피가 제작되기도 했다.

이기환

경상북도 청도 사람이다. 제 2기 소방간부후보생으로 소방대원이 되었다. 그의 아버지와 아들도 소방관으로서 3대가 소방관인 집안이다. 대구 중부소방서장을 시작으로 소방방재청의 주요 보직을 두루 거쳤다. 현직 소방관으로서는 최초로 소방총감에 올라 제 5대 소방방재청장이 되었다.

이길상

서울에서 나고 자랐다. 대학을 졸업한 후 육군에서 복무했다. 서울소방의 평대원으로 공직을 시작하여 가장 낮은 곳에서부터 목숨을 걸고 10여 년간 구조구급대원으로 헌신했다. 이 과정에서 수많은 사람의 목숨을 구하고 중앙구조단의 항공대원으로 발탁되어 나와 함께 비행했다. 현재 충청·강원 119 특수구조대원으로 현장 근무 중이다.

이길연

경희대학교 의과대학을 졸업했다. 동 대학에서 석사와 박사학위를 취득했고 동 대학병원에서 외과의사로 수련 받았다. 세부전공으로 대장항문외과를 전공했으며 미국 미네소타 대학병원(University of Minnesota Hospital)에서 공부했다. 외과학회 등의 주요 학회에서 줄곧 학회 간사 등을 맡아 궂은일을 도맡아 왔다. 심지가 굳으면서도 외적으로 한없이 유연하여 학회 내 여러 가지 난제가 있을 때마다 소방수 역할을 해내어 신망이 두텁다. 수술이 정연하고 환자들에게 따뜻한 좋은 임상의사이며, 강의를 잘해나가는 좋은 교수의 전형이다. 현재 경희대학교 의과대학 외과학교실의 교수로 재직 중이다.

이몽영

경기도 용인 사람이다. 수원고등학교를 졸업하고 동남보건대학교에서 응급구조학을 전공했다. 이몽영은 육군에 있을 때부터 응급구조사로 복무했으며 전역 후에는 소방대원이 되었다. 오산소방서 구급대원을 시작으로 현장 응급구조사로서 일해왔으며 소방항공대원으로 재직했던 7년 동안 수많은 사람들의 목숨을 구해냈다. 현재 경기도소방의 구급대원으로 현장 근무 중이다.

이미화

경기도 안산에서 나고 자랐다. 수원여자대학교 간호학과를 졸업했다. 간호사 면허 취득 후 길병원과 서울아산병원에서 일했다. 이미화가 아주대학교병원 외상센터로 오는 데 김효주가 큰 역할을 했다. 현재 경기남부권역외상센터 외상외과 전담간호사로 근무하고 있다. 비행뿐 아니라 외래 진료까지도 볼 수 있는 간호사다.

이범림

경기도에서 나고 자랐다. 고양고등학교를 졸업하고 해군사관학교에 진학해서 항해병과 초급장교로 임관했다. 한국형 구축함인 문무대왕함장으로서 성공적으로 임무를 수행했고 제독의 반열에 올랐다. 제7기동전단을 창설하고 초대 전단장을 지냈고 해군 제3함대 사령관을 역임했다. 소말리아 해적에 대항해 창설된 다국적 해군 'TFT CFT-151'을 지휘하면서 구축한 전투체계는, 아덴만 여명 작전의 성공적인 종료에 소중한 밑거름이 되었다.

이병권

제 33기 공군사관학교 졸업생이다. 공군 초급장교로 임관하여 공군 장성의 지위에까지 올랐다. 제 8전투비행단장, 공군방공관제사령관 등을 거치며 공군의 핵심 전투병과들을 지휘해왔다. 한반도 남쪽 항공로의 중앙에 위치한 원주비행장에 자리 잡은 제 8전투비행단이 국가적인 어려움에 대응하여 신속하게 여러 가지 임무로 전환하여 임무를 수행할 수 있도록 탄력적으로 운영했다.

이성수

경상북도 청송에서 나고 일본에서 자랐다. 귀국 후 연세대학교 의과대학을 졸업했으며, 임상실습 때부터 전공의 과정에 이르기까지 나와 함께 일했다. 아주대학교 의과대학 흉부외과학교실에서 근무했으며, 현재 모교인 연세대학교 의과대학 흉부회과학교실 교수로 재직 중이다.

이성호

이성호는 해군항공대에서 처음 조종간을 잡았고 그 이후 평생을 바다와 하늘에서 살아왔다. 해군에서 소령으로 전역한 이후, 경기 소방항공대에서 근무했으며 항상 임무 완수를 위해 애써왔다. 악천후나 빈약한 기체를 가지고도 험지로 과감하게 밀고 나가는 그의 비행은, 해군항공대 출신 조종사의 전형을 보여주었다.

이세형

충청남도 공주 사람이다. 육군항공병과에서 시작한 조종사로서의 인생을 자부심과 긍지로 받아들이고 있으며, 현재 대한민국에서 현역으로 비행하고 있는 최고의 파일럿이라고 해도 과언이 아니다. 헬리콥터로 대표되는 회전익 기체로 비행시간 7,500시간을 돌파했으며, 1980년대 후반 심한 비로 수해가 났을 때 낡은 UH-1 기체로 수몰지구 한복판에서 많은 사람들을 구해내기도 했다. 1991년 군 전역 후 대한항공에 입사해 민항기 조종사로서 편히 살 수 있었으나, 경기 소방항공대 창단 멤버로 자원했다. 그 이후 평생 이름 모를 타인의 목숨을 구하기 위해 살아왔다. 그와 출동하는 아주대학교병원 외상센터 팀원들은 그를 '하늘의 아들'이라고 부르곤 했다. 소방항공대를 퇴직한 후 경기도 닥터헬기의 조종사로서 EC-225 기종까지도 조종했다.

이수현

김선아의 후배로 아주대학교병원 응급센터에서 처음 업무를 시작했다. 나는 민영기 교수에게 이수현을 처음 소개받았다. 나와 민영기는 외상센터와 응급의료센터를 운영하면서, 서로에게 사람에 대한 추천을 주저하지 않았고, 간호사나 응급구조사의 전환근무를 확대해왔다. 이를 통해 병원 내 가장 큰 단위 센터인 두 센터의 가용 인력을 넓히고자 했다. 이수현은 그 시발점이 된 사람이다.

이숙영

연세대학교 의과대학을 졸업했다. 세브란스병원에서 마취통증의학과 전문의 수련을 받았고 연구강사를 했다. 아주대학교병원은 개원 초기부터 왕희정 교수가 집도하는 간이식 수술이 진행되고 있었다. 간이식은 예나 지금이나 외과적 영역의 수술 중에서 가장 큰 수술이며, 수술 중 마취통증의학과의 지원은 수술 성공 여부의 핵심이다. 이숙영은 이러한 고난도의 수술에서 마취를 담당하기 위해 아주대학교 의과대학에 부임했으며, 이후 지금까지 외과 중환자 마취의 최일선에 서 있다. 현재 아주대학교 의과대학 마취통증의학교실 교수이다.

이신기

경상남도 밀양에서 나고 자랐다. 공군사관학교를 졸업한 후 조종장교로 임관했다. 고정익 비행훈련까지 마치고도 블랙호크로 기종을 바꾸어 공군 제6팀색구조비행전대에서 구출작전을 해왔다. 소령으로 전역 후 현재 중앙119구조본부의 EC-225 조종사로 김민수와 함께 비행하고 있다.

이아용

부산에서 나고 울산에서 자랐다. 춘해보건대학교를 졸업했다. 창원 경상대학교병원 응급실에서 응급구조사로 일하다가 아주대학교병원 외상센터로 왔다. 현재 경기남부권역외상센터 외상외과 전담응급구조사로 근무하고 있다.

이용훈

가톨릭대학교에서 신학을 전공했고 사제 서품을 받았다. 천주교 수원교구 교구장을 맡고 있다.

이인경

아주대학교 의과대학을 졸업했다. 동 대학병원에서 수련 받아 마취과 전문의가 되었으며, 분당서울대학교병원에서 임상강사 과정을 마쳤다. 외상센터가 규모를 확장해 나아간 가장 어려운 시기부터 외상센터에 자원하여 조교수로 부임했다. 그 이후 어렵고도 험하다는 중증외상 환자에 대한 전신마취를 전담하고 있다. 결이 곱고 좋은 인성의 소유자로, 상대적으로 성격이 거친 외과의사들을 잘 포용한다. 가망 없는 상황에서도 물러나지 않고 수술 중 환자를 지켜내는 강인한 내면을 갖고 있다. 현재 아주대학교 외상센터 내 전담 마취과 조교수이다.

이인붕

해군항공대 출신으로, 주력 기종은 UH-60 블랙호크 헬리콥터여서 육군 항공대 및 주한미군의 파일럿들과도 조종 교류의 폭이 넓다. 해군항공대에서 교관조종사로 근무하던 시절, 천부적으로 타고난 조종술과 엄격한 자기 관리로 명성이 자자했다. 해상으로 나아가는 항로분석이나 산악지형을 넘나드는 고난이도 비행에도 뛰어난 면모를 보이며, 부드러운 인상과 목소리와 달리 비행 시 칼날 사이를 빗겨 나가듯이 비행한다. 해군에서 소령으로 전역한 이후 경기 소방항공대에 합류하여 수많은 소방 조종사들을 길러냈다. 소방항공대를 퇴직한 후 이세형과 함께 경기도 닥터헬기인 EC-225 비행의 시금석을 놓았다.

이인용

경상북도 안동 사람이다. 서울대학교에서 동양사학을 전공한 후 MBC 보도국에서 기자로 직장생활을 시작했다. MBC 워싱턴 특파원 등, 보도국의 요직을 두루 거친 후 삼성전자의 홍보팀장으로 이직했다. 언론사에서의 재직 당시 전공분야를 살려 타 분야 기업에 잘 뿌리를 내린 손꼽히는 인재군에 해당된다. 이후 삼성그룹의 홍보와 기업 이미지 개선 및 사회사업 등을 맡아왔다. 현재 삼성전자 임원으로서 사회공헌업무를 총괄하고 있다.

이재열

이재열은 소방방재청 구급과장 때부터 내 어려움을 직접 보아왔다. 나는 여러 업무에 혼선이 생길 때마다 그의 도움을 많이 받았다. 소방 조직

안에서 내가 가장 의지하는 사람들 중 한 명이다. 그가 강태석 후임으로 경기도 소방방재청장에 부임했을 때, 나는 소방방재청과의 깊은 인연을 다시 돌아보게 되었다. 소방방재청 내 업무뿐만 아니라 청와대 보직에 이르기까지 소방의 요직을 두루 거친 인재다. 경기 재난안전본부 본부장과 서울재난안전본부 본부장을 역임한 후 퇴직했다.

이재율

연세대학교를 졸업했다. 30회 행정고시에 합격해 공직의 길에 들어섰다. 경기도 정책기획관, 화성시 부시장, 경기도 경제투자관리실 실장 등의 주요 행정보직을 두루 거쳤으며 경기도 경제부지사를 마치고는 중앙정부로 발탁되었다. 안전행정부 안전관리본부 본부장을 거쳐 신설된 국민안전처 안전정책실 실장, 대통령비서실 정책조정수석실 재난안전비서관 등을 역임해 정통행정관료로서는 드물게 고위직에서 재난과 외상을 피부로 느끼며 정책을 만들어가려고 노력했다. 외상센터 운영이 어려운 상황일 때 대부분 해결을 해주었다. 2015년 33대 경기도 행정1부지사로 취임하여 헌신적으로 경기도청을 이끌다가 2018년, 공직을 떠났다.

이재헌

아주대학교 의과대학을 졸업했다. 아산병원에서 전공의 수련을 받고 정형외과 전문의가 되었다. 공중보건의 기간 중 한국국제협력단(KOICA, Korea International Cooperation Agency)에 지원하여, 아프리카 저개발국가에서 의료봉사 뿐 아니라 현지 병원을 설립하여 지역 의료 시스템의 근본적인 개선을 추진했다. 귀국한 이후 서울아산병원 정형외과에서 외상정형외과에 대한 세부전공을 수련 받았다. 아주대학교병원 외상센터에서 외상정형외과 조교수로 임용되어 근무하다 '국경 없는 의사회(MEDECINS SANS

416

FRONTIERES)'에 합류하여 중동의 분쟁지역으로 떠났다.

이정엽

서울대학교 자연과학대학에서 학부를 마친 후 동 대학 행정대학원에서 석사학위를 취득했다. 나와는 명덕고등학교에서 3년간 같은 학급에서 옆자리에 앉아 짝으로 지냈다. 고등학교 재학시절부터 그의 지적 수준은 이미 웬만한 대학생들보다도 더 성숙했었다. 삼성전자 그리스 법인의 재무회계담당 최고책임자(Chief Financial Officer, CFO)를 역임했다. 경기남부권 역외상센터내의 상·하급자 관계를 비롯한 윤리적인 운영 기준이나 부서장들의 역할분담 체계 등 세밀한 내부 운영 방식은 그의 조언에 따라 대부분의 틀을 잡았다. 그 결과, 외상센터의 부서 중간관리자들은 하급자들로부터 어떠한 인사치레도 받지 않으며, 센터장은 각 부서장들의 권한과 책임을 강화했다. 이는 대기업의 인사체계에서 보이는 조직관리의 수월성과 결벽에 가까운 이정엽의 인사정책이 투영된 결과이다. 현재 삼성전자 수원 본사에서 팀장으로 근무 중이다.

이중의

서울대학교 의과대학을 졸업했고 동 대학병원에서 외과 전문의가 되었다. 외과 전공의 당시 천부적으로 타고난 외과의사로 알려질 만큼 수술에 능했다. 외과 전문의 자격을 취득한 이후에는 응급의학에 매진하여 분당서울대학교병원의 응급의학과를 만들었고 오랫동안 임상과장, 응급의료센터장을 역임했다. 외상외과에 대한 진정성과 열정이 깊으며, 병원 내에서의 외상 시스템 개선뿐 아니라, 병원 전 단계의 중증 응급환자 이송시스템을 개선하는 데 노력해왔다. 중증외상체계가 정착하는 데 어떠한 요소들이 필요한지 정확하게 알고 있고, 이의 개선을 위하여 힘써왔다. 삼성서울병원 응급의학과에서 재직 중 경기도 성남시 의료원장에 임용되었다.

이진영

수원에서 나고 자랐다. 경기대학교에서 산업경영공학을 전공했고, 졸업 후 세무회계법인에서 근무하다가 아주대학교 의과대학 외과학교실 행정원으로 일했다. 외과학교실에서 보여준 뛰어난 업무능력으로 경기남부권역외상센터 행정원으로 발탁되었다. 항공사 지상직 근무요원 자격을 가지고 있다. 오스트레일리아 멜버른에 있는 퀸즈 칼리지(Queens College)에서 수년간 유학한 후 다시 외상센터로 돌아와서 일했다.

이호연

해군사관학교 졸업과 동시에 해병대 소위로 임관 후 평생 해병대원으로 살았다. 해군사관학교 생도 시절 럭비 선수였으며 현역 시절뿐 아니라 예편한 이후에도 철인 3종 경기에 계속 출전하는 강철 같은 해병대원이다. 해병 제6여단장과 해병 제2사단장을 거쳐서 해병 중장으로 진급하며 제31대 해병대사령관을 지냈다.

이호준

인제대학교 의과대학을 졸업하고 동 대학병원에서 외과 전문의가 되었다. 육군에서 복무를 시작하고 나서 얼마 후 군의관 장기 복무를 자원했고, 곧 소령으로 진급했다. 어린 시절을 미국에서 보낸 이호준이 의무 복무기간을 제외하고도 스스로 장기 군 복무를 지원한 것은 존경스러웠다. 외상외과 수련도 본인이 자원했으며 2017년 3월부터 경기남부권역외상센터에서 2년간 파견 근무를 마치고 국군수도병원으로 돌아갔으며 육군 중령으로 진급했다.

이효진

전라남도 광주에서 나고 자랐다. 송원대학교 간호학과를 졸업한 후 길병원 중환자실에서 3년 가까이 일했다. 현재 경기남부권역외상센터 외상외과 전담간호사로 근무하고 있다.

인요한

전라북도 전주에서 나고 순천에서 자랐다. 연세대학교 의과대학을 졸업했고 고려대학교 의과대학에서 의학박사 학위를 받았다. 영어 표기 이름은 존 린튼(John Linton)으로, 그의 친조부는 젊어서 한국에 와, 평생 전라도 지역의 선교와 교육, 의료 봉사를 해왔다. 그의 집안은 일제시대에 조선의 독립 운동에 깊이 관여했는데, 기미독립선언서 작성 참여와 운동의 지원뿐 아니라 해외에 홍보하는 역할도 했다. 그 공로가 인정되어 건국훈장 애족장을 수여받았다. 그의 아버지는 한국전쟁 당시 미 해군 장교로 인천상륙작전에 참전했다. 그의 집안은 현재 6대째 한국에 살면서 한국 사회에 크게 기여하고 있다. 부친이 중증외상으로 세상을 떠나는 것을 본 인요한은 선진국형 앰뷸런스 시스템을 도입하려 노력하기도 했다. 현재 연세대학교 의과대학 가정의학교실의 교수이며, 세브란스병원 국제진료센터 소장을 맡고 있다.

임경수

연세대학교 의과대학을 졸업했다. 한양대학교에서 의학석사를 받았고 고려대학교 의과대학에서 의학박사 학위를 받았다. 외과전문의 자격을 취득한 이후 응급의학에 투신하여 응급의학과의 설립과 학회의 창설을 이끌어냈다. 응급의료에 대한 전반적인 발전 속에서도 중증외상분야가 가장 취약하다는 객관적이면서도 정확한 시각을 가지고 있었으며 이 현실을 항

상 안타까워했다. 이의 개선을 위해 외상외과 발전에 노력했고 대한응급
의학회 이사장과 대한외상학회장 등을 역임했다. 서울아산병원 응급의학
과를 오랫동안 이끌었다.

임대진

연세대학교 의과대학을 졸업했다. 세브란스병원에서 외과 전문의가 되
었고 대장항문외과를 세부전공했다. 1999년 아주대학교 의과대학 외과학
교실 전임강사로 부임했다. 수술에 허점이 없고 훌륭한 인성으로 전공의
들을 이끌었다. 나는 그로부터 대장항문외과수술을 집중 수련 받고 기틀
을 잡아 나아갈 수 있었다. 그는 사욕이 없고 공명정대한 사람이었다. 조직
내에서의 허망한 일들에 연연하지 않았고 물러날 시점을 스스로 결정할
줄 알았다. 엄청난 독서량을 바탕으로 형성된 인문학적 소양이 풍부하며
인간적으로 성숙하다. 2004년 무렵, 병원 안에 내 사직에 대한 공문이 돌
때 임대진은 내게 책《창랑지수》를 선물해줬다. 지금도 때마다 권장도서들
을 읽으라며 보내오는 그는 나의 멘토이다. 뛰어난 외과의사 임대진에게
수술을 더 배우지 못한 것이 가장 안타깝다. 현재 연세관악의원 원장이다.

임영애

중앙대학교 의과대학을 졸업했고 동 대학병원에서 진단검사의학과 전
문의가 되었다. 아주대학교 의과대학에 부임한 이래로 수술 시 혈액 공급
을 책임지고 버텨냈으며, 자신이 가용할 수 있는 다양한 검사들을 총동원
해서 정확한 진단을 도왔다. 그의 도움은 사선에서 헤매는 환자들이 생환
할 수 있는 길을 찾도록 결정적인 역할을 했다. 대한수혈학회장을 역임했
고, 현재 아주대학교 의과대학 진단검사의학교실 교수이다.

임인경

연세대학교 의과대학을 졸업했다. 의사면허를 가지고 있지만 기초의학 연구에 매진하여 동 대학에서 박사학위를 받았고 미국의 케이스웨스턴리저브대학교(Case Western Reserve University)와 UCLA(University of California Los Angeles) 등에서 수학했다. 2002년 한국과학기술한림원의 정회원이 된, 한국 의과학계의 거목이다. 한국에너지연구소 원자력병원 생화학연구실장을 역임한 후, 1989년부터 아주대학교 의과대학에 부임해 학교와 병원을 만들어가면서 학생들을 가르쳤다. 그의 학생 지도 방법은 혹독하기로 유명했다. 그러나 정작 그 과정을 넘기고 나면 훗날 의사로서 어떤 기초연구에 나서더라도 생화학적인 기본기가 흔들리지 않을 정도로 기초가 잡혀, 그 명성 또한 높았다. 아주대학교 의과대학에서 그의 위치는 단순히 한 명의 교수가 아닌 의과대학을 설계하고 의료원 자체를 만들어 낸 설립자의 반열에 있다.

임한근

전라남도 구례 사람이다. 가천대학교 응급구조학과를 졸업했다. 육군특수전 사령부에서 공수부대원으로 근무한 후 소방에 투신했다. 경기도 소방특수대응단에서 줄곧 항공구조구급대원으로 헌신했다. 서석권은 그를 자신이 가장 아끼는 소방대원이라는 극찬을 남겼다. 경기도소방 지역대장으로 근무 중이다.

임혜령

아주대학교 간호학과를 졸업하고 본원 수술실 간호사 일을 시작했다. 병원 본관에서 재직 시절, 임혜령은 최고의 수술실 간호사들 중 한 명으로서 모든 외과계 의사들의 강력한 신임을 받았다. 임혜령이 신축되는 외상센터의 소규모 수술방으로 자원해서 전출 온다는 소식을 듣고 나는 크게 안도했고 마음이 먹먹해 졌다. 임혜령은 문지영을 보좌하여 외상센터 수술방들을 빠르게 안정시켜나갔다. 현재 외상센터 수술실 주임간호사로 재직 중이다.

장원섭

충청북도 단양 사람이다. 해군사관학교 40기로 해병대 소위로 임관했다. 해병대원으로서 그는 포항에서, 김포에서, 백령도의 최전방에서 생의 대부분을 지냈다. 영관장교로 진급한 이후 그는 미 해병대 태평양사령부 (Marine Corps Forces Pacific, MARFORPAC)에서 오랜 기간 근무했다. 해병중령으로 전역했으며 경기남부권역외상센터가 대한민국 해군, 주한 미 육군 8군 사령부, 미 공군 의무사령부 등과 업무협약을 맺고 군 지원 외상센터로서 역할을 하는 데 지대한 공헌을 하고 있다. 현재 아주대학교병원 비상계획관으로 외상센터의 군 관련 업무 지원을 하고 있다.

장정문

권준식의 위 연차로 서울대학교병원 외과에서 외과 전공의 수련을 받았고, 2011년 외과 전문의가 된 후 아주대학교병원 외상외과에 합류해 정경원과 함께 근무했다. 장정문의 합류로 정경원은 그나마 숨 쉴 구멍을 찾아가며 외상외과 수련을 받을 수 있었고, 장정문은 이후 권준식이 외상외과를 세부전공으로 삼는 데 큰 기여를 했다. 장정문이 떠나갈 때 모두들 허전함을 감추지 못했다.

전용범

포항 사람이다. 한양대학교 행정학과를 졸업하고 아주대학교병원 행정직 공채로 입사했다. 병원 내 주요 행정부서에서 두루 근무하며 두각을 나타냈으며 의과대학 교학팀에 근무했고, 외상센터 교원 인사업무 처리를 깔끔하게 수행했다. 나는 전용범을 영입하기 위해 애썼고, 그를 외상센터 행정팀 책임자로서 영입했다. 신중하게 업무를 처리하고 어려운 일들을 말없이 해나가 사람들이 믿고 의지한다.

전은혜

경상북도 영주 사람이다. 연세대학교 간호학과를 졸업했다. 서울아산병원에서 일하다가 한국국제협력단에 합류하며 해외 봉사단체에서 활동했다. 볼리비아와 칠레 등에서 오랜 기간 의료봉사활동을 했고, 아주대학교병원 중증외상센터에 합류했다. 실제 상황에서 동기 전담간호사들 중 최초로, 환자를 구하기 위해 공중의 헬리콥터에서 뛰어내렸다. 현재 경기남부권역외상센터 외상외과 전담간호사로 근무하고 있다.

정경원

전라도 익산에서 고등학교를 마친 후 부산대학교 의과대학을 졸업했다. 부산대학교병원에서 외과 수련을 마치고 아주대학교병원 외상센터에 합류다. 그는 내 수술법과 환자 진료법을 배우며 혹독한 수련과정을 거쳤다. 나는 그가 그 과정을 어떻게 버텨왔는지 전부를 알지는 못한다. 정경원은 지금까지 수많은 환자를 살려냈고, 현재 아주대학교 의과대학 외과학교실 부교수로 있다.

정승우

서남대학교 의과대학을 졸업했고 삼성서울병원에서 외과 전문의가 되었다. 해군 대위로 경상남도 진해에서 근무했으며, 전역 직후 아주대학교 의과대학 외상외과 임상강사로 임용되었다. 현재 외상센터 전담 외상외과 조교수 직을 떠나 경상대학교 의과대학 부속 창원병원에서 근무 중이다.

정연훈

서울대학교 치과대학을 졸업하고 치과의사 생활을 하고 있던 그는 1990년 다시 아주대학교 의과대학에 입학했다. 본원에서 이비인후과 수련을 받고 전문의가 된 후, 이과학을 세부전공했다. 정연훈의 집안에는 치과의사들이 많았는데, 그는 의학에 대한 무의식적인 끌림 때문에 다시 이길을 걷게 되었다고 했다. 의과대학생들의 지도에 열과 성을 다했으며 의과대학의 여러 보직에도 헌신했다. 정연훈은 내가 앞으로 나아갈 방향에 대해 솔직하게 의논할 수 있는 몇 안 되는 사람들 중 하나다. 그의 하나뿐인 딸이 입시를 통해서 아주대학교 의과대학에 입학했을 때 그는 매우 기뻐했다. 현재 아주대학교 의과대학 이비인후과학교실 교수이다.

정용식

아주대학교 의과대학을 수석 졸업하고 외과 전문의 수련을 마쳤으며 유방외과를 세부전공했다. 나와는 고등학교 동기였고, 의과대학을 다니면서 더욱 가까워졌다. 나는 정용식이 아니었다면 의과대학 졸업이 어려웠을 것이다. 그의 부모님도 나를 많이 돌봐주셨다. 항상 감사하게 여기고 있다. 어려운 문제가 생길 때마다 정용식, 윤태일을 찾아 함께 의논하곤 했다. 현재 아주대학교 의과대학 외과학교실 교수이다.

정우영

연세대학교 의과대학을 졸업했다. 동 대학병원에서 내과 의사가 되었고 호흡기내과 세부수련과정의 임상강사로 근무했다. 아주대학교 의과대학에 부임한 이후, 중증호흡기질환 환자들을 헌신적으로 치료해왔다. 조용하고 따뜻한 성품으로 주위 사람들과 환자들을 정성으로 보살핀다. 현재 아주대학교 의과대학 호흡기내과 교수이다.

정우진

숭실대학교 컴퓨터학부를 졸업했다. 행정고시를 통과하여 공직생활을 시작했고, 보건복지부 응급의료과 사무관으로서 현수엽 휘하에 있었다. 권역외상센터 설립 및 많은 응급의료 현안들을 해결하고 전보 발령되었다.

정윤기

동아보건대학교 응급구조학과를 졸업했다. 응급구조사로서는 최초로, 경력직이 아닌 신규 졸업생으로서 우선 선발되었으며, 업무 태도가 성실하고 외상외과에 대한 열정이 있어 정규직으로 승진되었다. 경기남부권역외상센터 외상외과 전담 응급구조사로 헌신하다가 2020년에 외상센터를 떠났다.

정윤석

연세대학교 의과대학을 졸업했다. 응급의학과 설립 초기에 전공의 수련을 받았다. 그 당시 응급의학과는 확립된 전공의 수련과정이 없었지만, 본인의 의지로 응급의학과 전문의가 되었다. 아주대학교병원 응급의료센터의 초창기 설립과 운영과정에 많은 공헌을 했고 응급의학과 임상과장 시절에 외상외과 분과가 유지될 수 있도록 도와주었다. 현재 아주대학교 의과대학 응급의학교실 교수이다.

정재연

연세대학교 의과대학을 졸업했다. 세브란스병원에서 내과 전문의가 되었고 소화기 내과 중에서도 간질환을 세부전공했다. 중증외상환자가 많이 시달리는 간기능 저하에 대한 치료를 오랫동안 담당해주었다. 차분하고 성의 있게 환자를 진료하여 사선에서 고생하는 중증외상환자들에게 버팀목이 되어주었다. 현재 아주대학교 의과대학 소화기내과학교실 교수이다.

정재호(성형외과)

연세대학교 의과대학을 졸업했다. 세브란스병원에서 성형외과 전문의 수련을 받은 후 아주대학교 의과대학의 성형외과학교실에서 전임강사와 조교수를 거쳤다. 그는 임상적으로 매우 뛰어난 성형외과 의사였을 뿐만 아니라 끊임없이 연구하고 학생교육에까지 열정을 쏟아 붓는, 보기 힘든 '모든 것을 다 잘하는' 교수였다. 연구에 대해서는 창상치유 과정에 대한 각종 기초연구에서부터 국책연구과제에 이르기까지 폭넓은 학식을 끊임없이 훑으려고 애썼다. '공부'에 대한 이런 열정은 무엇 하나 쉽게 넘어가지 않는 신중함과 완벽함으로 이어졌다. 장기 해외연수 당시 미국 의사면허를 취득했고, UCLA 대학병원(University of California, Los Angeles Medical Center)에서 세계적으로 가장 크게 재건성형을 하는 수술팀에서 일했다. 이후 중국 정부에서 발행하는 외국인 의사 자격시험에도 도전해서 합격했다. 인성과 포용력이 좋아 사방에 적이 없고 벗이 많았으며, 많은 이들의 존경을 받았다. 그가 아주대학교 의과대학을 떠날 때 모두들 진심으로 안타까워했다. 현재 서울 강남에서 프로필 성형외과를 개원하고 있다.

정재호(외과)

연세대학교 의과대학을 졸업하고 동 대학에서 석·박사 학위를 마쳤다.

세브란스병원에서 전공의 과정을 거쳐 외과 전문의가 되었고 미국 MD 앤더슨 암센터(MD Anderson Cancer Center)에서 연수했다. 정재호는 전공의 시절부터 의학자로서의 면모를 이미 갖추고 있었으며, 모르는 것이 없었다. 현재 연세대학교 의과대학 외과학교실 교수로 있다.

정재호(해군군의관)

고려대학교 의과대학을 졸업했다. 동 대학병원에서 인턴 수련의 과정을 마치고 해군 중위로 임관했다. 그는 아덴만 여명 작전 당시 군의관으로서 석해균 선장의 상태를 상세히 보고해 왔고 그 곁을 지켰다. 해군에서 전역한 후 대학병원으로 돌아갔다.

정준영

미국 미시간 대학교(University of Michigan)에서 생화학을 전공한 후 연세대학교 의과대학을 졸업하여 의사가 되었다. 세브란스병원에서 정형외과 전문의가 되었고 삼성서울병원 정형외과에서 슬관절 수술을 세부전공했다. 외상센터 전담 정형외과의사로서 현재 아주대학교 의과대학 정형외과학교실 조교수로 재직 중이다.

정진석

고려대학교 정치외교학과를 졸업했다. 16대, 17대, 18대 국회의원이었으며 2011년 1월에 있었던 아덴만 여명 작전 당시 이명박 정부의 청와대 정무수석이었다. 석해균 선장을 살리러 급파된 외상외과팀이 사막 한복판에 석해균 선장과 함께 고립됐을 때, 석 선장의 한국행이 가능하도록 직접 나서 항공로를 열었다. 이후 나와는 단 한 차례 만났다. 현재 21대 국회의원이다.

정진섭

전라북도 정읍 출신이다. 호남고등학교를 졸업하고 해군사관학교에 진학했다. 항해병과 장교로서 평생을 바다에서 보냈다. 강릉함 함장직 수행 후 제독이 되었다. 해군 제2함대사령관 재임 시절 FTX(Field Training Exercise) 훈련을 수행할 당시 초기 전력화에 투입된 신형 함정에 처음으로 FST 대원들의 강하 작전을 승인했으며 이는 해군 함정의 CRTS 전환 작전의 초석이 된다. 이후 해군 교육사령관, 참모차장을 거치는 전 핵심 보직 재임기간 중 해군의 의무능력 향상을 위해서 애써왔다. 해군 참모차장, 해군 작전사령관을 역임한 후 예편했다.

정호섭

해군사관학교를 졸업했다. 황기철의 뒤를 이어 제31대 해군참모총장을 맡았다. 영국 랭커스터 대학교(Lancaster University)에서 수학했고 박사학위를 수여받았다. 다수의 해양력과 국제정치 관련 논문을 집필한 지략가이자 국제정세 전문가이다. 충남함을 성공적으로 지휘, 운영했으며 이후 제독이 되었다. 해군 교육사령관, 작전사령관과 참모차장 등의 주요 핵심 지휘관을 거쳤다. 그는 참모총장으로 재임 시 나를 해군홍보대사로 임명했으며, 해군 의무병과 대위로 임관시켜 해군의무처의 일을 돕도록 조치했다. 현재 충남대학교 국가안보융합학부 교수로 재직 중이다.

조석주

전남대학교 의과대학을 졸업했다. 부산대학교병원이 국내 최초로 국책사업으로서 외상센터 과제를 준비할 당시 그 제안서를 나와 함께 작성했다. 부산대학교병원이 외상센터를 만들어가는 초석을 놓은 사람이다. 대한응급의학회 이사와 부산응급의료정보센터 센터장 등을 역임하였으며, 현재 부산대학교 의과대학 응급의학교실 교수로 재직 중이다.

조영주

해군사관학교를 졸업했다. 해군 장교로 임관 후 여러 함상 근무를 거쳐 최영함의 함장으로서 청해부대 6진을 지휘하여 아덴만에 파병되었다. 아덴만 여명 작전을 성공으로 이끌며 소말리아 해적들에게 피랍됐던 삼호주얼리호의 선원들을 구해냈다. 이 작전은 베트남전쟁 이후 한국 해군이 해외 파병 과정에서 거둔 최초의 승전이었다. 제독의 반열에 오른 후 2019년 예편했다.

조재호

연세대학교 의과대학을 졸업했고, 세브란스병원에서 전문의가 되었다. 아주대학교 의과대학에 부임해 온 이래 나와 함께 일했다. 외상외과 설립 초기부터 소아정형외과를 하면서도 계속 중중외상 환자에 대한 정형외과적 수술을 담당해왔다. 내가 아는 한 조재호는 외과계 전체를 망라하여 가장 뛰어난 의사 중 한 명이다. 나는 언제나 그를 동료 의사이자 교수로서 존경해왔다. 외상센터 규모가 커져 센터 내의 정형외과에 부담이 증가하자, 그는 말없이 자신의 애제자인 김태훈을 외상센터 전담 정형외과 교수로 내주었다. 현재 아주대학교 의과대학 정형외과학교실 주임교수이며, 아주대학교병원의 부원장이다.

조창래

충청북도 진천 사람이다. 명지대학교 행정학과를 졸업한 후 민간 기업에서 직장생활을 하다가 뜻한 바 있어 소방에 투신했다. 소방간부 후보생 8기로 임관했으며 성남소방서 파출소장으로 현장 생활을 시작한 이후 주로 현장을 지켜왔다. 조창래는 삼풍백화점이 붕괴되었을 때 현장 지원을 자원하여 14일간 구조 활동을 했고, 최후의 생존자였던 젊은 여성을 구조해내면서 경기도 소방으로 복귀했다. 경기 소방특수대응단장으로 재직 시 항공대원들과 자주 비행에 나서면서 진두지휘했다.

조한범

아주대학교 의과대학을 졸업했다. 의과대학 고학년 때와 인턴 수련의 당시부터 나는 그를 많이 믿었다. 나는 그가 처음 마취과에 지원 의사를 밝혔을 때 몹시 기뻤고, 그가 공식적으로 마취과의 의국원이 되는 공식 행사에서는 늦게까지 자리를 지키며 축하해주었다. 그가 미국 UC 샌디에이고 외상센터에서 연수 받을 수 있도록 추천하기도 했다. 그는 연수에서 돌아온 후 수많은 중증외상 환자들이 수술을 버텨낼 수 있도록 혼신의 힘을 다했다. 현재 아주대학교 의과대학 마취통증의학교실 부교수이다.

조현철

해군사관학교를 졸업했다. 나와는 신월국민학교, 신월중학교, 명덕고등학교에서 함께 수학한 동네 친구다. 일찍이 잠수함 병과에 자원하여 심해로 잠항해 들어가는 삶을 살았다. 이종무함 함장을 역임하였으며 그 이후 해군본부 전력계획과 등에서 해군의 미래를 설계하는 임무를 수행했다. 자신의 고향과도 같은 해군잠수함 사령부에서 마지막 군 생활을 보냈으며, 2020년에 대령으로 예편했다.

주승용

전라남도 고흥 사람이다. 성균관대학교에서 전자공학을 전공했다. 해군학사장교(Officer Candidate School, OCS) 출신으로 군 생활을 했다. 18대 국회의원 임기 중이던 2010년부터 국회 보건복지 위원장을 맡았다. 그는 위원장에 취임하자마자, 시작도 못하고 있던 중증외상센터의 현황을 파악하기 위해 국회의원 박인수, 최영희와 안혜영 경기도위원 및 허윤정 전문위원을 대동하고 아주대학교병원을 방문해서 현장을 확인했다. 2011년 석해균 선장의 생환으로 중증외상치료 시스템에 대한 사회적인 여론이 형성되자 자신이 주도해서 외상센터를 국가 보건의료체계 내에 공식적으로 설치하는 법안을 입법한다. 소위 '이국종법'이라고 불리는 외상센터 관련 법안은 사실 주승용 의원이 발의한 '주승용법'이다. 전라남도 여수시를 지역구로 하는 국회의원으로 오래 활동했으며 국회부의장을 역임했다.

주종화

해군사관학교 졸업과 동시에 해병대를 지원했다. 해병장교로서 전투병과와 공보병과에서 모두 근무하여 군 업무 전반에 걸친 깊은 이해도를 가지고 있다. 전형적인 해병장교로서의 강한 자부심과 긍지와 함께, 독실한 기독교인으로서의 부드러움을 동시에 가지고 있다. 해병대 대령으로 전역한 이후에는 여주대학교 교수로 재직했으며, 후일 기독교 목사 안수를 받았다.

진수희

충청남도 대덕 사람이다. 연세대학교 사회학과를 졸업했으며 미국 일리노이 대학교(University of Illinois)에서 박사학위를 받았다. 귀국해서는 한국개발연구원 등에서 일했으며 17대, 18대 국회의원을 역임했다. 아덴만 여명 작전 당시에는 보건복지부 장관으로서 석해균 선장의 치료를 지시했다.

차다영

인천에서 나고 자라 대전대학교 응급구조학과를 졸업했다. 본래 응급구조사 선발 시, 아주대학교병원 외상센터는 경력자를 중심으로 선발해왔었다. 그러나 정윤기가 뛰어난 업무 습득 능력을 보여준 이후에는 지속적으로 신규 졸업자를 선발했다. 차다영은 그 두 번째 사례였다. 현재 경기남부 권역외상센터 외상외과 전담 응급구조사로 근무하고 있다.

차수현

충남대학교 의과대학을 졸업했다. 의사가 된 이후에 아주대학교병원에서 응급의학과 전공의 과정을 마치고 전문의가 되었다. 음악에 조예가 깊으며 전자기타를 잘 친다. 차수현은 외상외과에서 처음으로 순환근무를 시작한 응급의학과 전공의로서, 한 훌륭한 청년 의사가 병원 시스템 전반에 얼마나 큰 변화를 가져올 수 있는지를 보여주었다. 뛰어난 임상능력과 환자에 대한 헌신으로 가득 찬 '훌륭한 의사'의 전범이었던 그는, 외상외과에서 근무하는 동안 귀가하지 못했다. 제주도 한국병원 응급의학과장 직을 역임했다.

차현옥

수원에서 나고 자랐다. 대전대학교 의류학과를 졸업했고 응급의료센터 행정직으로 아주대학교병원에 입사했다. 능력이 출중하여 울산에 이사 가서 살고 있는 사람을 다시 설득하여 외상센터로 영입했다. 행정원으로 매우 뛰어난 업무 능력을 가지고 있어서, 외상센터 개설 초기인 2010년에 김지영과 함께 행정체계를 만들어 올렸다.

채윤정

강원도 원주에서 나고 자라 연세대학교 의과대학을 졸업했다. 원주기독병원에서 마취과 전문의 자격을 취득한 이후에 소아마취와 중증외상환자 마취를 세부전공으로 연구강사를 했다. 아주대학교병원 설립 초기부터 부임하여 마취통증의학과의 기틀을 잡았다. 현재 아주대학교 의과대학 마취통증의학과 교수로 재직 중이다.

천영우

경상남도 밀양 사람이다. 부산대학교 불어불문학과를 졸업했다. 11회 외무고시를 통과하여 외교부 공직자로 사회생활을 시작했다. 2006년에는 북한 핵문제를 해결하기 위한 6자회담의 수석대표를 역임했다. 이후 주영국 대사를 지냈다. 외교통상부 2차관을 마치고 2010년부터는 이명박 대통령 비서실 외교안보수석을 맡았다. 소말리아 해적들에게 반복적으로 국내 상선들이 피랍되자 해결 방안을 이끌어 냈던 인물이다. 현재 아산정책연구원 고문으로 있다.

최동환

중앙대학교에서 학부과정을 마치고 부산대학교 의학전문대학원을 졸업했다. 동 대학병원에서 외과 전문의를 마친 후, 정경원의 소개로 아주대학교병원 외상센터에 합류했으며, 임상강사로서 외상외과 수련을 받았다. 내가 겪은 최동환은 성실하고 조용한 성품에 검소한 사람이다. 현재 외상센터 외과 조교수로 재직 중이다.

최민정

경희대학교 의과대학을 졸업하고 동 대학병원에서 인턴 수련의 과정을 마쳤다. 삼성서울병원에서 응급의학과 전문의가 되었으며 임상강사 과정을 마쳤다. 최민정이 임상과정을 수료할 즈음 이중의 교수가 그의 뛰어난 실력을 알아보고 민영기 교수에게 추천했다. 현재 아주대학교 의과대학 응급의학교실 조교수로 재직 중이다.

최상희

한림대학교 의과대학을 졸업했다. 영상의학과 전문의가 된 이후 서울아산병원 영상의학과에서 임상강사로 재직했다. 한림대학교 의과대학 강남성심병원과 삼성서울병원 건강의학센터 등에서 임상교수를 역임했다. 외상센터 전담 영상의학과의사로서 현재 아주대학교 의과대학 외상외과 조교수로 근무 중이다.

최석호

서울대학교 의과대학을 졸업했다. 동 대학병원에서 외과 전문의 자격을 취득했으며 동 의과대학에서 의학석사와 의학박사 학위를 마쳤다. 외과 세부전공으로 간담췌 외과를 전공한 이후에는 경찰병원의 외과과장으로 오랜 기간 봉직했다. 2011년부터 외상외과로 전공을 전환하여 다시 서울대학교병원에서 2년간 외상외과 임상교수로 근무했다. 나와는 초·중·고교 동창이며 명덕고등학교 시절에는 3년간 같은 반이었다. 고등학교 3학년 당시 최석호의 담임교사였던 박상권은 그를 두고 '교사의 수준을 뛰어넘은 천재'라고 말했다. 학업에만 뛰어난 것이 아니라 정직하고 대승적이며 리더십이 있어 많은 학생들이 따르고 사랑했다. 현재 단국대학교병원 외상센터에서 재직 중이다.

최소연

아주대학교 의과대학을 졸업했다. 본원 내과에서 수련 받아 전문의가 된 이후 순환기내과를 세부전공했다. 내과의 전체 세부 분과들 중에서 노동 강도가 가장 세기로 유명한 중재적 심장혈관조영술을 전공했다. 현재 아주대학교 의과대학 순환기내과학교실 교수로 근무 중이다.

최완선

한양대학교 의과대학을 졸업했다. 동 대학병원에서 인턴과 정형외과 전공의 과정을 마치고 전문의가 되었다. 해군 대위로 임관한 그는 백령도 같은 바다의 최전선에서 수병들을 이끌며 해병대원들과 함께 복무했다. 최완선은 해군 전역 이후 수부정형외과를 세부전공했으며 현미경을 이용한 미세수술에 탁월한 능력을 보였다. 아주대학교병원에 외상센터 운영이 본격화되자 한양대학교 의과대학 정형외과학교실은 최완선을 아주대학교병원으로 보내줘 이를 지원했다. 현재 아주대학교 의과대학 정형외과학교실 조교수로 재직 중이다.

최윤희

해군사관학교를 졸업했다. 항해병과의 정통 해군장교로 복무했다. 아덴만 여명 작전 당시 김성찬 해군참모총장의 휘하에서 해군참모차장을 맡고 있었다. 제29대 해군참모총장을 지낸 후 제38대 합동참모본부 의장을 역임했다. 현재 대한민국해양연맹 총재를 맡고 있다.

최종익

계명대학교 의과대학을 졸업하고 동 대학병원에서 외과 전문의가 된 후, 아주대학교병원 외상외과에서 수련을 시작했다. 그가 임상강사로 재직

했던 2012년은 악몽 같았다. 당시는 석해균 선장 수술 후로, 외상환자는 밀려들었으나 병원 시스템은 미비하여 간신히 버티던 때였고, 늦가을 무렵 중증외상센터 선정 국책사업에서 탈락했던 시기였다. 그 와중에도 최종익은 2012년 연말까지 책임감을 가지고 잘 버텨줬다. 고향인 대구로 다시 내려가면서도 끝까지 예를 다해 동료들에게 헌신했다. 현재 경북대학교 외상외과 임상교수로 재직 중이다.

최준영

헬리콥터 정비사이자 안전담당관으로서 비행에 나선다. 서신철과 함께 외상외과 의료진과 가장 많이 비행한 소방대원이다. 어렵고 힘든 비행에도 물러서지 않는다. 의료진이 사고 현장에 줄 하나에 의지해 강하할 때, 최준영이 조정해주면 모두 안심하고 강하했다. 추운 겨울 밤, 야간비행 시에는 의료진과 환자를 위해 끊임없이 캐빈 내의 온도를 적정수준으로 유지해주려 애썼다. 여러 파일럿들이 현직을 떠난 이후에도 여전히 항공대에 남아 신참 조종사들과 함께 비행하고 있다.

한용희

전라북도 남원 사람이다. 서강대학교 경영학과를 졸업했고 제44회 사법시험에 합격했다. 수원지방 검찰청 안산지청에서 검사로 임용된 것이 법조인으로서의 출발점이 되었다. 아덴만 여명 작전 당시, 그는 부산지방검찰청의 강력부검사였다. 대한민국 법조계 사상 최초로 해외에서 우리 국민에게 총질을 해댄 해적들에게 정확한 법 적용을 하는 것은 단순한 범죄인 처벌의 차원을 넘어 법학계에서도 중요한 일이었다. 그 뜨거운 감자를 맡게 된 부산지방검찰청에서는 한용희 검사 등의 정예 검사들을 투입하여 해적수사단을 구성했다. 한용희는 그로부터 1년 후, 검찰직에서 떠나

법무법인 '태평양' 변호사로 법조인 생활을 이어간다. 현재 법무법인 '화현'의 변호사로 있다.

허요

아주대학교 의과대학을 졸업하고 동 대학 부속병원에서 응급의학과 전문의가 되었다. 전공의 시절부터 외상외과를 좋아해 외상외과 근무를 자원했다. 전문의를 수료한 후부터 외상외과에서 근무해오고 있다. 허요의 합류로 아주대학교병원 외상외과는 흉부외과, 외과, 응급의학과로 이루어지는 3개 임상과의 연합이 가능해졌다. 이로써 병원 전 단계부터 수술에 이르기까지, '게이트키퍼(Gate Keeper)'로서의 역할을 세계적 표준에 맞게 수행할 수 있는 기틀을 갖추게 되었다. 허요는 부드러운 성정을 가졌으나 헬리콥터를 타고 출동할 때는 공중강하도 주저하지 않는 저돌적인 모습을 보였다. 내면의 강함이 겉으로 드러나지 않는 사람이다. 현재 아주대학교 의과대학 외상외과 조교수로 재직 중이다.

허윤정(허 위원)

고려대학교 사회학과를 졸업했다. YWCA를 거쳐 국회의원 보좌관으로 여의도 생활을 시작했다. 민주당이 처음 집권한 국민 정부 시절부터 본격적으로 정책을 다루기 시작하며 민주당 보건복지 전문위원을 역임했다. 한국에서 의료현장과 정책 입안 경험을 동시에 명확히 가지고 있는 극소수의 사람 중 한 명이다. 아주대학교 의과대학 인문사회의학교실 교수로 재직하며 의과대학 학생들에게 의료법 등을 가르쳤고, 중증외상과 응급의료 및 보건복지 관련 연구들을 수행했다. 2018년 5월 1일 건강보험 심사평가원 연구소장으로 취임하며 아주대학교를 떠났고, 후일 제 20대 비례대표 국회의원직을 승계했다.

허훈

가톨릭 의과대학을 졸업했고 동 대학원에서 의학박사가 되었다. 서울성
모병원에서 외과 전문의가 되었고 상부위장관외과를 세부전공하며 임상
강사 과정을 마쳤다. 아주대학교병원 외과에 부임한 이후 수많은 수술을
집도하였으며 의과대학 외과학교실 학생담당 교수 등의 주요 보직과 학회
의 많은 일들을 맡아 했다. 미국 텍사스대학교 사우스웨스턴 메디컬센터
(University of Texas Southwestern Medical Center)에서 연수했다. 현재 아주
대학교 의과대학 외과학교실 부교수로 재직 중이다.

현수엽

서울대학교 간호대학을 졸업했다. 보건직 특채 형식이 아닌 행정고시를
치르고 합격하여 공직 생활을 시작했다. 업무에 대한 진정성이 깊어, 보건
복지부 응급의료 과장으로 부임하기 전, 미국의 외상의료체계를 공부하겠
다고 자청했다. 내가 UC 샌디에이고 외상센터장, 코임브라 교수에게 부탁
해 연수를 보냈던 공직자들 중, 한국에 돌아와 실제 그 분야에서 진정성 있
게 행정을 맡았던 사람은 현수엽이 처음이었다. 현재 보건복지부 보건의
료개발 과장으로 재직 중이다.

홍석기

미국 뉴욕주립대학교(The State University of New York, SUNY)에서 정
치외교학 학부 과정을 마치고 터프츠대학교(Tufts University)의 'The
Fletcher School of Law and Diplomacy'에서 국제금융법 전공으로 석
사 학위를 받았다. 이후 'Citigroup Inc.' 등의 다국적 금융기관과 여러 민
간 기업에서 일하기도 했으며 공학박사학위 과정을 수료했다. 미국 국무
부(Department of State)에 입사한 이래 한국 정부와 미국 정부 간의 경제,

외교적 현안 뿐 아니라 의료, 환경 등에 걸친 다양한 업무를 헌신적으로 수
행해왔다. 특히 미국에서 앞서 발전된 분야를 한국 사회에 이식시키기 위
해 부단히 노력해왔으며 이 공로로 양국 정부로부터 많은 표창을 받았다.
현재 주한 미국대사관에서 전문위원(specialist)으로 근무하고 있다.

홍장표

충청북도 진천에서 나고 청주에서 고등학교를 졸업했다. 청주대학교 행
정학과를 졸업한 이후 소방간부 후보생 10기로 공직생활을 시작했다. 안
성소방서 진압단장을 역임했으며, 아주대학교 공공정책대학원에서 석사
과정을 마쳤다. 미국 텍사스의 A&M대학교와 켄터키대학교(University of
Kentucky)에서 수학했으며 소방학교에서 후학을 양성하였고, 경기도 소방
본부의 예산과 감찰업무 부서의 요직을 역임했다. 그는 경기 소방특수대
응단장으로 취임하면서 경기도 소방의 업무 영역을 미국 소방대원들 수준
으로 끌어올리기 위해 헌신했다. 현재 경기도 소방재난안전본부 생활안전
담당관으로 재직 중이다.

황교승

고려대학교 의과대학을 졸업했다. 고려대학교병원에서 내과 전문의 과
정을 마친 후 순환기내과를 세부전공했다. 순환기내과 영역 중에서도 가
장 까다롭다는 부정맥 치료를 전공하며, 많은 임상 성과를 바탕으로 연구
자로서도 훌륭한 업적을 쌓았다. 현재 아주대학교 의과대학 순환기내과학
교실 교수이다.

황기철

경상남도 진해 사람이다. 해군사관학교를 졸업하고 해군장교로 임관한

이래 평생을 해군에서 보냈다. 초계함인 여수함 함장을 거쳐서 구축함인 광개토대왕함의 함장을 지냈고 제2함대 사령관 등의 보직을 거쳐서 천안함 사건 직후에 해군작전사령관에 부임했으며, 아덴만 여명 작전 당시에는 모든 작전을 실무 지휘했다. 제30대 해군참모총장을 역임했으며 국가보훈처장으로 임명되었다.

황병훈

경기도 여주 사람으로 남한강가에서 자랐다. 육군3사관학교를 졸업하고 소위로 임관하여 소대장까지 마친, 전형적인 보병 장교로 군 생활을 시작했다. 후일 항공병과 조종 장교 시험에 합격하여 조종사의 길을 걸었다. 육군 항공대에서 보잉(Boeing) 500MD 헬리콥터를 조종하였으며 소령으로 전역 후 경기 소방항공대에 합류했다.

황인렬

충청남도 청양에서 나고 공주에서 자랐다. 연세대학교 의용공학과를 졸업하고 제너럴 일렉트릭 헬스케어 코리아(GE Healthcare Korea)와 삼성전자연구소 등에서 10여년 이상 근무했다. 그 이후 1994년 아주대학교병원 의용공학과 창단 멤버로 합류했으며 현재 아주대학교병원 의용공학팀장으로 재직 중이다.

브라이언 앨굿(Brian D. Allgood)

독일의 레겐스부르크(Regensburg)에서 태어났다. 그의 아버지와 삼촌들도 베트남전쟁에 참전했던 군인 집안에서 자랐다. 오클라호마대학교(University of Oklahoma) 의과대학을 졸업하고 정형외과 전문의 수련을 받았다. 많은 곳에서 군의관으로 근무하며 'The Legion of Merit(미군의 수훈장)', 'Bronze Star(공중전 이외의 용감한 행위를 한 군인에게 수여하는 훈장)', 'Purple Heart(미국에서 전투 중 부상을 입은 군인에게 주는 훈장)', 'Humanitarian Service Medal(박애봉사훈장)'에서부터 'Korean Defense Service Medal(한국방위근무기장)'에 이르기 까지 수많은 표창을 받은 훌륭한 의사이자 군인이다. 주한 미 육군 대령 군의관으로서 한국 근무를 마치고 부임한 임지는 이라크였다. 극도로 혼란스럽던 이라크 전황 속에서 그의 UH-60 블랙호크 헬리콥터가 지대공 화기를 맞고 추락했을 때, 그는 그의 11명의 동료 대원들과 함께 비행 중이었다. 이후 주한 미 육군 병원은 그의 이름을 따서 '브라이언 앨굿 아미 커뮤니티 호스피탈(Brian Allgood Army Community Hospital)'로 명명되었다. 현재 미국 버지니아의 알링턴국립묘지(Arlington National Cemetery)에 있다.

브루스 포텐자(Bruce Potenza)

오랜 기간을 UC 샌디에이고 외상센터의 외과 전문의이자 교수로 일했다. 미 해군 예비역 대령 군의관으로서 해군의학 발전에 크게 헌신했다. UC 샌디에이고 화상센터장도 역임하였으며, 호이트 교수에 이어서 코임브라 교수까지 센터를 떠나면서 본인도 새로운 곳에 적을 두었다. 현재 미국 애리조나 주 피닉스에 있는 보훈병원(VA Medical Center) 외과에서 근무 중이다.

데이비드 호이트(David Hoyt)

미국에서 가장 유명한 외과 의사들 중 한 명이며 'Distinguished Service Award'를 포함해서 수많은 표창을 받았다. 여러 방면으로 미국 정부의 국가적인 외상진료체계 수립에 기여했다. 미국외과학회의 외상분과(ACSCOT, American College of Surgeons Committee on Trauma)에서 1980년부터 일을 해 왔던 그는 2010년 시카고로 옮겨가서 미국 외과학회 이사장(Executive

Director of American College of Surgeons)을 맡았다. 내가 UC 샌디에이고 외상센터에서 외상외과를 배울 당시, 호이트 교수가 외상외과를 이끌었다. 그때 보았던 외상센터의 모습은 훗날 아주대학교병원 외상센터의 원형이 된다.

제이 더셋(Jay Doucet)

캐나다 사람이다. 캐나다의 메모리얼 뉴펀들랜드 대학교(Memorial University of Newfoundland) 의과대학을 졸업했다. 댈하우지 대학교(Dalhousie University)의 퀸 엘리자베스 Ⅱ (Queen Elizabeth Ⅱ) 대학병원에서 외과 전공의를 마쳤으며 외상외과 세부 전공 수련을 받았다. 미국 로스엔젤레스 카운티 메디컬 센터(Los Angeles County Medical Center) 부속기관으로 있는, 미 해군의료진을 위한 외상외과 수련센터에서 근무했다. 이후 캐나다 브리티시 컬럼비아 대학교(University of British Columbia) 부속병원의 캐나다 군을 위한 외상외과 수련 센터장으로 2년간 일했다. 이후 제이 더셋은 미국 UC 샌디에이고 대학병원에서 외상외과 수련을 다시 받고, 동 병원 외상센터에서 교수로 근무했다. 내가 UC 샌디에이고 외상센터에서 수련 받을 당시에는 그도 임상강사(clinical fellow)였다. 제이 더셋은 예비역 캐나다 공군 군의관으로서 캐나다 군이 참전했던 여러 전투 현장에 파병되었는데, 아프가니스탄 전투 뿐 아니라 보스니아, 이라크 전투 현장 등에도 파병되어 수많은 군인들의 목숨을 구했다. 라울 코임브라 교수 뒤를 이어 2018년 1월부터 UC 샌디에이고 대학병원 외상센터장을 맡았다.

제이콥 베리(Jacob "Juice" Berry)

미국 아이다호(Idaho)주의 아이다호 폴스(Idaho Falls)에서 나고 자랐다. 유타(Utah)주의 브리검영대학교(Brigham Young University)에서 생물학과

화학을 전공한 후 미국 국방의과대학(the Uniformed Services University's F. Edward Herbert School of Medicine)을 졸업했다. 외과에서 인턴수련을 마친 후에는 미국 공군의 항공의학학교에서 항공의학수련을 마치고 항공의학전문의(Flight Surgeon)가 되었다. 2014년에 한국에 부임할 당시 미국 공군 대위였으며, 그때부터 수많은 미군과 한국군을 치료했을 뿐 아니라 한국사회를 위한 여러 가지 민사임무에 헌신하여 평택시장으로부터 표창을 받기도 했다. 오랜 시간을 비행하며 수행한 고난이도의 임무들로 인해 Pacific Air Force's Howard R. Unger Research Award 등을 포함한 많은 상들을 받았는데 그중에는 항공의학전문의에게 주어지는 최고의 영예인 Society of USAF Flight Surgeon's 2017 Malcom Grow Award가 포함되어 있다. 최초로 F-35 전투기가 중동지역에 배치될 때 그 비행단의 의무참모 역할을 맡았으며 함께 비행한 의사이기도 하다. 한국인 아내와 결혼해서 3명의 자녀를 두었으며 소령으로 진급했다. 현재 주한 미군 공군 군의관으로서 오산 미공군 기지 의무책임자로 근무 중이다. 호출부호(콜사인, call sign)는 "쥬스(Juice)"이다.

제임스 던퍼드(James Dunford)

시러큐스대학교(Syracuse University)에서 화학(Chemistry)을 전공했으며, 컬럼비아대학교(Columbia University) 의과대학을 졸업했다. UC 샌디에이고(University of California San Diego) 부속 병원에서 응급의학 전문의가 되었으며 세부전공으로 '병원 전 단계의 의료시스템(EMS)'을 수련 받았다. 그는 항공 응급의학 분야에서 캘리포니아주뿐만 아니라 미국 전역에 걸쳐 대단한 족적을 남겼다. 이 모두는 책상머리에서 이루어진 것이 아니라, 그 자신이 목숨을 걸고 시행한 1,000번이 훨씬 넘는 항공출동 경험으로 이루어낸 기념비적인 것이었다. 그는 데이비드 호이트가 이끌고 있는 외상외과 의료진의 최선봉인, 병원 전 단계의 항공 현장 의료 체계를 구축해냄으로써 현대 항공 응급의학 분야를 만들어낸 살아있는 전설이다. 그의 존재만으로도 많은 후학들은 의사들이 중증외상 환자들을 살리기 위해 어떤 일을 해야 하는지를 명확히 알게 된다. 현재 UC 샌디에이고 의과대학(UC San Diego School of Medicine)의 명예교수(Emeritus Professor)이며 시티 오브 샌디에이고 EMS 메디컬 디렉터(the City of San Diego EMS Medical Director)로 재직 중이다.

카림 브로히(Karim Brohi)

영국의 런던 의과대학을 졸업했다. 전문의 수련기간 중 외과뿐만 아니라 마취과 수련도 함께 받았다. 이는 기본을 중요시하는 영국의 의료 풍토 속에서도 쉬운 일이 아니다. 기초를 매우 중요시하는 성향은 그의 천성이었고, 카림 브로히는 그 같은 성격으로 외상외과의 기초과학적 연구에 매진하는 한편, 임상적으로도 중증외상 환자 치료의 초석을 이루게 되는 '병원 전 단계 치료 및 이송 체계' 발전에도 크게 기여했다. 그는 직접 수년간 미국을 오가면서 영국의 헬리콥터를 이용한 응급환자 이송 시스템을 구축해냈다. 한국에도 수차례 방문할 정도로 타국의 외과 의사들에게 외상외과를 가르치는 데 헌신해왔으며, 비영리 웹포럼(web forum) 기구인 'trauma.org'를 설립하는 등 교육과 연구 및 진료 등 모든 분야에서 탁월한, 진정한 '의과대학 교수'다. 마이클 월시의 뒤를 이어 현재 로얄런던병원 외상센터장으로 재직 중이다.

케네스 매톡스(Kenneth L. Mattox)

미국 텍사스의 베일러 의과대학(Baylor College of Medicine)을 졸업하고 동 대학병원에서 외과의사로 수련을 마쳤다. 외상외과 의사들의 대표 교과서인 《트라우마(TRAUMA)》의 겉표지에 무어(Moore), 펠리치아노 (Feliciano) 교수와 함께 이름을 올린, 전 세계를 대표하는 외상외과의사 이다. 외상외과뿐만 아니라 현대 외과학의 전반적인 영역에 걸쳐 그 발전 에 기념비적인 공헌을 하였으며, 이러한 노력과 헌신으로 모든 외과 의사 들로부터 존경을 받고 있다. 코임브라 교수는 매톡스 교수의 강의에 대해 "임상진료 현장의 중요한 메시지들을 누구보다 깔끔하게 잘 정돈해 강의 하며, 후학들에게 외과의사로서의 길을 선명하게 제시해준다"라고 표현했 다. 그만큼 케네스 매톡스는 뛰어난 외과 교수들의 교수이다. 현재 베일러 의과대학 흉부외과 교수로 재직 중이다.

마이클 로톤도(Michael F. Rotondo)

조지타운대학교(Georgetown University) 의과대학을 졸업했다. 토마스제 퍼슨대학교(Thomas Jefferson University) 부속병원에서 외과 전문의가 된 이후 펜실베이니아대학교(University of Pennsylvania) 에서 외상외과를 세부 전공했다. 현재 외상외과의 수술법 중에서 가장 중요한 개념을 이루는 '손 실조절수술(Damage Control Surgery)'에 대한 혁명을 이뤄낸 세계적인 외 과의사다. 미국 군인들의 전투 생존율을 획기적으로 높였을 뿐만 아니라 민간영역에서도 중증외상 환자에 대한 수술적 치료법의 큰 전환점을 가 져왔다. 미국 외상외과학회(AAST, The American Association for the Surgery of Trauma) 회장을 최근에 역임했다. 현재 로체스터대학교(University of Rochester) 의과대학 외과 교수로 재직 중이다.

마이클 월시(Michael Walsh)

아일랜드계 영국인이다. 런던의 세인트메리 의과대학(St Mary's Medical School)을 졸업했다. 외과의사가 된 이후에는 외상외과와 혈관외과를 세부전공했다. 휩스크로스병원(Whipps Cross Hospital)을 거쳐 로얄런던병원 (The Royal London Hospital) 외상외과에서 오랫동안 근무했으며 외상센터 장이 되었다. 런던을 대표하는 외상센터의 수장으로서 헬리콥터 등을 이용한 영국 전체의 외상 환자 치료 체계 구축에 크게 공헌했다. 이후 보츠와나대학교(University of Botswana)의 외과 주임교수가 되어 의과대학생들과 외과 의사들을 길러냈다. 현재도 보츠와나에 위치한 병원에서 일하며 환자를 치료하고 있다.

라울 코임브라(Raul Coimbra)

브라질에서 태어났다. 외과 전문의면서 혈관외과 세부전공까지 마친 그는 UC 샌디에이고 외상센터에서 호이트 교수와 함께 일했다. 호이트 교수가 시카고로 떠난 후 외상센터장을 맡았다. 미국 외상외과학회장을 포함한 여러 세계적 외상외과 관련 학회장을 역임했으며, 350여 편이 넘는 논문을 집필했다. 외과의사들이 대표적으로 공부하는 외과 교과서의 외상분야를 쓰기도 했다. 내가 아주대학교병원 외상센터를 짓자, 본인이 직접 공사 현장을 찾아와 살펴보며 트라우마 베이를 비롯한 많은 기본 핵심 시설들을 설계해 주었다. 한국과 일본의 외상외과 체계에 깊은 애정을 가지고 있어 양국에서 자주 초청받고 있다. 2017년 북한군 병사 수술 당시에는 나의 요청으로 수술실까지 들어와서 조언을 해주었다. 2018년에 자신의 제자인 더셋 교수에게 UC 샌디에이고 외상센터장 자리를 물려주고 리버사이드 대학병원(Riverside University Health System Medical Center)의 외과 부장으로 자리를 옮겼다.

스테판 듀리아(Stephen M. Duryea)

미국 메인(Maine)주 워터빌(Waterville)에서 태어났다. 오스틴피주립대학교(Austin Peay State University)에서 공공관리학(Public Management)을 전공했으며 조지워싱턴대학교(George Washington University)에서 석사학위를 받았다. 미군에 입대한 이래 레인저스쿨(Ranger School)에 지원하여 미 육군 특수부대인 레인저 대원이 되었고, 더스트오프 파일럿으로 선발되어 헬리콥터 조종사가 되었다. 2003년부터 이라크 전장에서 더스트오프 파일럿으로서 수많은 사람들의 목숨을 구했다. 2013년 한국에 와서 더스트오프 코리아(DUSTOFF Korea)의 부대장을 맡으며 비행을 이어나갔다. 현재 미 육군 중령이자 주한미군 의무항공대장(Chief, Medical Operation and Plans, Theater Evacuation, MEDEVAC)으로서 주한 미 8군에서 근무하고 있다.

마시코 구니히로(益子邦洋)

일본 이바라키현에서 출생했다. 일본의 일본의과대학(日本医科大学, Nippon Medical School)을 졸업하고 동 대학에서 박사학위를 취득했다. 외과 의사로서 병원 전 단계의 항공의료체계와 외상센터 구축을 위해 평생을 바쳤다. 그가 영국 런던에서 HEMS를 공부하고 일본에 돌아와 구축한 일본의 닥터헬리(Doctor-Heli) 시스템은 한국의 항공 의무후송체계 설립의 밑그림이 되었다. 마시코 교수는 한국에 수십여 차례 방문하며 국내 외상시스템 구축을 위해 노력했다. 그가 만들어 놓은 일본 지바현의 일본의과대학 부속 지바호쿠소병원(千葉北総病院)은 연간 1,200여 건 이상의 항공 출동을 하는 이상적인 외상센터를 운영하고 있으며, 이는 경기남부권역외상센터의 모델이 되었다.

마츠모토 히사시(松本尚)

일본 이시카와현에서 출생했다. 일본의 가나자와대학(金沢大学, Kanazawa

University) 의학부를 졸업하고 동 대학에서 박사학위를 취득했다. 상부위 장관외과를 전공한 이후 마시코 구니히로 교수 휘하로 들어가 일본의과대학 외상외과 교수로서 엄청난 진료역량과 연구역량을 보여 주었다. 영국과 미국의 여러 외상센터에서 연수 받았으며, 그 경험을 기반으로 지바호쿠소병원 외상센터를 세계 최고 반열에 올려놓았다. 수백여 차례의 항공 출동 경험을 가지고 있으며 환자가 병원에 도착하기 전 심장마비가 온 경우에는 현장에서건 헬리콥터 안에서건 개흉 수술을 통한 심장마사지를 시행한다. 그가 보고하는 '개흉 수술을 통한 심장마사지의 환자 생존율'은 세계 최고 수준으로써 병원 전 단계의 항공의료를 획기적으로 발전시켰다. 현재 마시코 교수의 뒤를 이어 지바호쿠소병원 외상센터장으로 재직 중이다.

등장인물

강병희 강찬숙 강태석 고제상 공방표 공인식 국경훈 권준식 권준욱 권지은 권현석 김관진
김기태 김대중 김대희 김문수 김민수 김병천 김보형 김선아 김성동 김성수 김성우 김성찬
김소라 김승룡 김영환 김욱환 김윤지 김은래 김은미 김재근 김종삼 김종엽 김주량 김준규
김지민 김지영 김진표 김철호 김태연 김태영 김태완 김태훈 김판규 김학산 김현준 김효주
김후재 김훈 남경필 남정수 남화모 노미숙 노선균 류강희 류영철 문봉기 문성준 문소영
문수민 문종환 문지영 민상기 민수연 민수환 민영기 민채원 박경남 박도중 박명섭 박미미
박병남 박상수 박성용 박성진 박성훈 박수영 박연수 박영진 박재호 박정옥 박정태 박정혁
박정훈 박종민 박주홍 박진영 박철민 박혜경 백광우 백세연 백숙자 서광옥 서상규 서석권
서신철 서은정 석해균 석희성 설주원 소종섭 손영래 손현숙 송미경 송서영 송수곤 송순택
송지훈 송형근 신순영 신승수 안병주 안재환 엄초록 엄현성 염태영 오창권 왕희정 故용석우
원제환 원희목 유남규 유동기 유병국 유병무 故유성훈 유자영 유재중 유진숙 유채린 윤기희
윤상미 윤석화 윤원중 윤정훈 윤태일 故윤한덕 이경우 이기명 이기식 이기환 이길상 이길연
이몽영 이미화 이범림 이병권 이병호 이복구 이성수 이성철 이성호 이세형 이수현 이숙영
이신기 이아용 이영주 이오숙 이용훈 이인경 이인봉 이인용 이재열 이재율 이재헌 이정엽
이중의 이진영 이진용 이호연 이호준 이효진 인요한 임경수 임대진 임영애 임인경 임채성
임한근 임혜령 장원섭 장정문 전용범 전은혜 정경원 정구영 정승우 정연훈 정용식 정우영
정우진 정윤기 정윤석 정재연 정재호 정재호 정재호 정준영 정진석 정진섭 정호섭 조석주
조영주 조재호 조창래 조한범 조현철 주승용 주일로 주종화 진수희 차다영 차수현 차현옥
채윤정 천영우 최동환 최민정 최상희 최석호 최소연 최영화 최완선 최윤희 최재만 최종익
최준영 최차규 한봉완 한용희 허요 허윤정 허정훈 허훈 현수엽 홍석기 홍성진 홍장표
황교승 황기철 황병훈 황선애 황인렬
브라이언 앨굿(Brian D. Allgood) 브루스 포텐자(Bruce Potenza) 데이비드 호이트(David Hoyt)
제이 더셋(Jay Doucet) 제이콥 베리(Jacob "Juice" Berry) 제임스 던퍼드(James Dunford)
카림 브로히(Karim Brohi) 케네스 매톡스(Kenneth L. Mattox) 마이클 로톤도(Michael F. Rotondo)
마이클 월시(Michael Walsh) 미셸 매드윅(Michelle G. Medwick) 나자 웨스트(Nadja West)
라울 코임브라(Raul Coimbra) 스테판 듀리아(Stephen M. Duryea) 마시코 구니히로(益子邦洋)
마츠모토 히사시(松本尚)